Sam Feuerbach

Der Seelenspeer

Die Krosann-Saga
Band 2 der Trilogie 'Königsweg'

Danksagung an die tapferen Helfer:
Martin, Dagi, Marlen, Timo, Benedikt und Jasmin.

Lektorat: Simone Kurilla
Betaleserinnen: Antje Adamson und Pia
Covergestaltung: jasmin, bene
Karte: bene
Foto: © neryx, Fotolia

2. Auflage 2016 (2.0)
ISBN-13: 978-1518820939
ISBN-10: 151882093X

Homepage: www.samfeuerbach.de
Email: sam.feuerbach@t-online.de

Facebook: sam feuerbach (Autor)
Hier gibt es auch Downloads der Landkarten in Farbe.

Soradar
Tanderheim
Oase des
Elends
Der Friedhof
Erzgebirge
Akkadesh
Leuchtturm
Gesh
Südliche Inseln
Azar
Zakot
Gonus

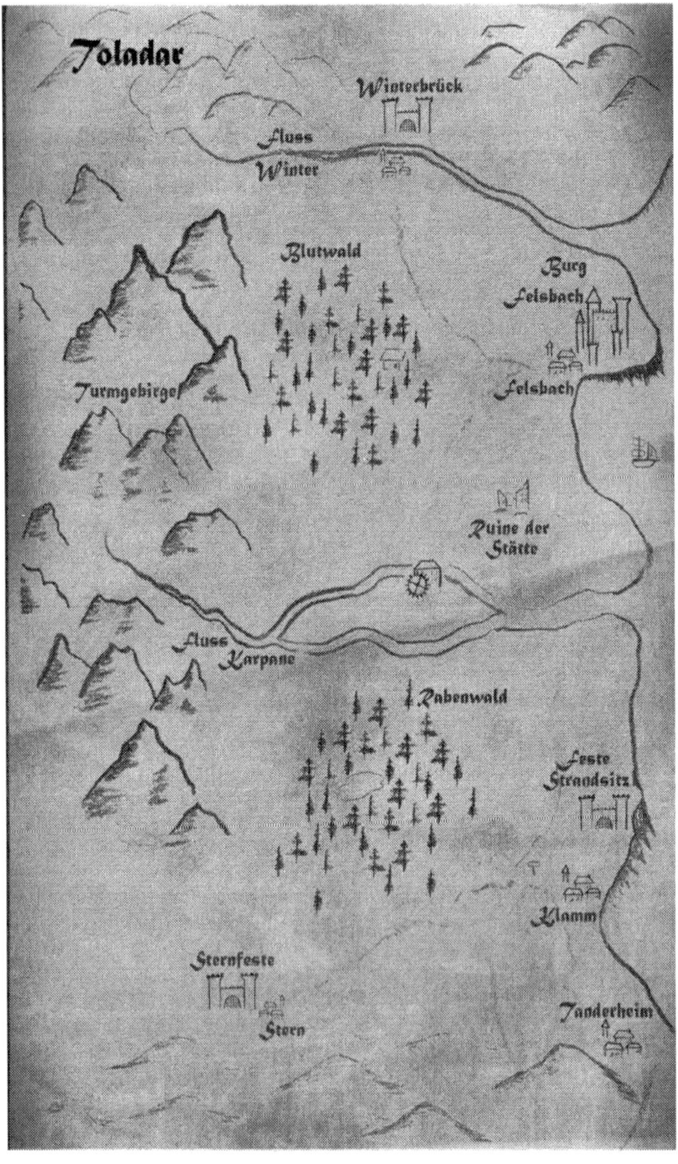
Toladar
Winterbrück
Fluss
Winter
Blutwald
Burg
Felsbach
Felsbach
Turmgebirge
Ruine der
Stätte
Fluss
Karpane
Rabenwald
Feste
Strandsitz
Klamm
Sternfeste
Stern
Tanderheim

Das Schafott

Hunderte von Menschen umringten bereits das Schafott im großen Burghof der Sternfeste. Die Stricke der drei Galgen bewegten sich gemütlich im Wind.

Zuvor, früh am Morgen, die Vögelchen hatten gerade begonnen zu zwitschern, hatte ausgerechnet ein Rotkehlchen das Kunststück fertiggebracht, in der Schlinge zu sitzen und sanft hin und her zu schaukeln. Zwei Handwerksmeister scheuchten den kleinen Vogel auf, als sie die Balken des Podestes überprüften und an einigen Stellen zusätzliche Nägel einschlugen. Dabei hätte das Rotkehlchen den ganzen Tag sitzen bleiben können, denn heute wurde nicht gehängt, heute sollte ein Kopf rollen.

Zufrieden waren die Handwerksmeister nach getaner Arbeit wieder abgezogen. Ja, auch ein recht einfaches Konstrukt wie das Schafott bedurfte der Pflege, vor allem, wenn es so häufig in Anspruch genommen wurde wie in diesen Tagen. Es stellte sich die Frage: Wenn Hinrichtungen alltäglich geworden waren, warum rangelten sich dann ausgerechnet heute so viele Zuschauer um die besten Plätze? Dies ließ sich damit erklären, dass in Kürze nicht etwa ein einfacher Tagedieb oder ein einfältiger Deserteur die Axt zu spüren bekommen sollte, sondern ein hochrangiger Offizier der toladarischen Armee. Das barg schon etwas Besonderes, wenn es einem von da oben an den Kragen ging.

All dies beobachtete der Mann, indem er sich auf Zehenspitzen stellte und zum schmalen Fenster des Bergfrieds hinausblickte. Das beeindruckende Szenario lohnte diese kleine Anstrengung. Die Sonne wärmte seine Wangen, herrliches Wetter. Weiter im Osten erkannte er die Dächer der kleinen Stadt Stern. Von hier oben sah die Welt überraschend friedlich und sauber aus, dies galt sogar für die heruntergekommene Ortschaft neben der Sternfeste.

Der Mann sah wieder auf den Platz des Todes. Allein der Blick auf das Schafott mit den drei Galgen und dem klobigen Richtblock war jede Treppenstufe hier herauf wert.

Jubel brach los, als ein Hüne in nietenbeschlagenem Leder vor dem Podest auftauchte. Nur mit Mühe umspannte die enge Weste den muskulösen Oberkörper mit den breiten Schultern. Der Anfang eines rauschenden Festes der Gerechtigkeit nahm seinen Lauf, als der Folterknecht »Karni« Karnifex mit wippendem Schritt das Podest bestieg. Oben angekommen hielt er seine Henkersaxt mit beiden Armen quer über den Kopf, was seine mit Öl eingeriebenen Oberarmmuskeln besonders betonte. Der Mann im Bergfried wusste um Karnis tägliche Übungen mit Gewichten, damit er einen solchen Bizeps herzeigen konnte. In den Spelunken erzählte man sich, diese kämen ausschließlich vom Köpfen. Karnifex trug eine nur den Bereich um die Augen verdeckende schwarze Maske. Jeder kannte Karni, kannte sein Gesicht. Was es mit der Maske auf sich hatte, wusste die Gestalt hinter dem schmalen Fenster nicht. Karni galt als einer der besten Wundärzte im ganzen Reich. Er genoss den Ruf, seine Opfer länger am Leben zu halten als jeder andere Folterknecht. Solche vortrefflichen Künste flößten dem Volk Respekt ein. Zeiten, in denen Henker sich großer Beliebtheit erfreuten, konnten keine guten Zeiten sein. Doch letztlich blieb des Scharfrichters Hand harmlos. Sie tötete nur wenige im Vergleich zu den bösen Zungen, die ihre Machtspielchen zischten.

Vereinzelte Rufe ertönten: »Karni! Karni!« Der Henker hatte einen todsicheren Arbeitsplatz.

Es gab nur einen Menschen, der in der Lage war, Karni noch die Schau zu stehlen. Nur einen, der alsbald stolzer Mittelpunkt dieses Festes sein würde. Dieser Mensch könnte gleich zum leeren, schmalen Fenster im Bergfried hochwinken - sogar ohne sich auf die Zehenspitzen stellen zu müssen.

Er biss sich auf die Unterlippe. Dann fuhr seine rechte Hand über seinen Hals den Hinterkopf hoch. Einerseits ein ungewohntes Gefühl, dass sie ihm diese Stellen kahl rasiert hatten - so glatt, so nackt. Andererseits äußerst fürsorglich, denn die Axt sollte keinen Grund finden, irgendwie irgendwo hängen zu bleiben. Zudem hatte Karni noch nie einen zweiten Schlag benötigt. Kein Grund zur Sorge also, er fühlte sich in besten Händen. Wann sie wohl kämen, um ihn zu holen? Nicht dass er ungeduldig werden würde, nur, allzu lange konnte es nicht mehr dauern.

Seine Fußballen schmerzten, woraufhin er seine Zehenspitzen entlastete, indem er vom Fenster zurücktrat. Er dachte an sein verwirktes Leben zurück. Es hatte schon einmal gute Zeiten gegeben. Zeiten geprägt von Freundschaft, von Verantwortung, von Liebe und Vatergefühlen. Er schluckte. Er versuchte die Gedanken wegzuscheuchen wie eine lästige Fliege auf der Stirn. Ein Delinquent sollte an seinem Todestag nicht sentimental werden. Alte Soldatenregel. Tröstlich, dass man diese nur einmal brechen konnte.

Unwillkürlich wartete er auf die metallenen Schritte der fürstlichen Wächter, wenn diese die Treppe hinaufstapften. Er wartete auf das Klirren des Schlüsselbundes und auf das Knarzen der Tür seines Gefängnisses, wenn diese sich öffnete. Fürstliche Wächter? Nein, königliche Wächter. Soldaten Seiner Exzellenz, Majestät Schohtar Tomur, erster König des Südens von Toladar – dem selbsternannten

Herrscher ohne Nase.

Er lauschte so gierig, dass sein Blut in den Ohren pochte. Doch von der schmalen Treppe des Bergfrieds kam nur Stille. Stattdessen ertönte eine bekannte Stimme vom Burghof laut und deutlich zu ihm hoch.

»Hört, ihr Leute. Heute müssen wir einen besonderen Schandtäter seinem gerechten Ende zu führen.«

Herzog Mondek! Der Mann in der Zelle verachtete diesen Menschen über alle Maßen. Doch dieses Schwein hatte König Schohtar gegenüber stets alles richtig gemacht. Stets um Wohlgefallen winselnd, untertänig, fast sklavisch, rutschte er bei jeder Gelegenheit auf Knien vor seinem Herrn durch den Schmutz.

Die Person im Turm fasste sich ans Kinn. Hier fand er jede Menge Haare vor - ein dichter Bart umwucherte seinen Mund. Seit Wochen hatte er sich nicht rasieren können. Er ging wieder zum Fenster, stellte sich auf die Zehenspitzen und lugte hinunter.

Da stand Herzog Mondek mit selbstgefälliger Miene in feinster Garnitur aus Seide, Verzierungen und Schmuck. Der strahlende, goldene Stern auf seinem Waffenrock stand in direktem Gegensatz zur düsteren, blutrünstigen Seele seines Besitzers. Ein Mensch, alles andere als beim Volk beliebt, doch als besonderer Günstling Schohtars unantastbar.

Der Mann hinter dem schmalen Fenster grübelte: Bei König Schohtar handelte es sich zweifelsohne um einen hochintelligenten Herrscher. Wie konnte der nur auf solche Dummbatzen als Vasallen bauen? Sein Blick fiel auf das schwarze Stück Stoff, welches unscheinbar über einem Balken hing. Er musste nicht lange überlegen. Wenn sie ihn fragten, ob sie ihm eine Kapuze über den Kopf ziehen sollten, würde er natürlich verneinen. Ein Soldat schaute dem Tod ins Gesicht und nicht in einen dunklen, miefenden Stoffsack, getränkt mit dem Angstschweiß aller Todgeweihten vor ihm. Er trat erneut vom Fenster zurück und schloss die Augen, doch die drei Galgen schwangen durch sein Gemüt. Sie wollten ihn köpfen und ließen ihn dennoch zappeln. Wann holten sie ihn endlich?

Das immer lauterwerdende Raunen der Menge erregte seine Aufmerksamkeit. Es hörte sich fast so an wie eine näherkommende Riesenwelle des Ostmeeres, deren Krone gleich durch das Fenster schwappen würde. Er liebte die See, nun würde er weit entfernt von ihr sterben. Der Mann streckte seine Stirn wieder über den Fenstersims und blickte hinunter. Zwei Soldaten hielten einen Kerl in ihrer Mitte unter den Achseln und schleppten ihn die fünf Holzstufen hinauf auf das Schafott. Viele Menschen suchten zeit ihres Lebens den Weg nach oben. Dieser hier galt allerdings als wenig erstrebenswert.

Der Delinquent sah erbärmlich aus - etwa Mitte vierzig, dunkles Haar, dreckverschmiert, das Gesicht durch Folter entstellt und blutverkrustet, die Nase gebrochen, der Kiefer verrenkt. Wahrscheinlich hätte ihn seine eigene Mutter nicht wiedererkannt. Er trug einen schwarzen Umhang aus Leinen.

Der Mann im Turm runzelte die Stirn. Noch konnte er sie runzeln. Es gab also vor seinem großen Auftritt noch eine zweite Hinrichtung. Irgendwie ein klein wenig enttäuscht, dass er nicht der Einzige war, tröstete er sich mit dem Gedanken, dass er später immerhin als Hauptakt an die Reihe kam.

»Volk der Sternfeste, Volk von Stern, Volk des Südens. Ehrt unseren König Schohtar und seht, was mit denen geschieht, die sich ihm widersetzen. Seht, welche Strafe

Verräter ereilt, die feige vor dem Feind kapitulieren, anstatt im Dienste Schohtars, im Dienste des Volkes, mit aller Kraft zu kämpfen.«

Allzu häufig hatte der Mann im Bergfried Mondeks Litanei schon gehört, doch sie kotzte ihn immer wieder an. Hoffentlich ließ sich dieser Einfaltspinsel von Herzog bei ihm einmal etwas Besonderes einfallen.

Mondeks Stimme überschlug sich nahezu vor Verachtung: »Dieser Mann hat unseren König auf das Schändlichste verraten. Dieser Mann hatte den Feind bereits in seiner Gewalt, hat ihn dann aber laufen lassen. Außerdem hat er sich mit dem Norden verbündet. Das ist Hochverrat.«

Unerhört - ging es dem Mann im Turm durch den Kopf.

»Dieser miese Verräter bekleidete zudem noch die Position eines hohen Offiziers, einer Führungspersönlichkeit, der unser König, der wir, das Volk, unser Vertrauen schenkten. Pfui!« Mondek spukte verächtlich in den Weidenkorb, in den der Kopf gleich rollen sollte. Zugegeben - es würde den Kopf nicht stören.

»Umso verdammenswerter sind seine Taten.« Die Stimme des Herzogs verlor den verächtlichen Ton – dafür machte sich Entzückung auf das bevorstehende Ereignis breit.

Noch unbeliebter als Mondek war nur der Delinquent. Kein Kunststück. Lautes Pfeifen und wütende Buhrufe folgten. Die Meute warf mit faulem Obst und Eiern nach dem Verräter. Merkwürdig. Dieser wackelte ziemlich unbeteiligt langsam mit dem Kopf hin und her, selbst als ein Ei an seiner Schläfe zerplatzte. Ab und an gab er Geräusche von sich, so als würde er lachen. Der arme Tropf realisierte nicht, was um ihn herum geschah, er hatte offensichtlich den Verstand verloren. Die Menschenmeute hätte es lieber gesehen, wenn der Delinquent geschrien, geweint oder vor

Angst gekotzt hätte, seine Unbeteiligtheit provozierte das Volk, mit noch mehr Gegenständen zu werfen.

Die Stimmung verbesserte sich jedoch merklich, als Herzog Mondek dem Todgeweihten mit einem Ruck den schwarzen Umhang vom Körper riss. Darunter trug der Mann eine toladarische Uniform mit den Abzeichen eines Weibels. Ein hoher Offizier gab sich demnach die Ehre.

Das Raunen der Menge stachelte den Herzog an. Mondek schmetterte: »Weibel Karson! Wegen Hochverrats seid Ihr zum Tode verurteilt.«

Der Mann im Turm vergaß die Schmerzen in seinen Fußspitzen.

Demonstrativ begann Mondek, die Rangabzeichen von der Uniform zu reißen. »Ihr seid kein Weibel mehr. Ihr seid zum niedrigsten, unwürdigsten Verräter degradiert.«

»Schlagt dem Schwein endlich den Kopf ab!«, brüllte einer der Zuschauer.

Breitbeinig stellte sich Herzog Mondek vor das arme Schwein. »Habt Ihr noch ein paar letzte Worte zu sagen, Karson?«

Der Angesprochene entgegnete nichts.

»Ihr dürft wählen: Wollt Ihr cinc Kapuze überziehen?«

Der ehemalige Weibel stieß ein schräges Rülpsen aus, dann kicherte er nur schrill: »Hihihihi!«

Mondek gab zwei Soldaten mit einem Nicken ein Zeichen. Die stülpten ihm den Stoffsack über den Kopf und führten ihn vor den Richtblock. Das klobige Stück Holz hatte in den letzten Wochen kaum Gelegenheit bekommen zu trocknen. Geübt gaben sie Weibel Karson einen Stoß in die Kniekehlen, wodurch er wie ein Taschenmesser zusammenklappte und mit seinem Kopf genau auf dem Richtblock landete.

Karni ging publikumswirksam einmal um den Delinquenten herum. Dann hielt er an, nahm einen sicheren Stand ein, wippte einige Male mit den Knien und hob die Axt. Augenblicklich kehrte Ruhe ein. Der Mann im Turm konnte jetzt wieder die Vögelchen zwitschern hören, die im nahegelegenen Park fleißig den Frühling begrüßten.

Die Axt sauste nieder, scharf und präzise, ein stumpfes Puck ohne Echo ertönte, es spritzte relativ wenig Blut. Der Kopf rollte gekonnt in den Korb. Ob dieser nun Äpfel oder Menschenköpfe einsammelte, interessierte den Korb nicht. Der Körper zuckte noch einmal kurz, dann lag nur noch totes, blutendes Fleisch auf den Brettern.

Der Mob tobte. Vor allem das schrille Kreischen einiger Frauen ging dem Mann im Bergfried durch Mark und Bein. Er trat entgeistert vom Fenster zurück. Er spürte, wie sein Herz schneller schlug, denn die Erkenntnis durchfuhr ihn wie Karnis Axt den Hals seines Opfers. Unfähig zu atmen, unfähig zu blinzeln starrte er auf die schwere Eichentür, die ihn vom Rest der Welt aussperrte. Er schloss die Augen, dann atmete er tief ein. Plötzlich wusste der im Bergfried eingesperrte Mann, dass diese schwere Eichentür sich heute nicht mehr öffnen und, dass ihn heute niemand mehr auf das Schafott schleppen würde. Er schwankte und lehnte sich dann mit dem Rücken an die Wand. Langsam rutschte er auf den kühlen Steinboden hinunter und merkte dabei nicht, wie die rauen Steine seinen Rücken aufschürften. Seine Gedanken rasten, stolperten, überschlugen sich.

Ganz langsam. Denk nach!

Einige Kleinigkeiten stimmten an dieser Hinrichtung nicht. Beispielsweise, wie Mondek in fast fürsorglicher Weise dafür gesorgt hatte, dass dem Delinquenten die Kapuze über den Kopf gezogen worden war. Sonst ergötzte sich der

Herzog immer an möglichst langgezogenen Hinrichtungen, bei welchen alle Details des qualvollen Sterbens bestens zu sehen waren. Dabei beliebte es ihm, dem Opfer ins Gesicht zu grinsen. Doch eine andere Winzigkeit beschäftigte den Mann im Turm viel mehr. Es wollte einfach nicht in seinen Schädel. Er griff sich in die restlichen Haare, versuchte die Fakten zusammenzubringen. Nochmal: Fang mit den Fakten an. Wobei bist du dir ganz sicher?

Die Antwort fiel ihm nicht schwer. Alles drehte sich um eine unumstößliche Tatsache: Bei dem Hingerichteten handelte es sich definitiv *nicht* um Weibel Karson. Denn er kannte Weibel Karson gut – sehr gut sogar. Dieser schändliche Hochverräter Weibel Karson saß gerade mit ungewaschenem Hintern und zerkratztem Rücken eingesperrt auf dem kalten Steinboden des Bergfrieds. Und holte verdammt tief Luft. Dieser Weibel Karson hatte soeben in übersichtlicher Gemütlichkeit seine eigene Hinrichtung beobachten dürfen.

Der Schmuck

»Der Quell des Winter wird dir den Weg weisen!« Blinn raufte sich die Haare. »Verdammte Geschwister! Wieso ist eine Göttin nicht in der Lage, klipp und klar zu beschreiben, wo das Artefakt zu finden ist? Kann doch nicht so schwer sein.« Er beruhigte sich ein wenig. »Habe ich das richtig verstanden - diesmal dreht sich alles um eine Lanze?«

»Genau! Ich zeige es euch.« Karek hievte einen riesigen Folianten krachend auf den Tisch. Eine Staubwolke machte sich im Ratssaal breit. Wichtel hustete demonstrativ und wischte durch die Luft. Es handelte sich um das Buch, welches Karek vor langer Zeit todesmutig auf wackelnder Leiter aus dem obersten Fach des Regals der königlichen Bibliothek gezogen hatte.

Der Prinz tippte mit dem Zeigefinger, die anderen starrten auf das Buch. Eine verschnörkelte Gravur verzierte den Ledereinband und verlieh dem Ganzen einen mysteriösen Glanz.

»Ich lese euch die Einleitung vor.«

»Angeber!«, meinte Krall, der gelangweilt das Kinn in seine Handfläche legte.

Während er vorsichtig umblätterte, überging Karek diese Bemerkung. »Also hier steht geschrieben: 'Dieses Werk beinhaltet eine Zusammenstellung der bekannten magischen Artefakte der Letzten Myrnen. Solche Gegenstände der Macht wurden erschaffen, als diese erkannten, dass ihr Volk dem Untergang geweiht war. Die Myrnen wollten durch diese Maßnahme ihre Magie bündeln und für die Nachwelt erhalten. So wurden alltägliche Objekte mit den stärksten Zaubern versehen und hierdurch zu Gegenständen der Macht.'«

»Ein Beispiel hierfür ist die Sanduhr gewesen«, fügte Blinn hinzu.

»Die unser Prinz in Stücke gehauen hat«, ergänzte Wichtel, nicht ohne unterschwellig einen Vorwurf mitklingen zu lassen.

»Genau, die ich in Stücke hauen musste, da du bereits in Stücke gehauen warst.« Karek wusste nicht, ob er lachen oder sich ärgern sollte.

Wie oft muss ich das noch erklären.

Wichtel schaute so, als könnte er sich nicht erinnern. Das fiel ihm leicht, schließlich konnte er sich auch nicht erinnern, da Karek die Zeit mit Hilfe der Sanduhr um einen ganzen Tag zurückgedreht hatte. Sämtliche Geschehnisse zuvor waren ausgelöscht worden.

Der Prinz blickte in die Runde. Blinn schien voll bei der Sache, fokussiert wie immer. Wichtels Konzentration wuselte durch den Saal, immer auf der Suche nach dem nächsten Scherz. Eduk tat so, als sei er gar nicht da – sowohl körperlich als auch geistig. Im Grunde nichts Neues. Und Krall sah aus, als würde er gleich einschlafen. Die Lider seiner blassen Augen hingen auf Halbmast.

Karek holte tief Luft. Beratungen der Hand des Schwertmeisters konnten durchaus anstrengend sein. Laut sagte er: »Ein anderes bedeutendes Artefakt ist das Schwert des Toluderadas, auch Banfor genannt.«

Abrupt hob Krall den Kopf. »Wie jetzt? Das steht da niemals!«, zweifelte er plötzlich hellwach.

Karek unterstrich mit seinem Zeigefinger eine beliebige Zeile im Buch. »Doch, doch! So steht es geschrieben.«

Krall verschränkte die Arme vor der Brust. »Nix da. Den Namen Banfor habe ich mir für meinen Liebling ausgedacht. Also kann das überhaupt nicht in diesem alten Schinken stehen.« Er streichelte zärtlich über den Knauf der Waffe. Krall trug das Schwert immer bei sich am Gürtel und legte es nur zum Schlafen ab. Obwohl, da war Karek sich gar nicht so sicher.

Erwartungsgemäß hakte Wichtel süffisant nach: »Banfor? Ich wollte schon immer mal wissen, woher der Name kommt.«

»Dann will ich das mal klarifizieren«, Krall setzte eine erstaunlich überzeugende wissenschaftliche Miene auf.

Blinn und Wichtel sahen ihn erstaunt an. »Klari… was?«, fragten sie im Chor.

Mit sich und der Welt äußerst zufrieden meinte Krall: »Da staunt ihr! Auch ich kenne solche Klugscheißerwörter.«

»Das fürchte ich auch«, antwortete Blinn schmallippig.

Wichtel grinste so breit, dass es schmerzen musste und Eduk sah aus wie immer.

Der Prinz lachte: »Schön, komm Krall. Klarifiziere mal, woher der Name Banfor kommt.«

Krall erklärte: »Er setzt sich aus den Namen meiner Vorbilder zusammen. Denen meiner Lehrmeister, den größten Schwertmeistern, die es je gab. Und die wir alle kennenlernen durften: To Shyr Ban und Forand.«

Mit solch einer schlüssigen Erklärung hatte Wichtel offenbar nicht gerechnet. »Oh! Das ist … das ist gut, Krall!«

Zufrieden nickte 'Der Mann, der mit dem Schwert spricht'.

Blinn rief alle wieder zur Ordnung: »Krall, du hast Karek durchschaut. Banfor steht da wirklich nicht. Was wolltest du uns in dem Buch zeigen, Karek?«

Der Prinz fand die Seite, die er gesucht hatte: »Hier! 'Die Allianz aus Speer und Gürtel des Binaradabas galt zur Zeit der Letzten Myrnen als mächtiges Artefakt für Glaube und

Hoffnung.'« Karek schob den Folianten in die Mitte des Tisches. »Den Gürtel besitzen wir bereits – er hat Krall das Leben gerettet – übrigens, ohne dass ich ihn zerstören musste.«

»Schon gut!«, murmelte Wichtel versöhnlich.

Alle lehnten sich auf den Unterarmen vor und betrachteten die Skizze eines Speers und eines Gürtels in dem Buch. Darunter stand ein kleiner Abschnitt in den geschlängelten Schriftzeichen der Alten Sprache.

Karek erklärte: »Milafine und ich lernen gerade die Alte Sprache, indem wir zunächst ein Wörterbuch zusammenstellen. Natürlich leistet Nika hierbei große Hilfe. Sie spricht die Alte Sprache nahezu perfekt. In der Bibliothek liegen noch zahlreiche wesentlich staubigere Folianten als der hier – alle in der Alten Sprache. Dort schlummern bestimmt noch viele Erkenntnisse und Geheimnisse.«

»Ich kann nicht einmal in unserer Sprache lesen«, trompetete Krall.

»Angeber!«, meinte Wichtel neidisch.

Karek fuhr fort: »Die Myrnengöttin sagte, dass ich zum Erreichen meiner Ziele noch ein weiteres Artefakt benötige, welches seit Generationen verschollen sei. Sie meinte den Speer des Binaradabas. Bisher hat sie uns immer geholfen und ich nehme ihre letzten Worte sehr ernst.« Karek machte eine Pause. »Helft ihr mir, den Speer zu suchen?«

Eduk tauchte aus der Versenkung auf. Empört rief er ohne jedes Echo: »Kackt der Hase auf das Feld? Fang doch nicht schon wieder so an. Selbstverständlich helfen wir dir.«

Blinn nickte: »Wir sind doch schon dabei.«

Solch eine Freundschaft ist nicht selbstverständlich.

Krall und Wichtel nickten sich gegenseitig zu.

Karek räusperte sich. »Der Quell des Winter wird dir den

Weg weisen.«

Blinn meckerte los: »So weit waren wir schon. Genauer geht es kaum. Als die Dame dies von sich gegeben hat, wieso hat denn dann keiner von euch nachgefragt, was das heißen soll? Karek, du hinterfragst doch sonst alles.«

Der Angesprochene überlegte: »Ja, wieso eigentlich? Weil … weil Fata in diesem Moment ganz plötzlich aufgetaucht ist und uns alle abgelenkt hat.«

»Ah ja! Fata ist schuld.«

Die Kabokönigin schlief in einer Ecke des Ratssaals gegenüber der Tür. Nun zog sie ihren Kopf unter dem Flügel hervor. Verschlafen breitete sie unschuldig ihre Flügel aus.

»Schon gut, Fata. Ich hätte nachfragen müssen. Nächstes Mal nehmen wir den Meister des Nachbohrens, Blinn, mit.«

»Richtig! Das solltet ihr tun. Aber ihr musstet ja unbedingt Eduk und mich zurücklassen, während ihr euch auf der Insel vergnügt habt.«

Wie lange wird Blinn mir das noch vorhalten? Dabei konnte von Vergnügen keine Rede sein.

Er überlegte, ob er etwas darauf erwidern sollte, als Wichtel rezitierte: »Der Quell des Winters wird dir den Weg weisen! Ist der Winteranfang gemeint? Wann der Winter anfängt, wissen wir, doch wo fängt der Winter an? Das hilft uns nicht weiter.«

»Oder das 'W' im Wort Winter?«, warf Blinn ein und zog nachdenklich mit dem Zeigefinger die Narbe in seinem Gesicht nach.

Dann entstand eine Pause der Besinnung. Genauer gesagt: Fünffache Ratlosigkeit hat sich um den Tisch versammelt. Zur allgemeinen Aufmunterung lag Fata schon wieder in ihrer Ecke und schlief.

Krall fragte in die Stille hinein: »Hieß der Spruch nicht 'Der Quell des Winter'?«.

»Sag ich doch! Das hatten wir jetzt schon zehn Mal.« Wichtel rollte mit den Augen, dass Karek fast schwindelig wurde.

Krall meinte ungerührt. »Hatten wir nicht, Knirps. Karek und Blinn sagten 'Quell des Winter'. Du hingegen sagtest 'Quell des Wintersssss'.« Krall zischte die letzte Silbe eine halbe Ewigkeit, so dass seine Spucke umher sprühte.

Wichtel war sichtlich unbeeindruckt: »Oh, deine Sprachgelehrigkeit erstaunt … «

Karek fuhr hoch. Der Stuhl, auf dem er gesessen hatte, fiel krachend um. »Krall, du bist ein Genie!«

Kralls Gesichtsausdruck signalisierte, dass diese Erkenntnis ganz und gar nicht neu für ihn war. Alle anderen jedoch sahen Karek höchst erstaunt an.

»Das ist es!« Der Prinz wurde noch lauter, sein Gesicht glühte: »Nicht der Winter ist gemeint, sondern der Winter!«

»Ach sooo, und ich dachte schon …«, meinte Wichtel beruhigt.

»Ah ja, jetzt, wo du es sagst…«, stieß Eduk erleichtert aus, bevor sein unscheinbares Gesicht zu einem unscheinbaren Fragezeichen wurde.

Blinn hob die Hand. »Habe ich das richtig verstanden? Also der Winter ist gemeint. Na dann ist ja gut.«

»Wie jetzt? Was ist gut?«

Der Prinz widerstand dem Reflex, seinen Kopf ruckartig nach unten sacken zu lassen.

Zugegeben, meine Erklärung lässt durchaus Raum für Interpretation.

»In dem Satz ist 'Winter' ein Eigenname. Nicht die Jahreszeit ist gemeint. Sondern der Fluss. Der Quell des Flusses namens Winter. Krall hat es gemerkt!«

»Hab ich gar nicht!«, wehrte sich Krall.

»Sei nicht so bescheiden. Ehre dem, dem Ehre gebührt. Und gut ist«, grinste Wichtel seinen Freund an.

Blinn klatschte in die Hände und fasste zusammen: »Das muss es sein. Der Quell des Winter ist einfach der Ort, an dem der Fluss entspringt. Die Quelle.«

»Wartet bitte kurz!« Karek rannte hinaus in Richtung seines Schlafgemaches. Dort angekommen, holte er aus seinem Schrank eine große Rolle und machte sich wieder auf den Weg in den Ratssaal.

Auf dem Tisch rollte er eine große Karte des Königreiches Toladar aus.

»Es gibt nur zwei große Flüsse in unserem Land. Der Karpane in der Mitte und der Winter im Norden. Der Winter hat der Feste Winterbrück ihren Namen gegeben. Der Fluss entspringt im Gebirge im Nordwesten, seine Quelle liegt nicht mehr in unserem Land, sondern im Nordreich Alandar. Dorthin wollte uns die Myrnenkönigin senden.«

Die vier Kameraden nickten zustimmend.

Die Tür des Ratssaals öffnete sich. Torquay und neun weitere Jovalikrieger polterten herein. Zwei von ihnen trugen einen Korb mit länglichen, dunklen Metallklötzchen. Karek klatschte sich an die Stirn.

Das magische Metall Acerium aus den Bergen der Insel habe ich ja vollends vergessen.

Trotz seiner Jugend hatte sich Torquay zum Anführer der Jovali entwickelt. Dies galt natürlich nur, solange Krall seiner Aufgabe als Oberhäuptling der Jovali nicht nachkam. Eigentlich ein Dauerzustand, er ließ die Jovali machen, was sie wollten. Es hatte einige Tage gedauert, bis der Hofstaat sich halbwegs an die ungewöhnlichen Gestalten mit der bronzenen Haut und den wilden Augen inmitten der grimmigen Gesichter gewöhnt hatte. Es hatte ein Machtwort Kareks bedurft, damit sich sowohl die Jovali als auch die Bangesi innerhalb der Burg frei bewegen durften und sogar Zutritt zu den königlichen Sälen bekamen. Ihre Kurzschwerter, Dolche und Speere mussten sie jedoch vorher ablegen.

»Reinstes Metall aus Muttererz, Prinz Karek!« Torquay zeigte stolz in den Korb. »Ich selbst stand vor der Himmelsmutter, als diese empfahl, Schmuck daraus anfertigen zu lassen. Verstanden warum, habe ich allerdings nicht.«

So war es gewesen. Die Myrnengöttin, welche die Jovali und die Bangesi als Himmelsmutter verehrten, hatte ihnen dazu geraten, da das Metall den Zauber der myrnischen Artefakte verstärken würde.

Wie konnte ich das nur vergessen? Ich werde alt.

»Danke Torquay. Genial, dass du daran gedacht hast. Lasst uns doch gleich zu unserem Burgschmied gehen und ihn fragen, was er von eurem Acerium hält.«

Mit seiner Werkstatt in der Vorburg gehörte der Schmied zu den angesehensten Handwerkern. Schon von Weitem konnten sie die mächtigen Hammerschläge hören. Die Schmiede befand sich genau zwischen dem Töpfer und dem Knochenhauer.

»Guten Tag, Prinz Karek! Guten Tag, die Herrschaften«, begrüßte der Schmied die Ankömmlinge. Einen längeren Blick richtete er auf die Jovalikrieger, die sich in einer Reihe rund um den riesigen Amboss aufgestellt hatten.

»Was verschafft mir die Ehre dieses hohen Besuches?«, lächelte er Karek an. Der Prinz hatte in seiner Kindheit vor allem im Winter viele Stunden neben der warmen Kohleesse verbracht und den Geschichten des Schmiedes gelauscht.

»Seid gegrüßt, wir haben Euch etwas mitgebracht und möchten gern Eure Meinung dazu einholen. Habt Ihr solches Metall schon einmal gesehen?«

Torquay stellte den Korb mit den Acerium-Barren vor den Schmied. Dieser nahm einen der dunklen Barren in seine schwieligen Finger. Er wog ihn in der flachen Hand, drehte ihn vor seinem Auge hin und her, dabei formte sich sein Gesicht zu einem einzigen Grinsen. »Nein. Dieses Material kenne ich nicht.« Er nahm einen Nagel und versuchte die Spitze hineinzubohren. »Es ist noch schwerer als Gold und deutlich härter. Doch die Menge reicht gerade mal für ein kleines Schwert. Und dann stellt sich die Frage, ob dieses Metall trotz seiner Härte elastisch genug ist und nicht beim ersten Schlag bricht.«

Torquay trat vor: »Herr Schmied. Unsere besten Schwerter sind aus diesem Material. Ich versichere Euch, dass es kein besseres Metall für Waffen gibt.«

»Gerne bestätige ich das«, schaltete Karek sich ein. »Doch wir wollen gar keine Waffen. Könntet Ihr uns Schmuckstücke herstellen? Kettenanhänger, Ringe, Mantelspangen, Broschen?«

Der Schmied erwiderte freundlich: »Dafür müsstet Ihr einen Goldschmied beauftragen.«

»Dieses Material hat mit Gold doch wenig gemein. Ein schlauer Mensch sagte mir, das Metall sei schwerer und viel härter. Ich könnte mir daher vorstellen, Ihr seid der Richtige.«

»Mein Metier ist die Waffenherstellung, doch die Überredungskünste des Prinzen sind gewaltig.« Der Schmied nahm den Korb mit den anderen Barren entgegen. »Ich werde einige Schmuckstücke anfertigen. Erwartet jedoch keine Wunder von mir. Falls Ihr jedoch damit die Herzen Eurer Liebsten erobern wollt, solltet Ihr gleichwohl einen Goldschmied beauftragen.«

»Wie meint der das?«, fragte Krall.

»Ich danke Euch«, antwortete Karek dem Schmied. Zufrieden wandte Karek sich den Jovali zu. »Wollen wir in den Park gehen?«

Die Gruppe machte sich auf in den Hofgarten. Sie sammelten sich um den Rand des Brunnens. Erstaunt blickten die Jovali auf die bunten Zierkarpfen, die sich allesamt in Richtung Karek ausrichteten.

»Die sehen gefährlicher aus als Piranhas«, meinte Torquay.

»Die sind harmloser als Regenwürmer.« Karek schaute den Jovali an. »Was habt ihr jetzt vor? Wie lange wollt ihr noch bei uns bleiben?«

»Wir haben gehört, demnächst steht ein Krieg bevor. Wir haben Oberhaupt Krall gefragt, ob er unsere Hilfe braucht, doch er meinte, dass es noch Monate dauern kann, bis die Kämpfe beginnen.«

»Das mag sein, bisher gibt es keine Anzeichen für einen baldigen Kriegsausbruch. Doch ich fürchte, über kurz oder lang wird eine Schlacht unvermeidlich sein.«

»Ihr seid auch nicht besser als die Bangesi und die Jovali.«

Karek nickte. »Ich stimme dir zu – kein bisschen besser.« Der Prinz überlegte: »Es wird morgen eine Ratsversammlung geben. Danach weiß ich mehr. Lasst uns morgen Abend erneut zusammenkommen. Ihr könnt dann entscheiden, ob ihr noch bleibt oder zur Insel zurückkehrt.«

Die Jovali nickten. Torquay sagte: »Ich vermisse den Urwald, die Tiere und die Kameraden.«

»Es wäre schön, wenn ihr vorher mit den Bangesi Frieden schließt. Seid doch nicht genauso dumm wie wir und tötet euch auf der Insel nicht gegenseitig ohne jeden Sinn.«

Torquays Miene versteinerte sich. »Das ist nicht so einfach. Der Hass sitzt tief.«

»Beide Völker haben auf der Insel alles, was sie brauchen, um ein gutes Leben zu führen. Die Einzigen, die diesem Ziel im Weg stehen, seid ihr selbst.«

»Ja, das stimmt. Doch Jovali kämpfen nicht gegen Jovali. Bei euch jedoch töten Tolader auch Tolader.«

Was sollte Karek dazu noch sagen. Er seufzte. Im Grunde kamen ihm die Zierkarpfen hier im Brunnen klüger vor als die Menschen. Die Fische vertrugen sich bestens auf engstem Raum.

Vorbereitungen

Sie zog die Schnüre ihrer schwarzen Lederweste über dem schwarzen Leinenhemd fest zu. Ihre Hose und die Stiefel passten farblich ausgewogen zu Hemd und Weste. Gerade erst wach geworden, zelebrierte sie ihre miese Laune. Als Erstes fauchte sie ihr Spiegelbild in dem ausladenden Rahmen mit den vergoldeten Schnörkeln an, der sich bis zu den vergoldeten Fresken an der Decke hochzog. Immerhin sah ihr Spiegelbild nicht vergoldet aus. Egal wo sie sonst hinblickte, Pompösigkeit überall in ihrem Schlafgemach im königlichen Schloss Felsbach: das Bett breiter als der Fluss Karpane, der Teppich tiefer als der Fluss Karpane. Und erst die riesigen Schränke! Dabei passte ihr gesamtes Hab und Gut in die obere Schublade des Nachttisches aus Kirschholz. Zumindest ließen die Fenster ein gehöriges Stück Sonnenschein herein. Ganz klar: Ihre abgebrannte Hütte im Blutwald hatte sie als heimeliger empfunden. Sie vermisste ihre Spiegelscherben, in denen sie auch nicht anders als in dem Protzding hier an der Wand ausgesehen hatte - außer zufriedener.

Nika öffnete einen der Fensterflügel und schaute hinaus. Ein überwältigender Blick verbesserte ihre Gemütsverfassung geringfügig von Orkan auf Sturm. Von weit oben schaute sie auf das Meer, auf die Hafenanlage, auf die meterhohe Kaimauer der Stadt Felsbach und auf unzählige Menschen, die sich bereits geschäftig auf den langen Schwimmstegen drängten. Sie schnitt eine Grimasse, denn wo unzählige Menschen sich drängten, gehörte sie nicht hin. Doch dieses 'sich-hier-alles-andere-als-zuhause-fühlen' war nicht der einzige Grund für ihre schlechte Laune. Sie musste Entscheidungen fällen. Und wie sie es drehte und wendete, das Ergebnis blieb gleich, nämlich unbefriedigend. Der Prozess hatte lange gedauert, hatte reifen müssen, um sie dann mit der Erkenntnis zu konfrontieren: 'Nun beginnt dein Leben nach der Auftragsmörderin.' Die letzte Krähenfeder hatte sie gelegt, der letzte bezahlte Mord war lange her.

Nicht etwa weil Skrupel sie beschlichen hatten, fremde Menschen für Gold umzubringen. Was sollte daran schon verkehrt sein? Nein, ihr war nicht mehr danach. Und es kam noch schlimmer. Sie hatte Gefallen daran gefunden, mit Bolk zusammen zu sein. Nicht etwa, weil sie ihn liebte. Völlig absurder Gedanke, es gab kaum etwas Unlogischeres im Leben als Liebe. Es musste etwas anderes sein. Altersmilde vielleicht. Oder einfach nur Dummheit. Nee – diesen Gedanken verwarf sie kategorisch. Dieser soradische Schurke hatte sie hinterhältig bestohlen – daran musste es liegen. Nein, nein, weder ihr Herz noch ihre Unschuld hatte er geklaut, sondern ein Stück Gemüt – gezielt das Stück mit dem Gefühl der Sinnlosigkeit, und damit fehlte auch ein Teil Unbekümmertheit. Vereinfacht auf den Punkt gebracht: Mit einem Mal war ihr *nicht* mehr *alles* scheißegal! Und schon fühlte sie sich schlechter.

Sie lockerte die Lederriemen ihrer Kleidung und stieß die Tür auf. Ihre treuen Begleiter 'Dolch im Stiefel' sowie 'Dolch im Ärmel' schmiegten sich vertraut an ihre Haut, als wollten sie Trost aus alten Zeiten spenden.

Seit knapp vier Wochen weilte Nika nun schon in der königlichen Burg Felsbach. Viel königliches Brimborium hatte es gegeben, als sie von der Insel zurückgekehrt waren. König Tedore schien dank guter Pflege durch den alten San-Priester und Milafine fast wieder der Alte zu sein. Kareks Freundin befand sich auf dem besten Weg, eine gute San-Priesterin zu werden, denn sie besaß wahrlich heilende

Händchen. Schön für sie und ihre Patienten.

Karek und Milafine gaben sich ungeheure Mühe, die Alte Sprache zu lernen. Dem zollte Nika Respekt. Die Schriftzeichen der Myrnen zu begreifen, stellte die beiden durchaus vor eine große Herausforderung, während Nika diese beherrschte wie ihre Muttersprache. Erst gestern hatte sie für Karek und Milafine etwa dreißig Wörter übersetzt. Wieso beherrschte sie die Alte Sprache derart perfekt? Sie konnte sich partout nicht an ihre Kindheit, an die ersten zehn Jahre ihres Lebens erinnern.

Nika zog die Mundwinkel herunter. Karek hatte sie in den offiziellen Beraterstab des Königs berufen wollen, zumindest wollte er dies seinem Vater vorschlagen. Diesen absurden Gedanken hatte sie schnell beiseite gefegt. Schon seit Jahrtausenden setzte sich der Rat aus Männern zusammen. Männer und Politik – schlimmer ging es kaum.

Sie betrat den 'Kleinen Speisesaal' der königlichen Burg Felsbach. Kareks Freunde Eduk und Blinn kauten gerade auf irgendwelchen delikaten Häppchen herum, die nur an königlichen Höfen gereicht wurden. Sie warf einen flüchtigen Blick auf die Teller. Das Ganze sah aus wie Hasenhoden in Pfefferminzsoße. Den beiden gegenüber saß nur noch dieser soradische Oberschurke, der mit seinen blauen Augen und schwarzen Locken im Kontrast zu dem weißen Hemd einfach nur umwerfend aussah. Allerdings verstand er es, den guten Eindruck zu zerstören, sobald sich seine Lippen bewegten. Er enttäuschte sie nicht.

Bolk begrüßte sie: »Ah, mein Täubchen ist wach.«

Krähe, Amsel, Täubchen! Der steile Abstieg in Vogelgestalt.

Freundlich fragte sie Blinn: »Schmeckt es, Blinn? Müssen

es unbedingt Eier von *Hasen* in Pfefferminzsoße sein?« Dabei warf sie einen sehr nachdenklichen Blick in Richtung Bolk.

Blinn starrte erst in sein Essen, dann mit irritierter Miene in ihr Gesicht. »Guten Morgen Nika. Alles gut?«

»Klappe Blinn! Verdirb mir meine miese Laune nicht!«

Dass Eduk neben ihm saß, hatte sie bereits vergessen. Doch die kleine Blassbacke nahm ihr das bestimmt nicht übel, er war es schließlich gewohnt, übersehen zu werden.

»Das sind Wachteleier in Senfsoße, Nika«, ließ Blinn sich mutigerweise nicht einschüchtern.

»Pfft.« Da hatte sie ja fast richtig gelegen.

Der Stuhl, den Bolk neben sich zurückzog, quietschte über das Parkett. »Setz dich, Nika.«

Bolk hatte mal gemeint, sie sei morgenmuffelig. So ein Blödquatsch. Sie war morgens genauso wie mittags und abends. Und zu all diesen Tageszeiten trug Bolk seinen dicken Panzer gegen jegliche Art von Provokation – das hatte er mit Prinz Karek gemein.

Sie nahm neben ihm Platz. Er lehnte sich zu ihr herüber und gab ihr einen Kuss auf die Wange, was ihre Laune nicht wesentlich verbesserte.

»Es gibt Neuigkeiten«, sagte Bolk.

»Was denn? Hat der König eine neue Krone oder neue Gewürzständer?«

»Nein. So was Wichtiges nun auch wieder nicht«, wiegelte er ab. »König Schohtar, der Selbsternannte, hat immer noch nicht damit begonnen, sein Heer einzuberufen. Es gibt bisher keinerlei Anzeichen für einen Schlachtzug gegen den Norden. Leider marodieren einige von Schohtars Söldnereinheiten jetzt schon durchs Land – als Erstes haben sie sich die Gegend nördlich der Karpanemündung ausgesucht.

Sie sollen wohl mordend und raubend für Unruhe und Unbill gegen König Tedore sorgen, der nichts unternimmt, um Schohtar Einhalt zu gebieten.«

Eduk schräg gegenüber von ihr bekam so runde Augen, dass er beinahe auffiel. »Schohtar Einhalt zu gebieten?«, echote er erschrocken. »Unbedingt – nur wie?«

Bolk nickte. »Es sieht ganz danach aus, als provoziere er, dass Truppen gegen ihn gesandt werden. Er organisiert einen Krieg gegen sein eigenes Volk, den aber andere lostreten sollen.«

Nika schnaubte verächtlich. »Daran ist nichts Besonderes. Hierfür gibt es genug Beispiele in der glorreichen Geschichte der Menschheit. Mein Volk, fremdes Volk, wer greift wen an? Wo ist der Unterschied, wenn es um Macht und Gier geht?«

Sie verspürte eine wachsende innere Unruhe. War sie der Menschen oder des Menschseins müde?

Bolk wirkte ungewohnt ernst, als er sagte: »Meine Männer und ich müssen zurück nach Soradar. Ich fühle es – da braut sich etwas zusammen. Dieses … Bündnis zwischen unserem König von Soradar, Pares Drullom, und Schohtar irritiert mich. Schohtar ist gefährlich und Pares dämlich. Ein höchst ungleiches Paar - mit den weitaus besseren Voraussetzungen für Schohtar, falls es mal Streit geben sollte. Ich fürchte, dass Schohtar nichts Gutes mit Soradar vorhat.«

Nika hatte sich so etwas in der Art schon gedacht. »Aha! Muss da gerade ein Mann tun, was ein Mann tun muss?«

»Es gibt viele Arten es auszudrücken – das ist eine davon«, entgegnete Bolk ruhig.

Egal, wie – entscheidend war, dass eine Frau dabei nicht mitmachen wollte. Nika fasste es zusammen: »Ich komme nicht mit.«

Eine dunkle Wolke verdüsterte das Gesicht des Soraders. »Wieso habe ich das geahnt – auch wenn ich mir erhofft habe, dass du mich begleitest.«

Blinn und Eduk erhoben sich gleichzeitig wie auf ein geheimes Kommando und verließen den Saal. Die Tür schlug hinter den beiden zu.

Bolk sah Nika an: »Wieso wolltest du hier in der Burg kein Zimmer mit mir teilen? Platz wäre doch gewesen.«

»Das ist ein Problem. Die Betten sind viel zu groß.«

»Mein Bett ist nur zu groß ohne dich. Logisch.«

Nika konnte es kaum fassen. »He! Vorsicht Bolk! Du wandelst in meinen Gefilden. Für so etwas bist du viel zu albern. Es gibt schließlich nichts humorloseres als Logik.«

»Sehr witzig, Nika!« Er grinste lümmelartig.

Sie setzte neu auf: »Bolk, wir haben auch ohne gemeinsame Kammer viele Nächte zusammen verbracht. Und es war gut.«

»Gut? Es war fantastisch! Darum verstehe ich nicht, warum du dich so zierst.«

»Schulde ich dir Erklärungen? Früher habe ich mich Männern nur genähert, um sie zu töten. Daraus habe ich nie ein Geheimnis gemacht.«

Bolk seufzte: »Warum stehe ich nur auf komplizierte Frauen?«

»Weil dein schlichtes Gemüt einen Ausgleich sucht.«

Er grinste, scheinbar ohne es zu wollen. »Das wird es sein.«

Sie saßen schweigend nebeneinander. Er drehte sich zu ihr und legte seine großen Hände auf ihre Schultern. Wenn er seine Daumen abspreizte, könnten diese sich fast berühren. »Nika, was hast du vor?«

Tagelang hatte sie hin und her überlegt. Gedanken, Ideen,

Vorschläge waren gekommen und wieder gegangen wie das Mondlicht. Doch jetzt auf einmal wusste sie es. Wieso fragte Bolk sie erst jetzt?

»Nach Süden reisen, Bolk.«

»Was? Dem Krieg entgegen?«

Sie legte ihre Hände auf seine. »Egal in welche Richtung wir reisen, Krieg ist überall. Und wolltest du nicht ebenso Richtung Süden segeln – nach Akkadesh?«

»Das ist etwas anderes.«

»Ach ja? Gilt für Männer ein anderes Süden?«

Der Sorader schüttelte den Kopf. »Der Unterschied ist, dass ich nicht alleine nach Süden reisen werde, sondern auf einem Schiff in Begleitung meiner Männer.« Er überlegte: »Was passiert mit Sagitta und den Bangesi? Nimmst du wenigstens die mit?«

»Die können frei entscheiden, was sie tun. Sie können mich begleiten, sie können hierbleiben, sie können bei Gelegenheit mit einem Schiff wieder zurück zu ihrer Insel. Ich werde sie fragen.«

»Sagitta wird dich begleiten wollen.«

Nika runzelte die Stirn. »Ich rede mit ihr.«

»Was möchtest du …?«

Bolk wurde durch einen stämmigen jungen Burschen unterbrochen, der in den Essenssaal stürzte. Der Neuankömmling hatte ein bemerkenswertes Talent, im falschen Moment aufzutauchen. Die dunkelgrüne Seidenkleidung mit einem weißen und einem schwarzen Kreis darauf, die eine graue Schnittmenge bildeten, verriet seine Abstammung aus dem Hause Marein.

Er rief: »Bolk, Nika – tut mir bitte den Gefallen und nehmt am großen Rat teil. Es geht um die Maßnahmen, die wir ergreifen wollen, um den Bürgerkrieg zu verhindern.«

So kannte Nika den toladarischen Thronhinterdreinkommer – immer aufgeregt.

»Karek, was soll ich als ehemaliger Admiral des Erzfeindes deines Königreiches dazu beitragen?« Bolk nahm die Hände von Nikas Schultern.

Auch Nika wehrte ab: »Das ist nicht mein Krieg.«

So leicht ließ der Prinz nicht locker. »Ihr tragt zwar keine Schuld, doch es ist ebenso euer Krieg - ihr steckt mitten drin.«

»Es gibt Schlachten, die sind unvermeidbar. Ich fürchte, Schohtar kann nur noch mit Waffengewalt besiegt werden.« Bolk hämmerte mit der Faust auf den Tisch. »Wir müssen zurück nach Akkadesh. Die Signale aus Soradar lassen Übles erahnen. Um mir ein besseres Bild machen zu können, brauche ich mehr Informationen.«

»Der Rat hat Informationen«, lockte der Prinz gerissen.

»Und dann, wenn du ein besseres Bild von der ganzen Scheiße hast, fühlst du dich besser?«, provozierte Nika.

»Je nachdem, wofür ich mich dann entscheide, ja!«, ließ Bolk sich nicht aus der Ruhe bringen. Woher nahm er nur diese Geduld?

Karek wurde ungeduldig. »Gut! Oder besser nicht gut. Ich gehe alleine zum großen Rat.«

Bolk stand langsam auf. »Dieses eine und letzte Mal komme ich mit, Karek. Dir zuliebe.«

»Ich kann nicht. Ich ertrage dieses selbstgefällige Dahinreden nicht. Ich spreche mit Sagitta und den anderen Bangesi.« Nika verzichtete auf das Frühstück und machte sich auf den Weg.

Der Rat

Alle anderen Mitglieder des Rates hatten sich bereits versammelt, als Bolk und Karek den Saal betraten, in dem der Prinz gestern mit der Hand des Schwertmeisters getagt hatte.

Tedore saß am Kopf des Tisches. Der Platz neben seinem Vater blieb dem Thronfolger vorbehalten - Karek ließ sich dort nieder. Bolk setzte sich ans Ende des Tisches genau gegenüber von Tedore. Dazwischen saßen Hofmarschall Bathek Moll sowie Waffenmeister Madrich. Auf der anderen Seite schaute Fürst Ransorg Gobarin, Machthaber im Norden Toladars und ein treuer Freund der Familie Marein, entschlossen drein. Er war am Vorabend mit seinem halben Hofstaat angereist. Neben ihm saß ein junger Mann, der aufmerksam die Geschehnisse verfolgte.

Eine große Karte von Krosann bedeckte fast die komplette Tischplatte. Sofort erkannte Karek die vier Königreiche: Alandar im Norden, Winslorien im Westen, Toladar im Osten und Soradar im Süden.

Karek zog eine Schnute. Ausgerechnet sein Heimatland Toladar befand nun in großen Schwierigkeiten, da es sich in zwei Teile spaltete. Der ehemalige Fürst Schohtar beanspruchte als König den Süden Toladars für sich, während Tedore Marein nur noch der Norden blieb. Schohtar tat alles, um die Kontrolle über ganz Toladar zu erlangen und die Familie der Mareins zu vernichten. Dafür nahm er auch einen blutigen Bürgerkrieg in Kauf.

König Tedore hob die Hand. »Jetzt sind wir vollzählig. Seid gegrüßt!« Mit ernstem Gesicht sah er einem nach dem anderen in die Augen, bevor er fortfuhr: »Einberufen habe ich diesen Rat, um Vorschläge zusammenzutragen, wie wir auf den bevorstehenden Krieg mit dem Süden reagieren sollen. Besonders willkommen heiße ich meinen Freund Fürst Ransorg Gobarin, der für unser Reich seit vielen Jahren Winterbrück kontrolliert. Ransorg, ich sehe ein neues Gesicht. Wen hast du uns mitgebracht?«

Der Fürst stand auf. Ein kleiner, rundlicher Mann in Tedores Alter mit einem sanftmütigen Gesichtsausdruck, sogar wenn er sich aufregte. Auch sein junger Begleiter erhob sich. »Das ist mein politischer Berater, Heermeister Tadeus Reibanin. Er hat trotz seiner jungen Jahre sein erstaunliches strategisches Wissen bereits unter Beweis gestellt, als er vor einem Jahr den Aufstand der Grenzbewohner nördlich von Winterbrück niedergeschlagen hatte.«

Reibanin verbeugte sich tief: »Es ist mir eine Ehre, diesem Rat am heutigen Tag beiwohnen zu dürfen.«

Karek betrachtete ihn genauer.

Der Heermeister trug seine glatten Haare gescheitelt, eine lang gezogene Nase dominierte sein Gesicht, die Kleidung des Mannes fiel nicht durch überbordende Verzierungen oder eitlen Schmuck auf, was auf Karek durchaus sympathisch wirkte.

Irgendwoher kenne ich diesen Mann. Ob er schon einmal auf Burg Felsbach gewesen ist? Er ist zwar äußerst jung für einen politischen Berater, doch ist dies nicht genau das, was wir brauchen? Frisches Blut mit neuen Ideen.

Bekräftigt wurde sein letzter Gedanke, als er die anderen Gesichter um sich herum genauer betrachtete. Madrich erschien jetzt schon schläfrig – Politik gehörte nicht zu seinen Lieblingsbeschäftigungen. Für ihn galt das Recht des Stärkeren. Und stark konnte nur der sein, der möglichst vollendet mit der Waffe umgehen konnte. Sein Nachbar

Hofmarschall Bathek Moll gehörte aus Tradition zum engen Beraterkreis seines Vaters.

Oder aus schlichter Gewohnheit. Durch sinnvolle Ratschläge hat er sich in den letzten Jahren selten hervorgetan.

Der Blick des Prinzen wanderte weiter. Fürst Ransorg Gobarin zählte seit eh und je zu den engen Freunden der Familie Marein. Seit Karek denken konnte, stand er seinem Vater stets loyal und zuverlässig zur Seite. Auch heute strahlte Ransorg Zuversicht aus – es tat gut, Winterbrück in seinen Händen zu wissen.

Heermeister Reibanin stand immer noch, während Ransorg wieder Platz genommen hatte. Er zeigte provokativ mit dem Zeigefinger auf Bolk und fragte in zweifelhaftem Ton: »Wer ist das?«

Ganz schön selbstbewusst für einen Mann in seinem Alter. Das erste Mal bei einer Ratssitzung dabei und schon ging er direkt zu Anfang in die Vollen.

Karek wollte gerade den Mund öffnen, als Bolk ihm mit einem Blick bedeutete zu schweigen.

Langsam stand der Sorader auf: »Eurem anmaßenden Tonfall entnehme ich, dass Ihr genau wisst, wer ich bin. Warum fragt Ihr dann und verschwendet die kostbare Zeit dieses Rates?«

Ganz hervorragender Beginn der Debatte. Noch nicht ansatzweise auf die eigentlichen Probleme eingegangen und schon dicke Luft. Doch Bolk kann sich so etwas nicht bieten lassen.

Das Gesicht des Heermeisters gewann an Farbe. So sah er noch jünger aus. Langsam und konzentriert brachte er hervor: »Ihr seid Bolkan Katerron. Ein Admiral aus Soradar, dem südlichsten Reich Krosanns. Demnach ein Feind, mit dem Fürst Schohtar sich verbündet hat, um uns zu vernichten. Da muss die Frage erlaubt sein, was Ihr hier an diesem Tisch der Vertraulichkeit verloren habt.«

Bolk lehnte sich entspannt zurück. »Nur, diese Frage habt Ihr eingangs nicht gestellt, Heermeister.«

Touché!

Karek vergaß zu atmen.

»Ruhe jetzt!« Tedore erhob seine Stimme. »Admiral Bolkan Katerron nimmt auf Wunsch des Prinzen an dieser Sitzung teil. Dies ist Grund genug für seine Anwesenheit!«

Heermeister Reibanin setzte sich. Er unterließ es immerhin zu schnaufen oder eine sonstige abschätzige Bewegung zu machen.

Das genügte Karek nicht. Laut und deutlich sagte er: »Ihr kommt mir bekannt vor, Heermeister. Wart Ihr schon einmal auf Burg Felsbach?«

»Nein, mein Prinz. Diese Ehre wird mir zum ersten Mal zuteil.«

Karek nickte ihm freundlich zu: »Ein Wort zum Admiral, Heermeister. Bolkan Katerron ist nicht zum ersten Mal Gast an diesem Hof und hat unserem Land in jüngster Vergangenheit wertvolle Dienste erwiesen. Ich verbürge mich für ihn.« Karek sah den Heermeister mit unverhohlener Neugierde an. »Es spricht für Euch, direkt bei Eurem *ersten* Besuch in der königlichen Burg einer königlichen Ratssitzung beiwohnen zu dürfen. Das ist staunenswert. Es freut mich, Eure Bekanntschaft zu machen.«

Tedore runzelte die Stirn – natürlich hatte er bemerkt, wie Karek den Heermeister äußerst höflich in die Schranken verwiesen hatte.

So auch Fürst Ransorg. Gewichtig sagte dieser: »Und ich verbürge mich für Reibanin. Ihr werdet ihn schätzen lernen, mein Prinz.«

Das mag sein, denn der Heermeister macht einen guten Eindruck.

Doch jeder sollte seinen Platz kennen.

Versöhnlich fuhr Tedore fort: »Ich vertraue dem Urteil meines Sohnes. Bolkan ist zwar Sorader, doch er ist in seinem Land als Deserteur geächtet und hat uns geholfen. Und ich achte Euer Urteil, Ransorg. Euer Vertrauter ist auch mein Vertrauter.«

Ransorg schien beruhigt, Reibanin sah finster drein, vermutlich dachte er noch über Kareks Worte nach.

»Wir wollen uns nicht streiten, sondern Lösungen diskutieren, wie wir Schohtars Kriegsplänen begegnen und letztlich diesen ungerechtfertigten Aufstand niederschlagen«, nahm Tedore den Faden wieder auf. »Ransorg, wie sieht die Situation im Norden aus?«

Abermals stand der Fürst auf. »Wie ich Eurer Majestät mittels Pferdekurier bereits mitgeteilt habe, gibt es im Nordreich Krosanns Alandar einen neuen Herrscher. Der alte König erlag einer Fieberkrankheit und nun hat Meinard Barason seinen Platz eingenommen. Die Alander waren nie die großen Kriegstreiber und es blieb an unserer Nordgrenze bisher ruhig, nur können wir nicht sicher sein, wie sich der neue König Barason im bevorstehenden Konflikt aufstellen wird.«

»Habt Ihr ihn, wie besprochen, in meinem Namen an den königlichen Hof nach Schloss Felsbach eingeladen?«

»Aber natürlich, mein König.« Ransorg nickte. »Nur scheint der neue Herrscher von Alandar zu stolz zu sein, zu stolz, um sich zu Euch zu begeben. Er ließ mir ausrichten, dass Ihr doch bitte zu ihm an den Hof kommen möget.«

Diese Aussage weckte in Hofmarschall Moll die Lebensgeister. »Eine Frechheit, wenn ich das sagen darf, Eure Majestät.«

Ja, Moll. Es ist frech. Das weiß jeder. Wie hilft dein Kommentar nun weiter?

Schon sackte der alte General wieder in sich zusammen und blieb ruhig. Bis zur nächsten Frechheit.

»Was fällt ihm ein? Ich bin der König von Toladar«, Tedore brauste auf.

Der Gedanke schmerzte Karek, doch er kam einfach, ungewollt und unerwünscht: *Ja, Vater, das bist du, doch erinnere niemanden daran, sondern handele wie ein König.*

Madrich und Moll glotzten nur stumm wie die Zierkarpfen im Schlossbrunnen.

Karek schielte zu Bolk hinüber. Er sah dem Sorader an der Furche über der Nasenwurzel an, dass dieser ob der geballten Kompetenz an diesem Tisch zutiefst beeindruckt war.

Der Feind hieß Schohtar. Schließlich hatte der sich den südlichen Teil Toladars widerrechtlich angeeignet und sich selbst zum König gekrönt.

Das Erlebnis im Musikzimmer in der Sternfeste erschien Karek vor Augen. Die Myrnengöttin hatte ihn damals in den Geist und Körper einer Ratte gesteckt, wie auch immer sie dies gemacht hatte. Jedenfalls hatte Karek Schohtar und den Boten auf diese Weise heimlich belauschen können. Wie kam er jetzt so plötzlich darauf? Eine Intuition knabberte sanft an seinem Unterbewusstsein, wollte sich zu einer Eingebung emporschwingen, doch Karek beschäftigten einige andere vordergründige Gedanken aus diesem Erlebnis. Schohtars Worte im Musikzimmer würde er nie vergessen: 'König Tedore richtet sich gen Süden aus, der Trottel. Soll er'.

Das klang zumindest so, als ob die anderen Himmelsrichtungen nicht vernachlässigt werden sollten. Karek grübelte, wie er diese Information nun anbringen konnte. Er würde sofort gefragt werden, wie er dazu komme, Gefahr nicht nur aus dem Süden zu vermuten.

Und dann? Würde er antworten: Ganz einfach. Ich habe als Ratte verwandelt unter einer Holztreppe in der Sternfeste in einem Loch gezappelt und dabei Schohtar in einem vertraulichen Gespräch belauscht.

Karek rieb sich die Stirn. Das Gelächter würde bis in den Hafen zu hören sein. Auf einmal wünschte er sich weit weg. Es kam ihm vor, als drückten Erschwernisse, Hindernisse und Probleme von allen Seiten gleichzeitig auf ihn ein. Hier wurde er viel zu schnell alt. Er sehnte sich auf einmal nach der Leichtigkeit und kindlichen Belanglosigkeit, die seine Freunde Blinn, Wichtel, Krall und Eduk oftmals umwehten.

Unerwartet bekam er Hilfe.

Bolk sagte gedehnt: »Es gibt Hinweise aus Soradar, dass Gefahr nicht nur aus dem Süden droht. Von wo aus also noch? Da bleiben nur noch das Meer im Osten und Alandar im Norden als Bedrohung.«

Karek hatte Bolk in allen Einzelheiten von seinem Erlebnis als Ratte berichtet. Jedes Wort hatte Bolk ihm geglaubt, schließlich hatte der Sorader beim Treffen mit der Myrnengöttin in den Bergen neben ihm gestanden.

Karek warf ihm einen dankbaren Blick zu und sagte: »Es ist wichtig, dass wir uns auf den Waffenstillstand mit Alandar verlassen können. Bestenfalls gewinnen wir sogar die Unterstützung des neuen Königs.«

»Dann muss er zu uns kommen«, rief es wieder Hofmarschall Moll auf den Plan – ein zuverlässiger Wächter über jedwede höfische Etikette, und sei sie auch noch so rückständig und unangemessen.

»König Meinard Barason sollte doch einsehen, dass

meine Anwesenheit hier auf Felsbach erforderlich ist.« Tedore sah grübelnd von einem zum anderen. »Andererseits können wir es uns nicht leisten, mehrere Fronten aufzumachen. Gibt es Vorschläge, wie wir mit dem neuen König von Alandar verfahren?«

Ransorg erhob sich: »In Eurem Namen könnte ich an den Hof von König Barason reisen und verhandeln.«

»Das wird ihm nicht genügen. Zum Antrittsbesuch empfängt der König den König.« Bolk nahm deutlich Stellung.

Trotz seiner Abneigung gegen Bolk nickte Heermeister Reibanin zustimmend.

Der Prinz sagte: »Mein Vorschlag ist: Wir entsenden den Sohn des Königs, den Thronfolger Toladars. Das sollte dem neuen König Barason in der ihm bekannten politischen Lage als durchaus angemessen erscheinen. Vielleicht stimmt er einem Treffen in Winterbrück zu. Das liegt direkt an der Grenze seines Reiches und bedeutet für ihn sogar eine deutlich kürzere Anreise als für mich.«

Tedore überlegte laut: »Wie lange braucht Schohtar, um sein Heer einzuberufen und gegen uns zu ziehen?«

Immerhin raffte sich Hofmarschall Moll auf, etwas Vernunftgesteuertes beizutragen. »Mindestens sechs Wochen – eher länger, allein für das Sammeln und Aufstellen der Streitkräfte. Und dann könnte er es mit dem gesamten Heer in frühestens vierzehn Tagen bis vor unsere Tore schaffen. Demnach also in zwei Monaten.«

»Es ginge auch schneller.«

»Ja, Madrich. Aber nicht mit den großen Belagerungsmaschinen wie den Katapulten.«

»Könnten sie die Katapulte nicht erst hier bauen?«

Vielleicht war Karek gedanklich zu streng mit Moll

gewesen, denn mit den herkömmlichen Kriegsstrategien kannte der Hofmarschall sich bestens aus: »Das brächte keinen nennenswerten Vorteil. Zugegeben, Rammböcke könnten vor unseren Toren gefertigt werden, doch gute Katapulte herzustellen, nimmt viel Zeit in Anspruch. Die wird Schohtar hierher schaffen.«

Tedore hat genug gehört. »Entsendet heute noch einen Kurier zum neuen König von Alandar mit dem Vorschlag eines kurzfristigen Treffens auf Burg Winterbrück. Ich will die Front im Norden geklärt haben. Mein Sohn Karek wird diese Zusammenkunft verantworten.«

Ausgerechnet Heermeister Reibanin entpuppte sich als Bedenkenträger. »Verzeiht, Exzellenz. Ist Prinz Karek nicht noch ein wenig jung für eine solche Aufgabe?« Er warf einen behütenden Blick auf Karek, so wie eine Mutter, die ihren Kindern predigt, beim Baden im Meer nicht so weit hinauszuschwimmen.

»Mein Sohn hat in den letzten Monaten mehr erlebt als wir alle zusammen. Er ist genau der Richtige, um dem neuen König des Nordreiches, Meinard Barason, seine und damit meine Aufwartung zu machen. Karek wird ihn auf unsere Seite ziehen.«

Tedore hat entschieden.

Die Sitzung erstreckte sich nahezu über den ganzen Tag. Hofmarschall Moll gab einige Statistiken zum Besten: »Mein König, wir verfügen über 4000 eigene Soldaten, Schohtars Heer kommt bestenfalls auf 5000 Mann. An und für sich ein beruhigendes Verhältnis, da wir den Feind hinter gut befestigten Mauern erwarten und bekämpfen können.«

Schohtar wird niemals so dämlich sein und mit allen Soldaten stumpf gegen die Burg anrennen.

»Wir sollten die Stadtmauer von Felsbach verstärken. Diese wird als erster strategischer Verteidigungswall gegen Schohtars anrückendes Heer dienen«, war sich Hofmarschall Moll sicher.

Den Prinzen beschäftigte eine andere Frage, er fasste sich ein Herz und stellte sie laut: »Wir wissen, dass rücksichtslose Söldnergruppen nördlich vom Karpane morden und brandschatzen. Warum tun sie das?«

Der junge Heermeister entgegnete mit der Portion Überheblichkeit eines jungen Strebers, der die ach so einfache Antwort kennt: »Sie handeln im Auftrag Schohtars. Sie wollen uns zum Handeln zwingen, sie wollen uns aus den sicheren Mauern herauslocken.«

Karek nickte langsam. Genau dies wollte er hören. »Sollten wir nicht etwas unternehmen? Das Volk fragt sich, warum wir es nicht beschützen, sondern uns hinter sicheren Mauern verstecken.«

Reibanin nickte ihm wertschätzend zu – hier waren sie sich einig.

Tedores Augenbrauen zuckten zusammen, so dass sie sich fast berührten. »Ja, wir müssen etwas tun. Doch zunächst wird die Front im Norden so schnell als möglich abgesichert. Danach kümmern wir uns um die Bevölkerung im Süden.«

Es wurde beschlossen, dass Karek in fünf Tagen aufbrechen sollte. Fürst Ransorg und sein Gefolge wollten bereits am morgigen Tag die Heimreise antreten und alle Vorbereitungen für die Begegnung mit dem neuen König des Nordreiches treffen.

Bolk mischte sich bei den nachfolgenden Diskussionen nur noch einmal ein. Er machte lediglich deutlich, dass er über die Rolle des Königs von Soradar, Pares Drullom, nicht im Bilde war, zumal es widersprüchliche Informationen aus seiner Heimat gäbe. Dies sei auch ein Grund, warum er mit seinen Männern nach Akkadesh, der Hauptstadt von Soradar, zurücksegeln wollte.

Erst gegen Abend wurde der Rat aufgelöst. Der Prinz gab sich mit der Entwicklung und seinem Auftrag, den neuen König Barason von Alandar zu treffen, zufrieden. Er würde fraglos den Abstecher nach Winterbrück nutzen, um neben seinen politischen Zielen beim Treffen mit König Barason, die Quelle des Winter ausfindig zu machen. Karek zweifelte nicht daran, dass sein Schicksal fest mit dem der Alten Myrnen verwoben war. Seine bisherigen Erlebnisse im Zusammenhang mit den magischen Artefakten wie Sanduhr, Gürtel und nicht zuletzt Kralls Schwert Banfor, konnten kein Zufall sein. Natürlich hat auch das Zusammentreffen mit der Myrnengöttin Arelia bleibenden Eindruck hinterlassen – vor allem die Erkenntnis, dass er durch seine Mutter Ulreike Myrnenblut in sich trug. Daher nahm er Arelias Aussage ernst, dass ein weiteres Artefakt zum Erreichen seiner Ziele große Dienste leisten konnte. Seine Freunde würden ihn sicherlich begleiten und, mal sehen, ob die Hand des Schwertmeisters an der Quelle des Winter etwas Besonderes finden würde. Ein Speer beispielsweise wäre nicht schlecht.

Die Prüfung

Weibel Karson saß immer noch in seiner Zelle im Turm. Er hat die Hinrichtungen, die seit dem Tag, als sie vor etwa zwei Monaten diesen armen Teufel an seiner statt geköpft hatten, nicht mehr gezählt. Allerdings waren meistens die Galgen in Anspruch genommen worden. Am liebsten ließ Schohtar vermeintliche Anhänger König Tedores aus dem Norden aufknüpfen. Erst vor drei Tagen hatten sie einen mutmaßlichen Verräter baumeln lassen. Es gehörte nicht viel dazu, um eine solche Verurteilung zu bewirken – ein betrunkenes 'König Schohtar ist ein Arschloch' in falscher Gesellschaft reichte durchaus, um die Gelegenheit zu bekommen, vom Holzpodest auf das Volk hinunterzublicken.

Karson kräuselte die Nase, denn der Wind stand ungünstig. Die Leiche des Verräters hing immer noch am Galgen, so dass der Gestank von modriger Fäulnis zu ihm herüberwehte. Wann schnitten die den endlich ab? Karson ging zum Fenster, reckte den Kopf und stellte sich auf die Zehenspitzen. Er hatte den Eindruck, dass sein Hals und seine Füße sich schon besser darauf eingestellt haben – er war ein guter Aus-dem-Fenster-Gucker geworden.

Eine Krähe hackte im Gesicht der Leiche herum. Die Augen fehlten schon längst, nun pickte der Vogel im Mund hin und her und schien sich die blutlosen Lippen schmecken zu lassen.

Karson überlegte, ob es sich für ihn lohnte, sich zu ekeln – schließlich hatte er gerade nichts anderes zu tun. Bevor er sich entschieden hatte, gab es einen Schlag, die Krähe zerplatzte in mindestens fünf Teile und ihre Federn schaukelten sanft auf das Podest. Auch der Kopf des

Gehängten brach auseinander, so dass der Schädel aus der Schlinge glitt. Das Geräusch, als der Leichnam auf das Holz des Podests fiel, klang lange nach.

»Gewonnen. Hab ich doch gewusst, dass ich die Krähe treffe«, rief eine Stimme voller Stolz.

Zwei Soldaten, einer davon mit einer Armbrust in den Händen, erschienen im Blickfeld.

»Ja, du hast sie mit dem Bolzen erwischt. Aber nicht nur die Krähe – schau dir die Riesensauerei an.«

Die beiden riefen noch zwei Kameraden zu Hilfe und beseitigten tatsächlich den Leichnam des Verräters. Wenigstens wurde die Luft jetzt besser.

Die eigene Situation verstand Karson immer noch nicht, obwohl er seit seinem Tod viel Zeit zum Nachdenken hatte. Es fühlte sich fast so an, als hätte er wahrhaftig den Kopf verloren. Unwillkürlich drehte er ihn und fasste sich an den Hals – alles saß fest. Seine fingierte Hinrichtung, seine Vorzugsbehandlung in diesem Turm, seine ungewisse Zukunft gaben ihm Rätsel auf. Die Wächter, die ihm Essen brachten und einmal die Woche seinen Notdurft-Eimer leerten, redeten kein Wort mit ihm. Anfangs hatte er noch Fragen gestellt und um Antworten gebettelt, hatte geschrien, hatte geweint, doch seit etlichen Tagen schwieg er, wenn sich einmal am Tag die Tür öffnete. Immerhin wusste er stets, wann Tag und wann Nacht war. Er sah die Sonne und lauschte den Vögeln. Den Gefangenen tief unten in den schimmeligen Verliesen erging es deutlich schlechter.

Was geschah hier?

Er hob den Kopf – schwere Schritte näherten sich. Die Zellentür wurde aufgeschlossen, fünf Soldaten stürmten herein und nahmen ihn in ihre Mitte.

»Wohin so eilig?«, versuchte er es.

»Maul!«, lautete die einsilbige Antwort.

Er wurde durch einige endlose Gänge in einen ihm unbekannten Teil der Burg geschubst. Es tat gut, mal wieder mehrere Meter geradeaus zu gehen.

Der Spaziergang endete schließlich vor einer Tür, die Karson zuvor noch nie aufgefallen war. Die fünf Soldaten der königlichen Wache hatten ihn aus seiner Zelle im Bergfried hierher gebracht und davor abgestellt wie eine Rüstung. Das Relief eines riesigen Notenschlüssels schmückte das Holz der Pforte, die aufgrund ihrer beeindruckenden Ausmaße zu einem größeren Saal führen musste. Die Wachen forderten ihn auf, die Tür zu öffnen. Er trat ein und blieb verdutzt stehen. Ein majestätischer Tusch erfüllte den Raum, gefolgt von den mehrstimmigen Tönen eines Spinetts. Ein Musiziersaal gefüllt mit Harmonie – Karson hatte genau das Gegenteil erwartet. Die Musik, der Klang, die Akustik hätten ihn normalerweise verzaubert, doch seine aufgewühlten Gefühle ließen dies nicht zu.

Vier Wachen standen links und rechts an den Wänden, sonst befand sich niemand im Raum - außer dem Erzeuger der orchestralen Klänge. König Schohtar saß auf einem kleinen Hocker vor einem Spinett und ließ seine Finger über die Tasten fliegen. Abrupt hörte er mitten in einer zweistimmigen Weise auf. Der disharmonische Abbruch tat körperlich weh.

»Aha, Weibel Karson ist von den Toten auferstanden, wie mir dünkt.«

Der Auferstandene blieb stumm. Schlicht und einfach aus dem Grund, weil ihm nichts einfiel, das er hätte erwidern können.

Schohtar führte die Melodie genau dort fort, wo er sie abgebrochen hatte und das Stück gefühlvoll, immer leiser werdend, zu Ende.

Er hielt die Augen so lange geschlossen, bis der letzte Ton vollends ausgeklungen war.

Schohtar öffnete die Lider: »Nicht so schüchtern. Kommt näher! Ihr habt doch sicherlich Fragen.«

Karson tat das Dämlichste, was er tun konnte und schüttelte den Kopf.

»Ihr enttäuscht mich. Ein Mann mit Eurer Intelligenz muss sich doch zumindest eine Frage stellen. Eine einfache Frage, die sich bei allen menschlichen Belangen immer auftut. Eine Frage, die so plump, so banal klingt und doch bei genauer Betrachtung mehr Philosophie und Tragik birgt, als der Geist von tausend Dichtern beantworten kann. Welche Frage meine ich wohl?«

»Was soll das?« brachte Karson heraus.

Schohtars zertrümmertes Gesicht erhellte sich zunehmend. »Genau. Ich wusste, ich habe Euch nicht überschätzt!«

Karson beschloss, nicht zu duckmäusern, nicht devot zu klingen und nicht zu betteln. Schohtar wollte also Fragen. »Und, wie ist die Antwort?«

»Haltet ein mit Eurer Hatz. Ich bin nicht so gedankenschnell«, kokettierte Schohtar. »Hat man Euch gut behandelt?«

»Wenn ich meine furchtbaren Verbrechen in Betracht ziehe, kann ich diese Frage mit Fug und Recht bejahen.«

Zufrieden nickte König Schohtar mit dem Kopf. »Ich hatte angeordnet, Euch angemessen zu versorgen. Der Bergfried ist weitaus gemütlicher als die Kerker tief unter meiner Burg. Auch das Essen ist dort weitaus besser, habe ich gehört.«

»Danke! Und vergessen wir nicht den Ausblick in den Burghof. Es gibt Tage, da hat dieser besonders viel für sich.«

Schohtar zuckte die Achseln. »Ich hatte noch überlegt, Euch ein Fußbänkchen zukommen zu lassen, damit Ihr es am Fenster etwas gemütlicher habt, empfand dies dann aber doch als übertriebene Nächstenliebe.«

»Welchen armen Hund habt Ihr an meiner statt hinrichten lassen?«

»Einen Trottel aus Tanderheim, der zudem das Pech hatte, Euch halbwegs ähnlich zu sehen. Der wusste doch gar nicht, was ihm geschieht.«

Karson dachte an den Verrückten auf dem Schafott und beschloss, sich nicht zu verstecken. »Wahrlich fürsorglich von Euch. Erst der Zweck, dann die Moral.«

Schohtar lehnte sich vor und lachte: »Morahahahahal. Ihr seid ein Schelm. Leider habe ich bereits einen Hofnarren in meinen Diensten.« Der König lehnte sich wieder zurück. »Die Moral. Ein faszinierendes Kleinod: das einzige Gut, das jedermann getrost verkaufen kann, ohne es zu besitzen.« Er gluckste erneut und, wie zur Verbildlichung seiner Aussage, wischte er sich eine Lachträne fort, die gar nicht da war. »Moral ist verklemmt und beschränkt, ganz wie mein alter Freund Tedore.«

Eine Pause entstand. Karson versteifte sich, ihm fiel wieder die philosophischste und tragischste aller Fragen ein: »Was soll das Ganze?«

»Die Antwort ist einfach. Ich habe noch Verwendung für Euch.«

Der Gefangene konnte es kaum glauben. Was wollte dieser Despot nur von ihm? Warum lebte er überhaupt noch?

Karsons Stimme krächzte bei den nächsten drei Silben: »Ver-wen-dung?«

Schohtar erhob sich vom Hocker und setzte sich in einen von zwei Schaukelstühlen, die neben einer großen Harfe standen.

»Hier ist es gemütlicher.« Er deutete auf den anderen. »Nehmt Platz.« Er wippte majestätisch langsam vor und zurück.

Karson tat ihm den Gefallen. Seinem König sollte man schließlich immer gefallen. Obwohl, galt dies auch für jemanden, der bereits tot war? Er beschloss nun, diese Frage mit einem klaren 'Ja' zu beantworten, denn Schohtar könnte ihn unter vielen, vielen Schmerzen erneut sterben lassen. Und vor allem langsamer.

»Wo waren wir stehengeblieben? Ach ja – wozu ich den guten alten Weibel Karson noch benötige …« Schohtar seufzte und drehte an einem seiner grauen Zöpfe. »Verzeiht! Beim Musizieren werde ich immer so sentimental. Und immer wenn ich sentimental werde, muss ich musizieren. Ihr versteht, es ist ein schweres Los.«

Karson wollte nicht mitmusizieren – er gab keinen Ton von sich.

Schohtar sah an ihm vorbei in die Vergangenheit. »Als Ihr von Eurer wenig erfolgreichen Irrfahrt ohne Prinz Karek zurückkamt … « Er hielt inne. »*Irrfahrt* – hoho! Entschuldigt abermals.« Zischend zog er die Luft ein. »Es kommt nicht oft vor, dass ein König sich zweimal so kurz hintereinander bei einem seiner Untertanen entschuldigt. Doch Schohtar, manchmal muss es halt sein«, schalt er sich selbst.

Karson gab keinen Ton von sich.

»Sie brachten Euch also nach Eurer Ankunft mit meiner Galeone 'Schohtars Wille' hierher.« Schohtar schnippte.

»Hm, der Name gefällt mir. Aber hört weiter zu. Ich ließ mir von mehreren Seeleuten und Soldaten genau erklären, was passiert war. Vor allem der Abstecher in den Hafen von Felsbach sowie der knapp gescheiterte Versuch, den Prinzen zu entführen, interessierten mich.«

Darum ging es Schohtar also. Er wollte ihn noch persönlich demütigen, erniedrigen und dann entsorgen. Karson lehnte sich angespannt in seinem Schaukelstuhl vor.

»Ihr wart nicht bei Sinnen. Ihr habt ständig gelacht und von Walen und Hühnern gefaselt, während Euch der Rotz aus Mund und Nase lief. Letzteres nehme ich Euch nicht übel.«

Mit einem großen Tuch und noch größerer Geste betupfte der König seine immer feuchten, verquollenen Lippen und entfernte einen widerspenstigen Speichelfaden.

Karson lehnte sich zurück. Sanft wiegte sein Stuhl ein wenig auf und ab.

Schohtar fuhr fort: »Ich habe Euch dann in den Bergfried bringen lassen und schon nach wenigen Tagen wurde mir berichtet, dass Euer Zustand sich verbessert hat. Das wollte ich mir natürlich nicht entgehen lassen und habe Euch besucht.«

Jetzt erinnerte sich Karson. Bisher hatte er es für einen Tagtraum gehalten, seinem damaligen Zustand geschuldet. Er hatte auf seiner Pritsche gelegen, als plötzlich dieses zerstörte Gesicht auf ihn herabgeblickt hatte.

»Und dann, Karson, habe ich in Eure Augen gesehen und wusste, Ihr würdet genesen.«

Nun schaute Karson in Schohtars Knopfaugen. Noch hat er keinei Antwort auf seine Frage bekommen. Doch er schwieg.

»Ihr könnt gut zuhören, Karson. Das gefällt mir. Mondek

hätte mich schon dreimal mit seinem schmeichlerischen Geschwätz unterbrochen.«

Er richtete seinen Blick erneut auf den König. Mit Abscheu in der Stimme erwiderte er: »Der große Herzog Mondek. Warum habt Ihr ihn damals nicht hinter Karek Marein herjagen lassen?«

Schohtar gluckste. »Ja, warum eigentlich? Der gute Mondek. Er führt seine Aufträge immer zu meiner besten Zufriedenheit aus.«

Karson grunzte. »Ach ja. Was für Aufträge? Hinrichtungen anzukündigen? Ja, sprechen kann er. Nachttöpfe leeren? Zwei Arme hat er auch. Grausamkeiten im Schutze seiner Soldaten verüben? Beispiellose Skrupellosigkeit zeichnet ihn ebenso aus.«

»Na, na. Wenn ich Euch so höre, dünkt mir, Ihr mögt ihn nicht. Mondek hat auch schon anspruchsvolle Aufträge von mir bekommen.« Schohtars Stimme nahm einen verdrossenen Unterton an.

»Ach ja? Was denn?«

»Diese Geschichte mit der San-Priesterin Tatarie hat er doch einfach toll hinbekommen.«

Karson konnte es nicht fassen. »Ich kenne die Hintergründe. Ihr wolltet dieses Artefakt, diese Sanduhr, und Tatarie hatte Informationen darüber, die sie nicht herausgeben wollte. Mondek sollte sie durch Tedore zum Tod verurteilen lassen, damit Ihr an ihren Besitz und ihre Informationen kommt.«

»Das ist ihm ja auch gelungen.«

»Pah! Diesen Eindruck hatte ich nicht. Stattdessen hat König Tedore die San-Priesterin gerettet und zudem noch monatelang als Ehrengast behalten.«

Schohtar hob seine Beine leicht an, wodurch der Stuhl

sich in Bewegung setzte. »Genau. Was meint Ihr, warum ich Mondek mit Tatarie nach Felsbach geschickt habe? Nur Mondek ist so aufgeblasen und undiplomatisch, dass Tedore nichts anderes übrig blieb, als sein mitleidiges Herz der San-Priesterin zufliegen zu lassen.« Er breitete die Arme aus. »Mein Vorteil sieht im Prinzip ganz einfach aus.« Er wippte vor und hielt den Schaukelstuhl an, indem er sein Gewicht nach vorn verlegte. »Ich verstehe Tedore, doch Tedore versteht mich nicht.«

Karson gab keinen Ton von sich.

Schohtar tupfte wieder an seinem Mund herum. Er schmatzte, während seine Selbstgefälligkeit den Gipfel des Unerträglichen erreichte: »Was meint Ihr, wer bis vor wenigen Wochen die beste Spionin auf der königlichen Burg war? Was meint Ihr, wer es um ein Haar geschafft hätte, König Tedore ohne Verdacht zu vergiften?«

Karson riss die Augen auf.

»Ihr merkt nun, Mondek war für diesen Auftrag genau der Richtige.«

»Ihr wollt mir weismachen, Ihr habt all dies geplant?« Eigentlich glaubte Karson ihm bereits, doch etwas in ihm wehrte sich noch – wollte es einfach nicht wahrhaben.

»Nicht jede Einzelheit. Die Realität erfordert ständige Improvisation. Doch im Fall Tatarie habe ich es so kommen sehen. Schließlich weiß ich, dass Tedore Eier aus Watte hat. Sein warmherziges Gemüt, kombiniert mit dem goldgierigen Miststück Tatarie, bot eine einmalige Gelegenheit, jemanden dauerhaft im Schloss Felsbach zu etablieren.«

Eine Weile schaukelten nur die beiden Stühle. Karson ertappte sich dabei, dass er um Synchronisation bemüht war.

Dann erhob Schohtar wieder seine Stimme. »Ihr seid intelligent. Zu Eurem Erfolg hat nur ein wenig … wie soll ich es nennen? … Fortune gefehlt. Die Idee, mit meiner Galeone in den Hafen von Felsbach zu segeln, um dort den Prinzen abzufangen, bot schon einiges. Vor allem eine gehörige Portion Einfallsreichtum und Mut. Erschwerend kam noch hinzu, dass Eure Tochter sich auf die Seite des Feindes geschlagen hats, und … selbst dies, brachte Euch nicht von Eurem Weg ab. Das beeindruckt mich.«

Dafür habe ich mich schon tausendfach verflucht, dachte Karson.

Schohtar hielt sich die Hand vor den Mund. »Huch!?« Er hielt inne. »Wisst Ihr mein Freund – ich lobe so schrecklich ungern … Doch von Eurer Sorte habe ich nicht viele Männer. Und es gab in der Vergangenheit einen starken Fürsprecher für Euch, den ich sehr schätze.« Seine kleinen Augen blinzelten. »Geschätzt habe«, korrigierte er sich.

»Fürsprecher?«

»Ja, Euer alter Freund Rogat. Er sagte einmal bei einem Bankett im schönen Schloss Felsbach, dass Ihr einer der fähigsten Militärstrategen des Königreichs seid. Durchaus vergleichbar mit dem soradischen Bolkan Katerron. Und Rogats Meinung hat Gewicht bei mir.«

Das Schlucken tat weh. Erst Milafine und jetzt das. Jedes Mal wenn der Name Rogat fiel, hasste Karson sich selbst noch eine Schippe mehr.

Erbarmungslos fuhr Schohtar fort: »Rogats Wort hatte Gewicht. Ergo beschloss ich, Euch vorübergehend am Leben zu lassen. Seht mir meinen schrecklichen Eigennutz nach.«

»Dennoch bin ich trotz aller Vorzüge hingerichtet worden. Oder habe ich mich verhört und verguckt?«

»Weibel Karson ist hingerichtet worden. Er war ein guter Soldat und wir haben ihm unrecht getan. Doch Admiral

Karson lebt.«

Er sah diesen hässlichen, zynischen, gemeinen, schaukelnden Herrscher an. »*Admiral* Karson!?«

»Genau. Ich lasse Euch wieder auferstehen und befördere Euch zum Admiral.«

Karson wusste nicht, wie ihm geschah. Er wollte diesem Despoten nicht dienen. Er wollte kein Handlanger oder Werkzeug sein. Die Abscheu vor Schohtars Zynismus, vor Schohtars Ansinnen und vor Schohtar selbst ließ ihn schwitzen.

»Wie erklärt Ihr dies dem Volk?«

»Lasst das mal meine Sorge sein, Karson. Als Erstes benötigt Ihr einen Erfolg. Ich habe eine Aufgabe für Euch, die sogar Mondek meistern würde.«

Was passierte hier? Karson schluckte trocken – er sammelte Speichel und versuchte es erneut.

Dann legte der König mit gewichtiger Stimme nach: »Vorher müsst Ihr noch eine Frage beantworten. Mehr Euch als mir.«

Karson sah Schohtar mit hochgezogenen Augenbrauen an.

»Die Frage lautet diesmal: 'Wollt Ihr das?'« Wenn der König noch Augenbrauen hätte, würden sie jetzt nach unten wandern, um seinen eindringlichen Knopfaugenblick zu unterstreichen. »Ich gebe Euch für die Antwort bis morgen Zeit. Die Sache ist einfach. Ich traue Euch nach wie vor nicht von zwölf bis mittags. Ich kann mich nicht vollends auf Euch verlassen. Darum überlegt Euch gut, wie Ihr Euch entscheidet. Es gibt nur zwei Antworten. Entweder Ihr seid mir gegenüber loyal und unterwerft Euch bedingungslos meinen Zielen, wobei Ihr hierzu nicht Euer Gehirn ausschalten müsst – das verspreche ich. Oder Ihr nehmt das hier zu Euch.«

Er griff in seinen Mantel und holte eine kleine Glasflasche heraus, die mit einem Korken verschlossen war. Er reichte sie Karson herüber. Eine trübe Flüssigkeit schwappte darin.

Karson setzte lediglich einen fragenden Blick auf.

»Das ist Gift! Ein nettes Gift. Ihr trinkt es heute Abend, schlaft wohlig ein und habt es dann hinter Euch. Euer Herz bleibt einfach mitten im schönsten Traum stehen – vielleicht geht der Traum dann sogar endlos weiter, wer weiß das schon?«

Karson schaute ihn nur an, abermals sprachlos, lautlos, tonlos. Nicht einmal Atemgeräusche machte er – ach ja, er hielt den Atem an.

»Glotzt nicht wie eine Forelle an der Angel. Ist doch ganz leicht. Entweder leben und mit viel Ehr dienen oder sanft in die Ewigkeit entschlummern.« Großmütig ergänzte er: »Ihr müsst Euch nicht sofort entscheiden. Nehmt das Fläschchen mit in Euer Gemach im Turm. Entweder Ihr lebt morgen noch und dient mir bedingungslos oder Ihr seid ein zweites Mal gestorben – diesmal jedoch endgültig. Es ist so einfach, und Ihr habt die Wahl!«

Karson lag wieder in seiner Zelle im Bergfried. Ihm schwindelte. Langsam zwängte sich die Dämmerung durch das schmale Fenster. Er hatte sich schon mit seinem Tod unter Karnis Axt abgefunden und stand jetzt erneut vor einem Trümmerhaufen, den er früher Leben genannt hatte. Sein Blick fiel auf das kleine Fläschchen neben sich auf dem Boden. Wie konnte er nur ernsthaft darüber nachdenken, sich selbst zu töten? Schohtar wollte ihn zum Admiral ernennen. Er hatte keinen Grund, an den Worten des

Königs zu zweifeln. Also lag die Entscheidung auf der Hand.

Er stöhnte, denn so einfach kam er nicht davon. Eigentlich wollte er nicht mehr. Er hatte alles verloren – der Verlust seiner Tochter schmerzte ihn am meisten.

»Milafine«. Ein gequältes Murmeln verließ seine Lippen. Seinen Freund Rogat hatte er eigenhändig getötet. Diese Schuld würde ihn verfolgen, solange er lebte. Genau – solange er …

Wieder schielten seinen Augen ohne sein Zutun nach diesem unscheinbaren Fläschchen. Er lachte trocken, denn er hatte Durst. Was anderes zu trinken gab es in seinem traurigen Gefängnis nicht. Dieser aussichtslose Kampf, genannt Leben, den eines Tages ohnehin jeder verlor, hatte tiefe Narben hinterlassen. Was geschah, wenn er abermals keine 'Fortune' hatte? Nein, er wollte es endlich hinter sich bringen. Er konnte die Mondeks und Schohtars dieser Welt nicht mehr ertragen. Er wollte Schluss machen mit dem Schmerz, der Angst und der Enttäuschung. Karson nahm das Fläschchen, zog den Korken heraus und stürzte den gesamten Inhalt mit einem Schluck hinunter. Das Gift schmeckte nach nichts, doch ein warmes Gefühl erfasste seine Brust. Er legte sich nieder und wartete darauf, dass der Tod ihn sanft erlöste. Ihm schwindelte. Einen kurzen Moment überlegte er, ob er nicht schnell einen Finger in den Hals stecken sollte, um das Gift wieder hervorzubringen. Nein, nicht schwach werden – er hatte seinen Frieden gefunden und wollte sterben. Das Gift schien schon zu wirken, denn er schlief tatsächlich ein.

Am frühen Morgen wachte er auf. Er schreckte regelrecht hoch, als hätte ihn ein Albtraum gequält. Die braune Flasche lag am Ende seines Bettes. Hastig hielt er sie gegen das Licht der Morgendämmerung. Leer! Er hatte sie tatsächlich leer getrunken. Die aufgehende Sonne erleuchtete ihn. Das abgrundtief Böse hatte ihm einen üblen Streich gespielt. König Schohtar, dieses unfassbar gerissene Schwein, hatte geahnt, dass er das Gift einnehmen würde, um ihm zu entsagen. Wenn es Karson bisher schon gewundert hatte, dass er überhaupt noch lebte, dann war sein Tod spätestens jetzt beschlossene Sache. Schohtar konnte sich diese klare Entscheidung gegen ihn nicht bieten lassen. Wer nicht für mich ist, ist gegen mich. Wahrscheinlich konnte Karni an ihm neu beweisen, wie viele Teile er vom Körper eines Menschen abschneiden konnte, bevor dieser starb. Der Rekord des Henkermeisters lag bei fast zweihundert.

Hellwach und voller Angst machte Karson sich Vorwürfe. Wie hatte er auch nur das Gift, das gar keines war, trinken können? Wieso hatte er die Situation nicht vorher besser durchdacht? Tja! Prüfung nicht bestanden! Das wahre Gift lag in den Worten aus Schohtars liederlichem Schlund. Niemals würde Karson vor einem Feind fliehen, doch diesmal war er vor sich selbst geflohen. Er war sich selbst sein schlimmster Gegner.

Karson lag auf seiner Pritsche, als sich die schwere Zellentür quietschend öffnete. Drei bewaffnete Soldaten stürmten herein. Dahinter tauchte sein alter Kumpel Herzog Mondek auf. Der gute Mann würdigte Karson keines Blickes, sondern sah sich lediglich suchend in der Zelle um. Er bückte sich und hob zielstrebig das Fläschchen vom Boden auf. Er gab sich keine Mühe, so zu tun, als hätte ihn etwas anderes bewogen, ihm einen Besuch abzustatten. Ausgerechnet Mondek hatte nun das Fläschchen und verschwand ohne ein Wort.

Was würde Schohtar nun mit ihm anstellen?

Wenn der König Wort hielt, müsste er ihn zum Admiral befördern und ihm noch eine letzte Chance geben. Denn für Schohtar sah es so aus, als hätte er das Gift nicht genommen.

Du hältst mich für intelligent, Schohtar. Ja, das bin ich. So schlau, dass ich zitternd in dieses widerwärtige Fläschchen gepinkelt habe.

Den kleinen Korken hatte er auf allen vieren den Rest des Morgens suchen müssen und diesen dann sorgfältig in den Flaschenhals gestopft.

Dieses eine Mal habe ich dich drangekriegt, Schohtar.

Die Audienz

Nika begab sich auf den Weg in den Thronsaal. Ein livrierter Bote hatte ihr früh am Morgen die Nachricht mit dem Wunsch einer persönlichen Audienz um die Mittagszeit überbracht. Eine dringliche Unterredung hatte es eindringlich geheißen, so etwas konnte sie nun gar nicht leiden. Dringlich! Pah! Onkel Tedore benahm sich eher aufdringlich. Sie steigerte sich weiter in die Sache hinein. Also, wenn etwas für jemanden so dringlich war, sollte der zu ihr kommen. Logisch.

Sie verschränkte die Arme. Gleichwohl rief da jemand, unter dessen Dach sie als Gast weilte und der sich nebenbei von allen möglichen Leuten König rufen ließ. Sie wägte ab. Nun gut - machte sie sich also als gehorsamer Untertan untertänigst auf den Weg zum Thronsaal. Sie erreichte den engen Durchgang, der stets von vier Soldaten bewacht wurde. Obwohl er keinen Puschel auf dem Kopf hatte, schmetterte einer der Männer mit einer Nase, die wie ein großer Zeh mit der Länge immer breiter wurde: »HALT! Keine Waffen im Thronsaal! Habt Ihr welche bei Euch?«

Manche Dinge haben Bestand - meistens die überflüssigen! Und das System mit den Uniformen und Rangabzeichen und Puscheln auf der Rübe würde sie in diesem Leben nicht mehr durchschauen.

Stumm legte sie ihre Dolche ab. »Alle?«, fragte sie höflich nach.

»Wollt Ihr unverschämt werden?«, ereiferte sich Zehenknolle.

Eine andere Wache meinte: »Reg dich nicht auf. Das ist doch die … Freundin vom Prinzen. Lass sie durch.«

Na also. Nika lief einige Gänge weiter, bis sie die schwere

Doppeltür mit den zwei königlichen Kreisen in Weiß und in Schwarz mit grauer Schnittmenge erreichte. Auch die hatten Bestand. Und links und rechts daneben standen immer noch jeweils drei Wachsoldaten.

»Kann ich rein? Viel Zeit habe ich nicht.«

Verdutzt schaute der Soldat sie an. »Äh, gut. Der König erwartet Euch.« Die Wache hielt ihr die Tür auf.

Tedore saß auf seinem Thron. Nika schaute sich um – sonst war kein Mensch zu sehen. Das musste so etwas von stinklangweilig sein, allein auf einem ungemütlichen Stuhl in der Mitte eines riesigen Saals zu sitzen, in dem sich selbst das Echo einsam und schläfrig fühlte. Der König trug eine Tunika mit breiten Borten, deren goldbestickte Verzierungen aus Ranken im Tageslicht glitzerten. Wie sich das gehörte, schmückte eine Krone seinen Kopf.

Sie trat bis an den Rand des Marmorpodestes. Einen kurzen Moment kitzelte zur Begrüßung ein 'mein König' ihre Lippen. Schnell biss sie sich zur Strafe auf selbige. Sie hatte keinen König, demzufolge sagte sie. »König Tedore!«

Mit dieser grandiosen Gesprächseröffnung zeigte sie ihm immerhin, dass sie seinen Namen und Titel präsent hatte.

Tedores Mund wurde schmal. »Danke, dass Ihr meiner Einladung gefolgt seid.« Das ernste Gesicht mit den tiefen Falten auf der Stirn wollte so gar nicht zu seiner einleitenden Begrüßung passen. Stieß ihm etwa übel auf, dass sie wieder einmal keinen devoten Knicks gemacht hatte? Dabei war er doch von unzähligen eifrigen, gelenkigen Kniebeugern umgeben, da kam es doch auf sie nicht mehr an.

»Ich habe ein Problem mit Euch.«

Der Satz hallte durch die Halle. Sie ließ ihn hallen. Jetzt war das Echo wenigstens wach und hielt den Atem an.

»Ihr habt mir das Leben gerettet und den Verräter Magister Korn entlarvt. Ihr habt meinem Sohn Karek in vielen Situationen geholfen und auch er hat Euch sein Leben zu verdanken.«

Bei dieser Aufzählung gab es noch nicht allzu viel zu meckern. Und das Problem offenbarte sich auch noch nicht so richtig. Was wollte Tedore von ihr?

»Ich habe Nachforschungen über Euch anstellen lassen und mir sind viele Geschichten zu Ohren gekommen.« Er lehnte sich vor, seine Wangenknochen verhärteten sich: »Ihr habt versucht meinen Sohn zu ermorden.«

Oha, da kommen wir also zum Punkt. Merkwürdig, dass es so lange gedauert hat, bis Tedore zu dieser Erkenntnis gelangt war. Er hätte doch nur Karek fragen müssen.

In dieser Form wollte sie das nicht stehen lassen: »Das ist nicht richtig!«

Tedores Rücken wurde steif. Er schaute streng, Wut glitzerte in seinen Augen, er sagte nichts.

»Niemals habe ich *versucht*, Euren Sohn zu ermorden. Nur Stümper *versuchen,* Dinge zu tun. Ich tue sie oder ich tue sie nicht. Wenn ich es gewollt hätte, wäre er längst mausetot.«

»Es freut mich, dass Ihr davon Abstand genommen habt, meinen Sohn zu töten. Es gibt noch andere Fälle, in denen Ihr es gewollt habt. Ich bezichtige Euch des Mordes an einer meiner Wachen. In jener Nacht, als Ihr in meine Burg eingedrungen seid.« Seine Stimme wurde lauter: »In dieser Nacht hättet Ihr auch Karek ermordet, wenn er noch in seinem alten Turm geschlafen hätte.« Selbst das Echo verschwor sich nun gegen sie und klang vorwurfsvoll.

Doch es stimmte. Den Kerl, von dem sie gedacht hatte, dass er Kareks Schlafgemach bewachen würde, hatte sie erstochen. Und wenn sie in dieser Nacht den Prinzen vorgefunden hätte

Noch vor wenigen Tagen hatte sie für sich feststellen müssen, dass ihr Leben nach der Auftragsmörderin nun begann. Glückwunsch Nika, du bist zwar schnell, doch so schnell, wie die Vergangenheit dich eingeholt hat, ist diese noch einiges flinker.

Der König blickte sie weiterhin wütend an. Sollte sie nun leugnen? Schließlich wurde in diesem Saal von morgens bis abends geheuchelt und gelogen.

Nein, so lief das nicht mit ihr. »Ihr habt recht. Das habe ich. Das hätte ich.«

Tedore schüttelte verwundert den Kopf. »Ihr gebt es also zu?« Er schien es gewohnt zu sein, Geständnisse einige Stockwerke tiefer unter Einsatz von Zangen, Spießen und anderem Foltergerät mühsam erarbeiten zu lassen. »Es gibt noch einige Anschuldigungen mehr gegen Euch. Viele Leute am Hof flüstern über unaufgeklärte Morde, verschwundene Personen, Attentate und erstaunlich oft taucht hierbei Euer Name auf.«

Ihr Name? Dabei war sie zu der Zeit namenlos gewesen. Das hätte sie nie ändern dürfen. Doch für Selbstvorwürfe blieb jetzt keine Zeit, zumal König Tedore als Ankläger voll und ganz ausreichte.

»Diese Gerüchte über Eure dunkle Vergangenheit könnte ich ignorieren – nicht aber die Ermordung einer meiner Wachen in meiner Burg. Vor Gericht würde ich keinen Augenblick zögern, Euch zum Tode zu verurteilen«, stellte Tedore mit bitterem Klang in der Stimme klar.

Nun gingen Nika die Seidenhandschuhe aus: »Pah! Eure Soldaten töten tagtäglich, nur weil Ihr es befehlt. Eure Soldaten sterben tagtäglich, nur weil Ihr es befehlt. Oftmals wissen sie gar nicht warum. Ich töte für Gold – das mögt Ihr verwerflich finden, doch ist es immerhin nachvollziehbar.«

Tedores Kopfdurchblutung verstärkte sich. »Der Unterschied ist, dass ich der König bin und für mein Volk sorge, während Ihr nichts anderes als eine gierige Mörderin zu sein scheint.«

»Ihr sorgt für das Volk? Dasselbe Volk, das zurzeit von Söldnertruppen ermordet, vergewaltigt und verbrannt wird? Wer hat diese Toten auf dem Gewissen? Wessen Name wird denn in diesem Zusammenhang geflüstert?«

Tedore zischte voller Wut: »Ich lasse Euch hinrichten!«

Nika zuckte nicht mit der Wimper. Ruhig wartete sie ab. Würde der König gleich nach seinen Wachen brüllen?

Tedore Marein beruhigte sich schneller, als Nika gedacht hatte. Er holte tief Luft. »Nein, Karek zuliebe sehe ich davon ab. Ihr werdet die Burg verlassen und niemals wiederkommen. Bis morgen seid Ihr fort. Wenn Ihr mir danach noch einmal unter die Augen kommt, werdet Ihr umgehend im Burghof gehängt.« Seine Augen blitzten. »Ihr habt das Wort Eures Königs.«

Nika blieb ruhig. Genau, König. So hättest du mal von Beginn an mit deinen Fürsten, allen voran Fürst Schohtar, umspringen sollen. Vielleicht wären die Dinge dann nicht so aus dem Lot gelaufen.

Auf eine seltsame Weise erschien ihr all dies folgerichtig. Sie hatte ohnehin längst beschlossen zu gehen, daher sah sie Tedore ein letztes Mal ohne Emotion in die Augen, drehte sich um und ging in Richtung Ausgang. Sie schaute nicht noch einmal zurück. Die Krähenvergangenheit hatte sie eingeholt. König und Auftragsmörderin hatten sich nichts mehr zu sagen.

Jetzt galt es noch, einige Kleinigkeiten zu erledigen, dann rief die Freiheit nach ihr.

Nika beschloss, als Erstes die Bangesi aufzusuchen, bevor sie zu Karek in die Bibliothek gehen würde.

Sagitta verschränkte die Arme vor ihrer Brust. Mit dieser Geste sowie ihren schwarzen Haaren und dunklen Augen hätte sie als Nikas Schwester durchgehen können, obgleich sie einen Kopf größer war. Neun weitere Bangesi, davon zwei Frauen, umringten Nika neugierig.

Sagitta fragte: »Du willst dieses merkwürdige große Steinhaus mit den vielen merkwürdigen Menschen verlassen?«

»Ja, und zwar schon morgen – mit dem Schiff, das uns von eurer Insel hierher gebracht hat.«

»Und wohin wird das Schiff dich führen?«

»Nach Süden – an die Mündung des großen Flusses Karpane.«

»Ist dieser Karpane so groß wie der Kang?«

»Noch größer.«

Das Gesicht der Kriegerin veränderte sich nicht. »Wie du wünschst. Wir werden uns für diese Reise bereit machen.« Der Tonfall ihrer Stimme ließ nicht erkennen, was Sagitta von Nikas Plänen hielt.

»Augenblick, Sagitta. Es war nie die Rede davon, dass ihr mich begleiten müsst.«

Einige der Bangesi steckten tuschelnd die Köpfe zusammen. Die Kriegerin stellte fest: »Du bist unser Oberhaupt. Du befiehlst und wir gehorchen.«

Nika schaute die Bangesifrau an. Ihre bronzene Haut passte zu den braunen Augen, der Langbogen über ihrer Schulter gab ihr etwas Verwegenes. Eine solch stolze Kriegerin sollte nicht so kniefällig daherreden. Von einem der Wert auf dieses Scheiße legte, kam sie gerade und von dem hatte sie mehr als genug.

»So sollte es nicht laufen, Sagitta. Ihr seid freie Menschen. Niemand kann euch etwas befehlen.«

Gabim, einer der Krieger, der Nika bei der Suche nach der Myrnengöttin begleitet hatte, trat vor und wunderte sich: »Das verstehe ich nicht. Wir sind hier bei deinem Oberhaupt am Hof. Er nennt sich König. Er sagt etwas und es geschieht. Also ist es wie bei uns. Was soll daran auf einmal verkehrt sein?«

»Es war schon immer verkehrt und ist es noch. Ob König, Königin oder Oberhaupt – niemand sollte über das Leben anderer verfügen. Und ich schon gar nicht.«

Sagitta schüttelte den Kopf: »Ich höre deine Worte, doch ihr Sinn bleibt mir verborgen. Es muss immer einen Anführer geben und wer wäre besser geeignet, als die Frau, die nach dem Tod greift?«

Nika atmete durch. »Ihr seid stolze Bangesi, freie Krieger und mir nichts schuldig. Ihr müsst nicht befolgen, was ich sage. Wenn es mich nach Süden zieht und ihr es für nötig haltet, dürft ihr mitkommen. Es bleibt einzig und allein eure Entscheidung.«

»Du willst also nicht anordnen, dass wir dich begleiten?«

»Genau. Das will ich nicht und werde es nicht.«

Sagitta überlegte: »Ich verstehe – warum sollten wir dir folgen, wenn du es nicht befiehlst?«

Na endlich, dachte Nika. So langsam verstand diese Frau, was freier Wille bedeutete. »Gut. Ihr bleibt also hier.«

Sagittas Stirn runzelte sich erneut. »Du verzichtest also darauf, uns weiterhin anzuführen?«

»Genau. Verstehe einfach, dass jeder von euch sein Leben eigenverantwortlich leben sollte.«

Sagitta nickte: »Das leuchtet mir ein.« Sie wandte sich den

Bangesi zu. »Dann übernehme ich ab jetzt die Rolle des Oberhäuptlings und befehlige euch.«

Nika verdrehte die Augen. So hatte sie sich das nicht vorgestellt. Aber was sollte es?

Einer der Krieger begehrte auf: »Wieso du? Wieso nicht ich?« Mit seinen breiten Schultern und dem Stiernacken sah er durchaus wie eine ernst zu nehmende Alternative aus.

Sagitta trat an ihn heran, starrte ihm in die Augen und zischte: »Weil ich besser schieße und weiter spucke als du. Weil ich die Himmelsmutter besucht habe und ihre Botin bin. Und weil du atmest, um mir zu dienen.«

Der Mann machte einen Schritt zurück und blieb still.

Reizend. Sagitta lernte schnell und mit ihr stand hier die erste Dame, die in Toladar etwas zu sagen hatte.

Nika zuckte die Achseln. »Sagitta, macht es unter euch aus. Morgen werde ich mich von euch verabschieden.«

»Gut«, erwiderte das neue Oberhaupt der Bangesi, um dann nachzuschieben: »Ich habe gehört, in Richtung Süden wird es immer wärmer. Das klingt verlockend, denn hier ist es viel zu kalt und die dicken, feuchten Mauern in diesem Haus gefallen mir auch nicht. Mein erster Befehl lautet daher: Die Bangesi werden dich begleiten.«

Diese Frau habe ich unterschätzt, dachte Nika. Wenn Sagitta grinsen könnte, würde sie es jetzt vermutlich tun. Jedenfalls warf Gabim ihr einen vielsagenden, wertschätzenden Blick zu.

»Dann haltet euch bereit. Wir stechen schon morgen mit der 'Ostwind' in See. Bolk will mit seiner Mannschaft nach Akkadesh segeln. An der Mündung des Karpane gehe ich von Bord.«

»Eine gute Idee, da wollen wir zufälligerweise auch hin.«

»Na so was. Ich weiß, warum ich nicht an Zufälle glaube.

Recherche

Am Nachmittag saßen Milafine und Karek in der Bibliothek. Die Leidenschaft, alles Geschriebene lesen und verstehen zu wollen, hatte die beiden von Beginn an verbunden und zueinander geführt.

Milafine schrieb mit tadelloser Handschrift etliche Wörter in eine mit Nadel und Faden gebundene Blättersammlung. In eine Spalte neben den Wörtern malte sie die geschwungenen Schriftzeichen der Alten Sprache.

Sie strahlte Karek an – ihr Lächeln bildete das Grübchen auf ihrer rechten Wange in der Nähe des Mundwinkels.

Dies ist einer der schönsten Augenblicke der letzten Monate.

Es erfüllte Karek mit tiefer Freude, dass Milafine offensichtlich in ihrem neuen Zuhause Burg Felsbach angekommen war. Die Pflege seines Vaters in Zusammenarbeit mit Mullek, dem alten San-Priester der Stadt Felsbach, hatte offenbart, dass Milafine eine bemerkenswerte Begabung besaß. Sie hatte schon immer über rätselhafte Feinfühligkeit gegenüber Magie verfügt - scheinbar half ihr diese Sensibilität auch bei der Heilung von Menschen. Dazu passte es, dass die Wörter, die sie gerade schrieb, alle aus dem Bereich der Heilkunde stammten.

»Mulleks Bauch sieht nun aus wie ein Sieb!«

Wenn Karek sie nicht ohnehin schon anstarren würde, würde er sie jetzt anblicken. »Wie ein Sieb?«

»So viele Löcher habe ich ihm in den Bauch gefragt. Er sollte mir alles erklären, was er über das Behandeln der verschiedensten Krankheiten weiß. Ich bin ganz erschrocken, wie viele verschiedene Gebrechen es gibt.«

»Ich bin nicht sicher, ob ich die alle kennen möchte«, antwortete Karek.

Milafine ignorierte diese Ignoranz. »Wichtig ist nur, dass du sie nicht alle bekommst. Ich habe das Gefühl, dass die Myrnen vor Tausenden von Jahren in der Alchemie und der Erforschung des Lebens viel weiter waren, als wir es heute sind.«

Karek blickte von seinem Buch über das Jagen zur Zeit der Alten Götter auf. »Das würde mich nicht wundern. So wenig, wie wir über uns selbst wissen, ist es ein Wunder, dass wir einigermaßen funktionieren.«

»Wusstest du, dass Nika sich ebenfalls erstaunlich gut mit dem Körper und seinen Bestandteilen auskennt?«

»Nein.«

Woher sie das alles weiß, will ich auch gar nicht genau wissen.

Begeistert fuhr Milafine mit leuchtendem Gesicht fort: »Und all diese Wörter über Organe und Knochen kennt sie auch in der Alten Sprache. Eine erstaunliche Frau.«

Das ist Nika auf alle Fälle.

Karek nickte. »Sie ist ein Phänomen. Und sie hat uns sehr geholfen, die Grundzüge der Alten Sprache zu erlernen.«

»Ich verstehe aber noch so wenig. Manche Schriftzeichen ähneln sich auf den ersten Blick sehr, nur ein kleiner Schnörkel zur anderen Seite ergibt schon eine völlig andere Bedeutung.«

»Ist doch bei uns noch schlimmer. Manche Wörter sehen sogar exakt gleich aus und meinen dennoch Unterschiedliches.«

Milafine hob den Kopf: »So wie: du trägst eine Fahne und du hast eine Fahne?«

»Hm – ja, tolles Beispiel. Dazu passt: du streichelst einen Kater und du hast einen Kater.«

»Ich trinke doch gar nicht«, lächelte Milafine.

Karek überlegte: »Oder, besser in die Schlange treten als

auf die Schlange. Wie wäre es mit … sieben Männer sieben Sand.«

»Es reicht. Was für ein alberner Prinz«, gluckste Milafine.

Eine bekannte Stimme ertönte: »Wie wäre es mit: alle Männer sind Nieten, Flaschen und Pfeifen.«

Gerade von Nika gesprochen, schon tauchte sie auf.

Milafine prustete frech.

Karek grinste sie an: »So doppelsinnig wie feinsinnig, Nika. Kompliment.«

»Du kommst gerade richtig. Bitte hilf mir bei diesen Zeichen hier. Könnten es allesamt Verben sein?« Milafine zeigte auf ihre Blättersammlung.

»Brechen, zerteilen, verbinden, ernähren«, Nika blickte kaum hin.

Eifrig schrieb Milafine die Wörter neben die Schriftzeichen. »Zumindest merke ich mittlerweile, ob es sich um ein Substantiv oder ein Verb handelt.« Sie zeigte unter die Zeichnung einer Frau in einem weißen Gewand. »Was steht hier bitte?«

»Das ist eine Semirissa. Eine besonders mächtige Magierin unter den Myrnen – meistens vom Blut der Ältesten.«

'Semirissa' notierte Milafine.

»Doch deswegen bin ich nicht hier.« Nikas Gesicht sah noch ernster als sonst aus. »Ich werde die Burg verlassen.«

Karek sah sie an. »Gehst du mit Bolk oder was hast du vor?«

»Ich ziehe alleine los – das heißt nicht ganz. Die Bangesi begleiten mich.«

Diese Neuigkeit überraschte Karek, doch er wusste, wann er sich besser zurückhielt. »Ich finde es schade, dass du uns verlässt, doch du weißt, dass du hier immer willkommen bist.«

Der Blick, den Nika ihm in diesem Moment zuwarf, traf Karek wie eines ihrer Wurfmesser. Diesen Ausdruck kannte Karek nicht an ihr. Erschrocken fragte er: »Was ist los, Nika?«

Und wieder ein Blick, mit dem sie hätte Brot schneiden können.

»Sag schon, ist was passiert, Nika?«

»Alles gut. Es gibt eine Sache, die mir wichtig ist – die muss ich erledigen und dann sehen wir weiter.«

Ohne nachzuhaken, nahm Karek dies so hin.

Vielleicht hat sie schlechte Laune – das kann selbst bei Nika mal vorkommen...

Er klappte sein Buch über die Jagdgewohnheiten der Myrnen zu, als ein loses Blatt herausrutschte und auf den Boden fiel. Karek bückte sich und hob es auf. Es schien eine Landkarte zu sein, da in der rechten oberen Ecke ein Kompass abgebildet und von Norden nach Süden eine zerklüftete Linie zu sehen war, die an einen Küstenstreifen erinnerte. Sonst gab es nur ein paar durchnummerierte Punkte zu entdecken, scheinbar ohne System auf dem Blatt verteilt.

»Was ist denn das für eine Karte? Keine Orte, keine Berge oder Wälder, ziemlich trostlos.« Milafine hielt das Papier hoch.

Nika warf nur einen Blick aus den Augenwinkeln darauf und wollte sich schon verabschieden, als sie stutzte. Ihre dunklen Augen fixierten das Blatt. Während sie das Papier musterte, vertiefte sich die Furche über ihrer Nase.

Zum zweiten Mal innerhalb kurzer Zeit fragte Karek: »Was ist los, Nika?«

»Die Skizze stellt eine Karte von Krosann dar, nur die Ostküste ist eingezeichnet und auf die Inseln hat der

Ersteller auch verzichtet. Aber die Punkte mit den Zahlen daneben … «

Nika zählte die schwarzen Kleckse auf der Karte chronologisch durch. »… sechs, sieben, acht … die Punkte sind Ortschmieden.«

»Was sind denn Ortschmieden?«, Milafine verstand gar nichts mehr.

»Karek habe ich es bereits erzählt. Das sind uralte Reiseportale der Myrnen. Eines auf dem Friedhof der Umkehr habe ich genutzt, um zur versteckten Insel zu kommen, ohne jedoch zu wissen, dass ich dort auftauchen würde.« Sie zeigte mit dem Finger auf den Klecks in der Mitte des Blattes. »Nummer acht. Das ist die Ortschmiede auf dem Friedhof mit den Achtecken. Dort gibt es sogar zwei Kammern.«

Karek musste sich noch orientieren. »Hier ist die Mündung des Karpane, hier müsste Tanderheim liegen und … Nika, so ist es.« Karek zeigte mitten ins Ostmeer, an den rechten Rand der Karte. »Und der Punkt sechs gehört zur Ortschmiede auf der Insel.«

Nika ging mit dem Zeigefinger die anderen Markierungen durch. »Dieser hier mit der Fünf könnte in Stern sein, der ganz unten mit der Vier liegt auf einer der Südlichen Inseln.«

Milafine hat bereits eine Karte von Krosann aufgerollt, mit deren Hilfe sie gemeinsam die restlichen Punkte dem Südwesten von Alandar und dem Süden von Soradar zuordneten. Auch an der Westküste in Winslorien schien es eine Ortschmiede zu geben.

»Und was ist mit dem Punkt da – der mit der Eins?«, fragte Karek und zeigte auf der Karte nach ganz oben links.

»So weit westlich von Winslorien? Da gibt es nichts.« Nika zuckte mit den Schultern.

»Hm. Meinst du, die funktionieren noch alle?«

Nika sah skeptisch aus. »Glaube ich kaum. Obwohl, vom Friedhof ging es mit einem Fingerschnippen zur Insel. Zumindest, nachdem ich mich auf das richtige Mosaik konzentriert hatte.«

Sie erklärte Milafine und Karek, was sie damals in der Kapelle auf dem Friedhof herausgefunden hatte. »Ich vermute, dass alle Ortschmieden unterschiedliche Bodenmosaike aufweisen. So lassen sie sich gedanklich ansteuern, und schwupps, ist man wahrhaftig dort.«

»Wie geht so etwas nur?«, fragte Milafine.

Karek zuckte mit den Schultern. »Zauberhafte Zauber.« Er fasste sich an den Kopf. »Da fällt mir etwas Wichtiges ein, Nika. Der Schmied hat Schmuckstücke aus Acerium, dem Metall der Jovali, angefertigt. Und seine Arbeitsergebnisse präsentiere ich dir nun. Erinnerst du dich, dass uns die Myrnengöttin dazu geraten hat, um die Zauber zu verstärken?«

»Die hat so einiges erzählt«, erwiderte Nika knurrig. Ihre Laune schien weiterhin selbst für ihre Verhältnisse äußerst launig zu sein.

Karek griff tief in einen kleinen Lederbeutel, den er am Gürtel trug, und holte zwei Gegenstände heraus. Er legte einen Ring und ein Armband auf den Tisch. Das dunkle Metall sah kalt und matt aus, vielleicht weil es das Licht nicht reflektierte, sondern absorbierte.

»Besonders schön sind die aber nicht«, machte Milafine ihrer überschaubaren Begeisterung Luft.

Karek warf ihr ob dieser Bemerkung einen säuerlichen Blick zu. Jetzt würde es nicht leichter werden, Nika zu überzeugen.

Er räusperte sich: »Die sind jedenfalls für dich, Nika.«

Zunächst schaute Nika mit unbewegter Miene auf den

Tisch. Sie griff nach dem Armband und drehte es in der Hand, dann sah sie sich den Ring näher an. »Die soll ich tragen? Beide?«

Hmm. Nikas Tonfall klingt so, als hätte ich verlangt, sie solle ab heute in einem gelben Kleid mit roten Blümchen herumlaufen.

»Du hast zweifelsohne Myrnenblut in dir, ob es dir passt oder nicht. Nimm die Schmuckstücke bitte an und trage sie. Sie werden dich beschützen.« Der Prinz hob die Hand. »Schau! Ich trage auch zwei Ringe aus Acerium.«

Einen kurzen Moment dachte Karek, dass Nika jetzt mächtig sauer würde. Doch das Blitzen in ihren Augen ebbte ab. »Na gut. Als Abschiedsgeschenk vom Prinzen Karek«.

Wie meint sie das denn? Es hört sich so an, als wolle sie uns für immer verlassen.

»Morgen werde ich mit dem Schiff aufbrechen. Bolk nimmt mich ein Stück mit, bevor ich an Land gehe.«

»Ich komme mit zum Hafen, um euch zu verabschieden. Es tut weh, dass ihr beide geht, doch ich verstehe euch. Du musst aber ver … äh, sagen, dass du wiederkommst.«

Wieder nahm Nikas Blick einen merkwürdigen Ausdruck an. Und sie sagte nichts. Sie nickte Karek fast unmerklich zu, drehte sich um und verließ die Bibliothek.

Karek guckte ihr hinterher.

»Hat sich Nika nicht arg komisch benommen?«, fragte er.

Milafine antwortete unbekümmert: »Na ja, sie benimmt sich immer arg komisch – ich kenne sie nicht anders.«

»Hm – ich weiß nicht so recht.« Er merkte, wie ihm schwer ums Herz wurde. »Bolk und Nika gehen nun ihre eigenen Wege. Ich finde das schade, doch ich glaube, Nika muss erst den Weg zu sich finden, bevor sie sich auf eine intensive Beziehung einlassen kann.«

»Ich finde sie schon ein wenig unheimlich«, gestand

Milafine.

Karek schaute zunächst ernst, dann lächelte er. »Och – ich weiß, dass sie nicht ganz dem Durchschnitt entspricht. Wenn sie von dir gesprochen hat, nannte sie dich anfangs immer Mandarine.«

Milafines Gesicht veränderte sich, wodurch Karek einen Schreck bekam.

Hätte ich dies besser nicht erzählen sollen?

Dann lachte seine Freundin so klar und hell, wie er sie noch nie lachen gehört hat. Dabei tauchte kurz ein zweites Grübchen auf der anderen Seite ihres Gesichts auf, stellte der Prinz fasziniert fest. Er lachte mit ihr und er wünschte, er könnte diesen Augenblick für immer einfrieren.

Hätte doch Glück die gleiche Ausdauer wie Sorgen.

Milafine prustete immer noch wie ein kleines Mädchen, als Karek schließlich sagte: »Ich muss in drei Tagen auch aufbrechen, um den neuen König von Alandar zu treffen.«

Nun schaute Milafine weniger erfreut. »Ich weiß. Ich denke, du könntest in zehn Tagen wieder hier sein. Ich werde indes weiter an meinen Kenntnissen der Alten Sprache arbeiten. Mal sehen, was ich noch so alles in den alten Folianten entdecke.«

»Vermutlich jede Menge Staub und Schimmel«, schlug Karek vor. »Was machen wir nun?«

»Weiterlernen. Wer weiß, was dieses Buch hier sonst noch über die Behandlung von Krankheiten zu Tage bringt.« Milafines Augen glänzten – sie lebte bereits wieder in ihrer Bücherwelt.

Nach Süden

Da hockte Bart also. Und Schweif leistete ihm Gesellschaft. Die halbe Burg hatte Bolk nach den beiden abgesucht. Hinter den Stallungen auf einer der Wiesen saßen sie am frühen Abend über einen Tisch gebeugt und beschäftigten sich mit einem Brettspiel.

»Hab ich euch endlich gefunden.« Einen leichten Vorwurf ließ Bolk in seiner Stimme mitklingen, so als hätten sie sich absichtlich vor ihm versteckt.

»Schweif, sag dem großen Sorader, er soll mich nicht in meiner Konzentration auf das Spiel stören«, grummelte Bart noch mehr als sonst – und das bedeutete schon einiges. Dabei starrte er auf das Brett mit den Spielsteinen und würdigte Bolk keines Blickes.

»Rede nur weiter, Bolk. Ich will schließlich gewinnen«, forderte Schweif gleichmütig.

»Was ist los, Bart?«

»Das Gleiche wie vor der Fahrt zu dieser merkwürdigen Insel: Nichts. Das ist das Problem. Während du dich mit der Lederfurie … äh Nika vergnügst, sitzen wir hier untätig 'rum.«

»Ich bin hier – genau um dies zu ändern. Wir segeln nach Akkadesh – gleich morgen. Wer kommt mit?«

Barts Augen suchten Schweif, Schweifs Augen suchten Bart. Langsam drehten ihm beide ihre Köpfe zu und suchten seine Augen. Ihre Gesichter bekamen tatsächlich etwas Lebendiges.

»Morgen? Nach Akkadesh?«, grunzte Bart.

»Es sei denn, ihr wollt hier für den Rest eures Lebens sitzen bleiben und auf das Brettspiel glotzen.«

Bart krauste die Stirn. »Unsinn! Jetzt, wo du endlich

vernünftig wirst. Wann geht es los?«

»Morgen in der Früh. Männer, wir sehen in der Heimat nach dem Rechten.«

»Und Nika?«

»Kommt mit. Allerdings nur bis zur Mündung des Karpane. Dort geht sie mit den Bangesi von Bord.«

Bildete er sich das ein oder leuchtete Barts behaartes Gesicht mit einem Mal ein wenig blonder? Bolk traute seinem Freund glatt zu, eifersüchtig auf Nika zu sein. Dazu sollte er in Kürze für eine ganze Weile keine Gelegenheit mehr bekommen, denn Nika wollte ihre eigenen Wege gehen. Bolk knetete seine Unterlippe. Sie hatte ihm nicht verraten, warum es sie ausgerechnet in Richtung Mündung des Karpane zog. Er wurde einfach nicht schlau aus dieser Frau. Und er wurde nicht schlau aus sich selbst - warum bedeutete sie ihm so viel? Es musste etwas mit ihrer Härte, ihrer Stärke, ihrer Zerbrechlichkeit zu tun haben. Doch er wusste, dass er sie liebte. Sein abgehärtetes Soldatenherz vollführte übermütige Sprünge wie ein Fohlen auf der Wiese, sobald sie ihn nur anlächelte. Leider lächelte sie etwas seltener, als Bart sich rasierte.

Bart verzichtete darauf, weitere Fragen zu stellen. Schweif und er packten die Spielsteine ein und standen auf.

»Dann suche ich mal meine Siebensachen zusammen.« Wer den alten Grantler gut kannte, konnte nach diesen Neuigkeiten durchaus in Barts Stimme eine Nuance mehr Freundlichkeit heraushören.

»Kommst du überhaupt auf sieben?«, fragte Schweif. »Wissen Mähne und Kind schon Bescheid?«, fragte er Bolk.

»Na klar, die haben sich ja nicht vor mir versteckt.«

»Niemand verkriecht sich vor dir. Und jetzt führe uns endlich wieder in die Heimat«, entrüstete sich Bart und klang wieder normal.

»Die 'Ostwind' erwartet uns. Nachdem wir Nika abgesetzt haben, werden wir einen großen Bogen segeln müssen, da Schohtar den Süden Toladars für sich beansprucht und mit seinen Schiffen das Ostmeer bis zur Karpane-Mündung kontrolliert.«

Bart brachte sich in Stellung: »Solange der beste Steuermann aller vier Königreiche am Ruder steht, sehe ich das Problem nicht«, gab sich der beste Steuermann aller vier Königreiche bescheiden.

Bolks Grinsen fiel schwach aus. Ihn plagten üble Vorahnungen - er wurde einfach das Gefühl nicht los, dass einige Dinge aus dem Ruder liefen. Dinge, die selbst der beste Steuermann aller vier Königreiche kaum korrigieren konnte.

»Wir werden sehen, Bart. In den Hafenkaschemmen werden die tollsten Geschichten über unseren sauberen König Pares Drullom erzählt.«

»Genau – in den Hafenkaschemmen. Billiger Fusel, billige Weiber, billige Informationen«, meinte Bart geringschätzig. »Aber auf mich hörst du ja nicht, obwohl ich dir dies schon seit geraumer Zeit erzähle.«

»Ach ja? Woher hast du denn deine Weisheiten?«

»Aus den Kaschemmen natürlich, woher sonst.« Wenn Bart jemals lächelte, konnte es aufgrund seiner vielen Haare im Gesicht ohnehin keiner sehen. »Es sagt doch niemand, dass billige Informationen nicht auch wahr sein können.«

Bolk fasste zusammen: »Pares Drullom spaltet unser Volk. Er ist seit seinem Bündnis mit Schohtar bei den meisten Soradern verhasst. Es soll eine beachtliche Widerstandbewegung geben.«

»Ja, Bolk. Das ist unsere Chance. Die eine Hälfte der Sorader hält uns für feige Deserteure – beim anderen Teil gelten wir als Helden.«

»Dann lass uns bloß bei der richtigen Hälfte anlegen«, schlug Schweif vor.

Die drei Sorader machten sich auf den Weg zurück in ihr Quartier in der Burg. Auf halbem Weg kamen ihnen Sara und Kind entgegen. Die beiden hatten sich vom ersten Moment an gut verstanden und verbrachten viel Zeit miteinander. Daher hatte sich Kinds Begeisterung in Grenzen gehalten, als Bolk ihm den baldigen Aufbruch ins Südreich Soradar verkündete. Dem entgegen strahlte er jetzt über beide Wangen. Schon von Weitem rief er: »Bolk, stell dir vor, Sara kommt mit. Sie wollte schon immer mal nach Akkadesh.«

Die ehemalige Dienstmagd, bei der es sich um die Tochter eines der größten Schwertmeister Krosanns handelte, lächelte erst in Richtung Bolk und dann mit einer zusätzlichen Portion Verzückung in Richtung Kind.

»Ich habe jedoch drei Anliegen, die wir klären sollten, bevor ich mitkommen kann«, rief Sara in freundlichem Ton.

Bart meckerte immerhin so rücksichtsvoll, dass nur Bolk und Schweif es hören konnten: »Jetzt kommt es. Der Bengel wird sich wundern. Der ist ja noch liebestoller als unser Anführer.«

»Der Bengel, von dem du redest, wird im Herbst sechsundzwanzig Jahre alt.«

Inzwischen hatten Sara und Kind sie erreicht.

Kind kannte Bart lange genug. »Was grummelt der Griesgram schon wieder?« Er wandte sich Sara zu. »So drückt er seine Freude aus. Wie lauten denn deine drei Wünsche?«

»Erstens - Bolkan Katerron muss einverstanden sein, mich mitzunehmen.«

»Erfüllt!«, antwortete dieser.

Sara schmunzelte: »Und zweitens: Ich kann unmöglich mit einem Kind zusammen reisen. Ich weigere mich, dich weiterhin Kind zu nennen.«

»Werte Dame, dann sagt Kindskopf zu ihm. Darauf hört er auch«, schlug Bart vor.

»Beachte ihn einfach nicht, Sara. Seine größte Sorge besteht darin, dass irgendein Geschöpf auf dieser Welt ihn lieb haben könnte«, erklärte Kind. »Das würde er nicht ertragen.«

»Ein Anliegen habe ich noch und ich weiß, das ist viel verlangt.« Sie stockte. »Ich … ich möchte das Grab meines Vaters Garemalan an der soradischen Küste besuchen. Karek hat mir auf einer Karte markiert, wo er und seine Freunde ihn beerdigt haben.« Sie fasste sich an ihre Halskette und drehte ein Medaillon in den Fingern, auf dem die Buchstaben SARA eingraviert waren. »Es ist mir wichtig.«

Bolk kratzte sich am Hinterkopf, begeistert war er von diesem Vorschlag wahrhaftig nicht. »Ich kenne die Bucht. Nicht weit davon entfernt haben wir die fünf Anwärterburschen zum ersten Mal getroffen. Und bei einem davon handelte es sich tatsächlich um den Prinzen von Toladar.«

»Anfängerburschen meinst du. Und gefangen genommen haben wir sie«, konkretisierte Bart.

»Ja, Blinn und Karek versuchten sich an unser Nachtlager anzuschleichen und haben sich so dusselig angestellt wie Tanzbären in der Burgküche. Nur lauter«, erinnerte sich Bolk. »Ich weiß also, an welcher Stelle der Küste dein Vater begraben liegt. So richtig wohl ist mir bei dem Gedanken dort anzulegen allerdings nicht, da wir lieber in einem großen Bogen nach Osten segeln sollten, um Schohtars Kriegsschiffen aus dem Weg zu gehen.«

Kind bat: »Bolk, lass es uns versuchen. Dort liegt das Grab ihres Vaters.«

»Na gut! Euer beider Wunsch sei unser Ansporn – wir werden es wagen.«

»Vielen Dank, Kapitän Bolkan. Wenn du merkst, dass es für Schiff und Mannschaft zu gefährlich wird, sollten wir es sein lassen«, meinte Sara.

Kind schien von der Aussicht, dass Sara ihn nach Soradar begleiten würde, beseelt. Seine Augen glänzten, als er Bolk einen dankbaren Blick zuwarf. Bart sagte nichts, doch ihm war deutlich anzusehen, dass er dieses aus seiner Sicht unnötige Risiko niemals eingegangen wäre. Um einer weiteren Diskussion aus dem Weg zu gehen und Kind zu ermöglichen, die Geschichte rund um seinen wirklichen Namen mit Sara unter vier Augen in Ruhe zu klären, sagte Bolk: »Lasst uns zurück in den Palas gehen.«

Sara hängte sich freudestrahlend bei Kind ein und die beiden gingen dorthin, wo Bolk mit seinen beiden Kameraden gerade herkam.

Bart schaute ihnen nach. »Schau dir den Jungen an. Den hat es aber ganz schön erwischt. Und was macht unser Kapitän? Versprechungen, die uns unnötig in Gefahr bringen.«

Bolk wusste, dass er seine Zusage ein wenig leichtfertig gegeben hatte, denn er würde die 'Ostwind' in gefährliche Gefilde führen müssen. Tanderheim befand sich nur eine halbe Tagesreise nördlich von der Grabstätte und auf dieser Strecke kontrollierte Schohtars Flotte das Meer.

»Bart – ich hasse es sagen zu müssen, aber du hast recht.« Er überlegte: »Weißt du eigentlich, wie Kind richtig heißt?«

»Nee, spielt das eine Rolle?«

»Kennst du überhaupt noch deinen eigenen Namen?«,

wollte Schweif wissen.

»Nee, spielt das eine Rolle?«

»Alles gut, Bart. Lasst uns alle Vorbereitungen für unsere Reise in die Heimat treffen.«

Die drei Sorader gingen in ihre Quartiere.

Am Abend traf sich Bolk mit Karek. Gemeinsam spazierten sie durch den Hofgarten und betrachteten die bunten Zierkarpfen im Wasserbecken.

Die Stimmung des Prinzen war gedrückt, kein Wunder, in den nächsten Tagen sollte sich vieles ändern.

»Wir gehören nach Soradar«, meinte Bolk und merkte, wie profan sich dies anhörte, nachdem er es ausgesprochen hatte.

»Wir gehören dahin, wo wir uns am wohlsten fühlen, wo wir gebraucht werden, wo wir etwas bewegen können.«

Beruhigt nickte Bolk. »Dann ist Akkadesh der richtige Ort für uns.«

»Schade, dass Nika dich nicht bis dort begleitet.«

»Sie hat den Eindruck, dass sie anderenorts benötigt wird oder sich dort wohler fühlt.« Er gab sich keine Mühe, gleichgültig zu klingen.

»Weißt du, was sie vorhat?«, fragte Karek.

»Nein. Selbst mir gegenüber ist sie verschlossen geblieben.«

»Sara hat mir erzählt, sie wolle das Grab ihres Vaters besuchen. Und ganz nebenbei leistet sie Kind Gesellschaft.« Karek lächelte: »Ich freue mich für sie und Kind. Außerdem wünsche ich mir viele, viele Ehen mit vielen Kindern zwischen Toladern und Soradern.«

»Das fördert ein friedliches Zusammenleben«, nickte Bolk.

»So sollte es sein.«

Auf einmal spürte Bolk es, eine Strömung, stärker als jede Prophezeiung, als jedes Versprechen. Er war sich ganz sicher: »Prinz Karek, wir werden uns wiedersehen.« Bei seiner nächsten Bemerkung klang Bolk nicht so überzeugt. »Und dann werden die Zeiten besser sein.«

Feuerspiele

Der Gaul galoppierte schwerfällig. Nika roch seinen Schweiß, spürte seinen unrunden Schritt – lange würde er dieses Tempo nicht mehr durchhalten. So eilig hatte sie es nun auch wieder nicht, daher ließ sie ihn in den Trab fallen und stieg nur wenig später ab. Eine Weile wollte sie das Pferd am Zügel spazieren führen. Es würde ihr wenig nützen, wenn sie das Tier zu Tode ritt.

Gegen Mittag sollte sie ihr Ziel erreichen. Ein wenig verdächtig kam ihr vor, dass sie bisher noch keinem Menschen begegnet war. Ein Land wie ausgestorben. Die Ruhe vor dem Sturm?

Ein leises Plätschern erreichte ihre Ohren. Abseits des Weges ließ sie den Gaul an einem Bachlauf trinken, sie selbst nahm auch einen Schluck aus ihrem Wasserbeutel. Ein ungewohnter Anblick an ihrer Hand. Sie betrachtete das neue Armband an ihrem linken Handgelenk, das Abschiedsgeschenk von Karek aus dem seltsamen Metall von der Insel. Den Ring dazu trug sie am linken Mittelfinger. Die zwei Schmuckstücke waren aus einem Guss und passten bestens zusammen, denn sie sahen beide scheiße aus. Aus Unvermögen hatte der Schmied auf schnörkelige Verzierungen verzichtet, der Schmuck fühlte sie sich auf ihrer Haut glatt und kühl an.

Sagitta, Gabim und den Rest der Inselbewohner hatte sie im Dorf an der Küste zurücklassen müssen. Niemals hätte sie zulassen dürfen, dass die Bangesi sie begleiteten. Sie hielten sie nur auf, zumal keiner von ihnen reiten konnte. Wie auch, auf der Insel kannten sie höchstens Flusspferde. Nika hatte Sagitta mitgeteilt, dass sie in spätestens zwei Tagen zurück sein würde. Die Bangesikriegerin hatte wenig erfreut auf diese Nachricht reagiert. Sie standen sich wie Spiegelbilder, mit verschränkten Armen stumm gegenüber, bis Sagitta meinte, dass die Bangesi einen Weg finden müssten, reiten zu lernen, damit sie nicht noch einmal zurückgelassen würden.

Deutlich schwieriger war für sie der Abschied von Bolk gewesen, gestand sie sich ein. Die Reise mit der 'Ostwind' von Felsbach bis zur Karpane-Mündung war reibungslos verlaufen. Bolk und sie hatten sich gezankt und geliebt, noch mal geliebt und erneut gezankt. Und jetzt fehlte ihr etwas. Natürlich das Zanken, logisch.

So reiste sie alleine, als sich wenige Stunden später die Umrisse eines Bauernhäuschens vor ihr aufbauten. Oder vielmehr das, was davon noch übrig geblieben war. Verkohlte Balken bildeten ein Gerippe wie von einem riesigen verendeten Tier. Sie kräuselte die Nase. Es roch nach Asche, Qualm und Tod. Ein Stuhl mit nur einem Bein lag im ehemaligen Eingangsbereich des Hauses.

Nika band ihr Pferd an einen Apfelbaum. Langsam trat sie näher an die Ruine heran, ihre Wangenmuskeln spannten sich. Menschen schienen keine in der Nähe zu sein, dennoch lockerte sie die beiden Dolche im Ärmel. Der Geruch nach Verbranntem biss in ihre empfindliche Nase und reizte ihren Hals, als sie über die Reste des Feuers stieg. Sie bückte sich und steckte die Hand in einen der Aschehaufen – tief unten spürte sie noch etwas Wärme. Der Überfall hatte demnach am gestrigen Tag stattgefunden. Der nächste Anblick überraschte sie nicht. Unter einem der zerstörten Dachbalken schauten die verbrannten Knochenreste zweier Füße hervor. Sie gingen über in von Flammen abgenagte Beinknochen, schwarz vor Ruß. Die verkohlten Zehenknochen zeigten anklagend gen Himmel. Dass von dort keine Hilfe zu erwarten gewesen war, hätte Nika vorhersagen können. Erste Opfer des Bürgerkrieges – und dies ausgerechnet hier. Nika bückte sich, packte die Fußgelenke und zog die verkohlte Leiche unter dem Balken hervor. Aufgrund des Qualmes hatten sich bisher nur wenige Fliegen auf den Leichnam gestürzt. Eine Hälfte des Kopfes war völlig verstümmelt, die andere offenbarte das faltige Gesicht eines alten Mannes. Opa!

»Schweinescheiße!«, entfuhr es ihr zischend, so als hätte sie in Glut gespuckt. Sie blickte sich nach weiteren Leichen oder Teilen davon um. In den Resten des Hauses konnte sie nichts entdecken, woraufhin ihr Instinkt sie verharren ließ. Sie schloss die Augen und horchte, in der milden Hoffnung, nichts zu hören. Es kam anders. Ein entferntes Summen drehte sich sanft um ihren Kopf, um dann unwiderruflich in ihre Ohren einzudringen. Das Summen des Todes, verlässlich, unbestechlich und immer gut gelaunt. Es zeigte ihr den Weg, führte sie in den Stall, der von den Flammen verschont geblieben war – das frühere Zuhause von Hoppel und Möhre. Nun wohnten dort unzählige Fliegen, die sich widerwillig von einem nackten Körper erhoben. Eine junge Frau mit braunen Haaren lag in einem Haufen Stroh. Die Gliedmaßen waren unmenschlich in alle Richtungen verdreht, ihre Fingernägel voller rostrotem Blut. Sie musste sich mit allen Kräften gewehrt haben. Ihr Anblick allein würde bei einem gewöhnlichen Menschen zu Albträumen führen. Doch der Ausdruck ihres Gesichts machte sogar den Zustand des geschundenen Körpers vergessen. Wenn es kaum schlimmer kommen konnte, kam es schlimmer. Schmerz und Grauen hatten eine verzerrte Grimasse hinterlassen, gnädig war nur der Tod selbst gewesen, hatte er doch für Ponni Erlösung bedeutet. Obgleich sich Nika für abgestumpft und nicht mehr zu erschrecken hielt, verzichtete sie darauf, sich weiter auszumalen, was sich hier wohl abgespielt hatte.

Zugegeben, sie hatte Ponni nicht besonders gerne gemocht, sie waren mehr schlecht als recht miteinander ausgekommen, doch so ein Ende hatte niemand verdient.

Nika suchte die weitere Umgebung ab. Nichts zu entdecken auf dem Heuboden des Stalls, nichts auf den Pferdekoppeln. Sie hoffte, nichts Weiteres zu finden, als ihr ein heller Gegenstand im dunklen Gras auffiel. Sie bückte sich und hob eine kleine Flöte mit vier Löchern und einem einfachen Mundstück aus Wachs auf. Nika betrachtete das Musikinstrument, das sie selbst angefertigt hatte – es schien unversehrt. Die Erinnerung tat weh – die Erinnerung an ein mit glänzenden Augen und gespitztem Mund unbeholfen in die Flöte blasendes Kindergesicht. Es rumorte in ihr, sie rieb sich den Bauch. Was war nur mit ihr los? Sie widerstand dem Gedanken, laut nach dem Mädchen zu rufen – wer weiß, ob die Mörderbande noch in der Nähe war.

Langsam schritt sie zurück zu ihrem Pferd und resümierte: Opa und Ponni tot. Begraben werde ich euch nicht, davon habt ihr auch nichts mehr. Eine weitere Leiche gab es nicht – vor allem keine Leiche eines kleinen Mädchens. Ich werde sofort zum Schwarzackerhof reiten. Vielleicht erfahre ich dort mehr über die Geschehnisse.

Sie schwang sich in den Sattel und galoppierte los. Zum einen spürte sie Erleichterung, dass sie keine weiteren Leichen gefunden hat, zum anderen fragte sie sich besorgt: Hanne, wo bist du?

Auf ging es nach Süden, genau wie damals, als sie nach

ihrer Genesung zum Friedhof in Soradar aufgebrochen war. Opa und Hanne hatten ihr Leben gerettet - was immer das auch wert gewesen war.

Sie erreichte die Wegweiser mit den krummen Ortsschildern. Aha, von hier aus lag der Schwarzackerhof immer noch im Osten. Voller düsterer Gedanken näherte sie sich nach einer Weile Slims Zuhause. Instinktiv stieg sie von ihrem Pferd und band es ein wenig abseits des Weges an einem Ast fest. Zu Fuß schlängelte sie sich durch dichtes Gestrüpp weiter zum Anwesen. Die Dämmerung setzte ein, das kam ihr entgegen. Nika auf der Pirsch – und zwar mit einer schlechten Laune, die sonst für ein ganzes Jahr reichte. Sie brachte die Zähne und die Krallen eines Leoparden nach Toladar. Auch seine Instinkte und Sinne. Als Erstes meldete ihre Nase Gefahr – auch hier fand das Brandschatzen statt. Sie erreichte den Rand des Dickichts, jenseits der Weide leuchtete ein großes Feuer. Auf allen Vieren kroch sie näher, es gab kaum noch Deckung. Nun hörte sie Gegröle. Frauen grölten nicht, sondern kreischten, daher musste es sich um Männer handeln. Logisch.

Langsam robbte Nika näher und suchte Deckung hinter einem Schuppen. Eine der Stallungen brannte lichterloh. Etwa dreißig Soldaten in schäbigen Rüstungen, vermutlich allesamt Söldner, standen feixend davor, einige von ihnen traten nach gekrümmten Gestalten, die gefesselt vor ihnen auf dem Boden lagen.

Ein besonders großer Kerl in dunkelroter Rüstung brüllte einen Greis an, der mit gefesselten Händen und Füßen vor ihm kniete. »Wo hast du dein Gold versteckt, Alter?«

»Guter Mann, ich … ich habe mein Gold in dieses Anwesen gesteckt. Alles, was übrig ist, habe ich Euch bereits gegeben.«

Ein anderer Soldat mit einem spitzen Helm lachte: »Blutspur, ich habe es genau gehört. Er hat dich beleidigt und 'guter Mann' zu dir gesagt.«

»Waaas? Ich dachte, er meint jemand anderen«, rief dieser empört.

Der Rote bückte sich, packte den Alten unter den Schultern und donnerte: »Niemand nennt mich 'guter Mann'! Ich gebe dir noch eine letzte Chance, bevor ich dich ins Feuer werfe. WO IST DAS GOLD?«

»Es gibt kein Gold – glaubt mir doch.«

»Alter, das Spiel heißt Brandschatzen. Die Regeln sind einfach: Kein Schatz bedeutet zwangsläufig Brand.«

»Blutspur, wirf ihn ins Feuer. Ich wette, er schreit genau noch sieben Mal.« Der Spitzhelm rieb sich erwartungsfroh die Hände.

»Ah, Wettschreien ist eine gute Idee. Gestern der Alte auf dem anderen Hof hat es tatsächlich auf vierzehn Schreie gebracht. Ich hätte nicht gedacht, dass einer mit verkohlten Beinen noch so lange zappelt. Beachtlich! Aber heute wird es schneller gehen. Ich setze auf drei Schreie, wenn ich diesen Graukopf mitten ins Warme werfe.«

»Höchstens fünf!«, schrie ein anderer Söldner.

»Zwei kleine Goldstücke auf vier Mal«, kam der Nächste um die Ecke.

»Da halte ich gegen. Ich sage sechs Schreie.«

Nettes Spielchen, welches einige hervorstechende menschliche Eigenschaften kombinierte - Goldsucht, Mordsucht, Wettsucht.

Eine neue Stimme ertönte voller Verzweiflung. »Lasst meinen Vater in Ruhe. Er ist nur ein alter Mann.«

Nika erkannte Slim, der mit auf dem Rücken gefesselten Händen zwischen zwei Soldaten stand. Nika staunte über so viel Dummheit. Mit dieser unüberlegten Bemerkung hatte Slim seinen Vater ans Messer geliefert.

Ungerührt konzentrierte sich Blutspur weiter auf den Alten. »Wenn du kein Gold mehr hast, bist du nichts wert. Doch ich bin sicher, dein Sohn wird sich an das Goldversteck erinnern.«

Er packte den Alten an Hüfte und Oberarm, schwang ihn über seinen Kopf wie einen Sack Mehl und rannte zum brennenden Stall. Kurz vor dem lodernden Feuer warf er Slims Vater mit einem kräftigen Schwung ins Zentrum der Flammen. Er schrie wie am Spieß. Die Söldner zählten im Chor mit. Eins, zwei, drei. Eine kurze Pause entstand. Luftholen zum letzten und vierten Schrei – der Todesschrei. Vorbei - nur noch das Feuer knisterte.

»Vier! Ich hab gewonnen, ich hab gewonnen!«, freute sich einer der Soldaten.

»Hundearsch!« Der Rote schien alles andere als entzückt. »Konnte der Alte nach dem dritten Mal nicht einfach das Maul halten?«

»Noch mal Wettschreien«, schlug der tüchtige Gewinner vor. Er glaubte scheinbar an eine Glückssträhne und zeigte auf Slim. Ein anderer Söldner schrie: »Oder häuten – diesmal schaffe ich es an einem Stück.«

»Erst müssen wir den Burschen nach dem Schatz fragen und häuten dauert mir jetzt zu lange, ihr Idioten.« Blutspur wandte sich Slim zu. »Papi wird dies sicher seinem Sohnemann verraten haben.«

Nika schob sich auf dem Bauch um die Ecke eines Schuppens in Richtung Haupthaus. Was hatten diese Schweine mit Hanne gemacht? Doch nicht etwa auch einfach ins Feuer geworfen wie ein Stück Brennholz. Üble Vorahnungen ließen ihre Lippen schmal wie eine Schnur werden. Was konnte sie gegen dreißig kampferprobte Männer ausrichten? Im Moment wenig.

Sie schlich weiter, bis sie hinter dem protzigen Brunnen Deckung fand, als sie plötzlich den Wagen entdeckte. Opas Quietschekarren, mit dem er sie damals am Wegrand aufgegabelt und gerettet hatte. Und in diesem Gefährt hatte sie Hanne kennengelernt. Sie kroch zum Wagen und sah tatsächlich ein zusammengeschnürtes kleines Bündel auf dem Laderaum liegen. Offenbar lag dort ein Kind gefesselt zwischen zwei Fässern und bewegte sich nicht. Das Gesicht konnte Nika nicht erkennen, jemand hatte ihm eine Kapuze über den Kopf gezogen.

Sie kletterte hinter dem Kutschbock auf das Gefährt, woraufhin der Wagen ein Stück vorfuhr und dabei wie ein Riesenferkel quietschte.

»Achtung – hier schleicht jemand herum!« Zwei Söldner kamen um die Ecke des Haupthauses gelaufen.

Ein Dritter warnte die anderen, die noch vor dem brennenden Stall standen. »Männer, hier sind noch mehr Feinde. Kommt schnell!«

Ihr blieb nicht viel Zeit. Sie sprang vom Wagen und rannte auf die beiden Angreifer zu, die bereits ihre Schwerter in den Händen hielten. Sie trugen leichte Rüstungen mit goldenen Sternen. Die beiden Angreifer brauchten sich nicht zu verständigen. Routiniert brachten sie etwa drei Meter Abstand zwischen sich, was sie in die Lage versetzte, von zwei Seiten gleichzeitig anzugreifen. Gleichzeitig war relativ und galt nicht in Nikas Zeitrechnung. Sie schlug einen Haken, während sie den Dolch aus dem rechten Ärmel in die Hand rutschen ließ. Die Waffe fand ihren Weg fand. Schmatzend bohrte sich die Klinge in das Auge des Mannes. In einer Bewegung griff sie nach ihrem Kurzschwert und wehrte einen Schlag des zweiten Angreifers ab. Sie musste nicht zurückblicken, um zu merken, wie weitere Söldner vom Haupthaus herbeiliefen, um sich auf sie zu stürzen. Ins Gemetzel, in den Kampf mir ihr, einer einzelnen Frau. Es blieb keine Zeit zum Nachdenken, sie schaute auf ihren nächsten Gegner. Eine Täuschung nach rechts, ein tödlicher Stich nach links. Es ging viel zu schnell für den Mann, er sackte stöhnend zusammen.

Einer brüllte: »Es müssen mehrere sein. Zwei von uns liegen schon auf der Erde.«

Der Kreis um Nika herum zog sich immer enger zu. Sie suchte vergeblich nach einer Stelle zum Durchbrechen. Folglich rannte sie zurück zum Wagen und sprang auf den Kutschbock. Es versammelten sich noch mehr der Sternsoldaten auf dem Platz und umzingelten sie. Fackeln erleuchteten inzwischen das Areal rund um den Pferdewagen.

Blutspur kam mit strammen Schritten auf sie zu. »Ist sie alleine?«, fragte er einen seiner Männer.

»Scheint so. Sie hat schon zwei von uns erwischt.«

Nika stand auf dem Wagen und beobachtete jede Bewegung. Von hier oben konnte sie aufgrund ihrer Körperbeherrschung und Geschwindigkeit jederzeit hinunterspringen und im Halbdunkel verschwinden – nur hätte sie damit nicht viel gewonnen.

»Ihr könnt gegen alte Männer und Frauen kämpfen – ihr seid tolle Burschen.« Sie musste Zeit gewinnen.

»Frauen bekämpfen wir nicht. Mit denen machen wir etwas anderes«, erklärte Spitzhelm.

»Schnauze! Dieses Weib gehört mir.« Blutspur hatte sich offensichtlich auf Anhieb in sie verliebt.

In der Zwischenzeit kam der Rest der Soldaten um die

Ecke. Sie schubsten einige der Hofbewohner vor sich her. Die Gefangenen konnten mit ihren Fußfesseln nur kleine Schritte tun und hatten zudem die Arme auf den Rücken gebunden.

Als Slim Nika auf dem Kutschbock stehen sah, riss er die Augen auf und schaute dann entgeistert weg.

Blutspur war nicht ohne Grund der Anführer, denn diese Reaktion fiel ihm sofort auf. »Sohnemann, du kennst die schwarze Dame?«

»Nein, nein. Noch nie gesehen.«

Wie konnte jemand nur so schlecht lügen.

»Also, wer ist sie?«

Slim schwieg. Warum eigentlich? Erwartete er sich von ihr etwa Hilfe? Na gut, es gab niemand anderes in der Nähe, der etwas für ihn tun konnte. Der Spitzhelm zog einen Dolch aus dem Gürtel, fackelte nicht lange und trieb diesen bis zum Heft in Slims Oberarm. Seine Schreie erfüllten den Abend – die Männer lachten – immerhin zählten sie nicht mit.

»Noch mal. Wer ist sie?« Als Slim immer noch keine Anstalten machte zu sprechen, sondern sich aufs Jammern konzentrierte, zeigte Blutspur auf den anderen Arm.

Slim brüllte vor Schmerz, vor Wut, vor Hilflosigkeit: »Das ist eine Krähe. Sie ist eine Bekannte von dem Alten, dessen Hof ihr gestern abgebrannt habt. Und eine Freundin von dem Kind.«

»Ich habe es mir gedacht. Tatsächlich! *Die* Krähe! Männer, ich will sie lebend«. Es klang wie ein Befehl.

»Kann ich mir denken, Blutspur«, höhnte Spitzhelm spitz.

Blutspur ignorierte die Bemerkung. »Das erklärt den geübten Umgang mit spitzen Gegenständen. Und eine Freundin von dem Kind, sagst du? Das erklärt, warum sie auf dem Wagen herumklettert.«

Nika runzelte die Stirn ob der ehrlichen Begeisterung, die der Anführer an den Tag legte.

Lächelnd drehte Blutspur mit seiner Schwertspitze einen großen Kreis durch die Luft, um seine nächsten Worte zu untermalen. »Wenn du wegen des kränklichen Kindes hier bist, wunderbar. Wenn es überhaupt noch lebt, dann töten wir es nun.«

Bisher hatte sich die kleine Gestalt auf dem Wagen weder bewegt noch irgendeinen Mucks von sich gegeben. Nika biss die Zähne zusammen. Nicht, dass Hanne bereits tot war.

Blutspur zeigte auf zwei Männer und dann auf den Wagen. Sofort näherten sich die beiden Söldner der Ladefläche von hinten.

Blutspur hob den Arm und winkte zu ihr hinauf. »Wirf dein Schwert weg und komm vom Wagen herunter.«

Nika wusste genau, worauf das hinauslief. Der Mistkerl fühlte sich seines Druckmittels sicher. Leider zu Recht. Wie ging es nun weiter? Sollte sie die beiden Soldaten, die Anstalten machten, Hanne vom Wagen zu ziehen, angreifen? Damit würde sie ihre erhöhte Position auf dem Kutschbock aufgeben und von allen Seiten bekämpft werden.

Schon meinte Blutspur in gleichgültigem Ton: »Sie gehorcht nicht. Holt das Balg vom Wagen und zerhackt es.«

Einer der Söldner zog Hanne von der Ladefläche herunter, so dass sie unsanft auf dem Boden landete. Dann holte er mit einem Zweihänder über Kopf zu einem Hieb aus, der ihren Körper zweiteilen würde. Der Söldner schielte zu seinem Anführer herüber, als wartete er den endgültigen Befehl zum Töten ab. Trotz des Aufpralls auf dem Boden ließ die kleine Gestalt keine Regung erkennen. Nika wusste, nun handelte es sich um den falschen Augenblick, um am

Ekel dieser Welt zu verzweifeln. Ihre Wut nahm Ausmaße an, die selbst sie nicht für möglich gehalten hat. Sie spürte ihre innere Hitze weiter ansteigen. Das riesige Feuer des abbrennenden Stallgebäudes wirkte kühl dagegen.

Blutspur nickte dem Mann mit dem Schwert zu.

Nikas Gedanken stolperten durch ihren Kopf. »Halt! Ich ergebe mich.«

Wenn es eine minimale Chance gab, dass Hanne noch lebte, dann musste sie diese nutzen. Sie konnte unmöglich fliehen – sie würden Hanne sonst töten.

Der Söldner mit dem Zweihänder hielt ein.

»Du gibst auf? Dann wirf endlich die Waffe weg, du Miststück«, fauchte der Anführer in der roten Rüstung.

Nika warf das Kurzschwert mit der Spitze in den Grasboden. Das Heft zitterte noch einen kurzen Moment.

»Na endlich!« Der Anführer grinste siegessicher. Seine schönen, weißen Zähne und seine Lachfalten erzeugten ein strahlendes Lächeln. Er nickte den Soldaten zu, die bei Hanne standen. »Tötet das Kind dennoch. Das hätten wir gestern schon machen sollen«. Er blickte Nika an, ohne sein Lächeln abzulegen: »Krähe, merkst du langsam, dass du dich mit dem Falschen anlegst?«

Nika entschied in diesem Augenblick, dass sie den Mann nun töten würde. Egal, was danach passierte. Sie schaute ihm in die Augen. Mit ihrem Blick sagte sie ihm: Schneller als du Arschloch blinzeln kannst, werde ich einen Dolch aus meinem Stiefel holen und dich aufschlitzen. Du bist der nächste Tote. Auch wenn danach alle deine Söldner gleichzeitig über mich herfallen.

Blutspurs Augen verengten sich. Als erfahrener Soldat schien er zu spüren, dass er die merkwürdige Frau in der schwarzen Lederkluft nicht unterschätzen sollte.

Der Dolch im rechten Stiefel drückte sich vertraut an ihr rechtes Bein. Eine kaum wahrnehmbare Bewegung ihres Handgelenks und schon rutschte das Armband mit den vergifteten Dornen auf ihren Handrücken. Sie sah zu dem Mann, der erneut sein Schwert hob und es, ohne mit der Wimper zu zucken, in die Brust des Kindes stieß. Das Geräusch kannte Nika gut genug, doch diesmal tat das hässliche Knirschen, als die Klinge Rippen und Organe durchbohrte, in den Ohren weh.

Nikas Wut explodierte. Sie hatte das Gefühl zu schmelzen, die Hitze traf sie unvorbereitet, doch sie empfand sie nicht als unangenehm. Ihre Augäpfel schienen ihre eigenen Höhlen zu verbrennen. Tod, Tod, Tod gierte sie. Blutspur, du zuerst.

Unter den Söldnern ging der Boden mit dem trockenen Gras wie von Geisterhand in Flammen auf. Ungläubig starrten die Männer auf das wilde Züngeln des Feuers zwischen ihren Beinen.

Nika hatte sich geirrt. Blutspur starb nicht als Nächster. Spitzhelm, der neben ihm stand, fiel röchelnd um. Er hielt sich beide Hände an den Hals. Nika hörte von allen Seiten weiches Zischen. Sie verstand nicht, was vorging, doch alles, was passierte und die Söldner überraschte und sogar tötete, konnte nur helfen.

In diesem Moment sprangen die zwei Söldner auf die Ladefläche des Karrens und stürzten sich auf sie. Nika drehte sich gerade rechtzeitig um und schlitzte dabei einem Gegner links von ihr den Bauch auf. Dem anderen Angreifer hämmerte sie ihren dornenbewehrten Handrücken mitten ins Gesicht. Der Kerl schielte nach oben und fiel dann zur Seite um. So schnell wirkte das Gift gar nicht, doch ihr Schlag war so fest gewesen, dass es ihm die halbe Stirn weggerissen hat.

Das Schreien kam von allen Seiten. Ein Drittel der Söldner hielt sich die Hände an den Kopf, während Blut zwischen den Fingern herunterlief. Sie tanzten, wankten und taumelten durch das Feuer, bevor sie umfielen und nur noch zuckten, während die Flammen über ihnen zusammenschlugen. Pfeile mit bunter Befiederung ragten aus Schädeln und Hälsen.

Eine groß gewachsene Frau mit einem Langbogen erschien hinter einem Bretterzaun, der den Hof zu den Weiden hin abgrenzte. Unablässig lässig zog sie mit ruhigen Bewegungen Pfeile aus dem Köcher, nockte diese an, spannte den Bogen und schoss. Ein Lied des Todes, denn nach jedem Surren der Sehne folgte ein Schrei. Tsiiing! Aaaaah!

Die ungehorsame Sagitta mit ihrer Bande kam zur rechten Zeit. Nika tobte in wilder Wut mitten im brennenden Gras zwischen den Söldnern. Sie spürte das Feuer kaum. Drei Männer bedrängten sie gleichzeitig. Den Mittleren traf ein Pfeil in den Rücken, sterbend stolperte er ihr entgegen. Die anderen beiden griffen an. Nika wirbelte zur Seite und erwischte einen der Angreifer am Oberschenkel. Weitere Pfeile erledigten den Rest. Der Überraschungsangriff der Bangesi mit ihren Langbogen zeigte verheerende Wirkung. Die Schreie der Sterbenden kamen von allen Seiten, doch jetzt hatte Nika nur Augen für den reglosen kleinen Körper auf der Erde. Sie stürzte dorthin, kniete nieder, nahm die kleine Hand in ihre Hand. Kalt! Sofort wusste sie, dass jedes Leben das Kind längst verlassen hatte – schon bevor der Söldner zugestochen hatte. Hanne war schon lange tot. Nika vergaß alles um sich herum. Traurigkeit überwältigte sie in einem Maße, wie sie es nicht für möglich gehalten hatte. Den immer noch andauernden Kampflärm nahm sie nicht mehr wahr. Vorsichtig zog sie dem Mädchen die Kapuze vom Kopf. Leblose Pupillen starrten sie an. Nika widerstand dem Drang, sich ihre brennenden Augen zu reiben. Bei dem toten Kind handelte es sich nicht um Hanne. Ein etwa sieben oder acht Jahre alter Junge war zum Vorschein gekommen.

Nika erhob sich langsam. Einige der Bangesi-Krieger hatten sich schützend um sie versammelt. Sie nickte ihnen zu. Nach der Erleichterung, doch nicht Hannes Leiche gefunden zu haben, füllte sich ihr Körper erneut mit Wut. Mit Wut beginnt der Zorn. Der Zorn wird zu Hass! Blutspur! Wo befand sich dieses miese Stück Söldnerscheiße? Ihr Hass gierte nach Entladung. Grimmig schaute sie sich um. Den Kerl wollte sie persönlich erwischen, doch sie konnte ihn nirgends entdecken. Hatte er etwa fliehen können oder lag er auf dem Boden im brennenden Gras? Sie sah sich um, drehte einige Leichen mit dem Fuß, wodurch sie die Gesichter erkennen konnte, doch Blutspur befand sich nicht unter ihnen.

»Er ist entwischt. Schnell weggerannt – nach da hinten, zu den Pferden«, meinte Slim, der außerhalb der Flammen gefesselt auf dem Boden kniete.

Nika entschied sich, zunächst diesen Idioten zu befragen. »Wo ist Hanne?«

Slim senkte den Kopf. »Sie haben das Mädchen gestern fortgeschafft.«

»Wie?«

»In einem Pferdewagen von unserem Hof, da der Karren…« Er deutete auf Opas brennenden Quietschewagen, »… zu klapprig war. Wohin weiß ich nicht genau, Blutspur hat die Befehle gegeben – er weiß es.«

»Wer sind 'sie'?«, zischte Nika.

»Acht Söldner sind mit Hanne losgezogen. Sie lebt. Bitte macht mich los. Ich kann nichts für die Geschehnisse, ich bin selbst Opfer.« Er deutete mit dem Kinn auf seinen Oberarm, der durch den Einstich kräftig blutete. »Und die Schweine haben meinen Vater einfach ins Feuer geworfen«, schluchzte er.

»Erkläre mir, was sie mit einem kleinen Mädchen wollen.«

»Ich weiß es nicht. Sie haben uns überfallen und wollten Gold. Wobei…« Er stockte.

»Wobei was?«, fauchte Nika. Sie verlor langsam die Geduld.

»Sie haben sich auch nach ihren Freunden erkundigt, einer anderen Söldnergruppe, die von diesem Woguran angeführt wurde. Ihr wisst schon … die zwanzig Söldner, die Ihr …, äh … von denen Ihr den Letzten hier bei uns auf dem Hof erledigt habt.«

Nika stöhnte. »Was hast du Schwätzer erzählt?«

Er hob die Hand. »Nichts! Ehrlich! Ich hatte Angst, dass sie uns alle direkt umbringen, wenn ich ihnen verrate, dass die zwanzig tot sind. Umgebracht von einer einzigen Krähe.«

Nika blieb reglos stehen, während das Feuer sich weiter ausbreitete. Dass Blutspur und seine Mannen gerade in dieser Gegend derart gewütet hatten, konnte kein Zufall gewesen sein. Zufall! Sie hasste allein schon dieses Wort. Zufälle gab es rein zufällig. Nur Verlierer versteckten sich hinter Zufall und Schicksal. Zufall ist der ärgste Feind der Logik. Immer noch.

Mit viel Mühe drehte sich Slim von den Flammen weg. Nika spürte die Hitze überhaupt nicht, doch ihre Nase holte sie aus ihrer Wut zurück. Es stank entsetzlich nach verbranntem Fleisch, nach Blut und Tod. Sie nahm ein Messer und schnitt Slim erst die Fußfesseln durch und befreite dann die Hände.

Sagitta stand neben ihr und fragte: »Sollen wir die anderen befreien?«

»Ja. Die Hofbewohner haben genug gelitten.«

Das brennende Feld wurde nun schnell geräumt. Opas Quietschewagen stand immer noch in hellen Flammen im Gegensatz zur dunklen verbrannten Erde drum herum. Die Menschen versammelten sich vor dem Haupthaus. Slims Oberarm wurde von einer älteren Frau behandelt.

»Muss ich nähen«, murmelte sie und verschwand, um Nadel und Faden zu holen.

Die Bangesi blickten erstaunt auf das brennende Feld mit den brennenden Leichen zurück und schauten sich mit fragenden Gesichtern an. Die überlebenden Hofbewohner wiederum glotzten ungläubig auf die Bangesi, denen sie ihr Leben zu verdanken hatten. Diese Tatsache und das aus ihrer Sicht exotische Aussehen der ganzen Bande erhöhte die allgemeine Verblüffung enorm. Entgeistert starrten sie zunächst auf die große Kriegerin mit dem Langbogen. Doch danach, als hätten sie sich abgesprochen, richteten alle gleichzeitig ihre Blicke auf Nika.

»Holt Wasser und sorgt dafür, dass sich das Feuer nicht weiter ausbreitet.« Nika wandte sich Sagitta und den Bangesi zu: »Ihr seid gerade rechtzeitig gekommen.« Sie deutete eine Verbeugung an. »Und die Idee, mit den Feuerpfeilen das trockene Gras anzuzünden, war hervorragend.«

Mit unbewegter Miene antwortete Sagitta: »Diese Männer besaßen noch weniger Ehre als die Jovali. Doch dein Lob verstehe ich nicht. Wir haben keine brennenden Pfeile abgeschossen.«

Das überraschte Nika. Mit gerunzelter Stirn schaute sie auf das abgebrannte Feld zurück. Was … war passiert?

Gabim überlegte: »Es gab vermutlich einen Funkenflug vom Stallgebäude herüber in das trockene Gras.«

Nika nickte langsam.

»Wir danken euch!«, heulten zwei Frauen los und fielen auf die Knie. »Ihr habt unser aller Leben gerettet. Ihr seid mutige Männer und … und Frauen. Noch nie habe ich Frauen so kämpfen sehen. Wo sind die Soldaten unseres Königs? Sie sollten uns beschützen.«

»Ich muss augenblicklich den Anführer der Bande zu Pferd verfolgen – diesen Blutspur. Könnt ihr solange hierbleiben und den Leuten helfen?«

Sagitta sagte nichts – doch es war offensichtlich, dass sie es nicht guthieß, abermals zurückgelassen zu werden.

»In der Zwischenzeit könnt ihr reiten lernen. Die Söldner brauchen ihre Pferde nicht mehr. Ich komme so schnell wie möglich wieder zurück.«

In den Augen der Bangesi-Kriegerin blitzte es versöhnlich. Begierig wandte sie sich an Slim und fragte: »Lehrst du uns das Reiten?«

Erstaunt blickte Slim die große Frau an. »Ja, gerne. Ihr habt unser aller Leben gerettet. Das vergesse ich euch nicht.«

Dann wandte sich Nika an Slim. »Ich brauche dein schnellstes Pferd, jetzt sofort.«

Slim nickte und bedeutete der Frau, mit der Versorgung seiner Armwunde einzuhalten. Er stand auf und führte Nika zur Pferdekoppel. Durch das Feuer verschreckt, liefen die Tiere unruhig mit aufgeblähten Nüstern hin und her. Slim konnte einen schlanken Fuchs schnell beruhigen und meinte: »Nehmt diesen. Für Euer Gewicht genau richtig – schnell und ausdauernd.«

Einen Sattel brauchte Nika nicht – sie saß auf und galoppierte los.

Achtung

Der Thronsaal des Königs des Südens gehörte zu den Orten, die Karson am meisten hasste. Entsprechend viel Überwindung kostete es ihn, diesen zu betreten. Schohtar hatte nach ihm rufen lassen. Seine Gesichtszüge froren ein, als er zu allem Unglück auch noch Herzog Mondek devot vor Schohtar knien sah. Er könnte ihm jetzt hervorragend in den Arsch treten. Immerhin verbesserte dieser Gedanke seine Laune.

Schohtars Thron, ein beeindruckendes Gebilde aus Gold, Elfenbein, Ebenholz und Juwelen, unterstrich in althergebrachter Weise den Führungsanspruch seines Inhabers.

»Mein König«, sagte Karson mit Achtung in der Stimme. Hochachtung, Verachtung – wo ließ sich bei Schohtar hier ein Unterschied definieren? Dem Herzog widmete er keinen Blick, keine Geste, kein Wort.

»Ah, mein lieber Karson«, begrüßte Schohtar ihn freundlich.

Mein lieber Karson. Manchen Menschen reichte die Süffisanz und Ironie in diesen drei Worten für ein ganzes Leben.

Herzog Mondek stellte sich neben ihn und plusterte sich auf wie ein Truthahn. »Wollt Ihr Eurem Herzog nicht auch Ehrerbietung erweisen? Als Weibel befindet Ihr Euch eine Stufe unter mir.«

»Den Mann grüßen, der mich zum Tode verurteilt und hingerichtet hat? Verratet mir, wie das gehen soll.«

Scheinbar gut gelaunt gluckste Schohtar. »Na, na. Streitet euch nicht. Mondek, seid nicht so hochtrabend. Karson, seid nicht so nachtragend.« Schohtar vermittelte königlich. Als wollte er eine symbolische Geste zu Hilfe nehmen, führte er die Fingerkuppen seiner beiden Hände zusammen. »Ich habe Euch doch die Ernennung zum Admiral versprochen. Dies werde ich gleich im Beisein Eures Freundes Mondek vornehmen.«

»Mein König. Auf ein Wort«, bat Mondek. Der Herzog wollte Karson unbedingt loswerden und vermutlich unter vier Augen ein bescheidenes Veto einlegen. So viel Mumm hätte er dem Kriechtier gar nicht zugetraut.

»Karson bleibt hier. Doch Ihr könnt frei sprechen, mein Guter.«

Mondek platzte damit heraus: »Wie könnt Ihr diesem Überläufer vertrauen? Wie könnt …« Sichtlich bemüht, die Contenance zu wahren und seine Stimme diplomatisch klingen zu lassen, fuhr er fort. »Helft mir bitte zu verstehen, was Euch bewegt, dieses … diese Person auf den höchsten militärischen Rang zu befördern.«

In diesem Punkt stimmte Karson ausnahmsweise mit Mondek überein. Helft mir, dies zu verstehen.

Schohtars Gesichtsruine blieb freundlich, soweit der Weibel die zerstörte Miene interpretieren konnte. Doch der schnarrende Unterton gewann an Intensität. »Täusche ich mich, oder hinterfragt Ihr die Entscheidungen Eures Königs?«

Eine Frage, die als Antwort nur die Wahl zwischen Hängen und Kopf ab zuließ.

So ging Mondek sichtlich erschrocken in die Knie: »Nein, Euer Exzellenz. Keineswegs! Verstehen möchte ich. Dienen möchte ich.«

»Mondek, andere Reihenfolge. Zunächst kommt dienen, danach gegebenenfalls verstehen.«

»Natürlich!«

Karson blieb ungerührt stehen und bemühte sich, seine

Verachtung über diese Posse nicht erkennen zu lassen.

»Karson steht auf unserer Seite. Er hat sich für mich als seinen König entschieden. Mondek, hattet Ihr es nicht selbst kaum erwarten können, persönlich das Fläschchen mit Gift aus der Zelle unseres Herrn Weibel zu holen? Und, war es nicht unberührt? Habt Ihr nicht falsch gelegen?«

Der verkniffene Gesichtsausdruck des Herzogs machte fast Spaß.

Voller Wärme wandte sich Schohtar Karson zu. »Ihr habt Euch entschieden zu leben. Ihr habt entschieden, Euch in meine Dienste zu stellen. Das freut mich.«

Mondeks Hass musste bedeutend größer als sein Verstand sein, denn er probte abermals den Aufstand. »Mein König. Ihr wisst, wie loyal ich bin. Nur aus Liebe zu Euch gebietet es mir mein Herz, darauf hinzuweisen, dass dieser Mann Euch verraten wird. Er steht nicht hinter Euren Zielen. Ihm ist nicht zu trauen.«

Schohtar verzog keine Miene, doch seine kleinen Augen funkelten. »Nur aus Liebe zu Euch erkläre ich es ein letztes Mal. Ihr selbst habt die Idee mit dem Giftfläschchen und der damit verbundenen Wahl zwischen Freitod und Gehorsam ausdrücklich gelobt. Der gute Weibel hier hat sich für den Gehorsam entschieden, das sollten wir anerkennen und ihm eine Chance geben.«

Komm, Mondek. Nur zu, widersprich noch mal. Lass dir das nicht bieten…

Schade, der Herzog hielt den Mund. Dass er hierfür die Lippen heftig zusammenpressen musste, ignorierte König Schohtar.

»Tretet vor!«

Karson machte einige Schritte auf den König zu.

»Kniet nieder!« Karson kniete nieder und senkte ehrerbietig den Kopf.

Schohtar erhob sich von seinem Thron.

»Weibel Karson! Ich, Schohtar Tomur, König des Südens von Toladar, ernenne Euch zum obersten Befehlshaber meiner Armee zu Wasser. Dient meinen Zielen und Eurem Vaterland, dann dient Ihr auch Euren Zielen. Erhebt Euch, Admiral Weibel.«

Mondek schaute drein, als würde ihm jemand mit eisernen Absätzen auf beiden Füßen stehen.

Schohtar sah Karson ins Gesicht und warf dann Mondek einen aufmunternden Blick zu. »Damit seid Ihr übrigens gesellschaftlich dem guten Herzog gleichgestellt. Nun – da ihr beide auf gleicher Augenhöhe Eurem König dient, wünsche ich mir, dass ihr Freunde werdet.«

Herzog Mondek knirschte: »Wie erklären wir das dem Volk? Schließlich denkt es, wir hätten ihn hingerichtet.«

»Ein guter Punkt, Mondek. Ich schätze es, wenn Ihr mitdenkt. Doch alles zu seiner Zeit. Es bleibt zunächst noch unter uns, dass ein neuer Admiral seinen Dienst angetreten hat. Streng vertraulich – ist das klar?«

»Selbstverständlich, mein König«, der Herzog nickte wie ein Buntspecht.

»Habt auch Ihr das verstanden?«

»Ich bin schon tot und schweige wie mein Grab.«

»Hihi – seht Ihr, Mondek – der neue Admiral verfügt über erfrischenden Wortwitz.« Doch abrupt schien Schohtar an die Grenzen seines Humors gestoßen zu sein. »Ihr könnt nun gehen«, befahl er unmissverständlich.

Mondek drehte sich um und Karson folgte ihm mit gebührendem Abstand in Richtung Tür. Gebührend nur deshalb, weil er die körperliche Nähe von Mondek kaum noch ertragen konnte.

»Ihr noch nicht, Admiral.«

Karson hielt inne. Mit Admiral meinte Schohtar ihn. Er wandte sich um und ging zurück zum Thron.

Schohtar legte seine Hände in den Schoß und wartete, bis Mondek hinausgegangen war und die Tür hinter sich geschlossen hatte.

Erst jetzt schaute Schohtar ihn an wie ein Vater seinen Sohn, nachdem er ihn bei einer furchtbaren Dummheit erwischt hat.

»Was mache ich nur mit Euch?«

»Ihr habt mich zum Admiral gemacht, das reicht für den Anfang.«

Schohtar reagierte ganz und gar nicht belustigt. »Ich hatte eine Wette mit Mondek laufen. Er war der festen Meinung, ihr würdet das Gift trinken. Ich hielt dagegen, da ich bereits wusste, dass ich gewinnen würde.«

Karson merkte, wie sein Rücken feucht wurde. Worauf wollte der König hinaus?

Schohtar erhob sich, ging zu einer Edelholzkommode an der Wand und zog die oberste Schublade auf. Er holte ein gefülltes Fläschchen heraus, drehte sich zu Karson um und warf es ihm zu. Geschickt fing der frisch ernannte Admiral den Glasbehälter mit der rechten Hand auf. Er spürte, wie der Schweiß seinen Rücken hinunterlief und den Hosenbund erreichte.

»Eure Reflexe funktionieren gut. Das begrüße ich. Nicht dass die Flasche auf dem Boden zerschellt wäre und das Volk glauben gemacht hätte, Ihr würdet in meinen Thronsaal pinkeln«, knurrte Schohtar.

»Was … wie … meint Ihr?« Der Schweiß erreichte seine Kniekehlen.

»Ich habe mich bereits gefragt, wie lange ich Eure Pisse

noch neben meinem Thron dulden muss. Wie gesagt, ich wusste, dass ich gewinne, so oder so, denn ich vertraute Eurer Intelligenz. Das andere 'so', wäre mir jedoch weitaus lieber gewesen.«

Karson verlor jede Kraft. Es reichte nicht einmal mehr, um sich zu ärgern oder rot zu werden. Ganz im Gegenteil – er spürte, dass sein Gesicht wie ein gebleichtes Laken aussehen musste. »Wieso … wieso habt Ihr dann … Mondek nicht gesagt …?«

Schohtar hob den rechten Zeigefinger. »Streng genommen habt Ihr mich noch nie verraten – das wäre unverzeihlich. Wisst Ihr noch, wie Ihr damals mit meiner Galeone in den Hafen von Felsbach eingelaufen seid, um Karek im letzten Moment doch noch zu erwischen?«

»Das werde ich mein Leben lang nicht vergessen. An diesem Tag habe ich alles verloren. Sogar meine Tochter.«

»Na, das deprimiert mich jetzt aber«, meinte Schohtar unverdrossen. »Doch es passt zu meinen Überlegungen. Was hat Euch damals im Hafen daran gehindert überzulaufen? Ihr hättet die 'Schohtars Wille' einfach übergeben können, den Schlappschwanz Tedore um Verzeihung bitten können und schon hätten Euch alle wieder lieb gehabt. Auch Eure Tochter.«

Verdammt und verflucht! Diese Frage hatte sich Karson während seiner Gefangenschaft im Bergfried einige Tausend Mal selbst gestellt.

Er schwieg.

Schohtar spitzte das, was von seinen Lippen noch übrig war: »Ich sehe es so: Verraten habt Ihr mich noch nicht – Ihr versucht lediglich zu entfliehen. Was mir natürlich auch nicht gefallen kann. Habt Verständnis, dass ich dies sogar vollends missbillige.«

Was sollte er dazu sagen?

»Rogat, Euer alter Freund, hätte sich mir niemals untergeordnet, nicht in hundert Jahren. Als er damals angekrochen kam und um das Leben seiner Männer bettelte, konnte ich nicht anders, als Euch zu zwingen, ihn zu beseitigen. Rogat am Leben zu lassen, wäre ein untragbares Risiko gewesen.«

Karson konnte es kaum ertragen. Ihm schwindelte, dennoch musste er diese Frage erneut stellen. »Warum, … warum habt Ihr es für Euch behalten?«, stammelte er. »Mondek und Karni hätten ihren Spaß mit mir«, hörte Karson sich flüstern.

»Ich konnte mir vor Mondek keine Blöße geben. Doch das Ende der Fahnenstange ist erreicht, Karson. Ihr balanciert bereits mit einem Bein darauf. Es bleibt Euch diese letzte Chance!« Schohtars Stimme klang ruhig, doch er bebte vor Wut. Seine kleinen Augen bohrten tiefe Löcher ins Gemüt des frisch ernannten Admirals.

Karson spürte, wie sich jedes seiner Körperhaare einzeln aufstellte. Jetzt musste er vorsichtiger sein als ein Huhn im Fuchsstall. Und da gab es noch etwas, das er nicht ignorieren konnte: er gestand sich seine Niederlage ein.

Ergeben senkte er den Kopf: »Was habe ich zu tun, mein König? Sagt es mir und es wird geschehen.« Karson überraschte sich selbst damit, dass er in diesem Moment meinte, was er sagte.

Schohtar schien dies zu spüren, denn etwas versöhnlicher entgegnete er: »Zum Dank für Euren Ungehorsam, als Dank dafür, dass Ihr mich enttäuscht habt, werdet Ihr zum größten Admiral der Geschichte Toladars aufsteigen. Ihr werdet Akkadesh für mich erobern. Ihr werdet mich zum König von Soradar machen, so dass mir nicht nur der Süden

Toladars, sondern der komplette Süden Krosanns gehört. Und dann sind wir quitt!«

Karson wurde zum zweiten Mal blass. Dieser Saal war dazu gemacht, den Gesichtern der Menschen den Mumm, den Willen und das Blut zu entziehen. Eines wusste Karson. Dieser Mensch war der perfidesten, perversesten Unterwelt entstiegen, um auf diesem protzigen Thron Platz zu nehmen und das Spiel der Macht in Vollendung zu spielen. Wer sollte ihn noch aufhalten?

Karson wollte nicht mehr dagegen ankämpfen. Er hörte sich flüstern: »Akkadesh ist eine der am besten befestigten Städte in Krosann. Über das Festland angreifend, stößt der Feind auf Stadtmauern so hoch wie das Turmgebirge. Und der Hafen gilt als uneinnehmbar, die Einfahrt ist eng und stets gut bewacht. Wie soll das gehen?«

»Es geht! Hört einfach gut zu, Admiral.«

Das Loch

Seit gestern Morgen reisten sie mit dem kleinen Flusssegler gegen die sanfte Strömung des Flusses Winter nach Westen. Dieses Szenario erinnerte Wichtel an die Ruderfahrt auf dem Kang. Diesmal tauchten keine Krokodile auf, dafür begleiteten ihn seine vier Anwärterkameraden vollzählig. Dazu gesellten sich die zehn Jovali sowie vier Soldaten des Königs. Letztere verstanden sich als Leibwache für den Thronfolger des Reiches, Prinz Karek Marein. Der Anführer dieser Leibwache hieß Durnrost und wich seinem Schützling nicht von der Seite. Eigentlich hätten Karek die zehn Inselbewohner neben seinen Freunden als Begleitung vollends gereicht, doch sein Vater hatte auf dem zusätzlichen Schutz bestanden.

Die königlichen Soldaten störten Wichtel überhaupt nicht. Kampferprobt und loyal gaben sie den Reisenden zusätzliche Sicherheit. Zudem erwies sich Hauptmann Durnrost als frohsinniger Genosse, der viel lachte und nette Geschichten zu erzählen wusste. Wichtel mochte ihn vom ersten Tag an.

Vielmehr traute Wichtel diesem Torquay nicht über den Weg. Der Jovali tat so, als hätte er sich damit abgefunden, dass Oberhaupt Krall den Ton angab, doch konnte er die stetige Missbilligung in seinen Augen nicht verstecken. Wollte er das überhaupt? Wichtel wurde nicht schlau aus Torquay und das vergrößerte sein Misstrauen. Krall kümmerten die schrägen Blicke überhaupt nicht – er schien vor nichts Angst zu haben. Gerne erinnerte sich Wichtel an die Heldentat seines besten Freundes. Sechs Jovali auf einmal hatte Krall in einem Kampf auf Leben und Tod herausgefordert. Bei diesem Gefecht starb Torquays

Herzensbruder Zadou durch Kralls Hand, und genau dies würde Torquay Krall niemals verzeihen. Wichtel konnte es sogar verstehen, sah er doch selbst in Krall einen Herzensbruder, den allerbesten Freund, den er je gehabt hat. Obwohl sie so unterschiedlich waren, verbrachten sie viel Zeit miteinander, zumal sie sich auch eine Kammer auf Burg Felsbach geteilt hatten.

Wichtel warf einen Seitenblick auf Torquay, der reglos im Boot stand und aufmerksam das Ufer beobachtete. Schrecklich - der Jovali war immer aufmerksam und schien sich jederzeit gegen einen Angriff, wodurch auch immer, wappnen zu wollen. Wichtel gestand sich ein, dass Torquay und die anderen Jovalikrieger der kleinen Reisegruppe den bestmöglichen Schutz boten. Dazu kamen Krall, der begnadetste Schwertkämpfer unter der Sonne und Prinz Karek, der hellste Kopf, den Wichtel kannte. Letzterer hat es bisher geschafft, die Hand des Schwertmeisters unbeschadet durch die unmöglichsten Abenteuer zu geleiten. Für Wichtel blieb es ein Rätsel, wie sich dieser anfangs dicke, unbeholfene Junge seit ihrem ersten Aufeinandertreffen zu einem solch tapferen Anführer hatte entwickeln können. Dabei wollte Krall ihm früher bei jeder Gelegenheit und Tageszeit die Fresse polieren.

Und ganz zuletzt gab es noch einen wichtigen Begleiter auf ihrer Expedition. Fata! Die Kabokönigin flatterte oder lief nach Belieben zwischen ihnen her, wobei sie momentan am Bug des Seglers hockte und den Schnabel in den Wind hielt. Wichtel liebte diesen merkwürdigen Vogel und Fata schien diese Zuneigung zurückzugeben. Meistens suchte sie seine Nähe und pickte ihm gerne auf die Schuhe.

Trotz des Sommeranfangs wehte ein kühler Morgenwind, so dass Wichtel seinen Mantel enger zog. Der Wind hatte sein Gutes, denn obgleich die Strömung stärker wurde, reichten die Segel dem kleinen Boot bisher aus, um genügend Fahrt flussaufwärts zu machen. Auf Rudern und Staken hätte Wichtel wenig Lust gehabt. Genau genommen würde er vermutlich ohnehin weder rudern noch staken müssen, da er nicht gerade über Riesenkräfte verfügte. Einen Vorteil musste es auch haben, so klein zu sein wie er. Schließlich war er wegen seiner geringen Körpergröße bislang so viel gehänselt worden, dass es für zwei Leben gereicht hätte. Oder drei? Die ersten Worte jedenfalls, die er als Säugling gehört hatte, lauteten: Mäuschen, Würmchen, Kleinster und Krümel. Sogar Zwerg hatte nicht ausgereicht, für Oma war er stets das Zwergchen gewesen und bis zu ihrem Tod geblieben. Nur wenige Jahre später kamen neue Namen dazu. Die Menschen riefen ihn Riese, Gigant und Turm. Er wunderte sich, bis er eines Tages die wundersame Bedeutung der Ironie begriff.

Während Wichtel aufwuchs, umgab er sich am liebsten mit Kindern, die drei Jahre jünger waren als er, da diesen sein geringer Körperwuchs nicht weiter auffiel. Hierdurch erntete er zwar weniger Spott, dennoch litt sein Selbstbewusstsein. Wie sollte jemand mit so schmaler Brust mit breiter Brust durchs Leben gehen? Als Fazit galt es festzuhalten - es gab nur eine Sache, die an Wichtel groß war: seine Klappe.

Wichtel hatte sehr genau beobachtet, wie Karek damals mit seinem unübersehbaren Defizit, der überbordenden Körperfülle, fertig geworden war. Krall hatte sich zu jener Zeit mit Hohn, Spott und Fäusten auf ihn gestürzt. Fette Tonne hatte er Karek gerufen und ihm das Leben schwer gemacht - noch schwerer als Kareks damaliges Gewicht. Dennoch hatte dieser die Zähne zusammengebissen, sich weiter durchgekämpft und dabei konsequent seine königliche Herkunft verschwiegen. Als gewöhnlicher Offiziersanwärter unter dem Namen Linnek hatte Karek sich den Respekt und die Freundschaft seiner Kameraden Stück für Stück verdient. Wichtel würde den Tag nie vergessen, an dem dieser Linnek ihnen offenbart hatte, dass er in Wahrheit Prinz Karek Marein hieß und der Thronfolger von Toladar war. Doch das Bemerkenswerteste an Karek hatte sich erst hinterher herausgestellt: Er blieb der Mensch, den Wichtel damals kennengelernt hatte und das rechnete er dem Prinzen hoch an. Gut, Karek wirkte nun nicht mehr ganz so dick und schwer und strahlte zudem eine ihm eigene Autorität aus, dennoch war er im Grunde immer der Kumpel Linnek geblieben.

Von Krall wurde Wichtel von Beginn an verschont, der dicke Linnek bot das lohnenswertere Opfer. Zudem hatte Wichtel seinen Gefährten eine Menge Wind aus den Segeln genommen, indem er ihnen direkt klargemacht hatte, dass er nicht mit seinem echten Namen, Stobomarik, angesprochen werden wollte, sondern mit Wichtel.

Krall sah ihn mit seinen blassen Augen an. »Wo bist du mit deinen Gedanken? Du denkst zu viel.«

»Das liegt daran, dass ich stets für dich mitdenken muss.«

»Wie jetzt? Wieso denn das?«

»Siehst du. Für manche bleibt das Hirn ein schwerfälliges und sperriges Gefährt.«

»Hör mal, du Ameise. Dafür funktionieren meine Arme mit den Fäusten daran umso geschmeidiger.« Krall holte zur Schlagbewegung aus und bewies mit seiner prompten

Antwort einmal mehr, dass der Karren so tief auch nun wieder nicht im Dreck festgefahren war. Wichtel notierte grinsend einen weiteren Eintrag auf der langen Liste seiner Namen: Ameise. Das konnte Wichtel natürlich nicht zulassen, das letzte Wort gehörte üblicherweise ihm. »Deine Schlagfertigkeit habe ich schon immer bewundert, lieber Krall.«

Karek grinste und Blinn lachte über die beiden. Eduk blieb lieber unauffällig, wenngleich seine Mundwinkel nach oben zuckten.

Von den königlichen Soldaten lachte nur ihr Anführer Durnrost laut. Torquay und die anderen Jovali reagierten überhaupt nicht oder schauten irritiert drein. Späße waren ihnen ein Rätsel, lachen hatten sie nie gelernt. Wenn Wichtel in diese trockenen Gesichter blickte, kam er sich direkt doppelt albern vor.

Der Kapitän des Flussseglers wandte sich an Karek: »Wir werden voraussichtlich gegen Nachmittag nicht mehr gegen die Strömung ankommen. Dann solltet Ihr und Euer Gefolge von Bord gehen.«

Karek antwortete: »Wir sind mit Eurem Boot weiter gekommen, als ich gehofft habe, Kapitän. Vielen Dank. Ihr wartet hier auf unsere Rückkehr – ich denke in fünf bis sechs Tagen sollten wir uns wiedersehen.«

Der Mann verbeugte sich und ging zurück an das Ruder.

Es war so weit. Wichtel sprang an Land. Von hier aus ging es zu Fuß weiter. An dieser Stelle verjüngte sich der Winter deutlich, sie hätten den Fluss schwimmend durchqueren können. Die Burg Winterquell, Sitz von Fürst Ransorg Gobarin, hatten sie bereits weit hinter sich gelassen. Auf dem Rückweg würden sie dort einkehren, um den König von Alandar zu treffen. Ja Oma, unfassbar, dass Zwergchen wie selbstverständlich mit Prinzen und Königen verkehrt.

Wichtel ermahnte sich, nicht überheblich zu werden. Er wollte nicht den Fehler machen, die Bescheidenheit, die er an Karek so mochte, durch sein eigenes Verhalten mit Füßen zu treten. Also, bleib auf dem Teppich, bleib wie du bist, Wichtel.

Insgesamt liefen neunzehn Reisende nun am Ufer des Winter entlang in Richtung Westen mit dem Ziel, die Quelle des Flusses zu erreichen. Und was dann? Wichtel hatte keinen blassen Schimmer, doch es schien ihm auch nicht wichtig - Hauptsache, ihn umgaben seine engsten Freunde und er hatte genug zu essen.

Es ging bergauf, es wurde steiniger, so ähnlich müsste, nach Kareks Erzählungen, der Aufstieg auf den Berg der Myrnengöttin gewesen sein. Langsam brach die Dämmerung herein. Die Jovali liefen abends genauso locker und geschmeidig wie am Morgen, während die Soldaten des Königs und die Hand des Schwertmeisters mit angestrengten Gesichtern schnauften. Mit Ausnahme von Krall natürlich, der besaß Kräfte für drei. Neidisch blickte Wichtel auf seinen direkt vor ihm marschierenden Freund.

»Ich bin müde«, stellte Wichtel laut fest.

Wenig später schlug Karek vor, an einer durch Felsen geschützten Stelle das Nachtlager zu errichten. Einem Vorschlag von Karek zu widersprechen fiel schwer, zumal sie meistens königlich durchdacht waren und im Grunde unmissverständlichen Befehlen gleichkamen. Wichtel empfand die Idee als hervorragend. Er fühlte sich restlos erschöpft. Schließlich muss ich immer doppelt so viele Schritte tun wie die anderen, erklärte er sich selbst.

Vorräte hatten sie ausreichend mitgenommen, sodass

nicht noch Wild erlegt werden musste. Krall, Blinn, Eduk, Karek und er saßen in einem Kreis um ein kleines Feuer und rösteten die Reste eines Brotkranzes darüber.

»Was glaubt ihr, finden wir an der Quelle des Winter vor?«, fragte Blinn.

»Wasser«, antwortete Krall.

»Und sonst noch?«, Blinns Ton klang säuerlich, fühlte er sich doch nicht ganz ernst genommen.

»Vielleicht sind auch noch Fische im Wasser.« Wichtel konnte nicht anders, als seinen guten Freund Krall zu unterstützen.

Eduk gluckste, was Blinn noch sauertöpfischer machte. »Hör mal Karek, warum halten wir eigentlich so an den beiden Gehirnakrobaten fest? Mit denen ist kein Gespräch unter Erwachsenen möglich.«

Der Prinz grunzte wohlig, während er in sein halbverbranntes Brot biss. »Was wären wir ohne Wichtel und Krall, Blinn?«, kaute er.

»Schlauer!«

»Sei nicht so streng mit ihnen.«

»Hast *du* denn wenigstens eine vage Vorstellung, was uns erwartet?«

Der Prinz schüttelte den Kopf. »Ganz ehrlich, Blinn. Ich habe keinen blassen Schimmer. Nichts, was über Wasser und Fische hinausgeht. Da liegen die beiden richtig.«

Wichtel und Krall nickten sich höchst befriedigt zu. Schließlich war ihre fundierte Einschätzung gerade in aller Form *prinz*ipiell geadelt worden.

Blinn verdrehte die Augen. Eduk fiel erneut durch Glucksen auf, was für seine Verhältnisse noch schlimmer als hysterisches Lachen war.

Die Jovali hatten einen Sitzkreis neben ihnen gebildet.

Ruhig vertilgten die Krieger ihre Rationen. Unterhaltungen führten sie selten, doch folgten sie aufmerksam der Diskussion der Hand des Schwertmeisters. Einige von ihnen zollten bereits dem turmhohen Niveau der Diskussion Tribut - sie hoben die Arme, drehten die Faust vor der Nase und warfen eindeutig zweideutige Seitenblicke zu den fünf Gefährten hinüber.

Die Sonne verschwand endgültig und Wichtel fing an zu gähnen. Wenig später lag er auf seiner Schlafrolle neben Krall und freute sich auf den nächsten Tag. Mit einem zufriedenen Gefühl schlief er ein.

Die neunzehn Männer waren jetzt zwei ganze Tage unterwegs. Der Fluss, dessen Ursprung sie suchten, sah inzwischen eher aus wie ein Gebirgsbach. Reißend zwar mit Stromschnellen, doch nichts deutete mehr darauf hin, dass der Winter später zu einem über fünfzig Meter breiten Fluss werden würde.

Der Weg führte recht steil nach oben und erforderte die ein oder andere Kletterpartie.

»Wir haben Toladar bereits verlassen und marschieren nun durch Alandar«, behauptete Blinn.

Und Blinn hatte meistens recht in den Dingen, die er von sich gab.

»So weit kann es nicht mehr sein. Ich habe nachgelesen, dass der Weg zur Quelle nicht hoch in die Berge hinaufführt, sondern ohne große Mühe zu erreichen sein soll«, tröstete Karek.

»Ja, von Bergziegen vielleicht«, meckerte Wichtel.

Weitere Felsengebilde taten sich vor ihnen auf. Massive Brocken zwangen die Gefährten, einen Bogen nach dem anderen zu schlagen, bisher konnte Wichtel gut folgen. Er stellte befriedigt fest, dass seine Ausdauer und seine Kräfte in den Beinen sich verbessert hatten. Der Marsch dauerte noch eine ganze Weile, bis sich vor ihnen eine Wand aufbaute. Wie eine Burgmauer verhieß dieser massive Fels kein Weiterkommen.

»Hier ist der Weg zu Ende«, stellte Wichtel fest.

Der Winter sprudelte in Form eines unauffälligen Baches einfach unter dem Gestein hervor.

»Sieht ganz so aus.« Karek stapfte durch den feuchten Boden nahe an die Felswand heran. Sein Fußabdruck füllte sich mit Wasser – das Areal war morastig und die Luft feucht.

Die Jovali und die Soldaten bauten sich in einer langen Reihe auf und schauten zu Karek. Der Prinz zog sein Schwert und klopfte mit dem Heft die Felswand ab. Nirgends entdeckte er eine hohl klingende Stelle. Auch Blinn begann auf der anderen Seite des Baches mit der Suche nach etwas Verdächtigem.

Die zehn Jovali und die vier Soldaten des Königs beobachteten die Bemühungen skeptisch. Durnrost verbeugte sich leicht und fragte: »Mein Prinz, was sucht Ihr hier eigentlich? Wie können wir helfen?«

»Wie suchen die Quelle des Winter, Hauptmann«, erklärte Karek. »Blinn, geh du mit Durnrost weiter nach Norden, ich sehe mich im Süden um. Vielleicht finden wir einen Durchlass oder eine Schlucht, die es erlaubt, dem Bach weiter zu folgen.«

Wichtel kletterte derweil auf einen stattlichen Steinbrocken, der direkt unterhalb der Felswand lag. Er setzte sich hin und lehnte sich gemütlich an den Fels. Das konnte dauern, bis sich Karek und Blinn einen Überblick verschafft hatten.

Mit betretenen Mienen kamen die beiden nach einer Weile zurück.

»Weit und breit gibt es keine Möglichkeit, dem Winterbächlein weiter zu folgen«, erklärte Blinn. »Was nun?«

Karek überlegte: »Und was ist, wenn die Quelle auf der anderen Bergseite entspringt? Wir also über den Berg klettern müssen?«

Wichtel genoss es, von seinem Felsen mal ausnahmsweise auf die Kameraden hinunterzusehen. Er blickte Karek an: »Es gibt da so einen Belesenen, der meinte vor nicht allzu langer Zeit, dass der Weg zur Quelle nicht weiter die Berge hinaufführt, sondern ohne große Mühe zu erreichen sein soll.«

Krall knetete seine Unterlippe. »Du meinst Karek, nicht wahr?«

»Ooch, ich weiß nicht mehr genau, wer das von sich gegeben hat.«

Die schlechte Laune ob der offensichtlichen Sackgasse hatte den Prinzen bereits erfasst. »Du machst es dir gemütlich und dich dann auch noch von oben lustig, Wichtel.«

»Dann komm herauf. Für einen bietet der Felsen noch Platz.«

Torquay trat heran und beäugte Wichtels Steinthron. »Weit und breit ist dies der einzige Felsen dieser Art. Der ist von Menschenhand hierher geschafft worden.«

Torquay hatte noch nicht zu Ende gesprochen, als Karek bereits um den Felsbrocken herumlief.

»Das muss aber ein verdammt großer Mensch gewesen sein«, mutmaßte Wichtel von oben.

»Danke Torquay. Der Hinweis ist gut. Kriegen wir den bewegt?«, fragte der Prinz.

»Was soll dahinter sein? Ein geheimer Höhleneingang?«, klang Blinn skeptisch.

»Warum nicht? Viel mehr Möglichkeiten bietet die Gegend ja nicht, derweil plätschert unser Winterlein fröhlich unter der Felswand hervor.« Karek betrachtete die kleine Ritze, durch die das Wasser floss.

»Lasst uns gemeinsam versuchen den Brocken zu bewegen.«

»Abgesehen davon, dass nicht genügend Platz ist, um mit neunzehn Männern gleichzeitig den Felsen wegzuschieben …«

Karek unterbrach Blinn: »Wir arbeiten mit Hebeln. Wir brauchen fünf oder sechs dicke Stecken.«

Die Jovali verstanden umgehend, was Karek wollte. Einige von ihnen schwärmten aus, um dicke Äste in einem nahegelegenen Buchenwald zu schlagen. Wichtel hatte von seinem Ausguck auf dem besagten Felsen einen hervorragenden Überblick auf alle Aktivitäten.

Es dauerte nicht lange, bis die Krieger mit armdicken Stöcken wiederkamen, manche davon länger als ein Fahnenmast. Einige Männer setzten die Hebel unterhalb des Felsens an.

»So, Wichtel. Wird Zeit, dass du deinen neuen Lieblingsplatz verlässt.«

»Ob der da oben drauf sitzt oder nicht, spielt gar keine Rolle. Ist wie eine Fliege auf einem Pferdehintern«, meinte Blinn.

»Schade, ich hatte gerade angefangen, mich an mein neues Zuhause zu gewöhnen.« Wichtel stand auf und sprang hinunter zu den anderen.

Mit vereinten Kräften stemmten sich vier Männer mit den Schultern voran gegen den Felsen, während fünf andere die Stecken als Hebel ansetzten und den Riesenbrocken damit etwas anhoben. Tatsächlich bewegte sich der Fels mit einem Poltern ein gutes Stück zur Seite.

Die Gemeinschaft stand nun vor der Steinwand und betrachtete das, was der Felsen zuvor verdeckt hatte. Rauer, massiver Stein - sonst nichts.

Karek kratzte sich enttäuscht am Hinterkopf. »Hm. Anscheinend eine falsche Spur.«

Eduk kniete sich nieder und zeigte auf einen stiefelhohen Steinhaufen auf der Erde. »Was ist denn das hier?« Er räumte einige faustdicke Steine zur Seite und ein kleines Loch kam zum Vorschein. »Ein Fuchsbau?«

»Zeig mal!« In Windeseile kniete Karek neben ihm und untersuchte das freigelegte Loch. »Das ist ein kleiner Tunnel im massiven Stein. So etwas gräbt kein Fuchs. Der ist von Menschenhand angelegt worden. Oder von Myrnenhand«, ergänzte er hoffnungsfroh. Karek griff mit dem Arm tief hinein. »Scheint noch tiefer zu gehen. Spüren kann ich nichts.«

Krall ging nun auch in die Hocke. »Da passt gerade mal ein Hase rein. Ein kleiner Hase.«

Sie standen rätselnd um das Loch herum. Hauptmann Durnrost nahm einen der langen Stecken und stocherte tief darin herum, konnte jedoch nichts ausrichten - das Loch schien ein Tunnel zu sein.

»Wäre der Tunnel nur etwas größer, dann könnte einer von uns dort hineinkriechen«, meinte Wichtel.

Karek schaute ihn an. Ziemlich entgeistert. Die restlichen Augenpaare der Hand des Schwertmeisters blickten hinterher. Von allen Seiten wurde er regelrecht angeglüht. Wichtel fragte sich, was er nun schon wieder angerichtet hatte, in diesem Moment fühlte er sich recht unwohl in seiner Haut. Wichtel überlegte: Sollte ich eben wirklich gesagt haben, 'wäre der Tunnel etwas größer, könnte einer von uns dort hineinkriechen'?

»NEIN, NEIN! So war das nicht gemeint. Ihr glaubt doch nicht ernsthaft, dass ich so bekloppt bin und in dieses enge, stinkige, dunkle Loch krieche.«

Blinn bückte sich zum Loch hinunter und kräuselte die Nase. »Nee, stinkig ist es nicht. Wichtel, das ist verdammt mutig von dir, dich freiwillig zu melden.«

»Hab ich nicht! Hab ich nicht!«

Eduk nickte beeindruckt. »Dich freiwillig zu melden, Wichtel. Respekt!«

»NEIN! Niemals.«

Krall meinte: »Also, ich passe da nicht rein, sonst würde ich es tun. Es gibt nur einen, der es zumindest versuchen kann.«

»Har! Das musst du nicht weiter klarifizieren«, antwortete Wichtel säuerlich. Er konnte es nicht fassen - ausgerechnet sein Kumpel Krall fiel ihm auch noch in seinen schmalen Rücken.

Schon redete Karek auf ihn ein: »Probiere doch einmal, ob dein Kopf hineinpasst. Mit deinen schmalen Schultern bist du fast wie eine Katze. Wenn der Kopf hineingeht, klappt es auch mit dem Rest.«

»He! Ihr wollt doch nicht ernsthaft, dass ich den Maulwurf mache und … und …« Ihm fehlten die Worte.

»Ihm fehlen die Worte«, stellte Eduk fest.

He! Seit wann echote Eduk die Gedanken anderer, dachte Wichtel wütend.

»Versuch es wenigstens. Nur ein kleines Stück. Es ist ein Tunnel, gehauen in massiven Stein, macht dich das nicht neugierig?«

»Doch ungeheuer. Ich könnte vor Neugierde sterben.« Er fasste seine Verzweiflung gekonnt in einem Wort zusammen. »Scheiße!«

»Sei doch ein bisschen positiver, Wichtel.«

»Schöne Scheiße!«

»Sollen wir dich an den Füßen anbinden, sodass wir dich wieder herausziehen können, sobald dir etwas den Kopf abbeißt?«, fragte Blinn fürsorglich.

Na warte, Blinn! Das kriegst du bei der nächsten Gelegenheit zurück.

Jetzt streckte auch die Kabokönigin den langen Hals in das dunkle Loch. »Willst du da etwa reinkriechen, Fata?«, fragte Wichtel.

Der Vogel zog blitzartig den Kopf wieder heraus und glotzte Wichtel vorwurfsvoll an, als wolle sie sagen: »So blöd ist doch kein Vogel.«

»Ja, ja. Mecker du auch noch rum und setze mich unter Druck.« Wichtel stemmte die Arme in seine schmale Hüfte. »Und du bist inzwischen ohnehin zu dick geworden.«

Wichtel wusste, wann er verloren hatte. Noch besser wusste er, wann er mutig sein sollte. Beides war nun der Fall. Mut – ein großartiges wie scheinheiliges Wort. Als er das letzte Mal richtig mutig gewesen war, hatte ihn das den kleinen Finger seiner linken Hand gekostet.

Er rieb sich den Stummel. Egal! Er gab sich solch einen Ruck, dass es ihn fast von den Beinen gerissen hätte. »Ich will eine Öllampe. Die schiebe ich vor mir her.«

Die Hand des Schwertmeisters schaute ihn mit stolzen Gesichtern an. Klar waren die stolz, wenn ein anderer die Drecksarbeit machte. Doch dann erinnerte sich Wichtel daran, dass keiner von seinen Kameraden in schwierigen Situationen jemals gekniffen hatte.

Die Jovali und die Soldaten taten das, was sie am besten konnten: Herumstehen und nichts sagen. Karek kam mit einer kleinen Öllampe aus Ton zu ihm und entzündete den Docht. »Versuche dich vorsichtig hineinzuzwängen. Wenn es noch enger wird, komm zurück. Doch ich glaube, du wirst etwas entdecken.«

Das ging Wichtel fast zu schnell. Sollte er erst noch schnell pinkeln gehen? Ach was, er wollte es hinter sich bringen, vermutlich ging es nach zwei Metern ohnehin nicht mehr weiter.

Wichtel bückte sich, schaute ins Loch und drehte sich noch einmal um. »Ihr seid nicht mehr meine Freunde.«

Zunächst schob er die Öllampe hinein. Dann streckte er die Arme vor, als machte er vom Steg einen Kopfsprung ins Wasser und kroch in den schmalen Gang. Bedauerlicherweise passte sein Kopf tatsächlich ohne weitere Probleme durch die Öffnung. Wichtel schob die Schultern nach. Sich ein wenig drehend schlüpfte er tiefer, sodass nun nur noch die Füße herausguckten.

»Siehst du etwas?«, hörte er Kralls dumpfe Stimme. Immerhin schien sich sein Freund doch ein wenig zu sorgen.

Der Tunnel führte noch tiefer hinein – wohin auch immer. Die Wände bestanden aus massivem Stein, merkwürdig erschien Wichtel dies schon.

»Nichts zu sehen. Es geht noch weiter«, rief er zurück und schob sich eine halbe Körperlänge voran. Die Lampe beleuchtete immer nur die nächsten zwei, drei Meter. Wichtel atmete flach. Zu viel Luft auf einmal sollte er nicht holen, sonst würde es zu eng werden. Sein neues Leben als Erdmaus gefiel ihm überhaupt nicht. Die Stimmen der Gefährten konnte er nur noch als Grummeln hören, mangels Platz konnte er nicht einmal den Kopf drehen um zurückzublicken. Sollte er bereits aufgeben und wieder rauskriechen? Er schaute in die Dunkelheit hinter dem Lichtkegel der Lampe. Noch ein kleines Stück. Er robbte tiefer in den Schacht. Ein paar kleine Steinchen rieselten ihm in den Nacken.

Die Ausmaße des Tunnels blieben exakt gleich – hier hatte jemand Maßarbeit geleistet. Wichtel schob die Öllampe ein weiteres Stück vor. Von den Gefährten war kein Ton mehr zu hören. Einmal hatte Krall noch hinter ihm hergerufen, wie es ihm ginge. Wichtel hatte nicht geantwortet. Beschissen, hatte er gedacht. Der Tunnel vollführte hinten eine kleine Kurve. Wer hämmerte denn so einen behämmerten Weg in den puren Stein? Wichtel glitt immer tiefer in den Felsen. So tief hatte er doch niemals hineinkriechen wollen. Er entspannte sich und der Druck der harten Wände um ihn herum ließ nach. Wie stand es um die Luft? Vorsichtig atmete er ein – alles in Ordnung – es schien sogar Luft von vorne zu kommen. Wichtel kam an eine Stelle, die ein wenig breiter ausfiel, sodass er sich auf die Seite drehen und zurückblicken konnte. Das Einstiegsloch war nicht mehr zu entdecken, Stimmen hörte er auch keine mehr. So tief konnte er doch noch gar nicht sein. Er schaute wieder nach vorne. Sollte er etwa noch weiterkriechen oder jetzt endlich umkehren? Er musste ständig daran denken, dass er jeden Meter, den er vorwärts krabbelte, später wieder zurück musste.

Zum wiederholten Male schwor er sich: nur noch eine Körperlänge. Seine empfindliche Nase roch seine eigene Angst, was die Situation nicht verbesserte. Der Gang verjüngte sich wieder und machte immer noch eine kleine Biegung. Die Öllampe flackerte. Wichtel hatte gelernt, dass auch Feuer atmen musste, genau wie Menschen. Wenn die

Flamme erlosch, würde die Luft knapp werden. Seine Augen durchbohrten die tanzende Flamme. Nein – er konnte sich unmöglich hier weiter hineinzwängen. Wichtel beschloss, wieder hinauszukriechen. Drehen konnte er sich nicht, also musste er ganz einfach rückwärts den Weg zurücknehmen.

Er stemmte sich auf die Unterarme und stieß sich dabei den Kopf an der Decke. Nicht fest, doch im gleichen Augenblick rumpelte es hinter ihm. Er erstarrte. Krachte der Tunnel etwa ein, obwohl er bisher einen so massiven Eindruck gemacht hatte? Wichtel schwitzte. Ihm wurde fast übel von seinem eigenen Angstgeruch. Dazu kam eine Staubwolke, die das Atmen erschwerte. Luft – Panik übernahm die Kontrolle seines Körpers. Er fing an zu hecheln. Bildete er es sich ein oder wurde die Luft knapper?

Raus hier! Nur noch raus hier! Mit diesem Gedanken schob er sich mit den Armen zurück, doch stieß nach einem Meter bereits mit den Stiefeln an. Er tastete mit den Füßen das Hindernis ab, er begann zu treten, ohne Erfolg. Er stampfte so fest er konnte nach hinten. Das Geröll bewegte sich überhaupt nicht - das hatte ja so kommen müssen, der Rückweg war versperrt – jetzt steckte er hier fest. Das Atmen wurde immer schwerer, die Luft scheinbar dünner. Die Flamme seiner Öllampe tanzte hektisch um den Docht herum. Die Wände drängten sich gegen seinen schwitzenden Körper, sie quetschten ihn regelrecht von allen Seiten ein. Wichtel beschlich das Gefühl, dass ihn die Angst regelrecht aufquellen ließ, bis er den Tunnel ausfüllte wie ein Korken die Flasche.

Alles, was er sehen konnte, war die Flamme der kleinen Öllampe. Sie brannte immer noch. Immerhin. Wichtel zwang sich zur Ruhe, leider mit zeitlich begrenztem Erfolg. Voller Wut und Verzweiflung trat er erneut nach dem Geröll unter seinen Stiefeln. Es hatte keinen Zweck. Mit den Füßen konnte er den Weg zurück nicht freischaufeln, er bezweifelte sogar, dass er es mit den Händen schaffen konnte. Die Möglichkeiten seines Handelns reduzierten sich nun drastisch. Es gab nur noch einen Weg: tiefer hinein. Das war seine einzige Chance, jemals wieder das Tageslicht zu erblicken. Dieser mistverdammte Gang musste doch irgendwo hinführen und endlich etwas breiter oder höher werden. Seine Unterarme schmerzten, in seinem Kopf hämmerte es. Es half alles nichts – Wichtel, du Maulwurf, krieche, was das Zeug hält.

Wenn ich diese Scheiße hier überlebe, spreche ich mit Karek und Konsorten niemals wieder auch nur ein Wort, dachte er. Auch mit Krall nicht.

Der Druck der Dunkelheit ließ nach, Wichtels Atem beruhigte sich und er schien wieder etwas zusammenzuschrumpfen, was ihn in die Lage versetzte, weiter zu kriechen. Leider ging dies nicht lange gut. Lange hieß in seiner Situation einige Meter. Hier bestand die Zeit aus Metern, das Ziel aus Metern, der Erfolg aus Metern. Los, Wichtel, robbe noch einen Meter weiter.

Der Gang wurde wieder enger. Er bekam die Schultern kaum noch hindurch, während seine Nase wie ein Pflug über den harten Boden schabte. Die bisher engste Stelle ließ ihn vollends verzweifeln. Er riss sich die linke Schulter auf, als er mit Vehemenz versuchte voran zu robben. Dann steckte er fest. Und diesmal hatte er nicht einmal einen Panikanfall, der ihn glauben machte aufzuquellen, nein, er stellte ganz sachlich fest, dass es nicht weiterging. Seine Hüftknochen konnten diesen Engpass nicht passieren. Er drehte sich ein kleines Stück um die eigene Achse, es ging immer noch nicht. Die Schmerzen im Becken nahmen zu. Es ging weder vor noch zurück. Er lag hier wie lebendig begraben und fing an zu weinen. Der große Fluch in seinem Leben würde ihn nun Selbiges kosten. Wenn er nur etwas größer wäre … Niemand wäre dann jemals auf den Gedanken gekommen, ihn in dieses Drecksloch zu schicken.

Er dachte an seine Mutter. Ausgerechnet jetzt fiel ihm der zweite Fluch in seinem Leben ein - seine Fähigkeit, Lügen zu erkennen. Wichtel schluchzte. Wieso ausgerechnet jetzt? Er schmeckte das Salz in seinen Tränen, genau wie damals. Es tat weh, daran zu denken, wie er seine besondere Begabung zum ersten Mal angewandt und nur Traurigkeit heraufbeschworen hatte. Dabei wollte er Mama doch damals nur helfen. Er war einige Tage zuvor acht Jahre alt geworden. Mama war von ihrer Arbeit auf dem Markt mit einem Mann zurückgekommen. Beim Abendessen hatte der Kerl ständig erzählt, wie toll er Wichtels Mama fand, und dass er sich vorstellen könnte, für sie und den kleinen Wichtelmann zu sorgen. Mama freute sich, denn Papa war schon viele Jahre tot und sie sehr einsam. Wichtel hatte gerochen und am ganzen Körper gespürt, dass der Kerl nicht die Wahrheit gesagt hatte. Als der Mann für einen kurzen Moment den Abort vor dem Häuschen aufsuchte, sagte Wichtel zu seiner Mutter: »Der lügt. Der hat nicht die Wahrheit gesagt. Der will gar nicht hierbleiben.«

Seine Mutter hatte ihm eine schallende Ohrfeige gegeben, sodass Wichtel zunächst geweint hatte und dann für den Rest des Abends ruhig war. Danach hatte er die halbe Nacht wach gelegen, während der Mann und Mama im Bett nebenan gestöhnt hatten. Irgendwann hatte ihn der Schlaf erlöst. Er war am nächsten Tag spät aufgewacht und fand seine Mutter weinend auf der Bank vor der Hütte. Der Kerl war in der Früh verschwunden und hatte zudem noch die kargen Ersparnisse der letzten drei Jahre mitgenommen, die Mutter in einem alten Strumpf unter dem Bett versteckt hatte. Vermutlich verbargen alle Frauen ihre Schätze unter dem Bett. Seine Mutter sah ihn mit feuchten, roten Augen seltsam an, nahm ihn dann in den Arm und verlor nie wieder ein Wort über die Ereignisse.

Klein sein und ungeliebte Wahrheiten kennen - das passte nicht gut zusammen. Die alten Geschichten halfen jetzt wenig, er verdrängte den Gedanken – noch lebte er und heulte eingezwängt im tiefen Fels vor sich hin. Er spürte Wut in sich. Es musste einfach weitergehen. Er brachte irgendwie einen Arm nach unten und öffnete den Gürtel. Tatsächlich rutschte er langsam aus der Hose heraus und befreite sich. Mit dem Handrücken wischte er sich die Tränen aus den Augen und kroch weiter. Die Hose strampelte er über die Stiefel und ließ sie liegen.

Weiter ging es durch die enge Röhre mit den immer gleichen Bewegungen. Mit dem rechten Arm schob er die Tonlampe vor sich her. Die Flamme tröstete ihn. Mit beiden Unterarmen und den Füßen schob er sich weiter vor. Und erneut. Und wieder. Wichtel wusste nicht, wie viel Zeit vergangen war, bis er merkte, dass es modriger wurde. Der Gang roch feucht. Es dauerte nicht lange, bis er mit dem Bauch im Wasser lag. Das durfte nicht sein – ihm blieb aber auch nichts erspart. Jetzt war er so weit gekommen, um festzustellen, dass der Tunnel überflutet war. Wahrscheinlich hatte es zu Zeiten der Myrnen hier im Gang kein Wasser gegeben. Es ging abwärts und somit stieg das Wasser je weiter er krabbelte. Zischend erlosch die Flamme der Lampe, zu viel Wasser war in sie eingedrungen. Wichtels Kräfte schwanden so wie das Licht. Alleine im Dunkeln, umgeben von nichts als Fels. Er legte die Stirn auf den Unterarm und verharrte. Hier endete es. Wie konnte er jetzt möglichst schnell sterben?

Es dauerte, bis er sich gefangen hatte. Schnell sterben ging durch Ertrinken. Ein grausamer Tod, doch besser als tagelang in diesem Loch vor sich hin zu krepieren. Er tastete nach der erloschenen Lampe und schob diese aus Gewohnheit weiter vor sich her. Und wieder mit den Unterarmen und den Füßen ein Stück weiter. Er hörte, wie die Tonlampe eine Schräge hinunterplatschte und dabei zerbrach. Die Geräusche krachten in seinen Ohren.

Immerhin schien der Tunnel etwas geräumiger zu werden, vielleicht hatte das Wasser ihn ausgewaschen. Die Luft wurde stickiger, wo kam sie überhaupt noch her? Er musste Mund und Nase hochhalten, um noch atmen zu können, der Wasserspiegel im Gang stieg weiter. Im Grunde lag es einfach daran, dass der Tunnel weiterhin nach unten führte. Seine Augen waren nutzlos geworden, alle anderen Sinne mussten die Aufgabe der Orientierung übernehmen. Er spürte, dass es nun noch steiler bergab ging. Kurze Zeit später fing er an, von alleine hinunter zu rutschen. Seine Hände fühlten keinen Grund mehr, er strampelte im Wasser. Hier schien beides zu Ende zu sein: der Tunnel und sein Leben. Die Nase musste er bereits an die Decke pressen, um die letzte Luft in dem daumenbreiten Spalt zwischen Stein und Wasseroberfläche einatmen zu können. Der Gang führte nur weiter nach unten durch das tiefe Wasser. Wichtel kämpfte erfolgreich gegen die aufsteigenden Tränen an. Grimmige Entschlossenheit erfüllte ihn, er nahm all seinen Mut zusammen. Du setzt nun alles auf eine Karte, beschwor er sich selbst.

Er atmete gründlich und stoßend aus. Dann holte er tief

Luft, er merkte, wie sich sein kleiner Brustkorb füllte. War das sein letzter Atemzug gewesen? Wichtel stürzte sich in den überfluteten Gang und tauchte halb schräg nach unten. Er gehörte zu den guten Schwimmern, so kam er schnell voran. Die Hauptarbeit verrichteten seine Beine. Mit regelmäßigen Bewegungen wie eine Ente brachten sie ihn vorwärts. Mit den Händen ruderte er dazu, hielt die Arme jedoch immer gestreckt vor sich wie Fühler, da sie ihm den Weg weisen sollten. Die Augen hielt er geschlossen, sehen konnte er in der Dunkelheit ohnehin nichts. Inständig hoffte Wichtel, dass der Gang wieder nach oben führen würde – dorthin, wo es Luft zum Leben gab. Viel Zeit blieb ihm nicht mehr. Sein Körper fing an zu schmerzen. Er strampelte gleichmäßig weiter – das Wasser führte noch tiefer nach unten. Er merkte, dass er nirgends mehr anstieß, dass er nicht mehr vom Fels umgeben war, sondern wie in einem See unter Wasser schwamm. Wo befand sich unten und wo war oben? Er hatte die Orientierung verloren. Wichtel hatte nur noch ein paar Augenblicke, bis er unbedingt einatmen musste. So oder so. Luft oder Wasser. Leider zu spät. Ein Reflex ließ ihn die Augen öffnen. Wollte er sehend sterben, obwohl nichts zu sehen war? Seine Lungen schmerzten, sein Herz hämmerte, atmen, er musste atmen. Ein goldener Lichtschein erreichte seine Augen und dann sein Bewusstsein. Licht? Licht! Die Hoffnung gab ihm noch ein letztes Quäntchen Kraft. Er schwamm mit immer langsamer werdenden Bewegungen auf die Helligkeit zu. Vorbei! Sein Kopf sagte ihm, atme nicht ein. Es würde nur Wasser in deine Lungen strömen. Jedes Stückchen seines Körpers widersprach, schrie nach Luft und Wichtel atmete ein. Im gleichen Moment tauchte sein Kopf auf. Helles Licht blendete ihn – er kniff die Augen zusammen und würgte und spuckte. Doch er lebte. Sein Keuchen und Stöhnen hallte von irgendwelchen Wänden zurück – ihm war es egal. Wie durch ein Wunder konnte er noch würgen und keuchen. Mit den Armen im Wasser rudernd, versuchte er sich zu sammeln. Was passierte hier? Vorsichtig öffnete er erneut die Augen – flackernde Schatten an Decke und Wänden einer riesigen Höhle verspotteten ihn. So kam es ihm vor, denn hier gab es auf einmal so viel Platz und so viel Luft ...

Wichtel sah eine Treppe, die aus dem Wasser führte. Mit letzter Kraft schwamm er darauf zu und kroch die sanften Stufen empor. Oben angekommen, drehte er sich auf den Rücken, schloss die Augen und wollte sich nie wieder bewegen. Sein Herz hämmerte immer noch so schnell wie das von Mäusen, wie er sie früher gerne gefangen hatte, nur um sie dann wieder freizulassen. Er riss erneut die Augen auf, als ihm klar wurde, wie hell es hier war. Überall an den Wänden brannten Fackeln. Wer hatte die denn angezündet? Das Szenario rief Erinnerungen in ihm wach – so etwas hatte er schon einmal gesehen. Es brauchte eine Weile, bis es ihm einfiel. So ähnlich waren auch die Kammern in der Gruft auf dem Friedhof gewesen, wo sie die Sanduhr gefunden hatten. Das Licht der Myrnen. Eigentlich konnte es Wichtel egal sein – Hauptsache Luft, Hauptsache Licht. Sein Hintern wurde kalt, jetzt spürte er, dass er keine Hose mehr anhatte. Na ja, keiner hier, den das stören würde. Er brach mit seinem Vorsatz, sich nie mehr bewegen zu wollen und stand langsam auf. Ganz gerade stellte er sich hin – so groß war er sich noch nie im Leben vorgekommen. Was für ein Gefühl, senkrecht auf den Beinen stehen zu können. Dafür waren Menschen gemacht, nicht um sich wie Regenwürmer durch das Erdreich zu winden.

Wichtel blickte sich um. Da wo er hergekommen war,

spiegelte die Wasseroberfläche freundlich das Feuer der Fackeln rund herum wider. Ein See – ein unterirdischer See in einer Höhle. Er schlüpfte aus dem Hemd, wrang es aus und schlang es sich um die Hüften. Dann rutschte er mit viel Kraftanstrengung aus seinen Stiefeln, kippte das Wasser aus und zog sie wieder an.

Die Luft in dieser Grotte kam ihm angenehm warm vor. Langsam ging er um den See herum. Riesig war das Gewässer nicht, vielleicht dreimal so groß wie Tedores Thronsaal. Der kleine See passt zu mir, dachte Wichtel. Auf der den Stufen gegenüberliegenden Seite standen besonders viele Fackeln aneinandergereiht, als bildeten sie ein Spalier. Wichtel rieb sich die Augen. Äußerst auffällig. Die Erinnerung an die tödlichen Fallen in der Sanduhrgruft gefiel ihm überhaupt nicht. Blöde Erinnerung.

Misstrauisch betrachtete Wichtel den Weg, der zu einem gelb schimmernden Steinblock führte, aus dem etwas senkrecht herausragte. Er ging langsam darauf zu, bei jedem Schritt fürchtend, der Boden könnte sich unter ihm auftun oder Giftpfeile um seine Ohren fliegen. Oder beides. Jetzt bin ich so unmöglich weit gekommen, eigentlich kann jetzt nichts mehrt passieren, beruhigte er sich. Leider war sein Vertrauen in das Wort *eigentlich* ziemlich getrübt. Eigentlich sollte ich jetzt in der Feste Strandsitz eine soldatische Ausbildung absolvieren.

Was steckt denn in diesem Steinblock?

Von weitem sah es aus wie ein Stock oder besser wie ein Stab. Nun hatte er den Steinblock erreicht und blieb stehen. Etwas irritierte ihn. Aha – keine Spinnenweben, kein Staub, alles wie neu oder bestens gepflegt.

Er schaute sich um und rief laut: »Hallo? Ist hier jemand?«

Seine Stimme hallte und hörte sich piepsig an, Antwort gab es keine. Wichtel fielen die kunstvollen Verzierungen auf dem Stab auf, geschwungene Schriftzeichen sowie Malereien, die Tiere darstellten.

Sollte er es wagen, den Stab herauszuziehen? Seine Hand näherte sich dem Objekt der Begierde, sie zitterte. Er gab sich einen Ruck und mit selbigem zog er den Stab aus dem Loch heraus. Zunächst fast enttäuscht, dann doch erleichtert, dass nichts passiert war, hielt er ihn nun in der Hand. Sein ausgestreckter Arm war deutlich länger als dieser Stecken und bekanntermaßen hatte er nicht die längsten Arme. Wichtel drehte ihn in der Hand durch die Finger wie ein Windrad. Sollte es hier nicht einen Speer geben? Erst jetzt fiel ihm die kleine, silberne Spitze auf, mit der der Stab im Block gesteckt hatte. Hielt er etwa den Seelenspeer vom Quell des Winter in der Hand?

Er schüttelte den Kopf. Eben noch so gut wie zerquetscht, erstickt und ertrunken, machte er sich nun schon wieder Gedanken über ein dusseliges myrnisches Artefakt. Er sollte sich lieber darum kümmern, wie er hier wieder herauskam.

Er lief zum Ufer des Sees zurück und setzte seinen Rundgang fort. Am anderen Ende der Höhle entdeckte er einen kunstvollen Bogen mit unverständlichen Schriftzeichen, durch den ein Weg führte.

Da steht bestimmt 'Herzlich Willkommen Wichtel' auf myrnisch, war er sich eigentlich sicher.

Jedenfalls war es auch hier hell und freundlich, brannten doch Fackeln an den Wänden und der Gang sah fast aus wie ein Korridor im Schloss Felsbach. Wichtel folgte diesem Weg gemächlich. Er hatte entsetzlichen Hunger und außerdem musste er pinkeln. Warum nicht? Er blieb stehen und erleichterte sich an einer Wand. Praktisch, ohne Hose herumzulaufen. Dann ging er weiter. Merkwürdigerweise führte der Gang schnurstracks geradeaus und sah immer gleich aus. Alle zehn Meter brannte eine Fackel auf der rechten Seite. Richtig ermüdend, solch ein Weg ohne jede Abwechslung. Von Weitem sah er es schon kommen - der Gang endete vor einer massiven Felswand. Wichtel drückte mit der Schulter gegen den Stein, leider ohne Erfolg, es tat sich gar nichts. Er wollte nicht glauben, dass dieser lange Gang einfach so in einer steinigen Sackgasse endete. Erneut suchte er die Wand ab. Nichts. Konsterniert musste er sich erst einmal setzen, zumal ihn auch die Erschöpfung eingeholt hatte. Wichtel legte den komischen Stab neben sich und schloss die Augen.

Er wusste nicht, wie lange er geschlafen hatte, doch das Erste, was er sah, war ein Hebel ganz links auf dem Boden des Ganges, der ihm vorher nicht aufgefallen war. Hellwach sprang er auf. Der Hebel hatte etwa die Länge von Kralls Schwert Banfor. Was machte er nun damit? Na was wohl? Wichtel umfasste den Griff und zog ihn nach hinten. Ohne jeden Erfolg, er bewegte sich nicht das kleinste Stück. Er nahm die andere Hand zu Hilfe und zog mit all seiner bescheidenen Kraft den Hebel zu sich, während er die Beine in den Boden stemmte. Knirschend bewegte sich der Griff, erst langsam, dann schneller. Wichtel fiel auf den blanken Hintern. Er hörte ein krachendes Schaben, dann rutschte die Felswand polternd zur Seite.

Wie gelähmt stand Wichtel da und starrte durch die riesige Öffnung, die sich aufgetan hatte. Vogelgezwitscher, Sonnenschein, würzige Sommerluft überfluteten seine Sinne. Er schauderte, als er merkte, wie eine Gänsehaut sich über seinen Körper zog. Er bückte sich und hob den verzierten

Stab auf, den er vor seinem Schläfchen hatte fallen lassen.

Als er wieder nach vorn blickte, sah er dort vier Gesichter – eines hässlicher als das andere und alle glotzten ihn ungläubig an. Das Erste hatte blasse, farblose Augen und kaum Konturen, die Fratze daneben war durch eine lange Narbe über der Wange verunstaltet, das dritte Gesicht war pausbäckig und plattnasig und das Letzte schaute langweilig, unscheinbar und überflüssig aus.

»WICHTEEEEEEL!« Krall rannte auf ihn zu und nahm ihn in die Arme wie eine Puppe. Es zerdrückte ihn fast.

Blinn knuffte ihm links und rechts die Schulter. Eduk tanzte um ihn herum und klatschte. Karek wartete bis Krall ihn wieder auf dem Boden abgesetzt hatte und umarmte ihn dann innig.

»Hier, das habe ich gefunden«, sagte Wichtel und hielt Karek den Stab hin. Der Prinz schaute Wichtel tief in die grünen Augen, dann nahm er den Stab und warf ihn achtlos hinter sich. »Unwichtig. Ich freue mich so, dass du wieder hinausgefunden hast.« Er herzte ihn noch einmal.

Wichtel glaubte, er sei neu geboren worden. Soeben hatte er zum zweiten Mal in seinem Leben das Tageslicht erblickt. Und bis auf die Stiefel war er wie beim ersten Mal auch nackt gewesen. Keiner seiner Gefährten machte eine dämliche Bemerkung darüber. Vielmehr berührte ihn ihre tiefe Freude, ihn wiederzusehen. Er zog sich sein Hemd an, das er immer noch um seine Hüften geschlungen hatte.

Wichtel krächzte flüsternd: »Fragt mich nie wieder, ob ich in ein enges Loch krieche.«

Alle schauten ihn ernst an. Karek sagte: »Nein, nie wieder Wichtel. Versprochen.«

Schohtars Rache

Admiral Karson spazierte an Schohtars Seite durch die Hafenanlage von Tanderheim. Das Meer plätscherte sanft ans Ufer und gluckerte freundlich um die Pfähle der Stege, als wollte es ihn nach langer Abwesenheit willkommen heißen. Karson trug eine silberverzierte Rüstung aus poliertem Stahl. Unzählige hervorragend verarbeitete Platten, die wie Fischschuppen ineinander rutschten, schützten sämtliche Körperpartien, ohne die Beweglichkeit einzuschränken. Als unangenehm empfand Karson lediglich seinen Kopfschutz. Schohtar hatte befohlen, dass er nur mit einem geschlossenen Helm in die Öffentlichkeit treten durfte. Ein Visier zum Öffnen gab es nicht, niemand konnte ihn durch den Augenschlitz erkennen. Somit handelte es sich mehr um eine Maske als um einen Helm – er sollte unerkannt bleiben. Welche Pläne hegte Schohtar nur mit ihm? Letzterer hatte ihm für den heutigen Tag eine Überraschung versprochen. Das erzeugte bei Karson durchaus gemischte Gefühle, da er der Überraschungen, die sein Leben in letzter Zeit heimgesucht hatten, durchaus überdrüssig geworden war.

Von zwanzig Sternsoldaten umgeben näherten sie sich dem Werftgelände. Das Gerippe eines etwa zur Hälfte fertiggestellten Schiffes war von Weitem zu sehen. Der breite, bauchige Rumpf deutete auf ein Handelsschiff hin. Doch Schohtar zeigte keinerlei Interesse daran, sondern steuerte auf eine riesige Werfthalle zu. Das Gebäude war größer als die Kirche in Tanderheim und das hieß schon etwas. Karson sah genauer hin. Es handelte sich um ein gigantisches Konstrukt aus Holzverschlag, Bretterwänden und Segeltüchern mit dem Zweck, neugierige Blicke abzuwenden.

Ein Viermaster schien dort im Bau zu sein, lugten doch die Spitzen der Maste neugierig aus dem Gebäude heraus. Ein bewachter Seiteneingang eröffnete über eine steile Holztreppe einen Weg in die Werfthalle. Oben angekommen ging es um mehrere Ecken, bis sie auf einer Plattform standen, die einen exponierten Blick auf die Baustelle ermöglichte.

Karson traute seinen Augen nicht. Einen solchen Anblick hatte er nicht erwartet. Er schaute mit offenem Mund von links nach rechts und von oben nach unten. Mindestens siebzig Meter lang und zehn Meter breit lag es vor ihm. Noch nie zuvor hatte er ein größeres und prunkvolleres Segelschiff gesehen. Fachmännisch erkannte er, dass die Bootshöhe Platz für drei Decks bot, der Hauptmast kam sicherlich auf sechzig Meter Länge.

Große Buchstaben an der Seite des Bugs verkündeten den Namen dieses Monstrums: 'Schohtars Rache'.

»Gegen … gegen diese Schönheit ist die 'Schohtars Wille' ein Ruderboot«, stammelte Karson. So hieß die Galeone, auf der Karson sein letztes Kommando geführt hatte.

»Vierhundert Handwerker haben fast drei Jahre daran gebaut. Von langer Hand vorbereitet, nenne ich das«, meinte Schohtar zufrieden. »Weit über tausend Eichen haben die Zimmerleute und Schiffsbauer verarbeitet.«

Karson riss seine Augen von dem Schiff los und starrte den selbsternannten König neben sich an. Eine Zurschaustellung von Schohtars Stolz – nicht zu Unrecht, denn Karson schossen eine Menge Fragen in den Kopf. »Wie habt Ihr es geschafft, den Bau dieses Giganten so lange geheim zu halten?«

»Och, ganz einfach. Die ersten zwanzig Schiffsbauer

verloren zwei Wochen nach Beginn der Konstruktion ihre Zungen. Ihr könnt Euch nicht vorstellen, wie dies die Zimmerleute diszipliniert hat, fleißiger zu arbeiten und weniger zu quatschen. König Tedore Marein dachte, hier entstünde ein herkömmliches Kriegsschiff. Doch diese Galeone ist weitaus mehr. Sie ist nicht nur die Größte, die jemals gebaut worden war, sie bietet auch noch andere Überraschungen – doch dazu später.«

Mit schnellem Herzschlag schaute Karson wieder auf das imposante Kriegsschiff. »Wie viel Mann fasst es?«

»Mehr als fünfhundert Soldaten und neunzig Seeleute.« Schohtar ließ diese eine Zahl zunächst wirken – mit Erfolg. Dann fuhr er fort: »Stapellauf ist morgen. Der Kapitän des Schiffes ist gleichzeitig ein bedeutender Offizier meines Reiches. Ein gewisser Admiral Karson.«

Eine warme Welle von Hass durchströmte Karson. Mit diesem nasenlosen Dämon hat er längst einen Pakt geschlossen. Jetzt wurde dieser auch noch mit der neuen Galeone besiegelt. Dieses Schlachtschiff war eine Hure, mit der Schohtar den kleinen verbliebenen Rest Stolz in ihm auch noch abtrotzte. Nein, er war die Hure, schlimmer noch, nicht nur gekauft für eine Nacht, sondern für den Rest seines Lebens.

»Morgen!? … «, flüsterte er zutiefst angewidert und höchst ergriffen. Dann siegte der Seemann, der Krieger, der Befehlshaber in ihm. Und die Eitelkeit erledigte den Rest. »Ich … kann es kaum erwarten.«

Dieses Kriegsschiff gehörte zu den schönsten Anblicken, die Karson je hatte erleben dürfen. Geschnitzte Skulpturen und andere Verzierungen ließen es nicht nur mächtig, sondern auch prachtvoll erscheinen. Das Heck mit den Offizierskabinen sah aus wie ein Gemälde in Gold und

Dunkelblau. Der Geruch des frischen Holzes beruhigte und belebte ihn auf ungeahnte Weise gleichzeitig.

Schohtar sah ihm tief in die Augen, es schien ihm zu gefallen, was er dort sah, denn er nickte zufrieden. »Ihr habt zwei Tage, um Euch mit dem Schiff vertraut zu machen. Dann werdet Ihr aufbrechen und Akkadesh für mich einnehmen. Ihr werdet sehen, fünfhundert Soldaten genügen, um ein Land zu erobern, wenn der Zeitpunkt stimmt. Und später werdet Ihr mir als Euer Meisterstück den Kopf meines Verbündeten, Königs Pares Drullom, bringen. Er hat schließlich einen Ehrenplatz verdient.« Schohtar schüttelte in einem Anflug von gespielter Verzweiflung den Kopf. »Die Menschen sind so furchtbar misstrauisch und ungläubig, daher ist es von Vorteil, wenn ihnen ihr toter König vor Augen geführt wird. Ganz besonders, wenn ich an seiner statt die Regentschaft von Soradar übernehme.«

Die Gefühle und Gedanken in Karson rasten und kamen sich ins Gehege – so schwieg er einfach.

»Und ich habe noch eine gute Nachricht für Euch«, meinte Schohtar gönnerhaft. »Diesmal wird Euer spezieller Freund Karek Marein Eure Pläne nicht wieder im letzten Moment durchkreuzen.«

Karson blickte in das zerstörte Gesicht. Langsam gewöhnte er sich an den Anblick, so abgrundtief hässlich kam es ihm gar nicht mehr vor.

»Der Prinz ist mit einigen Begleitern nach Norden aufgebrochen. Er beabsichtigt, den neuen König Barason von Alandar zu treffen.«

»Welche Beweggründe treiben ihn nach Norden?«

Schohtar schnarrte belustigt: »Er will sich Barasons Neutralität versichern, bestenfalls sogar einen Pakt mit ihm schließen. Somit ist die Front im Norden gesichert.«

»Dies ist vom Grundsatz her nicht verkehrt. Und, wird ihm das gelingen?«

»Vielleicht. Wenn er ihm ein paar Bauklötzchen und ein Schaukelpferdchen mitbringt?«

Mit verwirrter Miene sah er Schohtar an. Der verzog seinen Schlund zu einem schiefen Schlitz. »König Barason ist sechs Jahre alt.«

Karsons Augenbrauen wanderten nach oben. »Und das weiß Karek Marein nicht?«

»Der Klugscheißer weiß nicht einmal die Hälfte von dem, was er wissen sollte«, zischte Schohtar. Mit diesen Worten führte er seine Hände vor der Brust zusammen, als würde er den Hals des Prinzen würgen.

Des Königs neuer Admiral antwortete mit Sprachlosigkeit. Schohtar schien seinen Gegnern immer einen Schritt voraus zu sein.

Beide schwiegen sich an – die Stille barg ein absonderliches Einvernehmen.

»Nehmt für mich Akkadesh ein«, flüsterte der König.

Karson nickte langsam. Dieser Dämon ging nicht zögerlich vor und er würde es ihm gleichtun.

Die 'Schohtars Rache' lag im Hafen von Tanderheim. Am Morgen hatte der Stapellauf ohne Feierlichkeiten stattgefunden. Der Akt der offiziellen Schiffstaufe sollte erst stattfinden, wenn das Kriegsschiff wieder in den Hafen von Tanderheim einlaufen würde, denn dann hätte Schohtars Rache voraussichtlich stattgefunden. Rache für die Gefangenschaft im Kerker, welche Schohtar die Nase gekostet hatte.

Admiral Karson besaß seine Nase noch und die Seeluft wehte um selbige. Genau da gehörte die Seeluft hin. Er fühlte sich wie neugeboren – im Grunde kein Wunder nach seiner Hinrichtung. Schohtar war zurück in die Sternfeste gereist, nun trug Karson die alleinige Verantwortung. Gut so.

Karson ließ die Mannschaft antreten. Fast hundert Seeleute sowie fünfhundert Soldaten stellten sich in Reihen über die gesamte Länge des Schiffsdecks auf. Karson schritt die Besatzungsmitglieder langsam ab. Scheinbar hatte Schohtar dafür gesorgt, dass kein bekanntes Gesicht unter den Soldaten war – auch nicht in der Einheit der achtundzwanzig Armbrustschützen, die sich vor ihm aufgebaut hatte.

Kein bekanntes Gesicht - Karson sah genauer hin. Der Kerl mit dem dichten Bart am Ende der zweiten Reihe kam ihm bekannt vor.

»Name?«, blickte er ihn an.

»Tunndek, mein Kapitän«, nuschelte dieser.

Dem Bärtigen fehlten die Schneidezähne. Die Erinnerung kam: Dieser Kerl hatte zweimal gegen ihn aufbegehrt. Vor allem beim letzten Mal nach der Flucht aus Felsbach, als Karson nicht Herr seiner Sinne gewesen war, hatte Tunndek ihn halb totgeprügelt. Wut erfasste sein Gemüt. Mangel an Loyalität einem Vorgesetzten gegenüber kam einem schweren Verbrechen gleich. Sollte er diesem Mann auf der Stelle die restlichen Zähne ausschlagen? Dank der Helmmaske, die sein Gesicht verdeckte und zudem seine Stimme leicht veränderte, hatte ihn bislang niemand erkannt. Auch Tunndek schien nicht zu ahnen, wer gerade vor ihm stand. Karson beschloss, daran nichts zu ändern, er wollte sich jetzt noch nicht zu erkennen geben.

Er trat einen Schritt zurück, alle Augen richteten sich auf ihn. »Männer! Ihr dient auf dem einzigartigsten und epochalsten Kriegsschiff aller Zeiten. Ist euch das klar?«

Die Mehrzahl der Besatzung jubelte – einige jedoch gar nicht oder nur verhalten.

»Und ihr seid Teil eines unschlagbaren Dreigestirns. Das Schiff, ihr und euer Kapitän.« Er deutete mit selbstbewusster Miene eine bescheidene Verbeugung vor seinen Männern an. »Ist euch das klar?«

Vielstimmiges, bejahendes Geheul schlug ihm als Antwort entgegen wie eine Sturmbö. Das klang schon besser.

»Wir werden zusammen Königreiche erobern, das verspreche ich euch. Gleich morgen fangen wir damit an. Wir segeln nach Akkadesh und erobern die Hauptstadt von Soradar.«

Große Augen schauten ihn an, Stille war eingekehrt.

»Ihr werdet erleben, was es heißt, 'Schohtars Rache' auf sich zu ziehen. Und ihr werdet staunen über die Leichtigkeit unseres Sieges, unseres glorreichen Sieges.« Karson schlug sich mit der rechten Faust auf den Stern auf seinem Brustpanzer.

Erneut setzte ohrenbetäubendes Gejohle ein. Soldaten und Seeleute schlugen sich rhythmisch mit der rechten Faust auf die Brust.

»Jetzt werden wir gemeinsam dieses stolze Kriegsschiff zum Werkzeug machen, zum gefürchtetsten Werkzeug, das jemals über die Meere gesegelt ist. Eine Meisterleistung, gefertigt im bedeutendsten Hafen aller vier Königreiche, bestückt mit den tapfersten Männern aller vier Königreiche.«

Der Jubel zeigte Karson, dass die Soldaten ihm gehörten.

Karson rief seine Offiziere zu sich in seine Kabine. Die Führungsmannschaft bestand aus zwei Steuermännern, dem Quartiermeister, dem Handwerksmeister, der die Zimmerleute, Segelmacher und Bootsmänner befehligte, sowie einem merkwürdigen blassen Kerl mit Segelohren und einer Glatze, dessen Aufgabe Karson noch nicht ganz begriffen hat. Von der Seefahrt selbst schien der Mann wenig zu verstehen, eine Tatsache, die den Admiral äußerst argwöhnisch stimmte. Die ganze Zeit über folgte er Karsons Ausführungen mit listigen Augen und abstehenden Ohren.

Karson fragte der Reihe nach ab, welchen Beitrag die jeweiligen Männer zum Gelingen der Operation zu leisten gewillt waren. Er wollte ihre Namen wissen, wo sie herkamen, was sie antrieb, wo sie ihre eigenen Stärken sahen. Auf seine Offiziere musste er sich unbedingt verlassen können. Der Mann mit der Glatze hieß Naglind und stellte sich als Konstrukteur für Seeschlachtstrategie vor. Was er darunter verstand, blieb zunächst sein Geheimnis.

Karson beschloss endgültig, ihm nicht zu trauen. Er diente Schohtar vermutlich als Spion, überwachte und notierte jede seiner Handlungen.

»Männer, alles, was ich verlange ist Loyalität und unerschütterlicher Einsatz für die Sache«, nickte der Kapitän seinen Offizieren zu.

Die Männer nickten zurück – alle bis auf Naglind.

»Mein Admiral, wann nehmt Ihr Euren Helm ab?«, fragte der Quartiermeister.

»Nennt mich Kapitän. Als Kapitän bin ich für das Schiff und jedes seiner Besatzungsmitglieder verantwortlich – das ist mehr als Euch ein Admiral bieten kann. Und den Helm nehme ich zu gegebener Zeit ab.«

Die Männer starrten ihn an. Er konnte den Willen in ihren Augen entdecken. Den Willen, ihm zu folgen, nicht nur, weil er ihr Befehlshaber war. Auch Naglind schien seine Rolle voll anzuerkennen. Das genügte Karson fürs Erste.

Wenig später stand er wieder an Deck. Zunächst wollte er die Möglichkeiten des Schiffes austesten, es eröffneten sich ungeahnte Optionen, die er selbst kaum glauben konnte. Dieser Naglind wich ihm dabei nicht von der Seite, sobald Karson aus seiner Kajüte kam. Doch immerhin machte der Konstrukteur sich nützlich und erklärte ihm einige Raffinessen bezüglich der Takelage.

Das Schiff strotzte nur so vor Funktionalität, um Feinde zu besiegen und zu versenken. Auf jeder Seite befanden sich acht auf Stangen montierte Sicheln in Ständern. Eine wirksame Waffe beim Seegefecht, um Taue und Segel der Gegner zu zerschneiden und den Feind manövrierunfähig zu machen. Zwei schwenkbare Enterbrücken ermöglichten einen wahren Sturm von Soldaten auf das gegnerische Schiff. Die Schiffsspitze sah aus wie ein überdimensionierter Rammbock, eisenverstärkt und sicherlich zehn Meter lang.

Doch die größte Überraschung barg der Bauch des Kriegsschiffes. Karson vermochte den Worten des Mannes neben ihm kaum zu folgen, so ungeheuerlich kamen ihm seine Erklärungen vor.

»Erklärt es mir nicht – zeigt es mir. Ich muss es sehen«, unterbrach er den fortwährenden Redefluss des Mannes.

Naglinds blasses Gesicht gewann glatt ein wenig an Farbe, wodurch er nicht ganz so leichenhaft aussah. Der Konstrukteur nickte und sagte: »Darauf habe ich gewartet. Kommt!«

Am späten Abend wälzte sich Karson in seiner Koje. Erst jetzt war er mit sich alleine und grübelte. Was war heute Nachmittag passiert? Konnte das, was er heute erlebt hatte, wirklich wahr sein? Wenn er nicht bereits verrückt geworden wäre, wäre es zum Verrücktwerden. Immer wieder kreisten seine Gedanken um die eine Frage: Warum hat Schohtar mir sein Schiff übergeben und mir die Verantwortung für das Gelingen der Mission übertragen - wider besseres Wissen um meine mangelnde Loyalität?

Ihn beschlich das Gefühl, die Antwort nicht zu finden, da er sie gar nicht mit ganzem Herzen und vollem Verstand finden wollte. Jemand, der er früher einmal gewesen war, flüsterte leise in sein Ohr: Weil du der Beste für diese Aufgabe bist. Weil du Schohtar gegenüber längst loyal geworden bist. Du hast dich dem Dämonenfürst mit Haut und Haar verkauft. Du bist ein Teil von ihm. Schohtar hat deine Seele getötet und den Dämon in dir geweckt.

Dann war es halt so. Zähneknirschend drehte er sich auf die andere Seite und lenkte seine Konzentration auf die morgige Aufgabe. All seine Kraft galt einem Ziel. Akkadesh!

Instinkt

»Hier also hast du den Stab gefunden?«, fragte Karek seinen Freund Wichtel. Sie standen zusammen mit Blinn, Eduk und Krall vor dem von brennenden Fackeln umgebenen, gelb schimmernden Steinblock am hinteren Ende der Höhle.

»Ja, hier oben in diesem Loch steckte er.«

Die Freunde schauten sich erstaunt um. Diese Höhle mit dem kleinen See strahlte eine Aura von Erhabenheit und Kraft aus. Ohne dass einer von ihnen es aussprechen musste, spürten alle, dass dieser Ort auf geheimnisvolle Weise mit dem Geist der Myrnen verwoben war.

»Dann handelt es sich bei diesem Streichholz um den Speer des Binaradabas, ganz einfach«, mutmaßte Blinn.

Karek hielt den Stab senkrecht vor sich. »Ja, ich denke, du liegst richtig, zumal an einem Ende eine kleine Metallspitze befestigt ist.«

Mit schrägem Blick auf das Kleinod meinte Krall: »Eher ein Speerchen mit einem Spitzchen.«

»Wie dem auch sei. Dieser Ort ist etwas ganz Besonderes. Und Wichtel hat ihn gefunden.«

»Passt ja auch zu ihm, diese monströse Waffe.« Krall knuffte Wichtels Schulter freundschaftlich.

»Ohne dich wären wir unverrichteter Dinge wieder von hier abgezogen.«

»Kleinigkeit«, meinte der viel Gelobte. Sein immer noch blasses Gesicht, die schmalen Lippen und das mehrfache Schlucken nach seinem Kommentar straften ihn jedoch Lügen.

Karek hatte sofort gemerkt, als er den Kleinen nur mit Stiefeln bekleidet aus der Höhle kommen sah, dass sein

Freund nicht mehr der Wichtel war, der zuvor in das Loch geklettert war. Die Tortur in dem engen Tunnel musste unbeschreiblich gewesen sein, und viele Worte waren seitdem nicht aus ihm herauszubekommen.

Wir hätten Wichtel nicht so sehr drängen sollen, in den Tunnel zu kriechen und sein Leben zu riskieren. Kein Artefakt der Alten Myrnen kann solch ein Opfer aufwiegen.

Blinn rief von weiter hinten: »Schaut mal hier. Diese Kammer kommt mir bekannt vor – sie sieht genauso aus, wie die in der Kapelle der Umkehr auf dem Friedhof in Soradar.«

Karek eilte zu ihm und Blinn behielt recht. Ein kleiner Raum, den ein aufwendig gestalteter Mosaikboden zierte, drängte sich in eine Felsspalte.

»Wahnsinn! Eine der Ortschmieden, ein uraltes Reiseportal der Myrnen.« Er dachte an die Karte mit den Punkten, die Nika, Milafine und er in dem alten Folianten entdeckt hatten. Hier standen sie an dem Punkt mit der Drei im Südwesten von Alandar. Das Mosaik bestand aus drei Dreiecken. Mit Magie und Kraft ihrer Gedanken hatten die Myrnen zwischen den Portalen hin- und herreisen können. Und nur so hatten es die Myrnen in dieses Versteck hineinschaffen können. Sie hatten mit Sicherheit keinen armen Wichtel in den Tunnel schicken können, damit dieser von innen mittels Hebel den Fels öffnete.

Karek schaute sich zum wiederholten Male um. »Auf dem Grund dieses Sees entspringt der Winter aus einer unterirdischen Quelle. Wir sind also am Ziel.«

Die Kameraden schauten ihn an.

»Und die Myrnen haben dies hier hinterlassen.« Karek hielt den schmucken Stab in der Hand und wusste nicht so recht, was er damit anfangen sollte.

Als ob Krall Gedanken lesen konnte, sagte er: »Also zum Kämpfen taugt der nichts. Wenn du damit einem Feind auf den Kopf haust, zerbricht der sofort. Da lob ich mir mein Schwert.« Er streichelte über Banfors Knauf.

Wichtel warf ein: »Als ich ihn aus dem Loch zog, habe ich eher an einen Zauberstab gedacht. Und was ist nun besonders an diesem Fund?«

Der Prinz betrachtete den kleinen Speer erneut. Fein gestrichelte Zeichnungen dreier Tiere schmückten ihn. »Was meint ihr? Um was für Tiere handelt es sich auf dem Stab?«

Blinn kniff ein Auge zu: »Das Obere erinnert mich an Fata.«

»Ja, klar – das wird ein Kabo sein.«

»Und das in der Mitte?«, fragte Eduk.

»Sieht aus wie eine Maus«, stellte Wichtel fest.

»Die letzte Zeichnung stellt einen Delfin dar. Schaut euch den geschwungenen Körper an.«

»Und was sagen uns die Bilder nun?«, brummte Krall fragend.

Karek hob die Schultern. »Ich habe keinen blassen Schimmer. Milafine und ich werden in der Bibliothek in Burg Felsbach nach weiteren Informationen zum Speer des Binaradabas suchen.« Karek streckte Wichtel den kleinen Speer hin. »Hier. Du hast ihn gefunden, willst du ihn dann auch tragen?«

»Ich sagte ja schon - irgendwie passt er gut zu Wichtel«, sagte Krall sanftmütig und legte seinem Freund den Arm um die Schulter.

Wichtel steckte den Stab wie ein Schwert in seinen Gürtel.

Karek sagte: »Kommt – bevor Hauptmann Durnrost ungeduldig wird. Ich habe ihm gesagt, dass wir nur noch einmal kurz in die Höhle hineinschauen, bevor wir uns auf den Rückweg machen. Lasst uns aufbrechen.«

Wenig später machten sich die königlichen Soldaten, die zehn Jovali und die Hand des Schwertmeisters reisefertig, um dem Winter flussabwärts zu folgen. Der Rückweg zum Flusssegler kam Karek viel schneller vor als der Hinweg zur Quelle des Winter.

»Willkommen zurück, mein Prinz«, begrüßte der Kapitän Karek. »Kommt an Bord. Ihr werdet erleben, wie schnell mein Boot *mit* der Flussströmung unterwegs sein kann. Bereits morgen früh werden wir in Winterbrück eintreffen.«

»Ich danke Euch, Kapitän.« Karek wandte sich seinen Gefährten zu. »Auf gehts zu unserer nächsten Mission.«

Als alle an Bord waren, löste ein Matrose zwei dicke Taue von einem dicht am Ufer wachsenden Baum und sprang auf das Schiff. Der Kapitän ließ das Segel setzen, wodurch sie umgehend Geschwindigkeit aufnahmen. Der Fahrtwind ließ die Haare der Passagiere flattern. Der Prinz setzte sich auf eine der einfachen Holzbänke und hoffte auf ein erfolgreiches Treffen mit König Meinard Barason. Karek freute sich auf Fürst Ransorg und auf ein anständiges Essen sowie ein gemütliches Bett.

Über den Bäumen sahen sie bereits die roten Ziegeldächer der Türme. Nach einer Flussbiegung lag die Burg Winterbrück vor ihnen. Auf jeder Seite des Flusses stand ein eindrucksvoller Turm. Verbunden wurden die beiden Bauwerke durch eine gewaltige Brücke, die Platz für mindestens vier Fuhrwerke nebeneinander bot. Eine Hälfte der Brücke ließ sich hochklappen, damit große Segelschiffe auf dem Winter passieren konnten. Der Hauptteil der Burg befand sich auf der Südseite des Flusses. Der nördliche Teil bestand aus Stallungen, Handwerksbetrieben und einer gigantischen Mauer, die vor unliebsamen Überraschungen schützen sollte. Das Nordreich Alandar beanspruchte jedes Stückchen Land nördlich des Flusses für sich, wodurch dieser Teil der Burg Winterbrück zum ewigen Zankapfel der beiden Reiche wurde.

Um die Brücke nutzen zu dürfen, mussten sich die Menschen in Reihen anstellen und sich erklären. Meistens fuhren Händler mit ihren Ochsenkarren hin und her – stets herrschte rege Betriebsamkeit.

Der Flusssegler legte direkt am Hauptsteg an. Karek bezahlte den Kapitän und sie gingen von Bord. Er war erst einmal hier gewesen, mit acht oder neun Jahren. Stundenlang hatte er damals auf dem festen Teil der Brücke gestanden und darauf gewartet, dass die andere Hälfte hochgeklappt werden würde. Es kam nicht so häufig vor, dass ein Segelschiff die Burg flussaufwärts passieren wollte. Gegen Abend war es endlich soweit gewesen. Eine ungeheure Mechanik aus Zahnrädern, Seilzügen, Ketten und Hebeln hob den beweglichen Teil der Brücke Stück für Stück an, bis dieser nahezu senkrecht in die Luft ragte und ein Zweimaster drunter her segeln konnte.

Krall und Wichtel flüsterten nebeneinander. Auch sie schienen von dem Anblick des Flusses, der Brücke und der Burg beeindruckt zu sein. Die Jovali machten ebenfalls runde Augen, nur strengten sie sich mächtig an, dies zu verbergen, indem sie ihre Mienen in Zaum hielten. Torquay tat so, als hätten die Jovali eine solche Konstruktion auf der Insel alle paar Meter über den Kang gebaut.

Vom Hafen war der Weg nicht weit – kurze Zeit später erreichten sie das zweiflügelige Eingangstor zur Hauptburg und Residenz von Fürst Ransorg. Dieser Eingang wurde nicht durch einen Burggraben geschützt. Fürst Ransorg verließ sich bei einer etwaigen Verteidigung in erster Linie auf seine stark befestigten Stadtmauern.

Acht Wachen patrouillierten im Eingangsbereich. Einer brüllte den Ankömmlingen entgegen: »HALT! Wer begehrt Einlass?«

Karek trat vor und entgegnete: »Prinz Karek Marein, Thronfolger von Toladar und Gefolge. Lasst uns ein.«

Ein Soldat trat vor und salutierte ehrerbietig. »Willkommen, mein Prinz. Mein Name ist Adellos. Ich bin der Kommandant der Burgwache. Natürlich gewähre ich Euch Einlass. Doch ich bitte um Euer Verständnis, dass ich strikten Befehl habe, nicht mehr als fünf Männer gleichzeitig passieren zu lassen.«

»Ich habe achtzehn Begleiter. Ich denke, diese Anzahl wird die Kapazität der Burg Winterbrück nicht sprengen«, erwiderte Karek energisch.

Der Soldat wurde steif: »Verzeiht mir, doch ich befolge lediglich die Anweisungen meines Fürsten. Tragt ihm selbst die Bitte vor, Eurer gesamten Gefolgschaft Einlass zu gewähren.«

Hauptmann Durnrost schaltete sich ein. »Seit wann gibt es diese Anweisung, Kommandant?«

Adellos betrachtete das Abzeichen auf den Schulterklappen des Fragenden. »Seit einigen Wochen, Herr Hauptmann. Seitdem die Zeiten unruhiger geworden sind. Ihr wisst schon – der Bürgerkrieg, die Aufstände im Norden und der neue König in Alandar.«

Aus dem Hintergrund erschien Heermeister Tadeus Reibanin in der Toröffnung.

»Lasst gut sein, Adellos.« Er wandte sich den Neuankömmlingen zu. »Liebe Gäste!«, begrüßte er sie mit einem Lächeln. Er wirkte in seiner roten Uniformjacke, dem breiten Gürtel und der grauen Stoffhose durchaus eindrucksvoll. »Und ganz besonders willkommen heiße ich Euch, mein Prinz.«

Karek freute sich, den jungen Offizier wiederzusehen. »Seid gegrüßt, Tadeus. Ihr kommt gerade zur rechten Zeit. Mein Gefolge und ich erbitten Einlass und freuen uns, mit Fürst Ransorg über die bevorstehende Begegnung mit dem neuen König von Alandar sprechen zu können.«

»Heermeister!«, begrüßte der Kommandant den Neuankömmling und drückte den Rücken durch.

»Ihr habt alles richtig gemacht. Prinz Karek, es tut mir leid, doch selbst ich habe nicht die Befugnis, allen auf einmal Einlass zu gewähren.« Reibanin beugte sich zu Karek und flüsterte: »Unter uns, mein Prinz. Der Fürst ist in letzter Zeit etwas eigen und sein Sicherheitsbedürfnis ist ob der brisanten Lage deutlich gestiegen. Habt Verständnis.«

»Schon gut, Heermeister. Dann führt fünf von uns zur Aufklärung der Angelegenheit so schnell wie möglich zu Fürst Ransorg.« In schärferem Ton fügte er hinzu: »Unter uns - ich habe mir als Prinz eine andere Begrüßung vorgestellt.«

»Verzeiht, niemand hat im Vorfeld Euer Eintreffen am heutigen Tag angekündigt. Vermutlich eine Maßnahme zu Eurer eigenen Sicherheit.«

Karek wandte sich um. »Wer begleitet mich nun zum Fürsten?«

Alle traten vor – keiner wollte den Prinzen allein lassen.

Hauptmann Durnrost insistierte: »Ich bleibe in jedem Fall an Eurer Seite, mein Prinz.«

Nun hatte Karek die Wahl. »Blinn, Eduk, Krall und

Durnrost – ihr begleitet mich zu Fürst Ransorg. Wir sorgen dafür, dass alle anderen schnell nachkommen dürfen. Wichtel, bleib du bitte hier und kümmere dich um Fata.«

Heermeister Reibanin versicherte: »Lasst uns umgehend den Fürsten begrüßen, dann müssen Eure Kameraden nicht lange warten.«

Kommandant Adellos blieb mit seinen Soldaten und dem Rest der Gefolgschaft vor dem Tor zurück.

Die fünf Auserwählten durften durch einen geöffneten Flügel eintreten und wurden von acht Wachen, die offensichtlich zu Heermeister Reibanin gehörten, eine Treppe hinunter begleitet. Es ging durch einen Rundbogen den Wehrgang der Schildmauer entlang, bis sie zum Eingang eines Turms kamen.

Reibanin schritt voran. »Der Fürst weilt in seinem Lesezimmer.«

Karek lief direkt hinter dem Heermeister zwei Treppen hinauf.

Gleich wird sich alles aufklären. Was mein Vater wohl in dieser Situation unternommen hätte?

Das gutmütige Gesicht von Fürst Ransorg würde ihn gleich allen Groll vergessen lassen.

Sie blieben vor einer schweren Eichentür stehen. »Anhalten! Die Waffen ablegen, vorher wird niemand zum Fürsten vorgelassen.«

Krall wurde die Sache zu bunt. »Ich lege mein Schwert nicht ab. Sind wir hier noch bei Freunden?«

Krall liegt richtig, das geht nun entschieden zu weit. Ich hätte mir das nicht bieten lassen dürfen und das sofortige Erscheinen von Fürst Ransorg verlangen müssen.

Bevor Karek sich weitere Vorwürfe machen konnte, zog Hauptmann Durnrost sein Langschwert. »Meine Aufgabe ist es, den Prinzen zu beschützen. Dieser königliche Befehl hat oberste Priorität und gilt vor allen anderen Anweisungen. Für diese Aufgabe benötige ich mein Schwert und werde dieses daher niemals aus der Hand geben.«

Reibanin sagte verständnisvoll: »Richtig! Das ehrt Euch, Hauptmann.«

Der Heermeister trieb mit schneller Bewegung einen Dolch mit dem rechten Arm tief in den ungeschützten Hals von Durnrost. »Dann sterbt Ihr mit dem Schwert in der Hand.« Beim Rausziehen des Dolches aus der Wunde schnitt Reibanin dem Hauptmann die Kehle durch. Nötig gewesen wäre dies nicht, doch es schien ihm Vergnügen zu bereiten.

Durnrost spukte Blut und klappte röchelnd zusammen.

Blinn reagierte als Erster, doch bevor er sein Schwert vollends aus der Scheide ziehen konnte, krachte eine rüstungsbewehrte Faust auf seinen Hinterkopf. Er taumelte gegen die Wand, die Kräfte verließen ihn und seine Waffe klirrte auf den Boden.

Die anderen Begleiter des Heermeisters hielten nun ihre Schwerter in der Hand und richteten diese auf Krall, Blinn und Karek.

»Was … was tut Ihr?«, stammelte der Prinz.

»Was getan werden muss«, antwortete Heermeister Reibanin.

Auf Kareks Wange brannte Kralls Blick. Sein Freund wartete auf ein Zeichen, denn er wollte trotz der ausweglosen Situation einen Kampf beginnen. Karek schüttelte den Kopf – sie würden es nicht überleben. Krall beließ es dabei, Blinn zu stützen, der sich mit seinem blutenden Kopf kaum noch auf den Beinen halten konnte.

»Ihr seid ein Verräter, Reibanin!« Ein Schmerz tief in Kareks Herzen ließ seinen Lungen kaum Luft zum Atmen.

»Ja, das ist das Schicksal von Verrätern, dass sie irgendwann entlarvt werden, denn sonst wären sie ja keine Verräter, sondern nur Auskundschafter.«

Den Prinzen überlief es heiß und kalt. Was für ein fürchterlicher Idiot war er nur. 'Auskundschafter'! Zu spät fiel ihm ein, wo er Heermeister Tadeus Reibanin schon einmal getroffen hatte. Wenn er aus dieser Situation jemals lebend wieder herauskam, würde er sich mehr auf seine Instinkte und Gefühle verlassen. 'Herr Auskundschafter' hatte Schohtar ihn genannt. Karek hatte den Heermeister mit Schohtar im Musikzimmer der Burg Stern heimlich belauscht. Zu seiner Ehrenrettung sollte erwähnt werden, dass er zu diesem Zeitpunkt Reibanin nicht richtig hatte sehen können, zudem hatte dessen Stimme etwas anders geklungen. Dies lag an den unterschiedlichen Sinneswahrnehmungen einer Ratte, in deren Körper die Myrnengöttin Karek damals hatte wandern lassen.

Die Ratte hat die miese Ratte belauscht.

Karek musste jetzt die Nerven bewahren – es durfte nicht noch mehr Tote geben. »Erspart mir das Geschwätz! Was wollt Ihr? Doch vermutlich mich – dann könnt Ihr meine Kameraden gehen lassen.«

»Oh! Wie edelmütig.« Der Heermeister deutete auf den toten Hauptmann Durnrost. »Der hat den Edelmut schon hinter sich. Verspürt noch jemand den Drang, sein Schwert zu ziehen?« Er warf einen provozierenden Blick in Richtung Krall.

Der Prinz schüttelte erneut leicht den Kopf. Selbst Krall hätte gegen diese Übermacht keine Chance.

»Waffen abliefern!«, erklang der unmissverständliche Befehl.

Mit einem Gesicht, als schnitten sie ihm beide Zeigefinger ab, trennte sich Krall von seinem Schwert Banfor. Zwei Soldaten entwaffneten auch Blinn und Karek.

»Nehmt ihnen alles ab. Durchsucht auch die Stiefel.« Reibanin ging gründlich vor. Dann öffnete er die Eichentür mit einem großen Schlüssel. »Rein hier!« Sie wurden in eine leere Kammer geschubst – die Tür schloss sich hinter ihnen. Sie hörten das schwere Schloss einrasten.

Immer noch erschrocken von diesen unerwarteten Ereignissen und dem Tod Hauptmann Durnrosts, blieben sie mitten in der engen Kammer stehen. Von oben fiel ein wenig Tageslicht durch ein schmales Fenster herein.

Krall hielt Blinn immer noch unter den Achseln. Blut tropfte ihm auf die Unterarme. Vorsichtig legte er seinen verletzten Kameraden auf den Boden. Karek beugte sich besorgt zu ihm hinunter und besah sich den Hinterkopf.

Blinn fand genau zwei Worte: »Verdammte Geschwister!«, flüsterte er mit blasser Nase.

Kareks Gesicht glühte vor Wut. »Verdammte Geschwister reicht da nicht aus, Blinn. Wir stecken ganz tief im Misthaufen drin.«

»Als Erstes müssen wir die Blutung stoppen.«

Krall zog sein Leinenhemd aus und riss einen Streifen davon ab. »Was hat das alles zu bedeuten?«

»Verrat!« Karek senkte den Kopf. »Reibanin, dieser verlogene Dreckskerl. Wie konnte ich nur auf ihn hereinfallen? Wir müssen einen Weg finden, um Fürst Ransorg über die Ereignisse zu informieren. Nur wie?«

Karek sah auf. Irgendetwas stimmte nicht. Hatte er sich nicht vor wenigen Augenblicken vorgenommen, mehr auf seine Instinkte zu lauschen und zu vertrauen? Im Augenblick war er furchtbar aufgewühlt. Er brauchte nicht lange um zu erfahren, was ihn irritierte. Ganz einfach, weil ausgerechnet

Krall es ihm erklärte.

»Hört mal! Ihr wisst ja, dass ich nur bis drei zählen kann.« Stolz intonierte Krall: »Eins, zwei, drei.«

»Ja, und?« Kareks Stimme klang ziemlich gereizt, machte er sich doch in dieser ausweglosen Situation große Sorgen um Blinn.

Krall hob seine breiten Schultern. »Weiter muss ich nicht zählen. Mehr sind wir hier nicht.«

Es klatschte, als Karek sich die flache Hand an die Stirn schlug. »Wir sind nur noch drei. Bei allem, was heilig ist, Eduk fehlt. Wo ist Eduk?«

Was tun?

Eduk traute seinen Augen nicht. Heermeister Reibanin stach Hauptmann Durnrost mit einem Dolch ansatzlos in den Hals und schnitt ihm mit einem schlürfenden Geräusch die Kehle durch. Ein Schwall Blut klatschte gegen die graue Mauer und bildete eine Qualle mit immer länger werdenden Tentakeln. Angewidert wandte Eduk sich ab. Was hatte er nicht verstanden? Was lief hier grundlegend falsch?

Mindestens ebenso entsetzt wie seine Kameraden schaute Eduk, wie der Hauptmann mit dem Kopf auf dem Boden aufschlug. Eine dicke Blutlache bildete sich unter seinem Oberkörper.

Blinns Hand griff nach seinem Schwert, doch bevor er es ziehen konnte, hämmerte ein hinter ihm stehender Soldat seinen schweren Plattenhandschuh auf seinen Kopf. Blinn schwankte. Nur die Wand hielt ihn davon ab, neben den toten Hauptmann auf den Boden zu fallen. Mit einem Mal hielten alle Begleiter des Heermeisters ihre Waffen in den Händen.

Instinktiv wich Eduk einen Schritt zurück. Nicht hektisch, er bewegte sich einfach eine Stufe abwärts.

»Was … was tut Ihr?«, stammelte der Prinz.

»Was getan werden muss«, antwortete Heermeister Reibanin.

»Ihr seid ein Verräter, Reibanin!« Kareks Empörung und Enttäuschung ließen seine Stimme und seine Lippen zittern.

»Ja, das ist das Schicksal von Verrätern. Dass sie irgendwann entlarvt werden, denn sonst wären sie ja keine Verräter, sondern blieben Auskundschafter.« Die Stimme des Heermeisters klang bei diesem Geständnis so entspannt wie eine Wegbeschreibung zum nächsten Abort.

Eduk verspürte Gänsehaut auf den Armen. Dieser Reibanin entpuppte sich als Schimäre der übelsten Art. Eduk fürchtete die Schimären von allem Bösen der Welt am meisten. Sein ältester Bruder hatte immer gruselige Geschichten von diesen Monstern erzählt, die vorne wie Löwen und hinten wie Drachen aussahen. Und besonders betont hatte er stets die Leibspeise der Schimären: kleine Jungen, die möglichst unauffällig waren, sodass es kaum auffiel, wenn diese eines Tages im Magen einer Schimäre verschwanden. Gut, Eduk hatte mittlerweile ein Alter erreicht, um zu verstehen, dass sein Bruder ihn mit hoher Wahrscheinlichkeit nur ordentlich hatte erschrecken wollen, und dass es diese Monster in Wirklichkeit nicht gab - bis auf diese Schimäre hier, die sich offensichtlich als Offizier tarnen konnte.

Noch eine Stufe abwärts, Eduk presste den Rücken an die Wand …

»Erspart mir das Geschwätz! Was wollt Ihr? Doch vermutlich mich – dann könnt Ihr meine Kameraden gehen lassen«, versuchte es der Prinz.

»Oh, wie edelmütig!« Der Heermeister deutete auf den toten Hauptmann Durnrost. »Der hat den Edelmut schon hinter sich. Verspürt noch jemand den Drang, sein Schwert zu ziehen?«

Eduk hatte genug gesehen, genug gehört. Nein, wesentlich *mehr* als genug. Eins stand fest: Sie waren auf das Schändlichste verraten worden. Er zog sich weiter zurück, ein Schluchzen unterdrückend, den Tränen nah. Nein, er ohrfeigte sich in Gedanken. Heulen und Jammern würde nur auffallen. Eduk konzentrierte sich und versetzte sich in die Rolle eines rein zufällig vorbeischlendernden Bediensteten. Er merkte, wie er ruhiger wurde, wie er mit seiner Umgebung verschmolz wie ein Schneeball, der sich im Wasser auflöste.

Nur noch leise hörte er die Stimme des Verräters den Treppengang hinunterhallen: »Nehmt ihnen alles ab. Durchsucht auch die Stiefel.«

Die Tür krachte und ein Schlüssel drehte sich klackend in einem schweren Schloss.

Eduks Weg führte die Treppen hinunter in den Wehrgang. Es wühlte in ihm. Wie konnte er jetzt helfen? Was sollte er tun? Ruhig bleiben und weiterhin ein gleichmütiges Gesicht aufsetzen, sodass niemand jemals auf den Gedanken kommen könnte, dass er kurz zuvor einen brutalen Mord an einem seiner Reisegefährten hatte miterleben müssen, und dass er seine engsten Freunde in akuter Lebensgefahr wusste. Ja, tue zunächst, was du am besten kannst, sagte er sich. Und er tat es: er schlich nicht auf Zehenspitzen, duckte sich nicht, er stahl sich nicht durch den Gang – nein, er bewegte sich völlig selbstverständlich in den fremden Mauern, als würde er hier seit seiner Geburt wohnen. Er gehörte in diese Burg wie der Himmel darüber, wie die Mauern drum herum, wie der festgetretene Lehm, wie die Bauten, Hunde, Pferde und Menschen.

Eduk hatte sich einigermaßen beruhigt, auf jeden Fall soweit, dass er wieder klare Gedanken fassen konnte. Karek, Blinn, Krall und er steckten in der Klemme, und zwar fester als in einem Schraubstock. Und er war der Einzige, der noch frei herumlief. Eduk sah an sich herunter. Er trug eine graue Hose aus Leinen und ein einfaches Hemd, das von der Reise zur Quelle des Winter überaus fleckig aussah. Er bog nach links in einen Gang, der in einen Innenhof führte. Ein Gärtner kümmerte sich dort um etliche Beete mit irgendwelchen gelben Blumen, die Eduk nicht kannte. Der Mann trug eine lederne Schürze um die Hüften und ein Hemd bestickt mit einem Wappen, welches die hiesige Brücke mit den zwei Türmen zeigte. Eduk wusste, dass er sich andere Kleidung besorgen musste. Eine Livree der Bediensteten oder eine Uniform der Soldaten und dazu sein nichtssagendes, unbedeutendes Gesicht – eine bessere Tarnung gab es kaum. Danach musste er versuchen, entweder zu den vor dem Tor wartenden Gefährten oder besser zu Fürst Ransorg zu gelangen, um diesem vom Hochverrat seines Heermeisters zu berichten. Nur der Fürst konnte noch schnelle Hilfe bringen.

Sein Blick fiel auf einen Schuppen mit offenstehender Tür. Vermutlich hatte sich der Gärtner dort Gerätschaften geholt. Eduk überlegte nicht lange, sondern betrat den kleinen Bretterverschlag. An einem Haken hinter der Tür fand er das, was er suchte: einen einfachen graugrünen Kittel mit dem Emblem der Brücke in Brusthöhe. Hurtig schlüpfte Eduk hinein - auf diese Tarnung nebst seinem unaufdringlichen Gesicht wollte er sich nun verlassen. Der Gärtner nebenan kniete so tief im Blumenbeet, dass er ihn nicht bemerkte. Eduk schlenderte zurück in die Burg und versuchte sich zu orientieren. Wo könnte die Residenz des Fürsten sein? Er spürte den Zeitdruck, wer weiß, was der Heermeister Karek, Krall und dem verletzten Blinn noch antat, wenn er sich zu viel Zeit ließ. Doch Hast und Eile fielen nur auf, deshalb ging Eduk bedachtsam durch die Burganlage. Natürlich kamen ihm Diener, Soldaten und andere Bewohner entgegen. Er schaute sie an, nur flüchtig, so kurz wie möglich, so lang wie nötig, um keine Aufmerksamkeit zu erregen. Er sah aus wie jemand, der seit ewigen Zeiten diesen Weg Tag für Tag mehrfach entlang schritt. Eduk schaute aus einem der breiten Gangfenster. Gegenüber erblickte er die Schildmauer mit dem Tor, durch das sie hineingeführt worden waren. Eduk kam unterhalb der Schildmauer aus Richtung Norden, rechts drängte sich eine bescheidene Burgkapelle neben einen kleinen Turm. Durch diesen Turm führte der Wehrgang und genau dort oben saßen seine Freunde eingesperrt in der Kammer. Er musste so schnell als möglich mit Hilfe dorthin zurückeilen, zumal Blinns Kopfwunde heftig geblutet hatte.

Wenn er doch nur wüsste, wo Fürst Ransorg sich aufhielt. Eduk traute sich nicht, eine Wache anzusprechen und einfach zu fragen. Die standen vermutlich alle unter dem Befehl dieses verräterischen Heermeisters.

Eine Küchenmagd und ein Küchenjunge etwa in seinem Alter kamen ihm entgegen. Eduk musste nun ohne Echo mit Fremden reden. Er nahm all seinen Mut zusammen, schließlich ging es um das Leben seiner Freunde, und sprach den Jungen an: »Sag mir Freund, wo finde ich Fürst Ransorg?«

Die beiden blieben stehen und betrachteten ihn: »Wer bist du denn? Dich habe ich hier noch nie gesehen«, sagte das Mädchen.

»Ich helfe mal hier und mal dort. Jetzt soll ich dem Fürsten eine Nachricht überbringen.«

Skepsis breitete sich in der Miene des Jungen aus. »Was hat denn einer wie du dem Fürsten schon mitzuteilen?«

Eduks Gesicht zelebrierte geballte Harmlosigkeit. »Es geht nur um eine Frage zu seiner neuen Gartenanlage im Hof. Wir haben da etwas gefunden und ich habe den Auftrag, den Fürsten davon zu unterrichten.«

Das Mädchen lächelte: »Du bist also ein neuer Gärtnerjunge. Also, wir sind auf dem Weg, um Fürst Ransorg das Dessert zu seinem Mittagsmahl zu servieren. Schließe dich doch einfach uns an und wir bringen dich zu ihm.«

»Das ist nett von euch, danke.« Eduk ergriff die Gelegenheit beim Schopf. In Gegenwart der beiden Bediensteten aus der Küche würde er noch weniger auffallen und sogar direkt zu Fürst Ransorg geführt werden.

Der Bursche hingegen schien noch nicht ganz überzeugt. Stirnrunzelnd schaute er das Mädchen an, das einfach hinreißend zurücklächelte, sodass er nur noch zustimmend nickte.

»Komm, folge uns – zuerst müssen wir in die Burgküche«, forderte sie ihn auf, woraufhin sie zu dritt weiter den Gang entlang schritten, dann eine Treppe hoch, zweimal rechts, eine Treppe hinunter, rechts, links und Eduk hatte keine Ahnung mehr, wo er sich befand. Gerade als er sich erkundigen wollte, wann sie denn endlich in der Küche ankämen, roch er diese auch schon. Was hatte er sich auf das Begrüßungsfestmahl gefreut – doch durch die jüngsten Geschehnisse war ihm der Hunger gründlich vergangen. Selbst als der Geruch von gebratenem Fleisch seine Nase erreichte, blieb der Hunger noch fern.

Sie bogen um eine Ecke und erreichten den Eingang zur Burgküche. Eduk blieb unter einem Rundbogen stehen. Er wollte sich nicht durch den Küchenchef einem ausgiebigen Verhör unterziehen lassen.

Er wartete und wartete. Nur nicht unruhig oder ungeduldig werden. Geduld aufzubringen, fiel ihm ob der kritischen Situation mit fortschreitender Dauer immer schwerer. Ein dreiblättriges Kleeblatt inmitten der Wiese im Schlosspark hätte mehr Aufmerksamkeit erregt als Eduk vor der Küche. Seine Unscheinbarkeit war ihm einfach gegeben, er musste sich dafür nicht besonders anstrengen, er kapierte selbst nicht so ganz, wie es funktionierte.

Als fünftes von insgesamt zehn Kindern hatte er in einer Hütte am Stadtrand gelebt. Als einfacher Gerbergehilfe hatte sein Vater für wenig Lohn hart arbeiten müssen und somit wohnte neben der großen Familie auch ständig der Hunger in dem kleinen Häuschen im Handwerkerviertel.

Seine vielen Geschwister hatten stets vor ihm die Teller gefüllt bekommen, sodass für ihn oft nur der kleine Rest im Topf übrig geblieben war. 'Och, wir hätten ja fast unseren Eduk vergessen', hatte es dann geheißen. Es war auch vorgekommen, dass er komplett leer ausging. Ein Grund hierfür war sicherlich, dass Eduk als Säugling so gut wie nie geschrien und erst mit sechs Jahren zu sprechen angefangen hat. Eigentlich konnte er schon viel früher reden – er war den meisten Unterhaltungen mit Leichtigkeit gefolgt, doch hatte er sich nie berufen gefühlt, etwas beizutragen. Das Schweigen hatte seiner Unscheinbarkeit nun wahrlich keinen Abbruch getan. Um sich wenigstens ab und an zu Wort zu melden, begann er schlichtweg, den letzten Halbsatz seines Vorredners zu wiederholen. Dieses System funktionierte erstaunlich gut, denn eine Weile konnte er so ein wenig Aufmerksamkeit auf sich ziehen. Wenn seine Geschwister brüllten, sie hätten noch keine Suppe, echote er 'keine Suppe' und es ward ihm gegeben. Das Wunder der Sprache! Vielleicht ersparte ihm dieser Einfall in seiner Kindheit den Hungertod.

Sein Vater nannte es immer 'sich in Luft auflösen', gelegentlich brachte diese Gabe auch Vorteile mit sich. Wenn eines seiner Geschwister etwas ausgefressen hatte und Vater nicht herausbekommen konnte wer, holte er den Rohrstock heraus und prügelte alle Kinder durch. Eduk vergaß er meistens.

Als sich das neunte Geschwisterlein ankündigte, brachte

Vater ihn zu den Soldatenanwerbern. Eduk wollte auf keinen Fall zum Militär, doch er wurde nicht gefragt. Und zu seinem Pech hatten die ihn auch noch als Offiziersanwärter genommen, obwohl oder weil er so unauffällig war.

Nein, es war kein Pech gewesen, vielmehr glückseliges Schicksal, denn nur so hat er seine Freunde Krall, Wichtel, Blinn und Karek kennenlernen können. Vor allem Blinn und Karek liebte Eduk wie seine Geschwister. Beide hatten sich von Anfang an für ihn interessiert, ihn akzeptiert und vor allem beachtet. Das würde Eduk ihnen nie vergessen.

Nun stand er immer noch vor dem Eingang zur Burgküche. Gerade als er überlegte, einen anderen Weg zum Fürsten zu suchen, kamen die beiden mit zwei Tabletts voller Schälchen, Kannen und Löffel wieder - der Nachtisch für den Herrn Fürsten. Beinahe wären sie an ihm vorbeigelaufen, er räusperte sich laut und trat vor.

»Ach du! Fast hätten wir dich vergessen. Dann folge uns«, forderte das Mädchen Eduk lachend auf und er ließ sich das nicht noch einmal sagen.

Wenig später liefen die drei an zwei Wachen vorbei in einen Speisesaal, in dem drei Personen an einer langen Tafel saßen. Hungrig schauten sie nicht aus, dennoch begrüßte sie eine ältere Dame mit einem »… das wird aber auch Zeit.«

Am Kopf der Tafel saß Fürst Ransorg Gobarin. Sein Bart glänzte fettig, vermutlich von der Hauptspeise. Eduk wollte gerade auf ihn zulaufen und laut um Hilfe bitten, als er neben der älteren Dame den Rücken einer roten Uniformjacke entdeckte. Er sah genauer hin, sein Atem stockte, als er Heermeister Reibanin erkannte. Der Verräter saß direkt vor ihm. Eduk stellte sich an die getäfelte Wand neben eine Vitrine gefüllt mit verschnörkeltem Porzellan, ein paar Meter von der Tür entfernt. Er war unfähig, einen Entschluss zu fassen, ihm blieb auch nichts erspart. Sollte er den verdammungswürdigen Verräter hier persönlich vor dem Fürsten entlarven? Welche Worte sollte er wählen, damit der Fürst ihm glaubte und die Situation schnell begriff? Was wog sein Wort im Vergleich zu dem des fürstlichen Heermeisters?

Die beiden Küchenhilfen und zwei Dienstmägde verteilten das Dessert. Als sie fertig waren, befahl der Fürst: »Schließt die Tür.«

Für die Bediensteten hieß dies so viel wie: 'schnell hinaus mit Euch und macht die Tür zu – und zwar von außen.'

Mit einem Klappern schlug die Tür zu, während Eduk immer noch wie eine Ritterrüstung an der Wand stand. Er legte sich die Worte zurecht und beschloss einfach zu rufen: Verrat! Verrat! Heermeister Reibanin hat den königlichen Hauptmann ermordet und den Prinzen Karek Marein in Gefangenschaft genommen. Fürst, helft - unser Prinz ist in Lebensgefahr.

Hierfür holte er tief Luft, als die grauhaarige Frau neben Reibanin anfing zu meckern: »Es wird auch Zeit, dass sich im Reich etwas tut. Tedore hatte lange genug Zeit, sich vernünftig gegen Schohtar aufzustellen. Die Ära der Mareins ist vorüber, jetzt trittst du aus ihrem Schatten hervor. Bald bist du König von Toladar, mein Gemahl.« Sie äugte gierig zum Fürsten hinüber – mehr zu seiner Macht als zu ihm.

»Langsam, meine Gemahlin. Erst muss Tedore, dann sein Sohn Karek beseitigt werden. Und wenn Schohtar Kaiser aller vier Königreiche ist, werde ich König unseres schönen Heimatlandes sein.«

Ein zaghaftes Klopfen, dann öffnete sich die Tür erneut. Der Küchenjunge steckte den Kopf herein und stotterte: »Verzeiht … wir … ist alles zu Eurer Zufriedenheit?«

Hektisch schaute er sich im Saal um.

Eduk presste sich an die Wand. Ihm war klar, dass der Bursche und das Mädchen sich wunderten, wo denn der merkwürdige Gärtnergehilfe abgeblieben war.

»RAUS!« Ransorgs wütender Befehl sorgte dafür, dass die Tür sich eilig schloss.

Eduk atmete langsam wieder aus.

Der Fürst schüttelte den Kopf und blickte in die Runde, dabei sah er seinen Heermeister besonders aufmerksam an. »Ihr seht nachdenklich aus. Läuft nicht alles nach Plan?«

»Doch, doch. Der Prinz ist unser Gefangener – Schohtar wird entzückt sein. Sobald wir ihm Karek ausgeliefert haben, sind wir so gut wie am Ziel. Tedore wird nichts tun, was seinen Sohn gefährden könnte, ein besseres Faustpfand gibt es nicht … doch mir geht etwas anderes nicht aus dem Kopf.«

»Sagt es uns, Heermeister.«

»Ich habe Karek mit vier Begleitern in die Burg geführt.« Er kratzte sich am Kopf. »Eingesperrt habe ich nur drei.«

Die Dame runzelte die Stirn: »Da fehlen also zwei Personen, wenn ich Euch richtig verstehe.«

Vor ihr verspürte Eduk am meisten Angst, nicht nur, weil sie ihm gegenüber am Tisch saß und ihn am leichtesten entdecken konnte. Glücklicherweise aber schien sie ziemlich altersblind zu sein.

»Den Hauptmann der Leibwache des Prinzen musste ich … entfernen. Er weilt nicht mehr unter uns«, erklärte Reibanin trocken.

»Er ist tot?«, fragte die Fürstin mit erschrecktem Entzücken.

»Ja, so könnt Ihr es auch sagen«, bestätigte Reibanin. »Und einem anderen Begleiter, so einem jungen Burschen, haben wir nahezu den Schädel eingeschlagen. Er ist auch in der Kammer eingesperrt.«

»Bleibt noch einer übrig«, stellte der Fürst fest. »Seid Ihr Eurer Sache sicher?«

Der Heermeister nickte stumm.

Eduk schwitzte stumm.

»Wie sah denn der Fünfte aus?«

»Das irritiert mich ja gerade«, überlegte der Heermeister. »Bisher dachte ich immer, ich verfüge über eine herausragende soldatische Beobachtungsgabe, doch an sein Gesicht kann ich mich partout nicht erinnern.«

Ein Glück, dass Eduk sich im Rücken des Heermeisters an die Wand presste. Reibanin hätte ihn vermutlich längst entdeckt. Vor Aufregung verlor er fast sein Gleichgewicht.

»Ich denke, es haben Euch letztlich doch nur vier begleitet«, sagte Fürst Ransorg entspannt.

Eduk nickte reglos und verharrte an der Wand wie die Vitrine neben ihm – was blieb ihm sonst auch übrig. Er verblasste wie ein Schatten, wenn sich eine Wolke vor die Sonne schob. Den Plan, sich lautstark beim integren Fürsten Ransorg zu beschweren, hat er gründlich verworfen. Was tun? Etwas Neues fiel ihm so schnell nicht ein. Dabei brauchte sein Freund Blinn dringend Hilfe. Vermutlich verblutete er gerade in diesem Augenblick. Eduk schloss für einen Moment die Augen. Er würde es sich nie verzeihen, wenn er Blinn nicht retten könnte. Und ausgerechnet jetzt erinnerte er sich daran, wie er Blinn mal gefragt hatte, woher die lange Narbe in seinem Gesicht käme. Ein wenig verstört hatte dieser nur leise geantwortet: »Eines Tages erzähle ich es dir, Eduk. Aber nur dir.« Das war auf der 'Ostwind' vor der Insel gewesen, als Karek, Krall und Wichtel sie zurückgelassen hatten, um sich auf den Weg zur Myrnengöttin zu machen.

Eduk schluckte trocken. Blinn, du wirst noch Gelegenheit bekommen, mir und nur mir zu erzählen, was es mit deiner Narbe auf sich hat.

Er wurde aus seinen Gedanken gerissen, als Ransorg fragte: »Was machen wir mit Kareks Begleitern, die vor dem Tor auf Einlass warten? Diese furchtbaren Inselkrieger und die anderen Freunde des Prinzen.«

Der Heermeister schnalzte mit der Zunge: »Töten! Alle mit möglichst wenig Aufsehen beiseiteschaffen. Die Königstreuen dürfen davon nichts mitbekommen. So hat beispielsweise Adellos, der Kommandant der Burgwache, keinen blassen Schimmer, was hier passiert. Ich lasse mir etwas einfallen. Wir könnten sie in der Nacht in die Burg einlassen und dann eliminieren.«

»Könnte sich Kommandant Adellos als Gefahr erweisen?«

Der Heermeister überlegte: »Mag sein, mein Fürst. Er besitzt eine gewisse Loyalität König Tedore gegenüber – aber tun wir das durch unseren Eid nicht alle?« Er lachte kurz und schmutzig. »Wie weit die Loyalität im Ernstfall wirklich reicht, entscheidet das Leben. Oder der Tod.«

Die alte Dame kicherte. »Ihr seid mir einer … doch Ihr wisst, was Ihr wollt.« Dann wurden ihre Falten wieder ernst. »Adellos' Bruder dient in Tedores Königswache. Daher denke ich, dass wir ihn im Auge behalten müssen.« Sie warf ihrem Gatten einen eindringlichen Blick zu.

Eduk traute bei all diesen Ausführungen seinen Ohren nicht. Er hatte sich nie als Krieger gefühlt, gleichwohl meldete sich nun ein niemals zuvor verspürter Kampfeswille. Diese hohen Herrschaften hier mit ihrer unersättlichen, rücksichtslosen Gier nach noch mehr Macht regten ihn auf.

Es grollte tief in ihm: Ihr meint, über den Dingen zu stehen. Ich indes stehe nur neben den Dingen. Doch ich werde es euch zeigen.

Fürst Ransorg erkundigte sich: »Sind die Gefangenen gut bewacht?«

»Wir haben sie entwaffnet und in die Kammer im alten Turm gesteckt. Diese wird von zwei Soldaten bewacht und die Tür habe ich höchstpersönlich abgeschlossen. Es gibt nur einen Schlüssel.«

Reibanin drehte sich um und warf einen Blick auf einen Ständer auf der anderen Seite des Eingangs. Eduks Herz setzte drei Schläge aus, gleich würde er ihn entdecken. Doch der Verräter wandte sich wieder dem Fürsten zu. »Zusätzlich stehen zwei Soldaten unten am Turmeingang mit dem Befehl, niemanden außer Heermeister Reibanin durchzulassen.«

»Ihr agiert stets sorgfältig und überlegt«, lobte Ransorg.

»Nur so werde ich Fürst, wenn Ihr König seid.«

Zufrieden tupfte sich der Fürst mit einer Serviette den Mund ab. »König Schohtar hat alles bedacht. Er führt nicht nur König Tedore vor, sondern auch diesen Pares Drullom. Es ist unglaublich, wie er den Feind zum Freund macht, um ihn dann zu vernichten.«

Die hohen Herrschaften kicherten selbstgefällig, saßen sie doch scheinbar bei allen Ränken und Intrigen auf der Sonnenseite.

Eduk schielte nach links hinüber. Dort hingen zwei Schwerter an einem Ständer, davon gehörte eines dem Heermeister. Der Bequemlichkeit halber hatte er seinen

Waffengurt während des Mahls dort aufgehängt. Doch Eduks Aufmerksamkeit gehörte nicht der Klinge, sondern dem Gurt, an dem ein langer, rostiger Schlüssel baumelte.

Wie konnte er hier lebend wieder herauskommen und am besten noch den Schlüssel ergreifen? Eduks Herzschlag beruhigte sich wieder. Er vertraute weiterhin auf seine Gabe, so unscheinbar wie irgend möglich an der Wand zu stehen, abzuwarten und zu beobachten. Er konnte gut abwarten und noch besser beobachten.

Dies liegt in der Natur der Sache, erklärte er sich selbst: Wenn du kaum beachtet, nicht in Gespräche verwickelt wirst und stets eine passive Rolle spielst, lernst du das Beobachten von ganz allein.

An Orten wie Burgen, in denen die Hohen Herrschaften es gewohnt waren, dass Wachen und Bedienstete für ihr Wohlergehen an vielen Ecken still herumstanden bis sie gebraucht wurden, hatte Eduk es besonders leicht, unsichtbar zu werden. Bereits im königlichen Schloss hatte er stundenlang unbeachtet beobachten können. Immer wieder wunderte er sich, wie vielschichtig und doch durchschaubar, wie intelligent und doch primitiv sich Menschen verhielten.

Es klopfte, die Tür öffnete sich. »Euer Hochgeboren, dürfen wir den Wein reichen?«

Gnädig winkte Ransorg mit der rechten Hand zwei Mundschenken herein. Sie brachten jeweils eine Karaffe roten und weißen Wein sowie passende Kristallgläser.

»Zur Feier des Tages!«, grinste der Fürst. Die Mundschenken schwirrten um den Tisch herum und füllten die Gläser, wodurch ihnen in diesem Augenblick alle Aufmerksamkeit galt. Eduk witterte seine Chance. Einer der Bediensteten ging geradewegs an ihm vorbei, um sich neben Reibanin vorzubeugen und dessen Glas zu füllen. Die Tür stand noch offen. Eduks Fäuste ballten sich. Er widerstand dem Drang, einfach hinauszustürzen und nur noch zu rennen. Nie hätte er gedacht, einmal so mutig sein zu müssen, sein zu können. Seine Entschlossenheit und Wut auf die Verräter halfen ihm dabei. Er bewegte sich in normalem Tempo auf die Tür zu. Doch der Ausgang war nicht sein Ziel – noch nicht. Er machte zwei Schritte weiter bis zum Ständer und drehte den Schlüssel vom Gurt des Heermeisters. Erst jetzt wandte er sich dem Ausgang zu. In diesem Augenblick hatten die beiden Mundschenken ihre Arbeit vollbracht und eilten ebenfalls zum Ausgang. Eduk sah sie kurz an, nickte ihnen zu und ließ ihnen mit einer großzügigen Handbewegung den Vortritt. Sie sagten keinen Ton und gingen an ihm vorbei. Wie ein dritter Mundschenk folgte er ihnen und schloss die Tür gewissenhaft hinter sich.

Einer der Diener wunderte sich: »Wer bist du denn?«

»Ich habe nur mit der Tür geholfen«, erklärte Eduk gelangweilt.

»Ach so!« Der Mann ließ ihn stehen.

Mit einer Schulter an die Wand gelehnt musste Eduk sich erst sammeln. Er war mit seinen Kräften am Ende, dabei hat er noch nicht viel erreicht. Seine Finger ballten sich um den Schlüssel. Reibanin würde den Verlust bald bemerken, er musste sich beeilen. Verzweifelt versuchte Eduk sich an den Rückweg zu erinnern. Bei der ersten Gelegenheit verließ er den Palas und schaute sich draußen nach dem kleinen Turm um. Er entdeckte keine ihm bekannte Örtlichkeit. Wo stand die Sonne, vielleicht konnte er sich grob nach der Himmelsrichtung orientieren.

Er hob den Kopf, sah jedoch aus den Augenwinkeln, wie ihm ein Soldat entgegenkam.

Eduk, du musst mutig sein, ermahnte er sich. »Guter Mann, ich suche die kleine Burgkapelle. Könnt Ihr mir den Weg weisen?«

Der Soldat fuhr ein wenig zusammen, hatte er doch Eduk bis dahin nicht bemerkt. »Bursche, willst du beten? Dann lege ein Wort für mich ein, dass der Dienst endlich endet. Mein Mädchen wartet auf mich«. Er zwinkerte ihm zu. »Also, du gehst durch diese Gasse und dann rechts um das Gesindehaus herum und schon stehst du davor.«

»Dankeschön, Herr Soldat«, sagte er brav und machte sich auf den Weg. Tatsächlich stand er wenig später vor der Kapelle und sah daneben den kleinen Turm, dessen Eingang von zwei Soldaten bewacht wurde.

Seit er in der Burg Winterbrück auf sich allein gestellt war, hatte er reichlich Glück im Unglück gehabt. Sollte er es wagen, einfach zwischen den Soldaten hindurch in den Turm zu gehen? Er hatte etwas Ähnliches schon einmal gemacht. Es erschien ihm zwei Leben her, seit er in der Feste Strandsitz dem eingesperrten Karek Essen gebracht hatte. Die Wachen hatten ihn damals einfach passieren lassen.

Die Zeit wurde knapp – er musste es wagen. Er lief auf den Eingang des Turms zu. Bloß die Soldaten nicht zu lange ansehen, nur kurz, aber nicht zu kurz. Den beiden Männern sah er die Langeweile sofort an. Ein vielversprechendes Zeichen, Eduk hatte drei gute Freunde, die ihm bei seiner Unsichtbarkeit zur Seite standen: Langeweile, Gleichgültigkeit, Gewohnheit. Er hat die Männer fast erreicht. Er hielt die Luft an oder vergaß zu atmen – es kam auf dasselbe hinaus. Jetzt nur noch ab durch die Mitte dachte er und machte sich schon Gedanken, was er denn mit den beiden Wachen oben vor der Kammer anstellen sollte. Einige wenige Schritte und er würde im Turm stehen. Dann passierte es. Die Sonne kam hinter einer Wolke hervor und Eduk warf einen Schatten, der sich keineswegs darauf verstand, unauffällig zu bleiben. Sein Schatten war sein Feind. Lang und schwarz wackelte er einem der beiden Männer über Füße und Beine. »HALT!«, brüllte dieser. »Hier hat niemand Zutritt.«

Der andere Soldat fühlte sich sogar genötigt, das Schwert aus der Scheide zu ziehen.

»Verzeiht! Verzeiht. Habt Verständnis, dass mir dies nicht bekannt war, sonst ist der Turm doch frei zugänglich.« Eduk schaute unschuldig von einem zum anderen.

»Sollen wir ihn in Gewahrsam nehmen?«, fragte die linke Wache.

»Ach was. Schau dir doch das Bürschlein an. Der kann kein Wässerchen trüben.« Der Soldat steckte sein Schwert wieder weg. »Mach, dass du fortkommst! Und lass dich hier nicht mehr blicken.«

»Sehr wohl.« Eduk ging den Weg zurück. Wieder ermahnte er sich, nicht zu hasten. Ärgerlich, dass der Versuch im letzten Moment gescheitert war. Wütend blickte er auf seinen dämlichen Schatten. Er war versucht, ihm kräftig in den Hintern zu treten. Doch dann beruhigte er sich schnell, schließlich war er davongekommen. Er hielt sich nicht für den Allerklügsten. Dies nahm er auch gerne als Begründung, warum er wieder einmal mehr Glück als Verstand gehabt hat. Gut so!

Er schaute sich um. Nicht weit von hier sollte der Eingang sein, durch den sie die Burg betreten hatten. Eduk beschloss, jetzt schleunigst seine Kameraden zu warnen, die vermutlich immer noch vor dem geschlossenen Tor ausharrten. Danach wollte er mit dem Kommandanten der Wache sprechen, diesem Adellos, der scheinbar Tedore gegenüber loyal war, zumal sein Bruder als Königswache Dienst tat.

Er nahm den Weg unterhalb des Wehrgangs und stand von innen vor dem geschlossenen Tor.

»Lasst mich heraus«, forderte er eine der beiden Wachen davor auf.

Der Mann zuckte zusammen: »Heh – ich habe dich gar nicht kommen hören. Willst du zu der komischen Gesellschaft da draußen? Was sind das für merkwürdige Krieger, die Dunklen mit den Lanzen?«

»Die kommen aus dem Süden.«

»Ah ja. Deine Kameraden wurden schon ungeduldig. Sie haben sich bereits lautstark beschwert, warum wir sie nicht einlassen.«

»Darum bin ich hier - ich erkläre es ihnen.« Eduk gähnte.

Die Wache hob die Hand vor den Mund und gähnte zurück. Dann schob sie einen riesigen Riegel mit beiden Händen zurück und öffnete eine Flügelseite. »Raus ist in Ordnung. Aber ohne Befehl von oben, kein Einlass«, verabschiedete ihn der Soldat und schloss die Tür hinter ihm.

Ein Stück weiter des Weges saßen Wichtel mit Fata, die zehn Jovalikrieger und die drei Soldaten der königlichen Leibwache im Gras.

Als Wichtel ihn entdeckte, sprang er sofort auf. »Was ist los, Eduk? Warum werden wir nicht eingelassen?«

Eduk atmete tief durch: »Reibanin ist ein Verräter. Er hat Durnrost getötet. Danach hat er Karek, Blinn und Krall eingesperrt.«

Wichtel rief aufgeregt: »Oh, nein! Wir müssen zu Fürst Ransorg!«

Eduk merkte, wie seine Stirn von ganz allein Falten warf: »Der wird uns nicht helfen. Der steckt selbst mit drin und will König von Toladar werden. Wir müssen Karek befreien, ich habe den Schlüssel zu seinem Gefängnis.«

Wichtel macht runde Augen: »Wie das denn?«

»Erzähl ich dir später, erst sollten wir hier weg. Wir sind alle in Gefahr und sollen auch umgebracht werden.«

Einer der Soldaten fragte ungläubig nach: »Unser Hauptmann Durnrost ist tot?«

»Leider. Doch zunächst müssen wir diesen Platz verlassen.« Unruhig blickte er sich um.

Inzwischen hatten alle Gefährten einen Kreis um Eduk gebildet, der sich immer unwohler in seiner Haut fühlte. Er war es alles andere als gewohnt, im Mittelpunkt zu stehen. So beschloss er einfach loszugehen Richtung Westen an der Burgmauer entlang. Wichtel, die Soldaten und die Jovali folgten ihm tatsächlich. So einfach war das also. Währenddessen erzählte Eduk Wichtel in Kurzform, was er erlebt und wie er den Schlüssel aus Reibanins Gürtel genommen hatte. Dann blieb Eduk stehen und zeigte auf einen kleinen Turm, der über die Mauer hinausschaute. »Dort oben sind Karek, Blinn und Krall eingesperrt. Seht ihr das kleine Fenster? Das gehört zu der Kammer, in der sie sitzen.«

»Wie holen wir sie da nur wieder raus?« Wichtel klang mehr als verzweifelt nach so vielen schlechten Nachrichten.

Torquay fragte: »Der Prinz befindet sich also da oben in Gefangenschaft?«

Eduk verstand, dass der Jovali eine Bestätigung von ihm erwartete. »Ja, genau.«

»Und du besitzt den Schlüssel zu diesem Gefängnis?«

»Ja, genau.«

»Zeig mir den Schlüssel.«

Eduk reichte ihn Torquay. Dieser wog den Schlüssel in seiner Hand, warf ihn ein paar Mal hoch und fing ihn wieder auf. »Kann der Schlüssel die Kammer von innen öffnen?«

»Ich denke schon.«

»Dann werfe ich dem Prinzen den Schlüssel einfach durchs Fenster.«

»Waas?« Eduk fasste sich an die Stirn. »Torquay, das schaffst du niemals. Vielleicht mit fünfzig Versuchen – doch du hast genau einen. Wenn du nicht triffst, ist der Schlüssel weg.«

»Traust du Torquay dies nicht zu?« Torquay klang durchaus beleidigt.

»Darum geht es nicht. Das Fenster ist zwanzig Meter entfernt und in fast zehn Meter Höhe. Niemand wirft mit nur einem Versuch etwas durch ein solch schmales Fenster.«

»Bis auf Torquay.« Der Jovali verschränkte die Arme vor der Brust.

Wieder spürte Eduk viele Blicke auf seiner Haut. Es fing an zu jucken wie ein Ausschlag. Er dachte über die zahlreichen Alternativen nach. Das ging ziemlich flink, da ihm keine einzige einfiel.

Wichtel kam ihm zu Hilfe: »Hör mal, Torquay. Die Lage ist ernst. Wir können den Gefängnisschlüssel nicht einfach so wegwerfen. Wie willst du das denn schaffen?«

»Der Mann, der nicht viel wuchs, braucht Vertrauen. Hat euch Torquay jemals Grund gegeben, an seinen Worten zu zweifeln?«

Eduk wand sich hin und her. »Nein, Torquay, das hast du nicht. Wir sind ratlos und müssen unseren Freunden dringend helfen.«

»Genau dies will Torquay tun. Doch du hast eine bessere Idee?« Der Jovali setzte sich mit erwartungsvoller Miene im

Schneidersitz auf den Boden. Dabei streckte er Eduk den Schlüssel hin.

Die ganze Zeit hatte Nimdou schweigend danebengestanden. Jetzt fragte er mit einem Ton, der pures Unverständnis ausdrückte: »Ich frage Wichtel und Eduk. Bewegt sich der Turm von einer Seite zur anderen wie die Palme im Sturm?«

»Natürlich nicht.«

»Dreht sich der Turm etwa wie die Scheibe eines Töpfers?«, Nimdou ließ nicht locker.

Eduk fragte sich, worauf der Jovali hinauswollte. »Nein.«

»Worin seht ihr dann die Schwierigkeit, den kleinen Schlüssel durch die große Öffnung zu werfen?«, fragte Nimdou verständnislos.

Eduk starrte auf den Schlüssel, den Torquay ihm immer noch mit erwartungsvoller Miene entgegenstreckte. Dann stöhnte er. »Schon gut. Dann versuche es.«

»Tss. Torquay versucht nicht.«

Wichtel rollte mit den Augen. »Jetzt sei nicht beleidigt, das hilft nicht weiter.«

Der Jovali stand auf. »Wie sagt die Frau, die nach dem Tod greift, stets so wahr: Versuche nicht es zu tun, sondern tue es.«

Dann führte er den rechten Arm hinter seinen Kopf. Es sah fast so aus, als wollte er einen Speer werfen, doch er hielt nur den rostigen Schlüssel in der Hand. Er stellte sich seitlich zum Turm, lehnte sich zurück und drehte den Oberkörper nach vorn. Der Arm schnellte an seinem Kopf vorbei wie eine Peitsche.

Eduk schloss die Augen – er wollte nicht hinsehen, wie Torquay den Schlüssel irgendwo gegen den Turm pfefferte, wenn er diesen überhaupt traf.

Was nun?

Karek starrte fasziniert auf Blinns Hinterkopf. »Es ist unglaublich. Sieh! Wir können fast zusehen, wie die Wunde sich schließt. Die Haut wächst einfach zusammen, und es fließt schon kein Blut mehr.«

»Sag mir lieber, dass mein dröhnender Schädel der Grund dafür ist, dass ich fälschlicherweise kurz gedacht habe, Reibanin hätte uns verraten und eingesperrt«, stöhnte Blinn.

»Hm – bedauerlicherweise kann ich dich nicht trösten. Es ist die Wahrheit. Selbst der Gürtel vermag Hochverrat und Machtgier nicht zu heilen. Er hat sich wohl auf Schohtars Seite geschlagen.«

Karek hatte zuvor den Myrnengürtel um Blinns Hüfte gebunden und ihm zusätzlich seine beiden Ringe aus Acerium an die Finger gesteckt. Die Schmuckstücke schienen die heilende Wirkung des Gürtels tatsächlich noch zu verstärken. Unbedingt nötig wäre dies nicht gewesen, da es sich bei Blinns Verletzung nur um eine Platzwunde handelte.

»Ich fühle mich jedenfalls schon viel besser.« Blinn schaute sich in ihrem Gefängnis um. »Meint ihr, Eduk kann uns helfen?«

»Wenn er sich irgendwie bis zu Fürst Ransorg durchschlagen kann, dann schon.«

»Und was ist, wenn der Fürst in diese Intrige involviert ist?«, fragte Blinn.

Auch innerhalb von Blinns Kopf scheint der Schlag keinen größeren Schaden angerichtet zu haben. Blinns Gehirn funktioniert hervorragend wie immer. Ja, was ist dann?

Karek wollte den Kameraden und sich selbst Mut machen. »Das glaube ich nicht. Er ist, seit ich denken kann, ein guter Freund unserer Familie.«

»Hoffen wir auf Eduk.«

»Was kann Eduk schon ausrichten?« Wie ein Löwe im Käfig rannte Krall von einer Wand zur anderen. »Sie haben mir Banfor weggenommen. Das verzeihe ich denen nicht«, grollte er. Abrupt blieb er stehen, griff nach vorn und wackelte kräftig an einem Backstein in der Mauer. Ein wenig Mörtel rieselte herab, Krall lockerte den Stein so lange, bis er ihn herausziehen konnte. Er betrachtete den Backstein von allen Seiten und hielt ihn dann in seiner großen Hand wie den Griff eines Knüppels.

»Mit denen habe ich noch ein Hühnchen offen!«, erklärte er grimmig. Seine entschlossene Miene unterstrich diese Aussage. »Sobald die Tür sich öffnet, werde ich …«

In diesem Moment öffnete sich zwar nicht die Tür, doch es flog etwas knapp an Kralls Kopf vorbei und klirrte auf den Steinboden. Erstaunt betrachteten die drei einen groben Schlüssel, der klimpernd gegen die Wand rutschte. Erstaunt hob Karek ihn auf. Dann stürzte er zum Fenster, das sich etwa einen Meter über seinem Kopf befand. »Hier kam der Schlüssel her. Krall, mach' eine Räuberleiter, damit ich rausschauen kann.«

Sein Kamerad faltete die Hände vor seinem Körper und Karek stellte seinen Fuß dort hinein. Er stemmte sich hoch und konnte nun durch das schmale Fenster blicken. Auf der anderen Seite der Burgmauer sah er seine Gefährten stehen. Wichtel erkannte er sofort. Auch die Jovali mit ihren Speeren stachen ins Auge. Und da stand Eduk – er hat es also geschafft, nicht in Gefangenschaft zu geraten und hat die anderen warnen können. Wie haben sie nur den Schlüssel hier hinein befördert? Die Kameraden konnten ihn auf diese Entfernung hinter der schmalen Öffnung nur schlecht oder gar nicht sehen. Sollte er rufen?

Nein, besser nicht. Jetzt, wo wir den Schlüssel haben, sollten wir nicht die Aufmerksamkeit der Wächter auf uns ziehen.

»Alle unsere Kameraden stehen vor der Burgmauer. Von ihnen kommt der Schlüssel – allzu viele Türen gibt es in dieser Kammer nicht, die wir mit dem Schlüssel öffnen könnten.«

»Wie jetzt? Es gibt doch nur die da«, murrte Krall und zeigte auf die Eingangstür.

»Richtig, Krall. Und an der sollten wir den Schlüssel einfach mal ausprobieren.«

»Was sonst? Nur stehen vermutlich Wachen davor«, überlegte Blinn.

Der Prinz beugte sich zum Türschloss hinunter und hielt den Schlüsselbart davor. »Jedem Schlüsselloch seinen Schlüssel – ja, damit geht die Tür auf«, flüsterte er.

»Bestens. Ich bin gerade in Stimmung, jemandem ausgiebig die Fresse zu polieren«, drohte Krall und vergaß dabei natürlich zu flüstern.

»Wir probieren es, eine andere Möglichkeit haben wir nicht. Das Überraschungsmoment haben wir auf jeden Fall auf unserer Seite.«

»Ja, aber nur, wenn wir die Tür schnell genug aufbekommen«, mahnte Blinn.

»Ich gehe als Erster durch.« Krall ballte die linke Faust und hob mit der rechten Hand den Backstein schon mal vorsorglich und fürsorglich hoch. Er stellte sich direkt an die Türöffnung, Blinn reihte sich dahinter auf.

Karek führte den Schlüssel langsam vor das Schloss. »Bei drei. Eins, zwei, drei!«

Er steckte den Schlüssel tief hinein und drehte ihn nach links. Es klickte vernehmlich. Im gleichen Moment riss Krall die Tür nach innen auf und stürzte hinaus auf die rechte Wache zu. Die reagierte vollends verdutzt, nämlich gar nicht. Krall hämmerte ihm den Backstein an die Schläfe. Klong hallte es durch das Treppenhaus des Turmes. Gegen die Wucht eines solchen Schlages half kein Helm - die Knie des Mannes gaben nach, scheppernd fiel er zu Boden.

Blinn und Karek rangen mit der anderen Wache, die anfing herumzubrüllen. »ZU HILFE! ZU HILFE!« Blinn hielt den Waffenarm des Soldaten fest, sodass er nicht sein Schwert ziehen konnte.

Kralls Steinfaust ließ ihn sogleich verstummen. Beide Männer lagen ohnmächtig auf der Treppe des Turms. Leider zeigten der Lärm und die Hilferufe Wirkung, denn alsbald schallten Laufgeräusche die Treppe hoch.

»Mist! Da kommt Verstärkung. Wir müssen kämpfen!« Blinn schnappte sich das Kurzschwert der ohnmächtigen Wache.

Krall lief die Treppe hoch. »Folgt mir!«

Was blieb Karek und Blinn übrig? Sie rannten hinter ihm her.

Was machst du, Krall? Wo willst du hin?

Neben ihm stöhnte Blinn: »Wir sind in einem Turm. Nach oben geht es ganz sicher nicht raus. Warum also hoch, Krall?«

»Folgt mir! Ich weiß, was ich tue«, kam es unmissverständlich zurück, sehen konnten sie Krall nicht mehr.

Die Schritte von unten kamen näher. Der Prinz stürzte hinter Blinn zwei weitere Treppen hoch. Dann erreichten sie das Ende des Ganges, der in eine runde Kammer ohne Tür mündete. Durch das schmale Fenster gegenüber würde nicht einmal Wichtel passen. Und selbst wenn sie sich durch die Öffnung zwängen könnten, ginge es nur viele Meter abwärts in den sicheren Tod.

Unter dem Fenster stand eine große Holztruhe mit gusseisernen Beschlägen. Krall sprang auf diese zu und öffnete zwei Verschlüsse an jeder Seite. Er riss den Deckel auf, entnahm seinen Waffengurt und zog Banfor mit einem singenden Geräusch aus der Scheide. »Mein Lieblingslied«, seufzte er, als würde er seine Angebetete nach einem Jahr Abwesenheit endlich wieder in die Arme schließen. Doch Kralls Gesicht sah alles andere als musisch oder verliebt aus. Mit grimmigen Mundwinkeln und einer tiefen Falte über der Nasenwurzel stellte er sich in die Öffnung zur Kammer. »Bleibt hinter mir!«

Schon kam der erste Soldat die Stufen hochgelaufen. Die enge Treppe bot nur Platz für jeweils einen Gegner, somit stieg bei Karek die Hoffnung, dass Krall sie eine Weile würde verteidigen können. Doch wie lange konnte er diese Stellung halten? Fürst Ransorg müsste doch von diesem Kampflärm in seiner Burg etwas mitbekommen.

Krall versetzte dem Schwert der Wache einen Hieb von unten nach oben und einen Wimpernschlag später traf sein Stiefel die Brust des Gegners, sodass dieser mit einem Angstschrei die Treppe hinunterfiel. Dabei riss er einen nachfolgenden Soldaten mit sich. Es krachte und schepperte, als hätte jemand sämtliche Töpfe und Pfannen der Burgküche das Treppenhaus hinunterkullern lassen.

Großes Geschrei tönte zu ihnen herauf. Soldaten brüllten vor Schmerzen, Offiziere brüllten aus Prinzip. Zunächst ließ sich kein weiterer Gegner blicken. Die erste Angriffswelle hatte Krall mit verhältnismäßig wenig Aufwand und verhältnismäßig großem Erfolg bekämpft.

Blinn schaute in die Truhe, zog sein Schwert heraus und warf das Kurzschwert der Wache hinein. »Woher wusstest du, dass unsere Waffen hier oben in der Kiste sind?«

»Banfor hat mich gerufen.« Mehr Erklärung gab es nicht.

Karek und Blinn schauten sich an. Sie kamen stillschweigend überein – diese Erklärung reichte aus.

Auch Karek nahm seine Waffe in die Hand. Doch das Gefühl dieses spitzen, scharfen Gegenstandes in seiner Faust beruhigte ihn keineswegs. Von Menschen gefertigt, um andere Menschen zu töten. Wo lag hierin der Sinn?

Es half nichts. Sie würden an diesem Ort um ihr Überleben kämpfen müssen. Schon drangen die nächsten Stampfgeräusche nietenbeschlagener Stiefel die Treppe herauf. Ein schwerer Eichenschild schob sich voran. Er bedeckte den Feind von Kopf bis Knie. Mit viel Kraft wuchtete der Mann den Schild voran in Richtung Krall, um ihn zu rammen. Ein anderer Soldat schob von hinten.

Krall wartete nicht ab, sondern setzte an zu einem martialischen Kampfesschrei. Doch nicht zu so etwas theatralisch Salbungsvollem wie 'Für Toladar!' oder 'Für den Prinzen' – nein, Krall nahm pragmatisch Bezug auf die Sache: »FRESSE POLIEREN!« brüllte er, stellte sich seitwärts, nahm einen Schritt Anlauf und krachte seinerseits mit der rechten Schulter gegen den Schild. Mit dieser Wucht hätte er vermutlich auch das Burgtor niedergerissen. Die Männer ereilte das gleiche Schicksal wie jene zuvor. Sie stürzten die Treppe hinunter, Karek vermeinte Knochen brechen zu hören. Die gellenden Schmerzensschreie widersprachen diesem Eindruck keineswegs.

»Wir schütten Öl auf die Treppe. Wir räuchern sie aus«, brüllte jemand von unten.

Die Idee klang gut. Leider. Karek überlegte, ob er nun laut um Hilfe rufen sollte? Es konnte sich doch nicht jeder auf Burg Winterbrück gegen sie verschworen haben. Wieder drangen Schrittgeräusche zu ihnen in die Turmspitze. Krall bereitete sich auf den nächsten Angriff vor. Wollten sie nicht Öl anzünden? Kaum hatte er diesen Gedanken gedacht, roch er es auch schon. Schwerem Geruch nach brennendem Pech folgte schwarzer Qualm, der langsam wie eine Schlange die Stufen hinaufkroch. Gegen diesen Feind konnte Kralls Schwert Banfor nichts ausrichten. Sein Freund begann zu husten und auch Karek spürte bereits das Brennen im Hals. Gleich müssten sie zum Fenster zurückweichen, um noch genügend frische Luft zu bekommen.

Laute Stimmen, durcheinander gebrüllte Befehle, Metallkrachen waren zu hören. Kralls sonst so bleiches Gesicht leuchtete rot, er atmete so wenig wie möglich, doch jetzt gab er seine Stellung an der Treppe auf. Die drei zogen sich in die Kammer zurück. Krall schnappte am Fenster nach frischer Luft.

Vor ihnen reichte der Platz nun aus, um drei bis vier Soldaten das gleichzeitige Angreifen zu ermöglichen. Doch auch diese würden atmen müssen. Sie hörten Wasser plätschern, gefolgt von Schrittgeräuschen. Der Qualm verzog sich ein wenig, und das Gesicht von Kommandant Adellos tauchte auf. Gehörte dieser auch zu den Verrätern? Die drei Gefährten machten sich kampfbereit. Doch wer kam direkt hinter Adellos? Auffällig und unübersehbar? Eduk.

»Wir müssen zu Eurer Sicherheit sofort die Burg verlassen.« Der Kommandant musste dies kein zweites Mal sagen. Eduk voran, stürzten sie die Treppe hinunter. Es stank nach verbranntem Öl und Teer. Beinahe wäre Karek über einen toten Soldaten gestolpert.

»Genickbruch«, kommentierte Adellos.

»Was ist mit dem Fürsten?«, fragte Karek atemlos.

Eduk drehte sich zu ihm um und schüttelte nur den Kopf.

Ich verstehe. Erst einmal raus hier.

Unten angekommen sah Karek jede Menge Soldaten, die sich um Verwundete kümmerten. Hier hatte ein Kampf stattgefunden.

»Ignorieren und mir folgen.« Adellos' Befehl klang unmissverständlich. »Dieser Teil der Burg ist in meiner Hand, der Hand der Königstreuen.«

Weiter hinten erscholl Kampflärm – Schwerter krachten aufeinander, Schreie verhießen Wut, Schmerz und Tod.

Der Prinz beschloss, dem Hauptmann zu vertrauen und ihm zu folgen, schließlich hatte er sie mit seinen Soldaten aus dem Turm herausgeholt.

Sie hasteten den Wehrgang entlang und erreichten das Burgtor.

»Aufmachen!«, befahl der Hauptmann. Die Wachen gehorchten umgehend. Draußen warteten die anderen Kameraden – sie jubelten als sie Blinn, Eduk, Krall und Karek entdeckten.

Adellos verabschiedete sie am Tor mit den Worten: »Euer Freund Eduk hat mich überzeugt, ihn wieder einzulassen und mit ihm zusammen in den Turm zu schauen. Prinz Karek, Verrat ist nicht meins. Der Streit zwischen den beiden Fraktionen, meinen Königstreuen und den Soldaten des Fürsten, ist ausgebrochen. Ich weiß nicht was geschehen wird, doch der Bürgerkrieg hat leider mit voller Wucht Einzug in Burg Winterbrück gehalten. Ihr müsst Euren Vater informieren, es kann sein, dass er die Burg verliert – vermutlich an Schohtar.«

»Hauptmann Adellos, ich danke Euch. Doch wir sollten hierbleiben und mit Euch kämpfen.«

»Nein! Auf keinen Fall. Bringt Euch in Sicherheit. Wir werden sehen, welche Seite gewinnt. Geht jetzt.«

Karek nickte dem Hauptmann zu. »Passt auf Euch auf, damit wir uns wiedersehen.« Er drehte sich zu seinen Freunden um. »Erst einmal hier weg, dann entscheiden wir weiter.«

Das Tor schloss sich hinter Karek. Er pustete durch. Fürst Ransorg ein Verräter – an diesen Gedanken musste er sich erst gewöhnen.

Die Kameraden umarmten sich.

Wichtel klopfte Krall auf den breiten Rücken. »Ich sollte dich einfach nicht alleine lassen.«

Krall sagte laut: »Ja, ohne Hilfe säßen wir immer noch im Turm. Eduk, es tut mir leid, dass ich an dir gezweifelt habe. Du hast uns da rausgeholt.« Er verbeugte sich und Eduk wurde auffallend rot.

Karek sagte: »Bloß weg hier – lasst uns sehen, ob wir im Hafen ein Schiff nach Felsbach finden.«

Wut war ein schlechter Ratgeber, doch Karek musste sich beherrschen, als Eduk ihm die ganze Geschichte erzählte. Krall schüttelte ungläubig den Kopf, während Blinn Eduk den Arm um die Schultern legte.

»Heh, Blassbacke! Du warst ja noch mutiger als ich dachte«, lobte Krall. »Dir auch noch vor aller Augen den Schlüssel zu schnappen…«

»Ja, der Schlüssel. Wie habt ihr denn von außerhalb der Mauer den Schlüssel zu uns hineinbekommen?«, erkundigte sich der Prinz.

»Och, ganz einfach durchs Fenster geworfen.«

Krall rieb sich den Hinterkopf. »Nee, Eduk. Du bist wahrlich ein Held, doch das nehme ich dir nicht ab.«

»Ich bin auch unschuldig. Torquay war es.« Eduk zeigte auf den Jovali.

Krall und Karek starrten den Jovalikrieger an.

Blinn fragte: »Würdest du das noch mal schaffen, Torquay?«

»Selbstverständlich, doch wozu? Ihr seid doch hier«, zuckte dieser mit den Schultern.

»Schon gut. Es ist nicht nötig.« Auch Blinn klang beeindruckt.

»Was können wir tun, um Hauptmann Adellos und seine Männer zu unterstützen?«, überlegte Karek laut. »Wir brauchen Verstärkung und zwar so schnell wie möglich. Bis wir ein Schiff gefunden haben, nach Felsbach gesegelt sind und mit Soldaten wiederkommen, vergehen mindestens sechs Tage. Das weiß Fürst Ransorg auch.«

»Wie lange bräuchte ein berittener Bote mit einem Brief?«, überlegte Wichtel.

»Eher noch zwei Tage länger. Wir brauchen einen schnellen Boten. Ich … ich habe eine Idee.«

Karek entnahm seiner Gürteltasche einige Utensilien. Mit einer in Tinte getauchten Gänsefeder schrieb er auf ein Blatt Papier:

Lieber Vater, Fürst Ransorg und sein Heermeister Reibanin haben uns verraten. Kommandant Durnrost ist tot – Reibanin hat ihn ermordet. Ich bin in Sicherheit. Ransorg spielt ein falsches Spiel, da er König von Toladar werden will, sobald Schohtar den Kaisertitel innehat. Ein Teil der königstreuen Soldaten leistet Widerstand, doch wir brauchen Unterstützung. Entsende eiligst ein Heer, damit wir die Burg Winterbrück nicht an Schohtar verlieren.

Karek

Er wusste, Tedore würde seine Handschrift erkennen. Er

rollte den Brief zusammen und ging zu Fata. Der Kabo sah ihn mit seinen Knopfaugen aufmerksam an.

»Fata, du fliegst in die Burg Felsbach und überbringst meinem Vater diesen Zettel. Lande am großen Fenster des Thronsaals und mache dich bemerkbar. Wir brauchen dringend Hilfe und nur du kannst ihn schnell genug informieren.«

Die Kabokönigin schaute ihn an, als hätte sie kein Wort verstanden.

»Zur Burg Felsbach. Thronsaalfenster, Nachricht für meinen Vater. Das ist wichtig, Fata.«

Der Prinz band die kleine Papierrolle an Fatas rechtes Bein.

Der Vogel glotzte nur vor sich hin.

Auch Wichtel stellte sich neben sie. »Flieg schon los, Fata. Du kannst das. Flieg zum König.«

»Das klappt doch nie«, meldete sich Krall zu Wort.

Fata tapste mit der Kralle ein paar Mal auf den Boden, als wollte sie die ungewohnte Last abschütteln. Dann nahm sie drei Schritte Anlauf und erhob sich in die Luft.

»Flieg, Fata! Flieg!« Wichtel jubelte.

»Aber nicht nach Norden«, murmelte Blinn skeptisch.

In diesem Moment drehte Fata hoch oben nach Süden ab und rauschte in einer Geschwindigkeit, die keiner dem Vogel zugetraut hatte, davon.

Nach Stern

Am frühen Morgen hatte sie nur kurz gerastet, den Tag war sie durchgeritten. Nun verlangte die Anstrengung ihren Tribut bei Ross und Reiter. Schwer zu sagen, wer nun eine Schlafpause nötiger hatte.

Ihre Besessenheit, die kleine Hanne zu finden, verlieh ihr Kraft, hielt sie wach, trieb sie an. Auch Nika war als kleines Mädchen geraubt worden, so viel stand fest. Als wollte sie bei Hanne wiederfinden, was sie selbst an Kindheit verloren hatte, trieb eine ungeahnte Ungezügeltheit sie weiter. Früher hatte sie vergleichbare Kräfte nur aus Hass gewinnen können. So richtig verstand sie nicht, was in ihr vorging. Doch ein Moment in ihrem Leben ließ Nika nicht los, so sehr sie sich auch bemühte, diesen zu vergessen. Ihre Lippen wurden schmal. Welcher Moment? Du weißt es genau, Nika. Dieser Augenblick, als sie Hanne vor Opas Haus an ihre Brust gedrückt hatte. Sie hatten Freundschaft geschlossen, vielleicht war es sogar mehr gewesen. So etwas wie ein Pakt. Und sie hatte dem Mädchen gesagt, dass sie wiederkommen würde. Und eine Nika versprach nie etwas, es genügte, wenn sie es sagte. Das zählte mehr als der heiligste Eid.

Inzwischen hatte sie in einer Furt den Karpane überquert und befand sich nun auf dem Weg nach Stern. Von diesem Drecksack Blutspur war bisher leider nichts zu sehen. Am ersten Abend hatte sie seine Spur in der Dunkelheit verloren, was zu erwarten gewesen war. Doch warum hatte sie den Pferdewagen mit den acht Söldnern und Hanne nicht eingeholt? Was, wenn die sich gar nicht auf dem Weg nach Stern befunden hatten, sondern viel weiter östlich in Richtung Tanderheim unterwegs waren? Oder überfallen worden waren oder was auch immer.

Erneut wurde es Abend. Sie erreichte eine kleine Siedlung und beschloss, dort Erkundigungen einzuholen. Zwei Männer hackten Holz vor einem einfachen Rundhaus. Ihre nackten Oberkörper glänzten in der Abendsonne, an sich war es viel zu warm für diese schweißtreibende Arbeit.

Sie hielt auf die beiden zu: »Habt ihr eine Gruppe Soldaten mit einem Pferdekarren gesehen?«

»Wer will das wissen?«, fragte einer der beiden zurück und unterbrach seine Arbeit, indem er sich auf den Stiel seiner Axt stützte. Seine Gesichtszüge formten sich zu einer Mischung aus Misstrauen und Ablehnung, während er Nika betrachtete.

»He, Erbsenhirn. Wie viele Menschen stehen im Moment vor dir und stellen eine Frage?«, sie verzog ebenfalls ihr Gesicht. Für eine Diskussion hatte sie weder Zeit noch Lust.

Der andere Holzhacker schaute sie nicht weniger unfreundlich an. »Kein Grund, frech zu werden. Nein. Wir haben seit Tagen keine Fremden gesehen. Außer ein unverschämtes in schwarzes Leder gekleidetes Weibsbild. Willst du dich nicht vorstellen?«

»Nein, klopft weiter auf Holz und betet zu Lithor, dass ihr mich *nicht* kennenlernt!«

Sie ließ die beiden leben und ritt auf eine Holzhütte mit Strohdach zu. Auf einem Holzbrett knetete eine Bäuerin einen riesigen Brotteig kräftig durch. Sie hielt inne, als sie Nika kommen sah und wischte sich mit der fleckigen Schürze den Schweiß von der Stirn.

Nika stieg vom Pferd und trat auf die Frau zu. »Ist hier eine Gruppe Söldner mit einem Pferdekarren durchgekommen?«

»Wer will das wissen?«

»Die Frau, die dich gleich in deinem Brotteig erstickt.«

Die Bäuerin wurde ein wenig blass um die Nase und hob abwehrend die Hände, an denen der Teig noch klebte wie Schwimmhäute. »Hehe. Reg dich ab. Ich habe niemanden gesehen – wir sind seit vielen Wochen unter uns. Und das ist auch gut so.«

Immerhin besaß sie Rückgrat und wurde nicht unterwürfig, sondern spuckte als Willkommensgeste angewidert auf den Boden, wobei sie beinahe Nikas Füße traf.

»Gibt es denn keinen in diesem Kacknest, der mitkriegt, wenn eine Armee Söldner mit Fahnen und Trompeten vorübermarschiert?«

»Dort drüben haben wir einen Hufschmied, der kommt viel rum und hört viel. Frag den.«

»Das werde ich.« Nika nickte ihr zu. »Warum nicht gleich so?«

Die Frau musterte sie wie einen Schimmelpilz. »Wir mögen keine Fremden.«

»Das passt gut. Ich auch nicht.«

Ein Funke Belustigung stahl sich in die Augen der Brotbäckerin.

Doch die Frau verheimlichte ihr etwas – Nika spürte es. Nichtsdestotrotz drehte sie sich zunächst um, stieg auf und ritt in die von der Frau angezeigte Richtung. Links erstreckten sich zwei Koppeln, ein Stück weiter tauchten einige windschiefe Stallungen mit einer dazugehörigen windschiefen Hütte auf. Vor der Hufschmiede beschäftigten sich zwei Männer damit, einen Schimmel zu beschlagen.

Sie ritt zu ihnen und stieg ab. »Wisst ihr etwas von einer Gruppe Söldner mit einem Pferdekarren?«

Ein muskulöser Kerl mit einer merkwürdigen Kopfform beäugte sie, während er gebückt die Hinterhand des Schimmels hochhielt. Er hatte keinerlei Haar mehr und seine

Schädeldecke war so platt, dass er getrost einen Bierkrug darauf hätte abstellen können. Dann schaute er wieder auf den Huf des Pferdes und fragte: »Wer will das wissen?«

Sie stieg von ihrem Pferd, ging zu dem Plattkopf und klatschte ihm mit einer blitzartigen Bewegung auf die platte Platte – so laut, dass von den Wäldern ein Echo ertönte.

»Ich natürlich!«, sagte sie charmant.

Der Plattkopf fühlte sich überfordert. Offensichtlich musste er zunächst über eine angemessene Reaktion nachdenken, denn der andere Mann mit dem Hammer und den Hufnägeln in den Händen übernahm die Gesprächsführung. »Ganz schön dreist, die Dame. Und was ist das? Die Dame trägt ein Kurzschwert am Gürtel. Dabei sieht die Dame nicht so aus, als wüsste sie es zu gebrauchen. Nun verpiss dich, bevor dir was passiert.«

Inzwischen hatte Plattkopf eine passende Antwort ausgearbeitet: »Jetzt hör mal gut zu, Weib. Wenn du …«

Weiter kam er nicht, denn Nika rammte dem Kerl ihr Knie in die Weichteile. Er ließ den Hammer fallen und klappte wie ein Scharnier zusammen. Zusammengekrümmt stellte er sich mit schmerzverzerrter Grimasse ganz schön an, obgleich ein Dolch im Auge den definitiv bleibenderen Schaden hinterlassen hätte. Der andere Mann ließ die Hinterhand des Schimmels los und holte zu einer Schlagbewegung aus, doch sie hatte sich längst weggeduckt und rammte ihm den Dolch aus ihrem Ärmel in den Oberschenkel.

»Seht ihr – das Kurzschwert habe ich nicht angerührt.«

Der eine ächzte, der andere blutete. Noch immer hatte sie nichts herausbekommen. Warum verhielten sich Menschen nur immer so sperrig?

Jetzt kam auch noch die Brotbackdame laut krakeelend

angelaufen und verlor dabei unterwegs ihre Schürze. »Miststück! Was soll das? Lass unsere Männer in Frieden.«

Die hat sie tatsächlich Miststück genannt. Aber warum regte die Bäuerin sich überhaupt auf? Wenn jemand Grund zum Schreien gehabt hätte, dann Nika. Sie kniete sich auf die Brust des Plattkopfes und hielt ihm die Dolchschneide unter die Kehle.

»Lass ihn leben – bitte!«, flehte die Bäuerin. Beschwörend hob sie ihre Hände.

Mit einem finsteren Blick auf die Frau fragte Nika: »Bist du mit dem verwandt?«

»Er ist mein Mann. Lass ihn in Frieden!«, forderte sie etwas forscher.

Nika entgegnete ruhig: »Ich frage ein letztes Mal, bevor ich euch drei töte. Habt ihr kürzlich Söldner mit einem Pferdewagen gesehen?«

Die Kälte und Entschlossenheit in Nikas Stimme ließ die Frau frösteln. Sie stammelte: »Die macht ernst. Ich habe nichts gesehen.« Sie blickte die beiden Männer flehend an. »Wenn ihr was wisst, dann sagt es!«

Der Mann unter ihrem Dolch bewegte verneinend die Augen von links nach rechts.

Der Kerl mit der tiefen Stichwunde im Oberschenkel stammelte: »Hier … hier kam kein Wagen mit Soldaten durch. Glaube uns. Wir sind nur einfache Leute und fristen ein einfaches Dasein.«

»Ihr seid gleich einfach tot.« Die Kombination aus Müdigkeit und Enttäuschung steigerte Nikas Wut. Wenn sie dieses ganze Pack erst erdolcht und dann Fragen gestellt hätte, wäre sie genauso klug wie jetzt. Es reichte – sie beschloss, die Geduld zu verlieren.

»Du … du hast es gehört«, stammelte die Bäuerin, die

endlich gemerkt hat, dass mit dieser Fremden überhaupt nicht zu spaßen war. »Es sind … wahrlich keine Fremden hier gewesen. Wen… wen suchst du denn?«

Mit dem letzten Rest Selbstbeherrschung fragte Nika: »Kennt ihr einen Söldner in einer roten Rüstung? Blutspur nennte er sich.«

Das Gesicht des Mannes am Boden nahm die Farbe einer Regenwolke an.

Die Frau flüsterte: »Lithor hilf! Wir … wir können dir nichts über diesen Mann sagen. Über den Blutigen redet keiner – er kommt einen sonst holen. Er ist der schlimmste Albtraum aus Fleisch und Blut.«

»Blödsinn! Der Kerl hat ein Arschloch wie jeder andere. Also, wo finde ich ihn?«

Plattkopf stöhnte vor Angst, und Nika spürte, dass dies nicht an dem Dolch an seinem Hals lag, obgleich der ihm schon einige Schnittwunden zugefügt hatte – sein Hals glänzte rot. Er flüsterte: »Du kannst uns auch direkt töten. Das ist besser für uns, als wenn wir den Blutigen verraten und dann in seine Hände fallen würden.«

Auch die Bäuerin stand hilflos mit bleichem Gesicht neben ihr. Ihre Angst vor dem Drecksack in seiner roten Rüstung schien beträchtlich zu sein. Die Frau sah sich um, bevor sie flüsterte: »Blutspur ist gemeingefährlich.«

»Und ich bin gemein *und* gefährlich – also wo ist der Kerl?«

Keiner sagte einen Ton.

Wollten die wahrhaftig lieber durch ihre Hand sterben, als diesen blutigen Abschaum zu verraten? Eines musste sie diesem Söldner lassen – er hat sich in kurzer Zeit einen fabelhaften Ruf erarbeitet. Zum Thema Ruf kam Nika eine Idee.

»Ich bin eine Krähe!«, betonte sie eindringlich, obwohl sie vor Kurzem noch gedacht hatte, dieses Kapitel ihres Lebens abgehakt zu haben.

Die beiden Männer wurden noch blasser.

Plattkopf stammelte: »Eine … eine Krähe?«

Sie ließ es wirken.

Verspürte sie nicht sogar einen Hauch von Stolz?

Der nächste Einwurf von Plattkopf war überflüssiger als ein Kuckucksnest: »Und wenn schon – besser eine Krähe tötet uns als der Blutige.«

Geduld ist Schwerstarbeit und ich arbeite nicht gerne, dachte Nika. Doch die drei nun zu töten, brachte sie auch nicht wirklich weiter.

Sie sagte: »Wenn eine Krähe Blutspur findet, ist er Geschichte, das heißt, er kann euch danach nichts mehr antun. Logisch.«

Drei Augenpaare schauten voller Zweifel, Zwiespalt und Zerrissenheit drein. Sie spürte, dass Plattkopf mit sich kämpfte. Nika lockerte die Schneide an seiner Kehle und blickte ihn herausfordernd an.

Flüsternd meinte Plattkopf: »Der Blutige tötet uns, wenn er uns erwischt. Und alle unsere Verwandten dazu.«

Nika verdrehte die Augen. »Wie soll er denn erfahren, dass ihr es mir gesagt habt?«

»Wenn er dich in seinen Händen hat, wirst du ihm alles erzählen, was er wissen will. Alles! Wirklich alles. Der wird dich genüsslich häuten und dabei mit Salzlake übergießen. Der Blutige ist der schlimmste Albtraum.«

Sie zischte unbeeindruckt: »Los jetzt! Wenn ich diesen Albtraum aus eurem Leben tilgen soll, dann sagt mir endlich, wo ich ihn finde. Letzte Chance!«

Mit einem ungläubigen Zucken musterte die Bäuerin

Nika in diesem Moment von oben bis unten. Stirnrunzelnd sah sie ihr tief in die schwarzen Augen. »Sag mal, bist … bist du nicht die Amsel? Die Heldin aus den Liedern. *Die* Amsel?«

Ihr blieb nichts erspart. Jetzt machten sich die Leute auch noch über sie lustig. Nika beschloss, allen dreien die Kehle durchzuschneiden. Eine gute Tat für eine Amselstrophe, denn dann konnte der böse, böse Blutspur ihnen auch nichts mehr antun. Zähnefletschend wandte sie sich Plattkopf zu, der kam als erster dran.

»Sagen wir ihr, wo sein Lager ist. Wenn jemand den Blutigen zur Strecke bringt … dann die Amsel.« Die Bäuerin war kaum wiederzuerkennen. »Ich werd verrückt, die Amsel ist bei uns.«

»Ich bin auch dafür. Verraten wir es!«, ächzte der Mann mit dem verletzten Oberschenkel. »Bevor… ich verblute.«

»Ja, sie ist es. Die Amsel!«, flüsterte jetzt auch Plattkopf und sah sie an, als würde ihm Lithor persönlich das Messer an die Kehle halten. Nika merkte, wie er Anlauf nahm, um mit schmerzverzerrtem Gesicht über seinen Schatten zu springen. Er schaute sich nach links und rechts um, dann flüsterte er so leise, dass es kaum zu verstehen war: »Du musst zurück zum Karpane. Sein Lager befindet sich dann eine knappe Tagesreise zu Pferd flussaufwärts auf der Südseite. Es scharen sich über hundert Mann um ihn, die nicht viel besser sind als er.«

Nika fühlte sich wie betäubt. Als Krähe hat sie mit Blutspurs Ruf nicht mithalten können. Doch kaum kam die dusselige Amsel ins Spiel, zwitscherten die Leute wie die Nachtigallen. Ihr Weltbild geriet in arge Schräglage. Seit wann siegte das Gute über das Böse? Unlogisch.

Die Amsel stand auf, ihr war die Mordlust verlustig gegangen. Sie steckte ihren Dolch zurück in den Ärmel. »Danke für die nette Unterhaltung. Ich muss weiter, denn ich habe eine Verabredung mit dem Blutigen. Und er wird arg bluten.«

Die Frau nickte, die beiden Männer sagten nichts.

Nika nahm einen in der Nähe auf dem Boden stehenden Eimer mit Wasser und tränkte ihr Pferd. Die Bäuerin begann, die Wunde am Oberschenkel des Hufschmieds zu versorgen und summte, zu allem Überfluss, dabei das Amsellied.

Die Heldin des Liedes stieg auf und schaute stirnrunzelnd auf die beiden Männer und die Frau hinunter. Wie viele Facetten des Menschseins hatten sich in den letzten Augenblicken hier abgespielt? Gier, Angst, Vernunft, Hoffnung und vieles mehr. Der Mensch - was für ein unvollkommenes Lebewesen.

Die Frau sagte langsam und leise: »Viel Glück.«

Nika spürte, dass sie es ernst meinte. Sehr ernst.

Sie trabte die ganze Nacht hindurch. Zwischenzeitlich hatte sie abgesessen und ihr Pferd am Zügel geführt. Ständig rauschte der Karpane neben ihr. Nika gefiel das Geräusch des fließenden Wassers. Dieses zuverlässige, beständige Gurgeln und Blubbern beruhigte sie. Wenn Plattkopf nicht gelogen hatte, würde sie in den frühen Morgenstunden auf einen hundertköpfigen Abschaum treffen. Kein idealer Zeitpunkt, um sich anzuschleichen, doch das Risiko war ihr steter Begleiter. Wenn es so weit war, würde ihr schon etwas einfallen.

Am Horizont tauchte das silbrig dämliche Grinsen der Morgendämmerung auf. So kam es ihr vor, denn es raubte ihr den Schutz der Dunkelheit. Sollte sie sich ein Versteck suchen, schlafen und erst in der nächsten Nacht auf die Suche nach dem Söldnerlager gehen? Sie fühlte sich schwach, alles andere als im Vollbesitz ihrer Kräfte. Diese Erschöpfung hatte sie bereits in der kleinen Ortschaft gespürt. Ruhe dich aus und sei geduldig, Nika. Geduld ist eine deiner großen Stärken, sagte sie sich immer wieder ungeduldig. Ob Hanne auch Geduld mit ihrer Situation hatte? Sie verscheuchte diesen Gedanken und trieb sich und ihr Pferd weiter an. Aus den Augenwinkeln nahm sie eine Bewegung auf der anderen Uferseite des Karpane wahr. Die drei Reiter hatten sie bereits entdeckt und stemmten sich in ihre Sättel, während sie interessiert zu ihr herüberblickten. Sie trugen einfache Uniformen, was zweifelsfrei auf Graue Söldner hinwies. Mist! Wieso ritten die so früh am Morgen bereits am Karpane entlang?

Sie war entdeckt worden, daher stellte sich die Frage, ob sie bis zur Nacht warten sollte, nicht mehr. Zeit zum Ausruhen blieb auch keine mehr. Mit der erhöhten Wachsamkeit der Feinde würde alles noch schwieriger werden. Sie stemmte sich in ihren Sattel. Sie spürte vor Erschöpfung jeden Muskel, jeden Knochen. War es wirklich nur die Müdigkeit – irgendetwas stimmte nicht. Nika wurde schwindelig – das Schwarz vor ihren Augen tanzte wie ein Schatten am Lagerfeuer. Langsam lenkte sie ihr Pferd nach Süden. Es half alles nichts; sie musste Abstand vom Fluss gewinnen und ein gutes Versteck finden.

Ihr Oberkörper rutschte nach vorne auf die Mähne des Pferdes, sie hielt sich am Hals fest, während das Tier langsam lostrabte. Nika fluchte leise – hier war kein guter Ort und kein guter Zeitpunkt, um krank zu werden.

Von jetzt auf gleich peinigte sie ein unbändiger Durst.

Trinken – sie musste trinken. Mit einer Hand tastete sie nach ihrem Wasserbeutel am Sattel. In diesem Moment tauchten vier Männer mit Armbrüsten vor ihr auf. Wo kamen die plötzlich her? Sie hörte eine Sehne anschlagen, der Bolzen schlug wuchtig in den Hals ihres Pferdes ein und riss es zu Boden. Nur noch Nikas Reflexe steuerten ihren Körper. Sie sprang in einer Bewegung aus dem Sattel und rollte sich auf dem Boden ab, um wieder in den Stand zu kommen. Doch sie wankte.

Drei weitere Armbrüste hielten auf sie an: »Ergib dich!«, befahl einer der Männer.

»Sie ist es!«, meinte ein anderer.

Sein Nebenmann meldete sich zu Wort: »Bringen wir sie ins Lager.«

Was sollte das denn heißen? War sie etwa erwartet worden? Na gut, Nika resignierte müde. Du hast in der Vergangenheit schon bessere Pläne gehabt. Dennoch, versuchen wir es erst einmal mit Ergeben und dann geht es ins Lager der Söldner. Schon häufig war sie als zierliche Frau unterschätzt worden. Mal abwarten, ob ihr dies auch in der augenblicklichen Situation zum Vorteil gereichen würde.

Langsam hob Nika die Arme, ein Armbrustbolzen aus dieser Entfernung würde sie zerreißen.

Zwei Soldaten stürzten sich auf sie und banden ihr die Hände auf den Rücken. Danach durchsuchten sie ihre Kleidung und nahmen ihr Dolche und Schwert ab. Nika ließ alles mit stoischer Ruhe über sich ergehen, bis sie forderte: »Ich will mit dem Blutigen sprechen.«

»Er aber nicht mit dir. Und nenne ihn nicht so, den Namen hört er nicht gerne«, entgegnete einer der Söldner.

»Also ist er hier in der Nähe?«

»Schnauze!«

»Ist das Mädchen auch hier?«

»Schnauze!« Der Söldner beglotzte sie wie ein vergammeltes Stück Rattenfleisch. »Los jetzt – zurück zum Lager!«

Zu Fuß ging es weiter am Ufer des Karpane entlang. Zwei Soldaten blieben zurück, um große Fleischbrocken aus ihrem toten Pferd zu hacken.

Der Fluss sprudelte neben ihr genauso unablässig wie vorher, als sie noch nicht in Gefangenschaft geraten war. Nika beobachtete die Männer, sie achtete auf die Umgebung, zumindest soweit ihre Erschöpfung dies zuließ. Sie untersuchte mit den Fingern die Fesseln hinter ihrem Rücken. Stramme, stabile Lederriemen hielten ihre Handgelenke zusammen und schnitten tief in ihr Fleisch. Doch Nika spürte dies kaum, machte sie sich doch vielmehr Gedanken, wie sie aus dieser Nummer wieder herauskam.

»Wann sind wir endlich da?«, quengelte Nika. Mal sehen, ob sie etwas über die Örtlichkeiten, über Hanne oder Blutspur in Erfahrung bringen konnte.

»Schnauze!«

»Was ist das für ein Lager?«

»Schnauze!«

»Hör mal, ist dein Hirn schon tot, ohne dass es einer gemerkt hat?«

Schnauze schlug ihr mit der Faust ins Gesicht. »Knebelt sie, bevor ich mich vergesse.« Er schien der Anführer dieser Gruppe zu sein.

Nikas Nase blutete. Ein nach Schweiß stinkender Lappen wurde ihr fest um den Mund gebunden. Was hatte sie anderes erwartet?
Sie stolperte mit letzter Kraft voran.

Der Geruch des Söldnerlagers polterte ohne Vorwarnung in ihre Nase. Gestank nach Urin und Fäkalien des Latrinengrabens, nach Blut und Schweiß, nach schlechtem Essen und billigem Wein. Sie erreichten eine Flussbiegung, in welcher sich zahlreiche Zelte ohne irgendeine Ordnung ausbreiteten.

An Pfähle angebunden standen zwei Männer – oder das, was von ihnen übrig war. Nika stellte mit einem Blick fest, dass der eine bereits tot, der andere kurz davor war. Gehäutet waren beide nur noch blutige Fleischklumpen als Zeugen unmenschlicher Grausamkeit. Nika korrigierte sich. Alles Unmenschliche in dieser Welt war menschlich. Das Wort 'unmenschlich' konnte getrost aus dem Wortschatz aller Sprachen gestrichen werden. Nein, Zeugen menschlicher Grausamkeit musste es heißen. Logisch.

»Ha! Einer der Verräter lebt noch«, meinte Schnauze neben ihr.

Der Mann am Pfahl konnte längst nicht mehr reagieren, ihm fehlte sogar die Kraft zum Stöhnen. Seine Haut hatten sie ihm in zwei riesigen Stücken wie einen Schal um den Hals gelegt.

Alles in Ordnung, dachte Nika. Scheiß Amsel. Ihr Weltbild hatte sich soeben wieder kerzengerade gerückt. Marter, Mord, Misere – wohin sie auch sah.

»WILLKOMMEN!« Blutspur stand auf einmal vor ihr und blendete sie lächelnd mit seinen weißen Zähnen. »Diesmal wird dir kein Feuer und auch kein Bogenschütze helfen, Krähe.«

Selbst wenn sie es gewollt hätte, mit dem Lappen im Mund konnte sie unmöglich antworten.

»Nehmt ihr den Knebel raus.«

Schnauze beeilte sich, dem Befehl nachzukommen.

Blutspur fasste Nika ans Kinn, drehte ihren Kopf ins Licht und betrachtete ihre Nase. »Wer hat sie geschlagen?«

Schnauze kroch wie hundert Schlangen. »Sie … sie ist unverschämt geworden. Ich … habe sie nur einmal …«

Er kam nicht weiter. Blutspur rammte ihm sein Knie in den Bauch und den Panzerhandschuh auf den Kopf. »Idiot! Ich hatte befohlen: 'Krümmt ihr kein Haar'. Welches dieser vier Worte hast du nicht verstanden?«

Schnauze konnte nicht antworten. Er war viel zu sehr damit beschäftigt, seine Schmerzen zu verarbeiten. Er sah aus, als könnte er sich nicht entscheiden, ob die Pein im Bauch oder im Kopf größer war. Sein Anführer wollte ihm die Entscheidung, wo der tiefste Schmerz saß, erleichtern, indem er Schnauze fürsorglich kräftig in die Eier trat. Jaulend und nach Luft schnappend krümmte sich dieser auf dem Boden und hielt sich mit beiden Händen die Nüsse. Gut, damit war der Fall klar.

Blutspurs Führungsstil hatte Stil, das musste Nika ihm lassen. Sie fühlte sich hier fast zuhause, fast wie damals in ihrer Kindheit in der Stätte. Der Schwarze Kanzler und dieser Obersöldner hatten einiges gemeinsam.

Mit gleichgültiger Miene sah Nika zu, wie Blutspur sich bückte, dem immer noch winselnden Schnauze den Knebel aus der Hand nahm und sich ihr zuwandte.

»Entschuldige diese Unannehmlichkeiten.« Er tupfte ihr mit dem Dreckslappen das Blut aus dem Gesicht. »Es ist ganz einfach. Ich gebe konkrete Befehle und erwarte, dass diese befolgt werden.« Mit einer Unschuldsmiene legte er die Hand auf seine Brust: »Ich verlange nichts, was ich nicht selbst tun würde. Es gibt genau einen Menschen auf dieser Welt, dessen Anweisungen ich befolge. Das ist König Schohtar. Er sagte zu mir: 'Bringt sie unversehrt zu mir. Unver-sehrt. Krümmt ihr kein Haar'. Und genau das werde ich nun tun.«

»Was will denn Schohtar von mir?«, fragte Nika.

»Das wirst du ihn selbst fragen müssen.«

»Wo ist das Mädchen, das ihr in der Nähe vom Schwarzackerhof gefangen genommen habt?«

»Och, die Kleine? Unwichtig, sie ist belanglos in dem ganzen Spiel. Es geht nur um dich.«

»Wo ist sie?«, zischte Nika.

Mit gelangweiltem Gesicht antwortete Blutspur »Ich denke, sie wird demnächst auf den Inseln in einem Bordell ausgebildet.« Er überlegte: »Oder auf dem Sklavenmarkt auf Gonus verkauft. Oder erst das eine und dann das andere.« Blutspur rieb sich geschäftstüchtig die Hände. »Ja, die Sklavenauktion bringt am meisten Gold ein. Du glaubst gar nicht, wie viel Gold dort inzwischen für kleine Mädchen bezahlt werden.«

»Vermutlich«, sagte Nika ruhig, während sie merkte, wie die Hitze in ihr aufstieg. Ihre Hände waren nach wie vor auf den Rücken gebunden, sie konnte nichts machen.

Einer der Armbrustschützen wollte sich scheinbar einschleimen und meinte: »Nach Gonus sind sie gesegelt, Blutspur.«

Doch der schnaubte nur verächtlich – ihm schien es egal.

Nikas Emotionen tobten in ihr. Am liebsten würde sie diese widerwärtigen Schweine alle auf einmal umbringen.

Wenigstens hatte sie etwas über Hannes Verbleib herausbekommen. Bevor sie noch irgendeinen Ton sagen konnte, drückte Blutspur ihr erneut den Schmierlappen in den Mund. »Fesselt sie zusätzlich mit Ketten. Die ist äußerst gefährlich. Unterschätzt sie nicht!« Mit wild entschlossenem Tonfall ergänzte er: »Morgen früh brechen wir zur Sternfeste auf und bringen sie zu König Schohtar.«

Nika zollte den Anstrengungen der letzten Tage Tribut. Das Schwindelgefühl erfasste sie erneut und ließ sie langsam auf die Knie sinken. Alles kam ihr schrecklich lachhaft vor. Doch sie hatte seit zwanzig Jahren nicht gelacht, warum sollte sie ausgerechnet nun damit anfangen?

Schwert und Stiefel

Das Grab lag auf einem Hügel ganz in der Nähe des Strandes. Es bestand aus schädelförmigen Steinen, die ein großes Oval bildeten. Zwei Matrosen trugen ächzend einen schweren Grabstein aus geschliffenem Marmor herbei.

»Bitte dorthin«, sagte Sara mit belegter Stimme und zeigte auf die rechte Seite der letzten Ruhestätte des Großen Schwertmeisters.

Bolk sah ihr an, wie schmerzhaft die Erinnerungen an ihren Vater waren. Gute wie schlechte Kindheitserinnerungen schienen ihr durch den Kopf zu huschen. Was blieb, war der Schmerz des Verlustes und die Ohnmacht, nicht mehr sagen zu können, was hätte gesagt werden sollen.

»Vater …«, Saras Stimme kippte vor Traurigkeit. »Karek … hat dir damals an dieser Stätte einen Grabstein versprochen. Einen Grabstein mit einer Inschrift von mir. Hier ist er nun.« Sara kniete nieder, küsste den Marmor und las die schlichte Gravur laut vor: »Hier ruht Garemalan. Krieger, Vater und Mensch.«

Sie schluckte und kämpfte gegen die Tränen an. Mit mäßigem Erfolg, kullerten ihr doch einige davon beide Wangen hinunter.

Kind stand am Rand und litt mit. Für die Lebenden ging es nun mal weiter, Kind würde sie trösten. Schön, dass die beiden sich gefunden hatten.

Ein Schwarm Krähen stieg lärmend in den Himmel auf. Bolk schaute sich aufmerksam um, denn er wollte nicht unliebsam überrascht werden. Sie befanden sich zwar in Soradar, doch immer noch im Einflussbereich von König Schohtar. Zudem wurden er und seine Kameraden nach wie vor im eigenen Land als Kriegsverräter gesucht. Da es keine weiteren Hinweise auf eine Bedrohung gab, blickte Bolk wieder auf das Grab des Großen Schwertmeisters. Er erinnerte sich an ihn als den ersten Mann, den er kennengelernt hatte, der keinen Unterschied zwischen Toladern und Soradern gemacht hatte. Beide Völker waren für Garemalan im Grunde gleichgestellt, sie dienten lediglich unterschiedlichen Herrschern. Der zweite Mensch in Bolks Leben mit vergleichbarem Gedankengut lebte noch. Er hieß Karek Marein.

Bolk rieb sich das Kinn. Trotz seiner Menschlichkeit war der Schwertmeister aufgrund seiner Königstreue ein erbitterter und gefährlicher Feind gewesen, wenn er gekämpft hatte.

Sara erhob sich schluchzend und stellte sich neben Kind. Bolk wusste, dass sie ein gespaltenes Verhältnis zu ihrem Vater gehabt hatte – mit einer Versöhnung, als es eigentlich schon zu spät war.

»Kapitän Bolk!« Sara hatte ihre Fassung wiedergewonnen und blickte ihn an. »Vielen Dank für diesen Zwischenhalt am Grab meines Vaters. Ich weiß, wie risikoreich das Ankern an der Küste so nahe bei Tanderheim ist.« Ihre blonden Haare wehten wie eine Fahne im Wind, während sie das Medaillon an ihrem Hals in den Fingern drehte. »Daher sollten wir uns nun schnell wieder zurück auf das Schiff begeben und weitersegeln.«

»Es war mir eine Ehre.« Bolk verbeugte sich leicht. »Und ich kann deinen Wunsch nachvollziehen. Dein Vater, Garemalan der Große Schwertmeister, war ein geachteter Mann. Ein guter Mann – diesen Ruf hatte er, selbst bei seinen soradischen Feinden.«

Wenn es eins gab, was Bolk in seinem bisherigen Leben gelernt hat, dann war es folgende Erkenntnis: Es geht weiter!

Zumindest so lange, bis sie alle dort waren, wo Garemalan nun weilte.

Mit diesem Gedanken kehrte er auf die 'Ostwind' zurück.

Zwei Tage später stand er an der Reling seines Schiffes und beobachtete die Küste. Auf der Spitze des alten Leuchtturms bewegte sich etwas. Bolk fiel die Geschichte von Wanda dem Glücklosen ein, der als Adler verwandelt über die Welt von Krosann geflogen war und auf der Leuchtturmspitze Rast eingelegt hatte. Währenddessen passierte die 'Ostwind' bei gemütlichen Windverhältnissen den Südostzipfel von Soradar.

»Könnte auch eine Möwe gewesen sein«, sagte Bart neben ihm, geradeso als hätte er seine Gedanken gelesen.

Die 'Ostwind' machte gute Fahrt, Bolk liebte das Geräusch des knarzenden Tauwerks und der flatternden Segel. Heute Abend würden sie seine Heimatstadt Akkadesh erreichen. Wie lange war er nicht mehr dort gewesen?

»Seit drei Jahren waren wir nicht mehr zuhause«, grummelte Bart und wurde Bolk fast ein wenig unheimlich.

»Ja, und ich fürchte, wir werden trotz unserer langen Abwesenheit nicht mit offenen Armen empfangen werden.«

»Einmal geächteter Kriegsflüchtling, immer geächteter Kriegsflüchtling«, stellte Bart klar. »Es sei denn, es passiert etwas Außergewöhnliches, und ich habe da so ein Gefühl.«

Der Leuchtturm an Backbord wurde immer kleiner. Sara tauchte zwischen ihnen auf. »Ich freue mich auf Akkadesh. So vieles habe ich schon über diese Stadt gehört, doch ich war noch nie dort.«

»Dann wird es Zeit für den schönsten Ort in Krosann.« Bolk überlegte: »Den schönsten von Menschen errichteten Ort in Krosann.«

»Was hast du vor, Bolk? Können wir ganz dreist unter falscher Flagge und falschem Namen in den Hafen von Akkadesh einfahren und dort anlegen?«, fragte Bart.

Bolk knetete sein Kinn. »Darüber mache ich mir natürlich schon seit geraumer Zeit Gedanken. Gegen uns sind bunte Hunde langweilig. Allein dein Bart verrät uns auf den ersten Blick. Vielleicht solltest du dich mal rasieren.«

Das überstieg Barts ausgeprägten Sinn für Humor um das Zehnfache. »Spätestens an deinen grottenschlechten Witzen erkennt dich jeder in Soradar«, knurrte er so wie einer der sprichwörtlichen bunten Hunde.

Sara lächelte ganz wie eine Mutter, die beobachtete, wie sich ihre beiden Kinder neckten.

»Es geht weiter!«, dachte Bolk und sein Optimismus wuchs.

Die Abendsonne tauchte das Deck der 'Ostwind' in ein sanftes Rot. Bald würden in der Ferne die Türme von Akkadesh erscheinen. Es handelte sich um die größte Stadt in Krosann, mehr als doppelt so groß wie Felsbach. Hier wurde weit mehr gehandelt als in anderen Städten. Es gab alles zu kaufen, was man für Gold kaufen konnte – und noch ein bisschen mehr. Bolk hegte nicht den geringsten Zweifel, dass sich während seiner langen Abwesenheit hieran etwas geändert haben könnte.

»Kriegsschiff voraus«, erschallte es aus dem Ausguck von oben.

Zufall? Oder waren sie schon gemeldet worden? Bolk konnte sich nicht vorstellen, dass seine 'harmlose' Handelskogge so schnell als Bedrohung wahrgenommen wurde und die Aussendung eines Kriegsschiffes auslöste. Er hielt sich die Hand über die Augen und schaute in die Ferne. Das

Heck eines Viermasters tauchte auf. Er runzelte die Stirn – Viermaster gab es extrem selten – um was für ein Schiff handelte es sich?

»Kapitän, sollen wir beidrehen oder den Kurs halten?«, fragte Bart am Steuer.

»Was schlägst du vor?«

Bart prüfte kritisch die vier Spitzen am Horizont und staunte: »Das ist wahrlich ein riesiger Pott. Wir sind schneller und wendiger, das heißt, wenn Gefahr droht, können wir immer noch abhauen.«

»Gut. Verringern wir sicherheitshalber die Geschwindigkeit um drei Knoten. Ich möchte hinter diesem Schiff bleiben.«

Bart brüllte entsprechende Befehle in die Wanten und die 'Ostwind' verlor etwas an Fahrt. Doch schnell stellte sich heraus, dass sie sich dem Viermaster weiterhin näherten oder umgekehrt, denn das Kriegsschiff hatte schlichtweg gewendet und kam auf sie zu gesegelt.

In Bolks Kopf läuteten kleine Alarmglocken. Er beruhigte sich mit der Tatsache, dass die 'Ostwind' immer noch fliehen konnte.

»Mannschaft gefechtsbereit machen!« Bolk wollte kein unnötiges Risiko eingehen. Alle sollten hellwach sein, wenn es zum Zusammentreffen kam, denn noch sah Bolk keinen Grund zur Flucht.

»Es sind keine Farben oder Fahnen zu sehen«, wunderte sich Bart.

»Es gibt keine neutralen Schiffe – also verstecken sie ihre Gesinnung, was sie nicht unbedingt vertrauenswürdiger macht.«

»Wir sind einfach zu lange auf der Flucht, Bolk. Wir sehen inzwischen überall Gespenster. Beim Grabbesuch von

Saras Vater gab es trotz aller Befürchtungen auch keine unliebsamen Überraschungen.«

»Vielleicht ist das so.« Mehr sagte Bolk nicht dazu.

***

Admiral Karson stand auf der Brücke der 'Schohtars Rache', als der Ruf 'Schiff achtern' seine Aufmerksamkeit erregte. Er griff in seinen Gürtel und zog ein langes Rohr heraus. Dieses Werkzeug kam ihm vor wie Magie, konnte er fürwahr damit Dinge aus der Ferne nahe vor sein Auge holen. Zwar standen diese Bilder dann Kopf und Backbord war auf einmal Steuerbord, dennoch war es ein faszinierendes Hilfsmittel, gerade auf See.

Karson kniff das linke Auge zu. Eine Kogge segelte mit dem Kiel nach oben am Himmel. Karson riss das linke Auge auf. Diese Kogge gab es genau einmal in ganz Krosann. Er selbst hatte dieses Mistschiff über das halbe Ostmeer gejagt, doch es war ihm mehrfach knapp entkommen. Früher hatte das Schiff seinem Freund Kapitän Stramig gehört, der Milafine stets von Tanderheim zur Strandsitzfeste und zurück gebracht hatte. Milafine – er verspürte einen Stich im Herzen, wie jedes Mal, wenn er an seine Tochter dachte. Doch mit der Zeit wurde die Intensität der Stiche schwächer.

Kapitän dieses Schiffs war Admiral Bolkan Katerron gewesen, als sie im Hafen von Felsbach persönlich aufeinandergetroffen waren. Ob dieser Verräter die 'Ostwind' immer noch befehligte? Das ließe sich herausbekommen.

»Beidrehen! Wir fahren der Kogge entgegen.«

Konstrukteur Naglind tauchte ungeahnt neben ihm auf wie ein Geist. »Wir haben den Kurs geändert? Die Mission lautet, Akkadesh einzunehmen – Ihr indes macht Jagd auf eine unbedeutende Kogge?«

»Stellt Ihr einen meiner Befehle in Frage oder wollt Ihr nur beratend diskutieren?«

»Letzteres natürlich, Herr Admiral.« Die Stimme des Mannes klang so glatt und kalt wie ein Eiszapfen.

»Das freut mich, denn sonst lasse ich Euch direkt mit einer Schlaufe um den Hals an die Rah knüpfen.« Karsons Tonfall war hart wie soradischer Stahl, zumal er spürte, dass er klarstellen musste, wer hier das Sagen hatte. Sollte sich doch dieser windige Kerl hinterher bei Schohtar beschweren.

»Verstehe Kapitän«, antwortete Naglind unverschämt unbekümmert.

Danach blieb er immerhin ruhig. Ruhe vor dem Sturm? Karson wusste es nicht.

Sie kamen der 'Ostwind' näher. Karson hielt erneut sein Fernrohr vor das Auge. Tatsächlich. Da stand Bolkan Katerron höchstpersönlich neben seinem bärtigen Steuermann und glotzte zu ihm herüber. Nur mit dem Unterschied, dass Katerron rätselte, während Karson wusste, wer das jeweils andere Schiff kommandierte. Selbst wenn die Feinde auch eines dieser seltenen Fernrohre gehabt hätten, könnten sie ihn unter seiner Helmmaske nicht erkennen.

Schnell näherten sich die Schiffe einander.

»Sollten sich die Soldaten nicht gefechtsbereit halten?«

Karson schaute nach oben, um eine passende Stelle an der Rah zu finden.

Umgehend interpretierte Naglind die Geste richtig und versicherte: »Nur eine Frage, Kapitän, nur eine Frage im Bemühen, Eure grandiose Strategie zu verstehen.«

Gnädig erklärte Karson: »Sie sind schneller und wendiger als wir, daher kann es noch keinen Kampf geben, oder meint Ihr, Bolkan Katerron ist so dämlich, eine hundertfache

Übermacht anzugreifen? Daher bleibt uns noch genügend Zeit.«

***

Bolk kniff die Augen zusammen, denn es war offensichtlich, dass dieser 'riesige Pott' ein Aufeinandertreffen beabsichtigte, was bei einem Kriegsschiff oftmals mit einer Auseinandersetzung einherging.

Barts Gesichtsausdruck ließ hohe Konzentration erkennen. Ihm schien die Situation auch nicht zu gefallen.

»Alle Segel setzen und härter an den Wind drehen!« Bolk wollte kein Risiko eingehen.

Jetzt konnten sie die Menschen an Deck des Kriegsschiffs sehen. Eine Reihe Soldaten in toladarischer Uniform. Der Kapitän schien ein Mann mit einem Helm zu sein, nicht gerade üblich auf Schiffen.

»Kapitän! Schau wie das Schiff heißt!«, knurrte Bart. Er klang noch unfreundlicher als sonst.

»Schohtars Rache!«, las Bolk leise vor.

»Was für ein Brocken. Das ist der größte Viermaster, den ich je gesehen habe.«

»Bloß weg! Am besten halsen, das sollte uns genügend Vorsprung geben.«

Bart brüllte Befehle und wirbelte währenddessen das Ruder um einige Umdrehungen herum. Das Kriegsschiff würde an ihnen vorbei ins Leere segeln und die 'Ostwind' könnte mit voller Fahrt nach Süden entschwinden.

Die beiden Schiffe kamen jetzt längs zueinander. Bolk sah, wie sich das Deck der 'Schohtars Rache' füllte. Es lag sehr tief, eindeutig ein Zeichen dafür, dass es voll beladen war. Woraus bestand die Ladung eines Kriegsschiffs in der

Regel? Soldaten und noch einmal Soldaten.

»Bart, siehst du diese vier offenen Fenster in der Schiffswand - was sind das für Dinger?«

In diesem Moment erfüllte ein ohrenbetäubender Knall die Luft. Das Kriegsschiff neigte sich ruckartig etwas zur Seite und weißer Qualm strömte aus einem dieser Fenster. Ein zweites Krachen ertönte, wieder bebte die Galeone und Rauch quoll aus der nächsten Luke.

Das Bersten von Holz lenkte Bolks Aufmerksamkeit auf sein eigenes Schiff. Menschen schrien voller Schmerz und Panik. Die 'Ostwind' erzitterte unter einem ungeheuren Schlag.

»Sind wir aufgelaufen?«, brüllte Bolk.

»Hier? Niemals. Wir wurden … getroffen!« Bart riss die Augen auf.

Ein Matrose kam angelaufen. »Kapitän. Einschlag im Bug an der …«

Eine weitere Explosion unterbrach ihn. Jetzt sah Bolk zwei große mit einer Kette verbundene Steinbrocken über ihn hinweg in die Segel krachen. Das Geschoss zerstörte das Hauptsegel sowie einen Teil der Takelage und riss die Rah weg. Krachend polterten Holzteile und dicke Taue auf das Deck hinunter.

Es ging alles rasend schnell. Die 'Ostwind' knirschte grässlich und legte sich langsam schräg.

»Hauptsegel runter!« Die Matrosen versuchten trotz der beschädigten Takelage ihr Bestes.

»Wassereinbruch im Laderaum!«

Durch die Krängung strömte Meerwasser durch ein Loch in der Schiffswand. Der schlimmste Albtraum eines Kapitäns: Die gute, alte 'Ostwind' war nahezu manövrierunfähig, lief voll Wasser und geriet immer mehr in Schräglage.

Und direkt daneben wetzten die Feinde die Messer.

»Gegensteuern! Das Schiff muss sich aufrichten, Bart.«

Bart kurbelte wie verrückt, bis sich die 'Ostwind' langsam aus dem Wind drehte und sich wieder etwas aufrichtete.

»Kapitän, wir können ohne Hauptsegel kaum noch Fahrt machen.«

»Landungsboote klarmachen!«, brüllte Bolk.

Er sah wie Sara, Mähne und Schweif den Matrosen dabei halfen, die Vertäuung des ersten Landungsbootes zu lösen.

Die 'Schohtars Rache' vollführte in aller Ruhe eine Wende und näherte sich von der anderen Seite. Bolk riss die Augen auf – schussbereite Armbrustschützen reihten sich nebeneinander und legten an.

»DECKUNG!«, brüllte Bolk und warf sich flach auf den Boden. Nur ein kleines Stück hob er den Kopf, gerade hoch genug, um die gegnerischen Soldaten an der Reling sehen zu können.

»Feuer!«, brüllte ein Mann mit einer Maske.

»RUNTER!« Bolks Stimmbänder zerfetzten beinahe.

Trotz des Tumultes glaubte Bolk, das Surren der Sehnen und das Zischen der Bolzen gehört zu haben. Die Schmerzensschreie der Getroffenen zeigten ihm, dass nicht alle in Deckung gegangen sind. Menschen taumelten stöhnend umher, ein Mann – es ging so schnell, es könnte Schweif gewesen sein – wurde vom Einschlag des Geschosses direkt über die Reling katapultiert. Bolk stöhnte vor Entsetzen über das, was sich vor ihm abspielte. Sara hielt sich den Bauch, ein Bolzen hatte sie frontal getroffen. Von Mähnes Kopf fehlte die rechte Seite, da war nur noch ein feuchtrotes zerfleischtes Gebilde mit einigen langen Strähnen auf seinem Hals. Er krachte auf die Planken, um nie wieder aufzustehen.

Aus dem Augenwinkel sah Bolk, dass die Kriegsgaleone

gemächlich vorbeigesegelt war. Bis zur nächsten Breitseite blieb etwas Zeit, also sprang er auf und stürzte zu Sara. Kind schubste ihn zur Seite und warf sich schreiend auf seine Geliebte. Voller Verzweiflung versuchte er, ihr die Eingeweide zurück in den Bauch zu schieben.

Bolk beschloss, ab diesem Tag die Göttergeschwister zu verdammen, nein zu verleugnen. Nichts und niemand kann solches Leid rechtfertigen. Doch er musste Entscheidungen fällen, musste bis zum bitteren Ende kämpfen. Fieberhaft durchdachte er die verbliebenen Optionen.

»Wir sind am Ende, Bolk«, Bart stand plötzlich neben ihm. »Schweif hat es auch schon erwischt und gleich sind wir dran – ich bringe es kaum über meine Lippen, aber du warst ein guter Kapitän und Freund!« Sein Ton klang erstaunlich sachlich.

Bolk wusste, dass Barts Einschätzung richtig war.

»Das andere Landungsboot auch!«, brüllte er zwei Matrosen zu. »Bart, du gehst dort mit an Bord!«

Die einzige Chance lag in den Rettungsbooten, doch als Kapitän würde er das Schiff nicht verlassen. Sollten die Feinde ihn hier holen. Er würde an Bord seines Schiffes sterben oder mit der 'Ostwind' untergehen.

Bolk sah wieder zu Sara hinüber.

Kind presste seine blutige Hand auf ihren Bauch und sagte: »Ich verspreche dir, Sara, alles wird gut.«

Die junge Frau sah Kind mit ihren großen, blauen Augen an, fast glücklich und fast tot.

Der Krieg ist so ungeheuer gefräßig und er frisst am liebsten Menschen. Bolk, du bist Offizier und weißt dies seit vielen Jahren.

Endgültig vorüber war der Kampf noch nicht, doch er machte sich nichts vor, der Kapitän der 'Ostwind' hatte versagt. Wie konnte dieser Kapitän jetzt noch etwas retten, was nicht mehr zu retten war? Er wollte auf seinem Schiff sterben.

Es knirschte über ihm, gefolgt von einem lauten Knarzen brechenden Holzes. Bolk sah nach oben. Ein Teil des Mastes löste sich und fiel krachend auf das Vordeck. Zwei kräftige Arme packten Bolk von hinten, hoben ihn hoch und kippten ihn über die Reling. Hinsehen musste er eigentlich nicht, denn er spürte noch die dichten Haare, die ihn dabei im Nacken kitzelten. Doch während er gen Meeresoberfläche flog, drehte Bolk den Kopf und glotzte voller Verblüffung, voller Unverständnis, voller Ernüchterung in das haarige Gesicht des Mannes. Bart, ja Bart, hatte ihn einfach über Bord ins Meer geworfen.

Wasser umschloss ihn vollends, Bolk riss die Augen auf, alles dunkel um ihn herum. Das Salzwasser brannte in den Augen, als er versuchte sich zu orientieren. Wo gab es Luft zum Atmen? Er pustete ins Wasser. Dort wo die Luftblasen aufstiegen! Er machte einige gleichmäßige Armbewegungen in die entsprechende Richtung. Atmen konnte er nur dort oben. Er erreichte die Wasseroberfläche und füllte seine Lungen mit frischer Luft. Im Halbdunkel sah er die 'Ostwind', das Heck lag extrem tief im Wasser. Die Soldaten auf der Galeone brauchten kein zweites Mal zu schießen, sie konnten gemütlich beobachten, wie seine Kogge unterging. Mit der 'Ostwind' verlor Bolk nicht das erste Schiff, das steckte er weg. Was ihn verzweifeln ließ, waren die Schicksale der Menschen, für die er als Kapitän verantwortlich war. Er hatte versagt. Mit dem Schiff verlor Bolk die Menschen, die er liebte. Darin lag die tiefe Tragik. Sara, Mähne und Schweif waren tot. Und wieso hatte sein bester

Freund ihn verraten? Bart?! Es wäre ein Trost für ihn, jetzt auch zu sterben. Auf seinem Schiff. Doch die Strömung trieb ihn von der 'Ostwind' weg. Mit aller Kraft schwamm er dagegen an, doch er kam nicht näher. Nicht einmal das klappte.

Sterben klappt, tröstete er sich.

Ein Befehl lockerte seine Verzweiflung. Ein Befehl, den er sich selbst gegeben hat und Soldaten gehorchten Befehlen, auch wenn sie noch so abwegig waren. Er hoffte inständig, dass sich möglichst viele in die beiden Landungsboote hatten retten können.

Bolk, alter Mistkerl, resigniere nicht, sondern kämpfe und schwimme um dein Leben! Eine Anweisung, schlicht und einfach.

Eine Welle versperrte Bolk die Sicht auf das Geschehen. Im Grunde nicht schlimm, denn er konnte nichts tun, schon gar nicht helfen – er rang seinen Gram nieder. Dann zog ihn das Gewicht seiner vollgesogenen Kleidung und seines Schwertes nach unten. Bolk kämpfte verzweifelt dagegen an. Elendig absaufen konnte doch nicht sein Schicksal sein. Da sah er zwei zusammenhängende Planken an sich vorbeischwimmen. Bolk kraulte hinterher und krallte sich dann in das Holz, das aus der Schiffswand gebrochen war. Aus der Wand seines Schiffes. Es donnerte erneut, lauter als beim schlimmsten Gewitter, dabei war der Himmel sternenklar – er versuchte zwischen den Wellen in der Dämmerung etwas zu sehen. Hatte er eines der Landungsboote gesehen? Einige Menschen fielen oder sprangen schreiend über Bord. Bollerten die immer noch? Sie hatten den Feind doch schon längst vor sich auf dem Boden. Er konnte nichts tun, er konnte nicht helfen.

Er sah zum Ufer, ein dunkler Schatten im Westen, doch

für einen guten Schwimmer nah genug, um es bis zur Küste zu schaffen. Er konnte nichts anderes tun, als genau dies zu versuchen. Er hielt sich mit beiden Armen an den Planken fest und trieb diese mit kräftigem Beinschlag in Richtung Ufer. Das Salz des Meerwassers brannte auf seinen Lippen – er musste sie sich aufgebissen haben. Auch sein Rücken schmerzte, doch es konnte nichts Ernstes sein, da er sich noch gut bewegen konnte.

Die grauen Wellen hoben und senkten Bolk gemütlich und verlässlich, fast so, als wollten sie ihn trösten. Das Meer ist dein Freund, dachte er, es wird dich nicht töten. Mit neuer Zuversicht strampelte Bolk weiter. Er überlegte, ob er seine Stiefel ausziehen sollte. Die schweren Dinger vollgelaufen mit Wasser, nützten derzeit wenig, trotzdem behielt er sie an. Die Strömung durfte er nicht unterschätzen, er würde weit nach Süden abdriften. Er durfte nur nicht den Fehler machen, gegen die Strömung anzukämpfen. Zu schnell würde dies seine Kräfte rauben und ihn jämmerlich ertrinken lassen.

Ein Blick zum langsam näherkommenden Ufer ließ Hoffnung in ihm aufkeimen. Mit der Flut würde er es schaffen, mit Kleidung, mit Stiefeln, mit Schwert. Doch ohne Schiff, ohne Mannschaft, ohne Kameraden.

Und was dann?

Geheimschrift

Schon von Weitem bemerkte Admiral Karson das Fehlen der Kriegsgaleonen im Hafen von Akkadesh. Die Flotte war ausgelaufen, genau wie König Schohtar es vorhergesagt hatte. Allzu viele Schiffe waren es ohnehin nicht mehr gewesen. Zur Zeit der Schlacht von Tanderheim vor neun Jahren bestand die soradische Armada aus hundertneunzig Schiffen, davon vierzehn Kriegsgaleonen. Einige davon waren dem siegreichen Toladar in die Hände gefallen, die anderen waren versenkt worden. Ein Teil des Bündnisses zwischen Schohtar und Drullom bestand in der Rückgabe von sieben Kriegsgaleonen an das Südreich Soradar. Schohtar war dieser Aufforderung großzügig nachgekommen, wollte er doch seinen Bündnispartner im Kampf gegen den toladarischen Norden nicht nur mit Worten stärken. Letztlich war Pares Drullom mit dem größten Teil seiner Armee losgesegelt, um Felsbach anzugreifen. Karson schüttelte den Kopf über so viel Dummheit. Da benutzte Schohtar den soradischen Feind, um den toldarischen Feind anzugreifen.

Karson stand auf der Brücke und spähte mit dem Fernrohr sorgfältig die Hafenanlage und die Kaserne aus. Er rechnete damit, dass weniger als zweihundert Soldaten zur Verteidigung der Stadt zurückgelassen worden waren. Wieder schlich sich Konstrukteur Naglind in seinen Rücken.

»Kommt Ihr auch mit, wenn ich kacken gehe, um meinen Stuhl zu kontrollieren?«

Der Angesprochene grinste unverhohlen und blieb still.

Karson konzentrierte sich auf das Wesentliche – auf den Angriff. Das Auftauchen des mächtigen Viermasters vor der Hafeneinfahrt hatte bereits Aufsehen erregt. Eine größere

Menschenmenge, darunter auch Soldaten, versammelte sich auf dem Hauptdock – eine Mischung aus Neugier und Misstrauen schwängerte die Luft.

Langsam schob sich die 'Schohtars Rache' näher. Natürlich kannten die Menschen in Akkadesh das Zeichen von Schohtar, den goldenen Stern, der unübersehbar auf der Fahne am Hauptmast wehte – somit hegte noch niemand Verdacht, schließlich galt der Süden Toladars als Verbündeter. Erstaunlich, mit welcher Naivität Menschen das glauben, was sie glauben wollen. Die Gans bittet den Fuchs in den Käfig. Na dann!

Zwei feindliche Kriegsschiffe versperrten die Hafeneinfahrt. Immerhin waren die Sorader so vorsichtig, ein Schiff dieses Ausmaßes nicht ungeprüft in den Hafen einfahren zu lassen, auch wenn es unter den Farben der Verbündeten fuhr.

Auf lange Spielchen verspürte Karson keine Lust. Er befahl deshalb unverzüglich den Angriff auf das erste Segelschiff. Es knallte viermal, ein Pfeifen ertönte, gefolgt vom Einschlag der Kanonenkugeln in den gegnerischen Schiffsrumpf. Jetzt wussten die Sorader Bescheid, doch für diese Galeone war es zu spät. Es donnerte noch zweimal hintereinander und kurz darauf krankte das gegnerische Schiff. Es könnte zu lange dauern, bis es gesunken ist und dadurch eine Gasse in den Hafen freimachte. Also – Konzentration auf das zweite Schiff, das ohnehin ebenfalls zerstört werden musste, da es ihm ansonsten im Hafen in den Rücken fallen würde. Nach einer Wende ließ er Kurs auf die kleine Galeone halten, deren Bauart er gut kannte, hatte er doch über zwei Jahre selbst ein solches Schiff befehligt.

»Steuermann! Wir rammen sie frontal direkt zwischen

Hauptmast und Ruderstand.«

Erschrocken fragte dieser zurück: »Frontal Admiral? Wir gehen ein großes Risiko ein, unser Schiff könnte selbst stark beschädigt werden.«

»Nicht wenn ihr tut, was ich Euch befehle!«, sagte er giftig.

Karson war sich sicher. Der stahlverstärkte Bug seines viermal so großen Schiffes würde sein Übriges tun, wenn die beiden Schiffe genau an dieser Stelle orthogonal aufeinanderträfen.

Die 'Schohtars Rache' machte mächtig Fahrt, während das gegnerische Schiff, das vor der Hafeneinfahrt geankert hatte, nun hektisch damit begann, die Segel zu setzen. Karsons Viermaster schlug in aller Ruhe den Kollisionskurs ein.

»Wollt … wollt Ihr das wahrlich tun?«, stammelte Naglind neben ihm.

Mit großer Geschwindigkeit kam die Backbordseite des feindlichen Schiffes näher.

»Natürlich. Die Sorader sind gewarnt, es muss jetzt schnell gehen, sonst mobilisieren sie zu viele Soldaten im Hafen.«

»Aber … aber«, der Konstrukteur wurde immer blasser.

»Noch könnt Ihr von Bord springen, Naglind.« Karson hob die Schultern und breitete die Arme aus, um seinem gut gemeinten Vorschlag Nachdruck zu verleihen. Endlich hielt der Mann die Klappe. Sollte er sich doch bei Schohtar beschweren.

Der Wind rauschte in den Segeln, das Blut in Karsons Ohren. Mit Schwung ging es weiter auf die soradische Galeone zu.

»Zwei Strich nach Osten«, dirigierte der Admiral. Dann

brüllte er: »FESTHALTEN!«

Naglind kreischte weibisch und krallte sich mit weißem Gesicht und weißen Knöchelchen an die Reling.

Das Bersten des Holzes krachte lauter als diese neumodischen Kanonenschüsse, als die 'Schohtars Rache' das Schiff rammte. Genau an der richtigen Stelle, genau im rechten Winkel. Karson spürte ein Ruckeln und Vibrieren unter seinen Stiefeln, dann war es auch schon vorbei.

Sie segelten in den Hafen von Akkadesh ein. Im Kielwasser der 'Schohtars Rache' blieb ein geteiltes Schiff zurück, deren beide Wrackteile ein Wettsinken veranstalteten.

An der Reling hatten sich seine Armbrustschützen aufgereiht. Dreißig Mann nebeneinander mit tödlichen Bolzen vor gespannten Sehnen.

Die wenigen zurückgebliebenen feindlichen Soldaten hatten diese Gefahr noch nicht erkannt. Sie waren ob des Verrates, ob des Angriffs auf ihre Schiffe regelrecht aufgebracht.

Die Galeone erreichte den Hauptsteg.

»Feuer!«, sagte Karson fast leise, fast zärtlich. Die Armbrustschützen hörten ihn gar nicht richtig, doch sie hatten darauf gewartet und lasen den Befehl von seinen Lippen ab. Viele der soradischen Soldaten fielen bevor die 'Schohtars Rache' angelegt hatte. Es handelte sich um eine blutige Rache, eine unerbittliche Rache und wofür? Für eine abgeschnittene Nase?

Kein feindlicher Soldat traute sich mehr in die Nähe des Schiffes. Ohne weitere Störung legten sie an und machten am Dock fest.

Karson verließ seine Galeone und flanierte am Kai entlang wie ein Spaziergänger, wobei die zahlreichen

Leichen, über die er steigen musste, nicht so ganz in dieses Bild passten wollten. Karson schaute sich um – dieser Konstrukteur Naglind hatte sich prächtig erholt und wich nicht von seiner Seite.

Mit zweihundert Soldaten ging es stadteinwärts. Die Bevölkerung versteckte sich oder floh aus der Stadt nach Norden. Bis auf einige widerspenstige Bürger, die schnell getötet wurden, gab es keine nennenswerten Zwischenfälle. Schon erreichten sie den Palast des Königs, der nicht weit vom Hafen entfernt lag. Die Arroganz der Sorader als vermeintlich unbesiegbares Seevolk hatte die Vorstellung nicht zugelassen, dass Angreifer auf diese Weise über das Wasser kommen könnten. Daher gab es keinen Burggraben um den Palast, keine übermäßig hohe Mauer und das Tor hätte auch zu einer toladarischen Scheune gepasst.

Admiral Karson verspürte Genugtuung. Zu lange hatte er lernen müssen, dass der Feind im Süden war und Soradar hieß, zu oft hatte er von solch einem Sieg geträumt.

»Naglind! Wie lange dauert es, eine der Kanonen hierher zu bringen und damit das Tor zu zerstören?«

Der Konstrukteur legte den Kopf schräg. »Dieses Tor bekommen wir mit einem einfachen Rammbock schneller auf.«

»Das war nicht meine Frage. WIE LANGE?«

»Ich denke, wir könnten es in vier Stunden schaffen, Admiral.«

»Ihr habt drei Stunden!«

Der fragende Blick des Mannes nervte.

»Wir kanonieren uns in den Palast. Aus diesem Stoff sind große Geschichten gemacht.«

Nur einen Tag später stand Admiral Karson als glorreicher Sieger auf dem stolzesten Kriegsschiff aller Zeiten und befand sich auf dem Rückweg nach Tanderheim.

War es wirklich nur wenige Tage her, dass er in einem beengten Turmzimmer jede Stunde mit seiner Hinrichtung gerechnet hatte? Er hatte in Akkadesh zwei der bedeutendsten Köpfe des soradischen Reiches kennengelernt. Zum einen den wichtigsten strategischen Berater von Pares Drullom, zum anderen den Vertreter des Königs, ein uralter Admiral mit dem Titel eines Herzogs.

Beide Köpfe lagen nun in einer Kiste im Rumpf des Bootes. Blutige Trophäen des Krieges. Es war ein Kinderspiel gewesen, Akkadesh einzunehmen, den Palast zu erobern und dort einen neuen Befehlshaber zu installieren. Karson hatte nicht gezögert, Drulloms Berater und den Admiral vor dem Palast öffentlich köpfen zu lassen.

Die Hauptstadt von Soradar war nun in toladarischer Hand – genauer gesagt, in der Hand des Königs des Südens. Schohtar hatte in jedem Punkt recht behalten. Die Stadt war nahezu wehrlos zurückgelassen worden, denn Pares Drullom war mit seiner Flotte und dem überwiegenden Teil seiner Soldaten in den Krieg gegen den Norden von Toladar gezogen. Und dies im festen Glauben, er könnte sich auf seine Allianz und dem damit verbundenen Nichtangriffspakt mit Schohtar verlassen. Des Weiteren hatten Schohtar und Pares ausgeheckt, Felsbach in einem günstigen Moment anzugreifen. Schohtar hatte versprochen, dies von mehreren Seiten durch mehrere Fraktionen zu tun. Er war sich sicher, Fürst Ransorg auf seiner Seite zu haben. Wie er dies jedoch anstellen wollte, hatte Schohtar für sich behalten.

Im Moment seines größten Erfolgs schluckte Karson bitter. Drullom war einen Pakt mit König Schohtar eingegangen. Nun war Drullom ohne Königreich und so gut wie tot, denn Schohtar hielt sich nicht an Absprachen. Auch Karson war einen Pakt mit Schohtar eingegangen. Wäre er nicht naiv zu glauben, Schohtar würde sich ausgerechnet an diesen halten? Doch Karson verdrängte diese Trübsal, schließlich wollte er seinen Sieg genießen.

Fast hätte er seine Mission sogar mit der Ergreifung von Bolkan Katerron gekrönt, doch dieser Mistkerl war ihm im letzten Augenblick entwischt. Er war offenbar feige über Bord gesprungen und hatte dabei sein Schiff und seine Mannschaft im Stich gelassen. Nicht irgendein Schiff, nein, genau das Schiff, das Karson in den sprichwörtlichen Wahnsinn getrieben hatte. Erleichtert atmete er tief durch – wider Erwarten hatte er die 'Ostwind' doch noch erwischt und die meisten Mitglieder der Besatzung waren tot. Vermutlich auch Bolkan Katerron, doch ganz sicher war dies nicht, ein guter Schwimmer hätte die rettende Küste erreichen können.

Egal! Endlich konnte Karson als Sieger vor Schohtar treten. Ihm wurde bang bei dem Gedanken. Ihn plagte nicht etwa Furcht vor diesem völlig unberechenbaren König, vielmehr schauderte er vor sich selbst. Wieso war es ihm nur so wichtig, vor diesem grausamen Tyrannen gut dazustehen? Egal! Er gehörte endlich zu den Gewinnern. Basta!

Neben ihm tauchte ein weiterer Vater des Erfolgs auf - dieser undurchsichtige Konstrukteur Naglind.

Vor nicht einmal zwei Tagen war Karson noch wenig zuversichtlich gewesen. Er hatte sich die Eroberung Akkadeshs weitaus verlustreicher und langwieriger vorgestellt. Er hatte Strategien entwickelt, wie er die Stadt notfalls auch von Land aus angreifen konnte. Er hatte sich auf eine

Belagerung eingestellt. Auch Karsons Vertrauen in Naglinds Brillanz war durchaus überschaubar gewesen, allzu viel Hilfe hatte er von ihm nicht erwartet. Doch er hatte Naglind Unrecht getan. Zu erstaunlich und unvorstellbar waren Karson dessen Ausführungen während seines Besuches im Bauch des Schiffes auf dem zweiten Deck vorgekommen.

Naglind hatte ihn derzeit mit den Worten gelockt: »Admiral Karson. Ich muss Euch etwas zeigen, folgt mir - Ihr werdet die neue Form der Kriegsführung erleben.«

Daraufhin hatte er ihn auf das zweite Deck begleitet, auf dem ein normalgroßer Mann sich bücken musste. Karson hatte bemerkt, dass Naglind hingegen bequem dort stehen konnte.

Acht gusseiserne Ungetüme hatten sich vor Karson aufgetan. Gigantische meterlange Röhren, die mehr wogen als die halbe Mannschaft.

Konstrukteur Naglind erklärte: »Wir nennen diese Riesenrohre 'Kanonen'. Sie werden geladen, indem wir vorne in den Lauf Donnerkraut stampfen und danach eine Steinkugel hineinschieben. Diese wird mit flachen Keilen und Lehm an den Lauf verschoppt, ich meine damit, so angepasst, dass die Zwischenräume zwischen der groben Steinkugel und der Innenwandung der Röhre abgedichtet werden.«

Mit eingezogenem Kopf und skeptischem Blick fragte Karson: »Zeigt mir mal eine solche Steinkugel. Meint Ihr etwa diese dort?« Er deutete auf einen Haufen riesiger, überraschend runder Felsbrocken. Jeder Einzelne wog mindestens so viel wie drei Männer samt Rüstung.

»Ihr habt es erfasst. Das sind unsere Kanonenkugeln. Jedes Kanonenrohr ist unterschiedlich und hat seine eigenen passgenauen Kugeln. Sie sind nicht untereinander austauschbar, sonst werden die Zwischenräume zwischen Stein und dem Inneren des Kanonenrohrs zu groß.«

»Aha!« Karson betrachtete die Munition näher. »Wie bitte? Diese riesigen Trümmer wollt Ihr mit dieser … Konstruktion katapultieren?«

»Nicht katapultieren, sondern schießen. Ein so großes Katapult ist kaum zu erbauen. Wir nutzen nicht Schleuderkraft, sondern Sprengkraft. Die Sprengkraft des Donnerkrauts – Holzkohle, Schwefel, Salpeter – eine wahrlich explosive Mischung.« Er kicherte, als hätte er einen Mörderwitz gemacht. Vielleicht hatte er das auch.

»Ich tüftle noch daran, wie ich die Feuerfrequenz erhöhen kann. Zurzeit dauert es noch zu lange, bis der Lehm getrocknet ist - das führt dazu, dass es nur für zwei Schüsse pro Tag und Kanone reicht.«

Eine schwere Kette, mit der die Kanone am Schiffsdeck verankert war, fiel Karson auf. »Wofür ist die Befestigung?«

»Wenn die Kanone abgefeuert wird, gibt es einen gehörigen Rückstoß. Ohne Kette würde sie auf der anderen Seite der Schiffswand durchbrechen und ins Meer fallen.«

»Hm.« Das hörte sich nach durchaus gewaltigen Kräften an. Karson hoffte nur, dass Naglind diese auch wirklich im Griff hatte.

»Wie feuert Ihr denn dieses Machwerk ab?«

»Seht her! Hier am hinteren Ende der Kanone gibt es ein Zündloch. Mit einer Lunte wird das Donnerkraut entzündet und … Buuummm!«

Seine Augen leuchteten. Karson erkannte, dass ihm die Konsequenzen der tatsächlichen Anwendung vollends gleichgültig waren. Dieser Mann betrachtete die Funktionsweise mit feuriger Begeisterung rein wissenschaftlich.

»Und was sind das für Dinger – diese beiden mit Ketten verbundenen Klumpen?«

»Kugelketten! Die Reichweite ist gering, der Einschlag jedoch verheerend.« Naglind schnalzte mit der Zunge. »Die winden sich um Mast und Takelage und machen gegnerische Schiffe manövrierunfähig.«

Diese Zurschaustellung hatte vorgestern stattgefunden und Naglind hatte recht behalten. Die 'Ostwind' war in aller Ruhe zerlegt worden. Gut – Ruhe passte nicht so wirklich - die Kanonen hatten ordentlich Krach gemacht, doch nur mit Hilfe ihrer Feuerkraft hatten sie die Feinde überhaupt erwischt.

Nun stand Karson, der glorreiche Admiral Karson, auf dem Kommandostand seines Kriegsschiffes. Sie nahmen mit vollen Segeln Kurs auf Tanderheim – Karson gierte danach, Schohtar von seinem Sieg zu erzählen.

Die Möwen von Tanderheim begrüßten die 'Schohtars Rache' mit ihren hellen Schreien, bevor Karson die Docks und die Masten der ankernden Schiffe sehen konnte.

Die Galeone fuhr langsam in den Hafen ein und die Hafenarbeiter halfen, das riesige Schiff am Steg zu vertäuen. Ein Begrüßungskomitee aus einigen Offizieren und Soldaten erwartete Karson bereits. Dabei konnten sie doch noch gar nichts vom grandiosen Sieg über Soradar wissen. Mit breiten Schultern und vorgereckter Brust stolzierte Karson über die Landungsbrücke.

Ein ihm unbekannter Mann in der Uniform eines Weibels salutierte. »Willkommen zurück, Herr Admiral. Es gibt eine dringende Angelegenheit im Namen König Schohtars ohne jeden Aufschub zu besprechen. Auf ein Wort, Herr Admiral.«

Ohne sich seine Verwunderung anmerken zu lassen,

antwortete Karson: »Selbstverständlich, Herr Weibel. Folgt mir in meine Kabine.«

Wenig später saß er mit dem Boten in der Kapitänskajüte, wo dieser ihm einen Brief mit den königlichen Insignien übergab. Karson überprüfte das Siegel, zog seinen Dolch aus dem Gürtel und benutzte diesen als Brieföffner. Dann entnahm er dem Umschlag ein Blatt Papier und erkannte die Schrift Schohtars. Schnell hatte er die wenigen Zeilen durchgelesen. Etwas irritierte ihn, er kam nur nicht darauf was. Er hielt den Brief gegen das Licht, dann roch er daran. Ein säuerliches Aroma stieg ihm in die Nase. Karson hielt den Brief über die brennende Kerze auf seinem Tisch. In brauner Schrift erschien ein Post Scriptum.

Er lehnte sich zurück und betrachtete das Schreiben seines Königs mit gleichgültiger Miene.

Danach blickte er auf. »Wisst Ihr vom Inhalt dieses Schreibens?«

»Nein, ich kenne keine Einzelheiten. Ich kann mir denken, dass es um den Beginn des Krieges gegen den Norden geht.«

»Gut kombiniert, Herr Weibel.« Nun runzelte Karson die Stirn. »Es enthält einige unmissverständliche Anweisungen.«

Karson nahm seinen Dolch und stieß ihn mit einer schnellen Bewegung in die linke Brusthälfte des Offiziers. Der Todeskampf dauerte nur wenige Augenblicke, doch der ungläubige Gesichtsausdruck des Mannes blieb Karson nicht erspart.

Er zog den Dolch wieder heraus, Blut sprudelte auf seine Hand. Der Kopf des Mannes knallte auf den Tisch – das Geräusch klang so, als schlüge Karson mit seiner Faust darauf.

Karson seufzte und las Schohtars Brief ein zweites Mal.

Mein lieber Karson,

Ihr habt Eure Sache gut gemacht – Akkadesh, das Tor zur südlichen Welt, gehört mir und damit beherrsche ich im Grunde Soradar.

Pares Drullom wird diese Aktion nicht gutheißen, daher werdet Ihr mit Eurem Schiff nach Felsbach segeln und ihn dort inhaftieren. Er wird damit beschäftigt sein, den Hafen von Felsbach einzunehmen. Somit bietet sich eine ideale Gelegenheit, ihm in den Rücken zu fallen.

Euer König, Schohtar Tomur

Post Scriptum: Wenn das Siegel dieses Briefes beschädigt ist, tötet den Überbringer umgehend.

Karson stand auf und ging an Deck. Er suchte nach einigen Matrosen, die die Schweinerei in seiner Kabine beseitigen sollten.

Große und kleine Tore

Ihr Lager hatten sie unweit der Stadtmauer von Winterbrück aufgeschlagen. Dort fühlten sie sich zunächst in Sicherheit. Fürst Ransorg verschanzte sich weiterhin in der Burg – das hatte den Vorteil, dass er nicht versuchte, Einfluss auf die Stadtwache zu nehmen, die in der Regel unabhängig von der Burgwache agierte. Angeführt wurde die Stadtwache von einem kernigen Hauptmann, den Karek gestern Abend getroffen hatte. Es handelte sich um einen beleibten Mann mittleren Alters mit stets rotem Kopf, der Karek immerhin versprochen hatte, sich neutral zu verhalten, bis der König auftauchen würde.

Von Hauptmann Adellos und den Königstreuen der Burgwache hatte Karek nichts mehr gehört oder gesehen. Es blieb ein Rätsel, was sich innerhalb der Burgmauern abspielte.

Der Prinz sorgte dafür, dass die Stadttore unter ständiger Beobachtung blieben, denn er wollte keine Überraschung erleben. Zu undurchsichtig war letztlich die Situation in der Burg, zu unberechenbar auch Heermeister Reibanin. Letzterer steckte hinter der Intrige, da war Karek sich sicher, wobei Fürst Ransorg zusammen mit seiner ehrgeizigen Gemahlin dankbare Opfer abgaben. Wie konnte der Fürst seinen Freund und König nur so verraten?

Auch die beiden Burgausgänge ließ Karek überwachen, wobei sich die Jovali mit den Soldaten seines Vaters abwechselten. Bisher waren die Tore geschlossen geblieben. Trotz dieser Unruhen ging das Leben in der Stadt Winterbrück seinen geregelten Gang. Die Bürger tuschelten zwar über die merkwürdige Gesellschaft vor ihrer Stadtmauer, kamen bisher jedoch nicht auf den Gedanken, dass sich der Thronfolger unter ihnen befinden könnte.

Die Kameraden saßen am Morgen alle nebeneinander auf einem quergelegten Holzstamm, schnitten sich der Reihe nach von einem riesigen Laib Brot sowie einem Ziegenkäse jeweils ein Stück ab und gaben den Rest weiter an den Nebenmann. Die Sonne brannte bereits auf sie nieder, ihnen stand ein heißer Tag bevor.

Krall beendete sein Frühstück als Erster und sprang auf. Er wollte sicherlich wieder seinem geliebten Kampfspiel nachgehen. Torquay und die restlichen Jovali übten von morgens bis abends auf der Wiese neben dem Lager aufeinander einzuprügeln, genau das Richtige für den sensiblen Krall.

Daher fühlte Karek sich nur bestätigt, als sein starker Freund wenig später in voller Rüstungsmontur mit seinem geliebten Schwert Banfor am Gürtel auftauchte und trompetete: »Auf, Wichtel. Hast du Lust mitzukommen und Schwertkampf zu üben?«

Wichtel setzte ein ungeheuer wichtiges Gesicht auf. »Nein, Krall. Ich habe keine Zeit.« Der Kleine hob den Arm und sprach zärtlich in seine geschlossene Hand hinein. »Hattu Hunger, mein Kleiner?« Vorsichtig lugte er mit einem Auge in seine Faust. Dann sagte er: »Geht wirklich nicht, Krall. Ich muss noch meinen kleinen Drachen füttern.«

»Wie jetzt? Du willst mich verarschen!«

»Wer hat denn angefangen?«

Blinn und Eduk prusteten los, während Krall verächtlich schnaubte und sich in Richtung Übungsplatz trollte.

»Oh je, Wichtel, das war gemein«, tadelte Karek. Doch sein breites Grinsen relativierte seine Aussage.

»Ach was. Krall weiß doch ganz genau, dass ich unbrauchbar für den Schwertkampf bin – also hat er es verdient. Ich gehe gleich und schaue ihm zu. Dann freut er sich wieder.«

Wie so oft fühlte sich der Prinz trotz der angespannten Lage mit seinen Freunden um sich herum wohl. Sie waren einfach die beste Medizin gegen Trübsal.

In diesem Moment rief Wichtel: »Seht! Da kommt Fata angeflogen.«

Natürlich hat der Kleine die Kabokönigin zuerst entdeckt. Zufall konnte Karek dies nicht unbedingt nennen, da Wichtel seit gestern immer wieder in den Himmel geblickt hatte. Am Abend war er sogar auf der Straße gegen einen Mistkarren gelaufen, weil er mal wieder nur nach oben geschaut hatte.

Der Vogel entdeckte die Kameraden in ihrem Lager am Stadtrand und setzte mit einem Schrei zum Sturzflug an.

An sich sieht Fatas Flug immer wie ein Sturzflug aus. Es grenzt an ein Wunder, dass so eine Riesenhummel mit zwei langen Beinen überhaupt fliegen kann.

Karek behielt diesen Gedanken für sich.

Gleich nachdem Fata gelandet war, schlang Wichtel seine Arme um den Kabo. »Hast du König Tedore die Nachricht überbracht?«

Dieser schaute ihn an, als hätte er gefragt, ob Speck speckig sei.

»Ja, schon gut Fata. Du bist die Beste.«

Wichtel entdeckte eine kleine Metallhülse an Fatas rechtem Bein. Vorsichtig entfernte er diese und hielt sie Karek hin. Der Prinz öffnete den Behälter und entnahm einen gefalteten Brief. Er erbrach das Siegel und fing an zu lesen:

An meinen Sohn Karek Marein,

Du überbringst mit Hilfe dieses wunderbaren Vogels wahrlich beunruhigende, schlimme Nachrichten. Ich werde umgehend mit allen verfügbaren Kriegsschiffen aufbrechen und Dir zu Hilfe eilen. Es ist wichtig, die Front im Norden zu klären, bevor Schohtar seine Truppen organisiert hat. Ransorg wird für diesen Verrat bezahlen.

Dein Vater, König des Ostreiches von Toladar

Karek las die Nachricht ein zweites Mal. Einerseits freute er sich über die beherzte Reaktion seines Vaters, andererseits barg es auch ein Risiko, Burg Felsbach weitgehend ohne Verteidigungsstreitmacht zurückzulassen. Er tröstete sich damit, dass Schohtars Armee allem Anschein nach noch weit weg und nicht einmal mobilisiert war und auch keine Anstalten machte, dies zu ändern. Der Stachel der Enttäuschung über das Verhalten Ransorgs saß tief, das war den wenigen Worten seines Vaters zu entnehmen.

Karek seufzte und las den Kameraden den Brief laut vor. Sie jubelten, denn nun konnte es nicht mehr lange dauern, bis der König mit Verstärkung anrückte.

Schon am übernächsten Tag traf die königliche Streitmacht ein. Mit günstigem Wind war die Flotte den Winter hinauf gesegelt und ankerte nun in der Nähe der Stadtmauer. Karek war sicher, dass Ransorg und Reibanin niemals schon jetzt mit den Truppen seines Vaters gerechnet hatten, denn dadurch, dass Fata den Hilferuf im Flugtempo übermittelt hatte, konnte die königliche Streitmacht mindestens zwei Tage früher als erwartet erscheinen.

Die Banner des Königs wehten im Wind. In voller Rüstung verließ König Tedore seine Kriegsgaleone, wobei das Silber seines prachtvollen Helms in der Sonne blitzte. Rechts neben ihm marschierte Hofmarschall Moll. Er trug einen alten, verbeulten Brustpanzer, vermutlich aus der Zeit der Schlacht um Tanderheim. Und links von ihm … wer war das? Eine junge Frau, eine schöne junge Frau mit langen braunen Haaren. Milafine war auch mitgekommen.

Die drei kamen auf Karek zu, der mit seinen Kameraden am Ufer stand. König Tedore umarmte seinen Sohn, wie sich Männer umarmten. Während er Kareks Unterarme festhielt, sagte er augenzwinkernd: »Mein Sohn, da entsende ich dich mit einer einfachen Aufgabe – und schon muss dir mein halbes Königreich zu Hilfe eilen.«

»Ja, Vater. Es tut mir leid. Doch die Verräter gehören nicht zu *meinen* Freunden.«

»Leider wahr.« Tedores Gesicht umwölkte sich. »Ich kann es immer noch nicht glauben.« Er wandte sich an den Hofmarschall. »Lasst die Soldaten antreten und das schwere Gerät von Bord bringen. Ich will heute noch angreifen. Wir dürfen Felsbach keinen Tag länger als unbedingt nötig ohne ausreichenden Schutz lassen.«

Länger wollte Milafine nicht warten – sie flog Karek um den Hals, und zwar so, wie Frauen Männer umarmten. Karek gestand sich leichten Herzens ein, dass ihm letztere Variante noch besser gefiel. Er hob Milafine hoch und küsste sie.

Das Gute in der Welt finden und hochhalten.

Tedore gab derweil unentwegt Anweisungen. Die Bewohner von Winterbrück haben sich versammelt und die meisten knieten ehrerbietig vor ihrem König nieder. Der Hauptmann der Stadtwache traute sich als Erster, Tedore anzusprechen. »Willkommen, mein König. Mir sind die ungeheuren Vorgänge in der Burg zu Ohren gekommen. Dieser schändliche Verrat des Fürsten tut mir leid. Wie können meine Männer und ich Eure Exzellenz unterstützen?«

»Ihr tragt keine Schuld an dieser Sache. Doch gerne nehme ich Euer Angebot an. Zusätzlich zu meinen Soldaten soll die Stadtwache vor allem nachts die Ausgänge der Burg überwachen, auch die Mauern, es darf sich niemand abseilen. Sämtliche Verräter müssen gefasst werden.« Er ergänzte grimmig: »Und getötet!«

Seit langer Zeit hat Karek seinen Vater nicht mehr so entschlossen erlebt. Der Prinz hoffte, dass dieser Kampf nur kurz und mit wenigen Verlusten geführt werden konnte. Die Burg selbst war nicht sonderlich gut befestigt, da Winterbrück sich schon immer auf seine hohen, trutzigen Stadtmauern verlassen hatte. Glücklicherweise galt es nicht, diese Mauern zu überwinden, hatten sich doch die Stadttore bereitwillig für den König und seine Armee geöffnet.

Die Soldaten errichteten ein Zeltlager und hoben Latrinen aus. Die Werkmeister bauten mit geübten Handgriffen einen riesigen Rammbock zusammen. Ein Baumstamm, den Karek mit beiden Armen nicht umfassen konnte, ließ sich an zwei klobigen Ketten in einem Balkenkonstrukt mit viel Kraft hin- und herschaukeln. Das Ganze stand auf vier Rädern, doch es brauchte sechs Männer, um es fortzubewegen.

Schlicht, aber genial. Immer wieder beeindruckend, wenn Menschen ihr geistiges Potenzial darauf verwenden, Maschinen zum Zerstören und Töten zu entwickeln.

So bitter dieser Gedanke auch war, Karek schielte zu Wichtel hinüber, nicht dass der auf den Gedanken kam, sich auf den Stamm zu setzen, um ein wenig zu schaukeln.

Hofmarschall Moll teilte die Truppen in drei Einheiten ein, die sich um die Burg positionieren sollten. Die größte davon erhielt die Anweisung, das Haupttor anzugreifen.

Die letzten Vorbereitungen zum Angriff liefen, während Tedore sich mit Karek, Moll und einigen anderen Offizieren beriet. Hierzu saßen sie an einer provisorischen Tafel mitten im Zeltlager. Dort ließ der König sich von seinem Sohn die Ereignisse der letzten Tage detailliert schildern. Karek hielt dabei nach Eduk Ausschau, der schließlich den größten Anteil an der Aufdeckung der Intrige hatte und durch seinen heldenhaften Einsatz die Flucht erst ermöglichte hatte. Bevor der sich verkriechen konnte, rief Karek ihn an die Tafel. Allzu offensichtlich fühlte Eduk sich am Tisch mit den vielen hohen Herren gar nicht wohl. Er fing an zu schwitzen und sah den Prinzen vorwurfsvoll an.

Dem König fiel dies nicht auf oder er ignorierte es einfach. »Junger Freund. Bitte wiederholt, was Ihr in Ransorgs Speisesaal belauschen konntet.«

Spätestens in diesem Moment bereute Karek es, Eduk herbeigebeten zu haben.

Eingeschüchtert und unsicher echote der arme Kerl nur: »Belauschen konntet?«

»Ja, vor allem interessiert mich, was über Schohtar und seine Pläne gesagt wurde.«

»Gesagt wurde?« Eduk wand sich unter den Blicken des Königs, des Hofmarschalls und der Offiziere wie ein Aal in der Reuse.

»Genau!«, bekräftigte Tedore.

Karek sah ihm an, dass er auf keinen Fall 'genau' echoen wollte.

Tatsächlich fiel Eduk eine Alternative ein: »Ähhh!?«

Einer der Offiziere mit dem Abzeichen eines Weibels krauste die Stirn und meinte mit einem Höchstmaß an Geringschätzung: »Mein König. Lasst uns nicht wertvolle

Zeit vergeuden, mit diesem … im wahrsten Sinne nichts sagenden Trottel.«

Zorn wallte in Karek auf, wütend wollte er hochspringen. Doch stattdessen taxierte er seelenruhig den ihm bisher unbekannten Mann und erhob sich dann voller Würde. Er blickte dem Offizier geradewegs in die Augen und fragte in festem Ton: »Wer seid Ihr?«

»Ich bin Weibel Munrich aus Winterbrück.«

»Das meine ich nicht. Wer seid Ihr … einen der tapfersten und mutigsten Vasallen des Prinzen und somit Eures Königs mit Worten zu beschmutzen? Ihr habt noch einige Jahre vor Euch, strengt Euch also an, um für die Krone auch nur ein Zehntel von dem zu leisten, was dieser Mann bereits erbracht hat.«

Eduk sah aus, als musste er kräftig überlegen, von welchem Mann Karek da redete. Der Prinz half ihm dabei, indem er mit dem Finger auf ihn zeigte. Die anderen Herrschaften staunten erst den Prinzen und dann den blassen Burschen an. Die Gesichtszüge des gescholtenen Weibels wurden zu einer Maske aus Ärger und Respekt. Respekt jedoch nur vor dem Prinzen, für Eduk hatte Munrich nicht einmal einen Blick aus den Augenwinkeln übrig.

Die Stille zog sich unendlich in die Länge.

Ein Piepsstimmchen erklang, endlich öffnete Eduk den Mund: »Schohtar will Kaiser aller vier Königreiche werden und hat dafür Fürst Ransorg den Titel des Königs von Toladar versprochen. Heermeister Reibanin soll Fürst werden. Ransorg will Karek gefangen nehmen und ihn Schohtar ausliefern, damit dieser ihn als Faustpfand gegen Euch verwenden kann, Majestät.«

Jetzt blickten sich die Männer erstaunt an.

Endlich hörte Eduk auf, ins Leere zu starren. Seine Augen suchten vielmehr die des Königs, als er fortfuhr: »Und dann sagte Ransorg noch: 'Schohtar führt nicht nur König Tedore vor, sondern auch diesen Pares Drullom. Es ist unglaublich, wie er den Feind zum Freund macht, um ihn dann zu vernichten'.«

»Also, das ist doch … « Jetzt fehlten Hofmarschall Moll die Worte.

Weibel Munrich stammelte fassungslos: »Wie … wie habt Ihr das herausbekommen?«

»Ich habe es mit eigenen Ohren gehört. Ich stand daneben, als Fürst Ransorg es gesagt hat.«

»Waaas? Warum sollte er Euch dies erzählen?«

»Hat er nicht. Der Fürst hat mich nicht bemerkt.«

Jetzt redeten die hohen Herrschaften alle durcheinander – die Schilderungen des jungen Manns kamen ihnen zu verwirrend vor.

Karek wusste genau, was er an Eduk hatte.

Die wichtigste Frage bleibt, was meinte Ransorg damit?

Bei dieser Überlegung schwang ein ungutes Gefühl mit.

Ein Horn erschallte und ließ alle Stimmen verstummen.

König Tedore sprang auf. »Es tut sich etwas vor der Burg. Wir werden den Verräter Ransorg bald selbst befragen können«, knirschte der König. »Ich danke Euch, junger Freund.« Er nickte Eduk zu. Damit beendete er die Versammlung.

Kurze Zeit später standen König Tedore und sein Gefolge von fünfzig Männern in sicherem Abstand vor dem Haupttor der Burg Winterbrück. Auf der Mauer darüber waren einige Menschen zu erkennen, so Fürst Ransorg und Heermeister Reibanin. Der Prinz beobachtete die Zinnen und die Schießscharten genau – was konnte ein guter Bogenschütze auch auf diese Entfernung nicht alles anrichten?

König Tedore trat einen Schritt vor und rief: »Ransorg Gobarin. Euer König befiehlt Euch, die Tore zu öffnen und Burg Winterbrück zu übergeben.«

Dem Fürsten hätte der Prinz zugutehalten können, dass er zumindest einen roten Kopf hatte, als er zurückbrüllte: »Ich sage mich von Euch los. Ich diene von nun an König Schohtar.«

Jetzt erlebte Tedore den Hochverrat seines Fürsten höchstpersönlich, blieb jedoch erstaunlich gelassen. »Wir werden noch heute die Burg einnehmen und Euch Eurer gerechten Strafe zuführen. Alle, die sich widersetzen, werden sterben. Der alten Freundschaft willen, lasst Hauptmann Adellos und alle wahren Königstreuen gehen.«

Nun ergriff Heermeister Reibanin das Wort. »Werter König des Nordens.« Er lachte schmutzig. »Welcher Norden eigentlich? Doch wir wollen Eurem Vorschlag folgen und die tapferen Männer, die Euch so treu ergeben waren, aus der Burg lassen.«

Er holte mit dem Arm aus. Der Leiche eines Soldaten wurde ohne viel Federlesens über die Zinnen gehoben und hinuntergeworfen. Auch aus der Entfernung erkannte Karek sofort, dass es sich um Hauptmann Adellos handelte. Es folgten noch andere Königstreue, die krachend auf das Kopfsteinpflaster fielen. Die Männer waren zwar bereits tot, doch ungeachtet dessen, tat jeder Aufschlag Karek in den Ohren und noch mehr im Herzen weh.

Sein Vater beobachtete die Geschehnisse mit versteinerter Miene. Er wartete ab, bis Ransorg und Reibanin die Leichen ausgingen. Dann erhob er erneut seine Stimme: »Ein

Leben lang habt Ihr mir gedient, Ransorg. Am Tag Eures Todes dient Ihr dem falschen König, meinem Erzfeind Schohtar. Euresgleichen - einem miesen Verräter.«

Reibanin mischte sich ein. »Lassen wir das Geplänkel. Wir sind überrascht, Euch so schnell vor unseren Mauern begrüßen zu dürfen. Wir haben frühestens übermorgen mit Euch gerechnet.«

Der König schwieg.

»Ihr seht, wir haben die Lage in der Burg im Griff.« Der Heermeister deutete auf die Leichname vor dem Tor. »Es wird Wochen dauern, bis Ihr die Burg erobert habt. Und diese Zeit habt Ihr nicht.« Er klang höhnisch.

Die Dreistigkeit und Kaltschnäuzigkeit von Reibanin ärgerte Karek – gerade in Anbetracht und Angesicht der massiven Streitkräfte vor dem Burgtor. Der Prinz rechnete mit drei oder vier Tagen.

Ransorg stand mit hochrotem Kopf neben ihm und sah aus wie ein kleiner Junge, der beim Äpfel klauen auf dem Baum erwischt worden war. Was für ein Waschlappen.

Der Heermeister rief: »Wenn wir Eurer Aufforderung nachkommen und das Tor öffnen, was bietet Ihr uns dafür?«

»Viel mehr als Ihr verdient. Einen schnellen Tod!« Tedore sprach klar und gelassen.

Was haben die Verräter vor? Sie wollen Zeit gewinnen. Sie hoffen vermutlich auf die oftmals so zögerliche Vorgehensweise meines Vaters.

Mit den nächsten Worten bestätigte Reibanin Kareks Überlegungen. »Also das bietet nicht Anreiz genug, Euch hereinzubitten. Wir müssen das besprechen. Alle sollten ihren Standpunkt überdenken und morgen erneut zusammenkommen.«

Der König raunte Hofmarschall Moll neben ihm Befehle zu: »Lasst aufmarschieren. Den Rammbock hierher. Wir greifen an. Sofort.« Erst dann rief er zu Ransorg und Reibanin hinauf: »Ein letztes Mal befiehlt Euch Euer König: Öffnet dieses Tor!«

Die beiden Köpfe auf der Mauer flüsterten ebenfalls miteinander. Dann verschwanden sie ohne ein weiteres Wort.

Blinn, der schon die ganze Zeit neben Karek in dritter Reihe stand, stupste den Prinzen an und raunte ihm etwas ins Ohr.

Karek riss die Augen auf und sah Blinn erstaunt an. Diese Information war viel mehr wert als Gold, sie konnte zahlreiche Menschenleben retten.

»Komm, Blinn.«

Gemeinsam drängten sie sich zu König Tedore vor, der inmitten seiner Offiziere Ratschläge einholte und Befehle erteilte.

»Vater, ich muss dich sprechen.«

»Nicht jetzt, mein Sohn. Ich habe einen Krieg zu gewinnen.«

»Genau darum geht es. Es ist wichtig.«

Die Männer schauten erstaunt auf und Tedore zog die Augenbrauen hoch. Etwas im Ton seines Sohnes bewog ihn offensichtlich, umgehend zu reagieren. Er ließ die Männer stehen und ging mit Blinn und Karek ein Stück des Weges stadteinwärts.

»Los Blinn. Wiederhole, was du mir erzählt hast«, forderte Karek seinen Freund auf.

Ähnlich wie Eduk bekam auch Blinn zunächst kein Wort heraus. Aufgeregt fuhr er sich mit dem Zeigefinger die Narbe im Gesicht entlang. »Öhm. Ja … der Heermeister sagte eben zu Fürst Ransorg … wörtlich: 'Es hat keinen Sinn – wir halten keine drei Tage durch. Wir geben die Burg auf und fliehen nach Einbruch der Dunkelheit durch das kleine Tor.' Genau so sagte er es.«

Der König runzelte die Stirn und seine Wangenknochen verhärteten sich. »Junger Freund. Niemand hat so gute Ohren!«

Karek mischte sich ein: »Vater, ich habe dir doch erzählt, dass Blinn Lippenlesen kann.«

Tedore stutzte, seine Gesichtszüge wurden wieder weicher. »Verzeih mir. Natürlich. Und es passt. Sie wollen sich in der Nacht davonschleichen, ohne Kampf, ohne Ehre.« Mit Verwunderung und Respekt schaute er Blinn an und erklärte. »Es scheint mir, als wären deine wunderlichen Freunde allesamt Helden. Ich kann euch allen nicht genug danken.«

Mit schnellen Schritten ging der König zu seinen Offizieren zurück. Aufgrund dieser Neuigkeit änderte er seine Pläne. Dennoch ließ Tedore einen Teil des Heeres vor dem Haupttor aufmarschieren – alles andere wäre dem Feind verdächtig vorgekommen.

Der König gab das Zeichen zum Angriff.

Eine Einheit von hundert Soldaten rückte auf das Tor zu. Die Räder des mächtigen Rammbocks knirschten über die Steine, die schiebenden Männer dahinter mit den Zähnen vor Anstrengung. Um das Kriegsgerät herum schritten die Soldaten mit großflächigen Eichenschilden auf das Haupttor zu. Zusätzlich schützte ein tragbares Holzdach vor den Angriffen von oben. Ransorg hatte die Schießscharten mit einigen Bogenschützen besetzt. Von oben schütteten die Verteidiger kübelweise siedendes Öl auf die Menschen herunter. Karek wendete sich ab. So sah er dieses Grauen zwar nicht mehr, hörte aber weiterhin die Schreie der Männer, was genau so schlimm war.

Vater – all dies nur, um den Schein zu wahren? Wir wissen doch, was Ransorg und Reibanin heute Abend vorhaben.

Aus dem Inneren der Burg erscholl Klopfen und Hämmern – mit Sicherheit wurde das Haupttor mit allen verfügbaren Mitteln verstärkt. Selbst mit dem Rammbock würde es Tedores Armee heute nicht schaffen, dieses Tor niederzureißen. Doch das regelmäßige Krachen des riesigen Holzstammes an die Pforte würde die Verräter schon aus der Burg treiben. König Tedore wollte sichergehen.

Kareks Verstand sagte ihm, dass diese verlustbringenden Angriffe notwendig waren – doch dadurch fühlte er sich auch nicht besser.

Endlich kam der Abend und damit die Dunkelheit. Die Angriffe auf das Haupttor hatte Tedore nun einstellen lassen, er wollte nicht noch mehr Menschenleben opfern. Bestimmt vierzig Männer lagen mit schweren Verbrühungen im Lazarett. Dazu achtzehn durch Pfeile schwerverletzte Soldaten und vierzehn Tote.

Tedore hat sich mit einer kompletten Einheit von hundert Soldaten heimlich zum kleinen Tor im Westen der Burg begeben. Er wollte unbedingt dabei sein, wenn die Verräter sich auf den Weg machten.

Von der Hand des Schwertmeisters hatte erwartungsgemäß lediglich Krall darauf bestanden, Teil dieser Armee zu sein. Karek war froh, dass sein Vater seine Teilnahme von vornherein verboten hatte.

»Wir könnten beide sterben, mein Sohn. Besser ist es, du bleibst im Lager«, hatte er gesagt.

Nun dann – jetzt saß er hier auf dem langen Baumstamm, rutschte hin und her, sprang auf, nur um sich wieder zu setzen.

»Wenn Ransorg und Reibanin gleich das kleine Tor öffnen, werden wir sie so schnell überwältigen, dass sie keine Zeit haben, sich zu wundern. Und gut ist«, versuchte Wichtel zu trösten, doch ganz überzeugt klang sein Freund nicht.

»Warum gibt es dieses kleine Tor überhaupt?«, wollte Wichtel wissen.

»Ein zweiter Ausgang oder Eingang in die Burg kann nie schaden. Und der Vorteil des kleinen Tores ist, dass es nicht nur aus der Burg, sondern auch direkt aus der Stadt hinausführt. Die Westseite der Burg ist schließlich gleichzeitig Teil der Stadtmauer.«

»Dann verstehe ich eins nicht. Warum versuchen wir nicht, durch das kleine Tor in die Burg einzudringen?«

»Das wird bei einem Angriff normalerweise als Erstes mit schweren Steinquadern zugemauert, so dass nur noch die Hauptpforte als Eingang bleibt.« Karek setzte sich. »Es ist stockdunkel, doch bisher ist nichts zu hören. Der Kampflärm müsste bis hier herüberschallen.«

»Schlimmer als heute am Haupttor kann es gar nicht werden«, tröstete Blinn.

»Doch, wenn sich heute Nacht nichts mehr tut und es morgen mit dem Rammbock weitergeht,« Karek sprang wieder hoch. »dann lasst uns wenigstens ein paar Schritte in Richtung kleines Tor machen.«

Seine drei Kameraden erhoben sich zögerlich. Sie kannten natürlich auch des Königs Befehl. Karek bekam einen Schreck, als auf einmal zehn Schatten mit langen Speeren um sie herumstanden wie Palisadenpfähle.

»Torquay! Wie kannst du uns nur so erschrecken.«

Der Jovali dachte gar nicht daran, auf diesen Vorwurf zu reagieren. »Wo ihr hingeht, gehen wir auch hin.«

»Was seid ihr überhaupt noch hier, wenn doch euer

Anführer Krall vor dem kleinen Tor wartet?«

»Der Mann, der mit dem Schwert spricht, braucht unseren Schutz nicht. Doch ihr braucht ihn.«

Der Prinz wusste nicht, ob er sich über so viel Pflichtgefühl ärgern oder freuen sollte.

»Also gut, kommt mit. Aber leise.«

Da sich alle zehn Inselbewohner zusammen leiser fortbewegten als Karek alleine, schaute Torquay nur einen Augenblick verständnislos drein. Dann hakte der Jovali die Bemerkung offenbar unter dem Mysterium 'Scherz' ab.

Jetzt näherten sich vierzehn Schatten der Burg Winterbrück.

Mondschein gab es keinen, zu viele Wolken schoben sich seit dem frühen Abend nach Süden. Sie gingen außen an der Stadtmauer entlang nach Westen. Hier standen eine Menge Büsche und viele Buchen, die Schutz vor Entdeckung boten. Karek ließ Torquay und Nimdou vorangehen – die beiden sahen und hörten in der Nacht besser als ein Luchs.

»Zzz«, zischte Torquay – dies hieß wohl so viel wie stehenbleiben und Klappe halten auf jovalisch. Karek musste nicht übersetzen, Blinn, Eduk und Wichtel hatten es auch so verstanden.

Innerhalb der Stadtmauer rumorte es. Eine Stimme brüllte: »Feind seilt sich ab – zwanzig Meter östlich vom Haupttor.«

Gedämpfte Schreie und dumpfes Schlagen folgten.

Karek flüsterte: »Ich denke, das ist nur ein Ablenkungsmanöver. Die brechen nun jeden Augenblick durch das kleine Tor.«

Torquay legte den Finger auf die Lippen.

Aus der Stadt war nichts mehr zu hören, nur das Rauschen des Winter wehte zu ihnen herüber. Dann – das

Geräusch eines sich öffnenden schweren Tores. Als das Ersehnte endlich eintrat, konnte Karek es kaum glauben. Wie auf Kommando – vielleicht war es auch ein Kommando – ging es los. Heftiger Kampflärm ertönte. Schwerter klirrten und Menschen schrien. Karek glaubte, Hofmarschall Moll herauszuhören.

Wichtel fühlte sich sichtlich mehr als unwohl, so schlug er flüsternd vor: »Lasst uns zurückgehen. Wir wissen doch jetzt, dass es tatsächlich losgegangen ist. Mir reicht das vollkommen.«

Auf einmal schallten gellende Todesschreie durch die Luft. Die Jovali bildeten einen Schutzwall um Karek und seine Freunde. Dann hörte Karek Worte, die ihn zutiefst erschütterten. Jemand brüllte: »Er hat den König getroffen! Er hat den König getroffen!«

Weiterer Kampflärm bestehend aus Waffen, die aufeinanderschlugen, Stöhnen und Schreien. Karek zitterte – die Dunkelheit, die gebrüllten Worte, die Angst raubten ihm die Luft in seinen Lungen. Voller Entsetzen, unfähig sich zu bewegen, beobachtete er, wie ein Mann durch das Gehölz brach. Er schien am Bein verletzt zu sein, denn er humpelte stark. In der rechten Hand hielt er ein Kurzschwert und kam direkt auf sie zu. Karek konnte im Dunkeln das Gesicht nicht erkennen. Außerdem hielt er immer noch die Luft an.

Was soll das heißen – er hat den König getroffen? Den König getroffen? Den König getroffen?

Torquay flüsterte: »Es ist dieser Heermeister Reibanin.«

Der Jovali sah im Dunkeln wie eine Eule. Seine Worte erweckten den Prinzen aus seiner Erstarrung. »Halt ihn auf!«

Der Jovali hob den Speer und schleuderte ihn ansatzlos auf die Gestalt. Mit einem dumpfen Schlag drang der Speer in Reibanins Brust ein und warf ihn auf den Rücken.

Karek sah Torquay mit großen Augen an.

»Aufgehalten!«, bestätigte der Krieger.

Karek hätte den Heermeister gerne lebend gefangen, um ihn zu verhören, doch da hätte er sich wohl genauer ausdrücken müssen.

Sie liefen zu Reibanin, der stöhnend versuchte, sich die Waffe aus der Brust zu ziehen. Die Speerspitze hat seinen Kettenpanzer durchdrungen und schaute vermutlich am Rücken heraus. Die Kräfte verließen den Heermeister, er schien zu wissen, dass diese Wunde absolut tödlich war.

Karek kniete neben ihm. »Heermeister, flüsterte er. Was hat Schohtar mit Pares Drullom vor?«

»Ihr seid es, Prinz?« Ein Schwall Blut quoll ihm aus dem Mund. »Hehe. Es ist zu spät. Zu spät … für mich und zu spät für Euch. Euer Reich … wird immer kleiner. Ihr werdet unter …«

Sein Oberkörper zuckte – ein letztes Mal in diesem Leben, dann war er tot.

»Los, weiter – ich muss wissen, was mit Vater ist.« Karek sprang auf.

In diesem Moment kamen ihnen die Männer des Königs entgegengelaufen. Zwei Soldaten beleuchteten den Weg mit Fackeln. Sie trugen einen Mann auf einer Trage, daneben lief Krall. Letzterer entdeckte Karek als Erstes und rief: »König Tedore ist von einer Lanze in den Rücken getroffen worden. Er muss schnell versorgt werden.« Und wie selbstverständlich ergänzte er: »Auch Ransorg ist schwer verletzt, soll er doch krepieren.«

Karek rannte zur Tragbahre, er hörte den König fluchen. *Lithor sei dank – Vater lebt noch.*

»Wie konnte das passieren, Krall? Er hatte doch genügend Schutz. Wer hat ihn verletzt?«

»Es handelt sich um einen Lanzenträger der Soldaten, die sich über die Mauer abgeseilt hatten. Durch die schwarze Kleidung schwer auszumachen, hat er aus dem Rücken angegriffen, während wir uns nach vorne konzentriert haben. Mag sein, dass er nicht einmal wusste, wen er da aufspießte.«

Der blanken Metallspitze eines Speers war die Herkunft seines Opfers ziemlich gleichgültig. Ebenso wie die Motivation des Zustoßenden. Aufgewühlt lief Karek neben der Trage seines Vaters zum Lager zurück.

Die Menschen versammelten sich dort um den König herum. Bei Heermeister Reibanin hatte Karek kurz zuvor noch erlebt, wie schnell eine vergleichbare Verletzung zum Tod führen konnte. Glücklicherweise schien die Wunde des Königs aber nicht ganz so tief wie die des Heermeisters. Der San-Priester von Winterbrück war gerufen worden. Dieser beugte sich über den König und wusch die Wunde am Rücken mit Wein aus. Auch Milafine kümmerte sich um ihn. Tedore lag stöhnend auf dem Bauch und befahl mit schmerzverzerrtem Gesicht.

»Los! Wir … ahrrr … ziehen in die Burg. Die Burg ist … wichtig.«

Die Offiziere wiederholten die Befehle laut und ein Horn blies zum Aufbruch in die Burg.

»Ah, diese Schmerzen. San-Priester, …verdammt … betäubt sie.«

Karek war noch nie so froh, seinen Vater laut poltern zu hören.

Etliche Soldaten waren durch das kleine Tor in die Burg eingedrungen und hatten bereits den Haupteingang geöffnet, somit war bis zu den frühen Morgenstunden der größte Teil der Soldaten in der Burg. Winterbrück gehörte wieder den Mareins, doch was hat dieser Sieg gekostet?

Noch eine Audienz

Nika ignorierte das Stechen in ihren Schultern, welches die Ketten verursachten, die ihre Arme seit vielen Stunden hinter ihrem Rücken fesselten. Eine Hand war ihr neben dem Hals auf den Rücken gedreht und mit der anderen Hand in Gegenrichtung von unten kommend stramm verbunden worden. Diese dauerhafte Verrenkung erzeugte dauerhafte Schmerzen. Weniger gutgläubige Menschen als Nika könnten bei dieser Fesselmethode glattweg Absicht unterstellen.

Was war nur mit ihr los gewesen? Der Schwächeanfall hatte ihr erneut Gefangenschaft beschert. Und - es war kaum zu erklären, doch es schien so, als sei sie in einen hinterhältigen Hinterhalt geraten. In die Falle getappt wie eine Anfängerin – diese Erkenntnis schmerzte noch mehr als ihre Glieder. Sie lebte in einer schlechten Welt, wieso musste sie dies tagein tagaus immer wieder lernen, obwohl sie es längst wusste?

Noch immer lag sie bei völliger Dunkelheit in irgendeinem Verlies, vermutlich tief unter Schohtars Sternfeste. Das feuchte Stroh auf dem Boden stank erbärmlich nach menschlichen Exkrementen, die Luft klebte ihr im Hals, der Durst machte die Sache nicht besser. Die Schmerzen im Rücken und in den Armen verdrängte sie in einen abgelegenen Teil ihres Gehirns. Doch ab und an brachen sie dort aus und erinnerten durch qualvolles Stechen an ihr Dasein.

Schlurfende Schritte kamen näher. Ein Schlüssel rumorte im Schloss, woraufhin sich die Tür mit lautem Knarzen öffnete. Schwere Kerkertüren knarzten immer. Logisch.

Das Fackellicht blendete Nika wie die Mittagssonne. Ein Schatten oder genauer der Stiefel eines Schattens trat ihr in die Seite.

»Aufstehen! Der König will dich sehen, Hure.«

»Hör auf zu treten. Öle lieber mal die Scharniere der Tür zu meinem Gemach.«

»Aufstehen! Der König will dich sehen, Hure.« Er wiederholte den Satz so, als hätte er ihn mühsam auswendig gelernt. Danach wiederholte er den Fußstoß.

»Sag ihm, jetzt nicht, ich sei mit Dehnübungen beschäftigt.«

Ein weiterer Tritt untermauerte die nachfolgende Aufforderung. »Sag ihm das selbst, Hure.«

Wieso eigentlich schon wieder Hure? Ging eine Frau mit den Männern ins Bett, war sie eine Hure. Ging sie nicht mit den Männern ins Bett, wurde sie ebenfalls Hure gerufen. Männerlogik.

Nika beschloss, sich nun Zeit für den König zu nehmen und über das Hurenphänomen später nachzudenken. Dies hing auch mit der Einsicht zusammen, dass der metallbeschlagene Stiefel definitiv aus härterem Material bestand als ihre Niere.

»Aufstehen! Der König will dich sehen, Hure.« Schmerzhaft bestätigte der Stiefel diese Erkenntnis erneut.

»Ich kann so nicht aufstehen!«, stöhnte sie. Zur akustischen Untermauerung dieses Argumentes rasselte sie ein wenig mit ihren Ketten.

Der Schatten glotzte auf sie herunter. Sie hörte ihn denken, ein schleppender, mechanischer Vorgang. Erst klickte es irgendwo in seinem Kopf, dann klackte es - mit dem Ergebnis, dass er sich bückte und tatsächlich die Ketten löste. Nika nahm die Arme nach vorne, das siedende Stechen in ihren malträtierten Gelenken ließ ihr die Tränen in die Augen schießen.

Nur keine Schwäche jetzt.

Sie rappelte sich mühsam hoch. Ihre Pupillen gewöhnten sich nur langsam an das Licht, die Bilder verschwammen vor ihren Augen. Sie blinzelte, bis es besser wurde. Der Fackelträger entpuppte sich als ein grober Klotz in klobiger Rüstung, der zur Königswache gehörte und wie ein alter Stiefel roch. Hinter ihm standen noch drei weitere Soldaten, sie bekam also ein würdiges Geleit.

Die vier Männer drehten ihr die Arme auf den Rücken und legten ihr die Ketten an wieder an. Nika ließ es mit unbeteiligter Miene geschehen, viel konnte sie ohne Waffen nicht ausrichten. Somit verschob sie ihr Vorhaben, die Kerle zu erwürgen, auf einen späteren Zeitpunkt.

Die Soldaten nahmen sie in ihre Mitte – einer marschierte vor, die beiden anderen neben ihr. Nikas Fußgelenke waren ebenfalls zusammengekettet – weglaufen konnte sie getrost abhaken.

Es ging einige abgenutzte Stufen hoch, der tretende Stinkstiefel öffnete eine eisenbeschlagene Tür, die natürlich auch knarzte, und sie standen in einem Gang, der Nika bekannt vorkam. Hier war sie mit Gutsherr Tandrik als Baronesse Calinka Cornika entlangflaniert – frisch verliebt, vor ewigen Zeiten.

Ihre Ketten rasselten wie ein Klingelbaum von irgend so einem Hofkasper, die Wachen schien es nicht zu stören. Für jeden Schritt der Wachen tippelte sie derer drei, was kaum ausreichte um mitzuhalten.

»Nicht so schnell. Ich hab's an den Füßen«, beschwerte sie sich. Es folgte ein erneuter Tritt in den Hintern, der sie aus dem Gleichgewicht brachte, sie daraufhin über ihre Fußketten stolperte und auf den Boden stürzte.

»Aufstehen! Der König will dich sehen, Hure.«

»Ach so, sag das doch gleich.«

Die beiden Männer rechts und links zogen sie wieder hoch. Gerne hätte sie jetzt ihre Kniescheiben gerieben, doch auch dies musste sie mehr übel als wohl auf später verschieben.

Weiter tapste sie zwischen den Männern in Richtung Thronsaal. Bei ihrem ersten Besuch hieß dieser noch Regentschaftssaal, doch Schohtar hatte sich mächtig befördert.

Die Tür öffnete sich. In dem sonnendurchfluteten Saal spiegelten Marmor, Gold und Silber das Tageslicht in allen Facetten wieder. Herrje, dass Herrscher immer so furchtbar angeben müssen - zumal das Volk den ganzen Protz bezahlte. Es war nicht allzu lange her gewesen, da hatte sie den Thronsaal von König Tedore betreten. Jetzt wurde sie erneut zur Audienz gebeten – sie konnte fürwahr stolz auf ihren gesellschaftlichen Umgang sein.

Ein paar Schritte noch und Nika stand tatsächlich König Schohtar gegenüber. Langsam hob dieser den Kopf und sah ihr ins Gesicht. Zwangsläufig sah sie ihn in diesem Moment ebenfalls an.

Schohtar sah nicht so scheiße aus, wie sie ihn in Erinnerung hatte, sondern noch bedeutend beschissener. Erstaunlich, dass er sich stets die Mühe machte, seine fettigen Haare zu grauen Zöpfen binden zu lassen. Mochte er es, wenn sie ihm um den lädierten Schädel schlackerten? Auch der durch ein Podest erhöhte Thron aus Gold, Elfenbein, Ebenholz und Juwelen verbesserte diesen erbärmlichen Anblick nicht. Unverhohlen starrte sie auf das vernarbte Loch inmitten seines Gesichts, wo sich einst die Nase befunden hatte. Sie dachte gar nicht daran, den berühmten Kniefall zu machen.

Wenn die Götter gewollt hätten, dass die Menschen

ständig knieten, wozu haben sie ihnen dann den Hintern gegeben?

Neben Schohtar stand Karnifex, Henker und Folterknecht des Königs. Sein Charakteristikum, die Axt, schräg vor seinen nackten, eingeölten Oberkörper haltend, die Beine schulterbreit, zuckte er mit keinem seiner beeindruckenden Muskeln.

Schohtar eröffnete das Gespräch mit einem majestätischen Armschwung. »Das ist also die geheimnisvolle Dame. Die Frau, die das Volk besingt, das Weib, das den dicken Prinzen beschützt und hochrangigen Männern nach Belieben den Kopf verdreht.«

Sie antwortete: »Letzteres am liebsten ruckartig nach hinten, das knackt immer so niedlich.«

Schohtars Schlangenaugen wurden tatsächlich größer – etwa so groß wie Schweineaugen. Nur einen kurzen Augenblick dachte Nika, ihre Bemerkung hätte dies hervorgerufen, doch so leicht durchbrach niemand König Schohtars Panzer der Unerschütterlichkeit.

»Eure Stimme…«. Er stand auf und kam mit seinem Kopf nahe an sie heran. Der Anblick wurde dadurch definitiv nicht schöner. Und noch näher. Sie konnte seinen Atem riechen.

»Eure Augen!«

Die Gesichtszüge des Möchtegern-Königs wackelten einen kurzen Augenblick wie seine Zöpfe, dann fror sein Ausdruck fest.

Er setzte sich wieder auf seinen Thron und fuhr mit entspanntem Ton fort: »Schön, Euch wiederzusehen, Calinka Cornika. Ihr tragt die Haare anders, zudem hatte ich Euch … blonder in Erinnerung.«

Sie hat vorher gewusst, dass dieser Schohtar gefährlich intelligent war, doch es überraschte sie dennoch, dass er sie so schnell wiedererkannte.

»Während Ihr Euch kaum verändert habt.« Ihre Stimmlage machte aus dieser Bemerkung eine Beleidigung.

Schohtar blickte gleichgültig auf sie herab. Wenn sie ihn provozieren wollte, musste sie sich deutlich mehr anstrengen.

Gemütlich lehnte König Nase sich zurück. »Ihr habt damals einen meiner Gefolgsleute ziemlich … sagen wir, indisponiert, zurückgelassen.«

»Ihr meint den guten Gutsherrn Tandrik Kasarr? Ja, ich hatte mir mehr von ihm versprochen, Trennungen sind immer schmerzvoll.«

»Vor allem für Tandrik.«

Sie spitzte die Lippen: »Es dauerte nur einen kurzen Augenblick, schon war er darüber hinweg.«

»Wo wir gerade so nett über meine Gefolgsleute plauschen… Es gab noch einige mehr, die mittlerweile das Zeitliche gesegnet haben. Und hierbei spielt Ihr eine nicht unbedeutende Rolle.«

Das Echo im Saal verstärkte Schohtars Stimme, wodurch sie noch schneidender klang. Schohtar beugte sich leicht vor. »Ich spreche von meinem Freund und Vasallen Woguran.«

Gleichgültig zuckte Nika mit den Achseln. »Was ist mit denen?«

»Och, nichts ist mit denen. Gar *nichts* mehr. Das stört mich ja gerade, denn Woguran hatte immer gute Arbeit geleistet, bis er vom Erdboden verschluckt wurde und mit ihm neunzehn meiner Söldner.«

Sie nickte verständig. »Jetzt weiß ich, was Ihr meint. Wogi und seine Freunde haben noch eine ganze Weile vor meiner Hütte auf dem Erdboden verbracht. Doch ich gebe Euch recht - inzwischen müssten die Wölfe, Maden und Würmer sie verschluckt haben.«

Schohtar tat regelrecht beeindruckt. »Es ist also wahr, dass Ihr zwanzig meiner Söldner getötet habt? Böses Mädchen!« Es klang wie ein Lob, zumal er noch anerkennend mit der Zunge schnalzte.

Nika hob geehrt die Schultern nach oben. »Sie standen halt im Weg.«

Schohtar wechselte das Thema: »Es heißt, Ihr seid eine Krähe.«

»Was kann ich für Euch tun? Gerne entferne ich noch mehr von Eurem Söldnerpack vom Erdboden.«

Schohtar der Selbsternannte trug einen langen Mantel mit weiten Ärmeln. Er erinnerte an einen Magikus auf dem Jahrmarkt, der irgendeinen dämlichen Trick mit einem noch dämlicheren Zauberspruch einleitete, während er beide Arme hob. »Nur nicht so ungeduldig – meine Dame, wie darf ich Euch nennen? Calinka dünkt mir etwas abgedroschen.«

Sie schwieg. Sie war nicht in der Stimmung, von Arschlöchern mit Namen angeredet zu werden.

»Wie wäre es mit Amsel? So nennt das Volk Euch in seinen Liedern und besingt die Wundertaten, die Ihr vollbracht habt«, schlug Schohtar vor. Seine Stimme klang tief ergriffen.

Der Mann war einfach gut informiert. Kunststück, es handelte sich um eine seiner wichtigsten Leitlinien, gut informiert zu sein.

»Das Amselchen ist eine Volksheldin.« Er machte eine Pause, während er sich mit einem seidenen Taschentuch den Speichel von der Unterlippe tupfte.

Dann begann er zu singen. Seine nasale, schnarrige Stimme hallte durch den Saal. Die Töne traf er erstaunlich gut.

»Und wenn die Amsel singt,
die Welt erscheint im Glanze gut.
Und wenn die Amsel singt,
alle Übel verlieren ihren Mut.«

Der Körper des Königs wiegte rhythmisch hin und her und seine Knopfaugen glänzten wie Stecknadelköpfe.

»Doch wenn die Amsel singt,
Graue Söldner sterben,
denn wer Böses bringt,
wird ihre Rache erben.«

Er hielt inne. »Ein schönes Lied, doch gerade dieser letzte Teil entfacht wenig Begeisterung in mir, da die Grauen Söldner meistens in meinem Auftrag unterwegs waren. So wie kürzlich Woguran in Toladar.«

»Ja, der Untergang von Wogi und Konsorten böte durchaus Stoff für eine weitere Strophe des Amselliedes. Wir sind beide berühmt.«

Nie hätte sie es für möglich gehalten, doch zum ersten Mal verspürte Nika einen Anflug von Befriedigung über das dusselige Amsellied, und sei es nur, weil Schohtar sich darüber ärgerte.

»Ja, das Volk mag edle Helden. Und ganz besonders edle Heldinnen«. Schohtar schnalzte erneut mit der Zunge.

»Seit wann schert Euch die Meinung des Volkes?«

Schohtar sah nicht so aus, als wollte er ihr eine Antwort

darauf geben.

»Welchen Namen wollt *Ihr* mir denn geben, edler Herr?«, fragte Nika höflich.

Die kleinen harten Augen musterten sie interessiert. »Ich nenne Euch eine Verräterin, die gegen meine Interessen handelt.«

»Dann verratet doch der Verräterin endlich, was Ihr von ihr wollt. Ich habe nicht so viel Zeit mitgebracht.« Ihr rechter Fußballen tappte einige Male auf dem Marmorboden auf und nieder, was akustisch durch rhythmisches Kettengerassel eindrucksvoll untermalt wurde.

Mit stoisch hässlicher Fratze glotzte Schohtar weiterhin leidenschaftslos vor sich hin – auch diese Unverschämtheit lockte ihn keineswegs aus der Reserve. Nika wusste immer noch nicht, worauf Schohtar hinauswollte. Erstaunlich genug, dass er sie nicht längst hatte töten lassen. Sie wartete ab.

»Ihr seid eine persönliche Freundin von Prinz Karek, wurde mir zugetragen. Das ist nun schon der dritte Grund, warum Ihr mir, verzeiht, ich kann es nicht anders resümieren und Menschen sollten zu ihren Gefühlen stehen, unsympathisch seid.«

Nika war nicht traurig. »Nicht ich habe Eure Nähe gesucht, sondern Ihr habt mich zu Euch bringen lassen.«

Die Furchen in seiner Stirn wurden tiefer: »Ist das so? Ich hatte den Eindruck, dass Ihr zu mir kommen wolltet, und dass ich Tandriks Schicksal teilen würde, wenn Ihr nur die Gelegenheit dazu bekämt.«

»Ach nein, tief in meinem Herzen verabscheue ich Gewalt.«

Schohtar antwortete gelangweilt: »Lassen wir das. Ihr seid mein Feind. Doch ich hätte da eine Frage, die Ihr mir beantworten könntet.«

Nika antwortete genauso gelangweilt: »Lassen wir das. Ihr seid mein Feind. Es gibt nichts, was ich Euch sagen würde.«

Schohtar gähnte. »Ihr wisst gar nicht, wie oft ich diesen Satz schon gehört habe, bis mein treuer Karni mit seinen … Behandlungsmethoden begonnen hat. Danach erzählen die Menschen plötzlich alles, was ich erfahren möchte und noch viel mehr, sodass ich die verbalen Ausbrüche kaum noch zügeln kann.«

Ein kurzer Seitenblick auf Karni genügte Nika, um Schohtar Glauben zu schenken. Der Folterknecht stand mit versteinerter Miene neben dem Thron, doch seine Augen flimmerten verrückt entrückt. Wenn sie ihn so ansah und sich zudem seinen Ruf vergegenwärtigte, gab es wenige Dinge, die dieser Mann anderen Menschen nicht antun würde. Wenn es überhaupt welche gab.

Schohtar stand erneut auf. Sie musste jetzt schon den Kopf in den Nacken legen, um ihm in sein zerbröseltes Gesicht schauen zu können.

»Wo finde ich Admiral Bolkan Katerron?«

Diese Frage hatte Nika nicht erwartet. Was wollte Schohtar von Bolk und wie kam er darauf, sie zu fragen?

»Wen?«, fragte sie und klimperte mit den Augenlidern wie eine Motte mit den Flügeln.

»Mir wurde zugetragen, Ihr seiet mit ihm liiert«, hakte Schohtar in besonnenem Ton nach. Seine Mimik ließ keinen Rückschluss auf seine Gefühle zu.

Dieser selbsternannte König hatte sich verdammt gut im Griff. Und er besaß verdammt gute Zuträger. Bei ihm konnte sich Tedore einige daumendicke Scheiben abschneiden.

Schohtar beugte sich vor, seine Stimme klang zum ersten

Mal bedrohlich: »Noch mal: Wie finde ich Admiral Bolkan Katerron?«

»Immer der Nase nach.«

Schohtar setzte sich und schnappte dabei nach Luft. Durch den Mund, nicht durch das Loch darüber. Treffer! Der Nasenbär schien auf Nasenanspielungen empfindlich zu reagieren, denn nun schaute er auf seinem Thron nicht mehr mächtig mächtig daher, sondern nur noch mächtig verschnupft. Tja, jeder wischt seine eigene Nase. Wie war das mit dem Panzer der Unerschütterlichkeit?

»Verdammte Hurenhexe!«, zischte er spuckend.

»Ich dachte, wir hätten uns auf Verräterin geeinigt, obgleich auch dieser Name mir nicht sonderlich gefällt.«

Erstaunt beobachtete Nika, wie schnell der König seine Contenance wiederfand.

Ruhig sagte Schohtar: »Ihr seid ein harter Brocken. Doch bevor ich mir an Granit die Zähne ausbeiße, macht Euch Karni zu einem weichen, tischfertigen Brei. Dann sehen wir uns wieder, und Euer Lied wird mein Gemüt erhellen.

Und wenn die Amsel singt,
die Welt erscheint im Glanze gut.

Ihr werdet singen wie ein Chor. Ich freue mich schon darauf. Und am Ende Eures vielstimmigen Liedes werdet Ihr jammern.« Seine Stimme imitierte sie eine Oktave höher: »Was darf ich noch singen, fragt, fragt! Ich flehe Euch an, fragt.« Schohtar sprach in normalem Ton weiter, wenn sein Gekrächze überhaupt normal genannt werden konnte. »Und alles nur, um nicht wieder mit Karni ins stille Kämmerlein gehen zu müssen. Nicht wahr, Karni?«

Der Henker reagierte nicht. Überhaupt nicht. Doch diese

Nicht-Reaktion fand Nika schlimmer als ein Nicken oder Grinsen.

»Fürs Erste sind wir beide fertig miteinander. Lasst Euch noch einmal ansehen, denn bei unserem nächsten Aufeinandertreffen werden Euch einige Körperteile fehlen.« Er wandte sich den Wachen zu: »Führt sie ab.«

Vier leblose Rüstungen an den Wänden des Saales begannen, sich plötzlich zu bewegen.

»Ach, noch etwas. Es wundert mich, dass Ihr nicht danach gefragt habt. Ich habe eine junge Frau in Gewahrsam. Eine sehr junge Frau – ich glaube sie heißt Hanne. Sie wird zu unserem nächsten Treffen auch eingeladen.« Er rieb sich die Hände wie ein kleiner Junge, der seine Sandburg fertig gebaut hat. »Mal sehen, wie die Amsel singt, wenn dem Amselchen die Flügel gestutzt werden.«

Mit aller Kraft versuchte Nika, nicht kreideweiß zu werden. Sie überlegte – Schohtar versuchte sie zu täuschen, denn laut Blutspur war Hanne zum Sklavenmarkt auf den Südlichen Inseln unterwegs.

Mit einer Seitwärtsbewegung des Kopfes gab Schohtar den Wachen ein Zeichen und beendete damit die Audienz.

Zwei Männer packten sie unter den Achseln und schleiften sie aus dem Thronsaal hinaus. Zwischen dem Getrampel der schweren Soldatenstiefel vernahm sie leise, federnde Schritte. Das konnten nur die von Karni sein. Sie wusste, die nächsten Tage würden nicht einfach werden. Doch was lief schon einfach in ihrem Leben? Bisher jedenfalls nichts.

Krankenwache

»Vater?!«

König Tedore erwachte aus seiner Ohnmacht. Er lag bäuchlings auf seinem Schlaflager. Blut und andere Körperflüssigkeiten suppten durch den Verband am Rücken und hinterließen hässliche Flecken. Er atmete laut mit einem merkwürdigen Rasseln in der Brust. Mühsam öffnete er die Augen und röchelte schwerfällig: »Karek. Mein … mein Sohn, jetzt … ist es an dir…«

»Rede nicht so – der Gürtel wirkt Wunder.«

Der Prinz zeigte auf den Myrnengürtel, den er seinem Vater umgeschnallt hatte. »Du wirst wieder gesund.«

Auch die beiden Ringe aus Acerium hatte Karek Tedore an die Finger gesteckt. Nun hielt er die Hand seines Vaters. Seinen Schreck darüber, wie kalt und schlaff die Finger sich anfühlten, so als wäre der König bereits gestorben, ließ er sich nicht anmerken.

»Der Gürtel besitzt enorme Heilkräfte, er hat schon Krall und Blinn geholfen.« Karek kämpfte mit den Tränen, dabei hatte Tedore ihm schon in frühester Kindheit beigebracht, dass ein König niemals weinte.

Ja, warum eigentlich nicht? Außerdem bin ich ja noch Prinz und wenn die Tränen einfach so kommen …

Milafine stand neben ihm und legte Karek die Hand auf die Schulter. »Ich wechsle den Verband und bete für unseren König.«

Tedore verlor erneut das Bewusstsein – wenigstens verspürte er so keine Schmerzen mehr. Milafine beugte sich über ihn und löste den alten Verband. Ein großes Loch klaffte im Rücken des Königs. Beim Entfernen der Lanze waren aufgrund der Widerhaken große Fleischstücke mit herausgerissen worden. Wenigstens hatte die starke Blutung aufgehört. Vielleicht weil dem König das Blut langsam ausging.

Milafine blickte auf den Gürtel um Tedores Hüfte und ihre Stimme klang so ernst wie noch nie: »Ich möchte dir nichts vormachen, Karek - ganz ehrlich, eine solche Verletzung überlebt kein Mensch. Die linke Lunge ist durchbohrt und wer weiß, was noch alles zerstört wurde.«

»Die Myrnenmagie wird helfen. Schau! Sie fängt bereits an, in der Wunde zu arbeiten.«

Tatsächlich begann das Fleisch, eine gesündere Farbe anzunehmen. Die schwarzen Wundränder färbten sich etwas rötlicher, der gelbliche Eiter verblasste langsam. Kareks Augen leuchteten voller Hoffnung. »Vater muss einfach wieder gesund werden.«

Milafine legte einen neuen Verband an. Nicht ohne Stolz beobachtete Karek seine Freundin. Ihre Hände arbeiteten geschickt und schnell.

Die beiden blieben den ganzen Nachmittag an König Tedores Bettlager sitzen und lauschten unwillkürlich dem rasselnden, unregelmäßigen Atem des Königs.

Es klopfte und der oberste San-Priester von Winterbrück trat ein – ein stets bekümmert aussehender Mann mit den dazu passenden großen Tränensäcken. Er blickte auf den schlafenden Tedore einen Becher mit dampfender Flüssigkeit in den Händen haltend. »Wenn der König aufwacht, flößt ihm diesen Stärkungstrunk ein. Er braucht jetzt all seine Kräfte.«

»Ich danke Euch. Milafine und ich erledigen das bei der nächsten Gelegenheit. Lassen wir ihn jetzt noch schlafen. Wenn ich Euch brauche, lasse ich Euch umgehend rufen.«

Das traurige Nicken des San-Priesters signalisierte Karek,

dass auch dieser nicht viel Hoffnung hegte, dass Tedore sich von seinen Verletzungen wieder erholen würde. Er verließ das Schlafgemach mit langsamen Schritten. Es handelte sich um eine schlichte Kammer im Gästebereich der Burg Winterbrück, denn Tedore hatte sich geweigert, im ehemaligen Gemach des Verräters Fürst Ransorg zu wohnen. Karek wusste, dass die Treulosigkeit und Wortbrüchigkeit des vermeintlichen alten Freundes den König genauso verletzt hatte wie die Lanze.

Trotzig hob Karek das Kinn. Er hoffte auf die Heilkräfte des Gürtels für den körperlichen Schaden. Und gegen alles andere würde er seinem Vater nach besten Kräften beistehen.

Als die Dämmerung hereinbrach stand Milafine auf und meinte: »Wir wissen noch so wenig über die Magie der Myrnen. Ich habe in der Bibliothek einen interessanten Folianten in der Alten Sprache gefunden und mitgebracht. Ausführlich werden darin die verschiedenen Formen der Zauber beschrieben, und auch die Artefakte als Kanalisierungsobjekte dieser Magie finden Erwähnung. Die Übersetzung ist mühsam - ich stecke noch in den ersten Seiten fest, wobei ich schon beim Durchblättern festgestellt habe, dass später Erläuterungen über den Seelenspeer, die Sanduhr, das Schwert von Krall und den Gürtel folgen.«

Kareks Augenlider wogen schwerer als Bleigewichte. »Ich bleibe bei Vater. Fahr du mit der Übersetzung des Buches fort, wenn du magst.«

Milafine umarmte Karek und verließ die Schlafkammer ohne weitere Worte. Der Prinz goss Wasser aus einer Karaffe in einen Becher, trank diesen gierig leer, dann setzte er sich auf einen einfachen Sessel in der Ecke und versuchte sich zu entspannen. Auch er brauchte all seine Kräfte. Das heisere Schnaufen seines Vaters beruhigte und beunruhigte ihn gleichermaßen. Wenig später schlief der Prinz erschöpft ein.

Erstes Vogelgezwitscher weckte Karek am frühen Morgen. Er brauchte eine Weile, um zu begreifen, dass etwas fehlte. In dem Moment, als es ihm einfiel, war er hellwach. Das furchtbare Stöhnen und Schnaufen seines Vaters war verschwunden. Ging es ihm dank des Gürtels schon besser? Voller Hoffnung sprang er auf und trat an das Krankenbett. Tatsächlich lag der König auf dem Rücken und wirkte entspannt.

Doch der Prinz wusste es, bevor er ihn berührte. Der rechtmäßige König von Toladar, dem Ostreich Krosanns, Tedore Marein, war tot.

Stocksteif hielt der Sohn dieses Königs seine kalte Hand, unfähig zu schluchzen oder zu weinen. Atmen und Schlucken taten so weh.

Langsam sammelte Karek sich, beugte sich über den Kopf seines Vaters und küsste ihn zum Abschied auf die Schläfe. »Gute Reise, Vater«, flüsterte er.

Er brauchte noch einen Moment bevor er laut rief: »WACHEN!«

Augenblicklich flog die Tür auf und zwei Soldaten der königlichen Leibwache traten ein. »Holt den San-Priester, den Hofmarschall und Milafine.«

»Jawohl, mein Prinz«, antworteten beide gleichzeitig und verließen die Schlafkammer.

Karek nahm Gürtel und Ringe wieder an sich – wobei er kaum merkte, was er tat. Wieso nur hatten die Gegenstände diesmal keine Hilfe gebracht?

Die Nachricht vom Tod des Königs betrübte die Menschen in Winterbrück zutiefst. Die Glocken der bauchigen Kathedrale läuteten schon den ganzen Tag. Der Leichnam des Königs lag dort aufgebahrt, von prunkvollen Seidentüchern umgeben, die Wangen mit Rouge geschminkt, sein Schwert auf der Brust. Ein nicht enden wollender Trauerzug zog an dem Toten vorüber. Die Frauen und Männer brachten Blumen, zündeten Kerzen an und sangen. Karek stand neben dem Altar, bestürzt und mit Angst vor dem, was jetzt auf ihn zukam. Zwischendurch hatte Karek auch Stolz darüber verspürt, wie beliebt sein Vater beim Volk gewesen war. Viele Frauen und auch Männer küssten die Stirn des Toten im Vorübergehen. Der alte Hofmarschall neben ihm fing an zu weinen, nachdem er sich kurz zuvor von seinem König auf diese Weise verabschiedet hatte. Zu viel hatten die beiden zusammen erlebt, zu einsam fühlte Moll sich ohne ihn.

Die Stunden vergingen quälend langsam.

Immer wieder überlegte der Prinz, ob er nicht vielleicht an der Seite seines Vaters hätte kämpfen sollen. Er schämte sich dafür, dass er eigentlich froh gewesen war, dass Tedore ihm verboten hatte, an der Schlacht teilzunehmen.

Die offizielle Bestattung in der Familiengruft der Mareins sollte nicht hier, sondern in Felsbach, der Hauptstadt des Reiches und dem Heimatort des Königs erfolgen. Nicht nur aus diesem Grund plante Karek bereits die Abreise für den übernächsten Tag. Er wollte Felsbach nicht länger ohne Schutz lassen. Bis dahin hieß es Wunden lecken und vornehmlich einen neuen verlässlicheren Statthalter ausrufen, dem Karek mit einem guten Gefühl Winterbrück überlassen konnte. Der König war tot und die Statuten geboten nun eine vierwöchige Trauerphase; erst danach konnte Karek zum neuen König gekrönt werden. Diese Karenzzeit machte die Durchführung der notwendigen Maßnahmen nicht leichter.

Nach der Zeremonie in der Kirche flüchtete Karek mit Milafine vor weiteren Beileidsbekundungen in die ehemalige Schreibstube von Fürst Ransorg. Ermattet sank der Prinz auf den Stuhl am Schreibtisch, Milafine setze sich ihm gegenüber und sah ihn prüfend an.

»Da kommt sehr viel auf einmal auf mich zu. Hoffentlich nicht zu viel«, verriet der Prinz seine Gedanken. »Und die Trauer macht es nicht besser, noch dazu, weil wir wenig Zeit haben. Wir müssen zurück.«

Sie blieb still, stand auf und legte die Arme um ihn. Ein schönes Gefühl, sie zu spüren, er merkte, wie tatsächlich ein wenig von ihrer Kraft in ihn hineinströmte wie ein warmes Getränk im Winter.

»Warum hat der Gürtel nicht geholfen? Er hat doch auch Krall auf der Insel geheilt, als er schwer krank gewesen war.«

Seine Freundin ließ ihn los und pochte mit dem Zeigefinger auf den mit weißem Schimmel überzogenen Lederfolianten auf dem Tisch. »Ich ahne warum, Karek. Im Gürtel haben die Myrnen einen Zeitzauber kanalisiert – somit verkürzt er die Dauer des Heilungsprozesses. So ist es im Buch beschrieben. Doch es gibt am Schluss einen Hinweis. Wenn ich den richtig übersetzt habe, lautet er: Die Zeit heilt nicht alle Wunden. Tödliche Verletzungen rufen das Unausweichliche früher herbei.«

Zusätzliche Traurigkeit durchströmte Karek, während er darüber nachdachte: »Heißt das … dass ich Vater mit dem Gürtel getötet habe?«

In einem keinen Widerspruch duldenden Ton, den der Prinz noch nie bei Milafine gehört hatte, erklärte sie: »Das ist doch Unsinn! Der König ist etwas früher seinen tödlichen Verletzungen erlegen, sodass er nicht lange leiden musste. Du erinnerst dich hoffentlich an meine Worte über den Ernst der Verletzung. Gestorben wäre er auf jeden Fall.«

Dies beruhigte Karek ein wenig. Er hatte es immer noch nicht ganz begriffen.

Vater ist tot und in vier Wochen werde ich König sein. Nur, König von was?

Beide schwiegen zusammen und die Stille kam Karek keineswegs unangenehm vor. Er stützte seinen Kopf in die Hände und schloss die Lider. Wie eine sanfte Berührung hörte er Milafines weiche, melodische Stimme: »Da gibt es noch etwas. Auch über den kleinen Seelenspeer habe ich einiges herausgefunden. Verstanden habe ich es allerdings nicht.« Sie ergänzte mit weiblicher Entschlossenheit, die einem Naturgesetz gleichkam: »Noch nicht!«

Karek schlug die Augen auf und sah seine Freundin an. Sie strahlte die Kraft aus, die ihm gerade fehlte. Ihr Anblick ließ ihn schlagartig alle Sorgen für einen kleinen Moment vergessen. Die glatten braunen Haare fielen über ihre schmalen Schultern. Er erinnerte sich an ihr erstes Zusammentreffen in Rogats Bibliothek. Seitdem war das Unmögliche geschehen.

Wenn etwas Unmögliches geschieht, sprechen die Menschen von einem Wunder. Und so ist es: Sie ist noch hübscher geworden.

Milafine schien zu spüren, wie sehr Karek von Trauer, Hoffnung und Liebe durchflutet wurde. Sie schlang die Arme um seinen Hals. »Jedes Mal, wenn ich dich berühre, bemerke ich das Pulsieren in dir - eine besondere Wärme und Güte. Seit den Erzählungen der Myrnengöttin Arelia auf der Insel wissen wir, dass dies die Auswirkungen ihrer Magie sind, die in dir schlummert - auch wenn es nur wenig davon ist. Genau dies treibt mich an, so viel über die Alten Götter zu lesen und zu übersetzen. Ich forsche nach einem Teil von dir. Nach einem Teil des Menschen, den ich liebe.«

Kareks Herz überschlug sich. Genau wie damals in Rogats Bibliothek war er sprachlos und sein Name lautete auf einmal wieder 'Ähdubimmmpft'.

Langsam kamen seine Gedanken in Gang.

Das Gute in der Welt finden und hochhalten.

»Was hast du denn über den Speer herausgefunden?«, flüsterte Karek bewegt. Er glaubte nach wie vor fest an die Aussage der Myrnengöttin, dass dieses Artefakt ihn auf seinem Weg unterstützen würde.

Sie schlug den Folianten vorsichtig im hinteren Drittel auf. »Hier, schau dir dieses Bild an.«

Eine einfache Kohlezeichnung auf dem vergilbten Papier zeigte dreimal die gleiche Person mit einem kleinen Speer in der rechten Hand. Einmal hielt sie ihn hoch, einmal waagerecht und einmal nach unten.

»Was kann das bedeuten?« Karek konnte sich keinen Reim darauf machen.

»Ich weiß es nicht – aber ich habe den Text noch nicht vollständig übersetzt. Ich erhoffe mir dort weitere Hinweise.«

Die Lebensgeister erweckten den Prinzen aus seiner Lethargie. »Die drei im Speer eingravierten Tiere passen doch gut zu den drei verschiedenen Posen auf der Zeichnung. Und schau, Milafine – einmal hält der Mann den Stab fast in der Mitte fest, hier ein Stück tiefer und auf der letzten Zeichnung umklammert er ihn ganz unten wie ein Schwert.«

»Tatsächlich! Das ist mir nicht aufgefallen.«

»Am Nachmittag lasse ich mir von Wichtel den Seelenspeer geben. Wir sollten ihn noch einmal genau untersuchen. Vorher muss ich noch mit dem Rat sprechen. Eine Menge Entscheidungen müssen gefällt werden. Beispielsweise in wessen Hände wir Winterbrück geben werden. Ich denke, Hofmarschall Moll wäre der Richtige.« Karek merkte, wie seine Jugend ihn mit neuer Kraft versorgte.

Ein zaghaftes Klopfen ertönte. Karek stand auf und öffnete die Tür der Schreibstube. Ein Diener stand dort und senkte den Blick: »Verzeiht, mein Prinz. Ein Heermeister Latzek wünscht Euch zu sprechen. Er sagte, es sei dringend.«

Seit seiner letzten Begegnung mit diesem Auskundschafter im Thronsaal hielt er große Stücke auf den Mann. Ob er wirklich Latzek hieß, war nicht gewiss, für Karek spielte dies keine Rolle. Er zählte zu den besten Spionen des Reiches und hat sich bisher stets als zuverlässig und vertrauenswürdig erwiesen, obwohl diese Attribute mit seinem Berufsstand gar nicht so recht zusammenpassen wollten. Doch seit Karek eine der gefährlichsten Auftragsmörderinnen in ganz Krosann seine Vertraute nannte, scherten ihn Ruf und Äußerlichkeiten einen Dreck. Er musste und wollte sich mehr denn je auf seine Menschenkenntnis verlassen.

Zwei Wachen geleiteten Latzek herein. Karek wurde seit dem Tod des Königs noch besser bewacht.

Der Prinz musterte ihn. Wie immer sah der Heermeister heruntergekommen und ausgemergelt aus. Eine bessere Verkleidung schien es für ihn nicht zu geben.

»Seid gegrüßt, Heermeister Latzek.«

»Mein Prinz. Danke, dass Ihr mich empfangt. Und gestattet mir, mein tiefstes Beileid zum Tod Eures Vaters des Königs auszusprechen.«

»Ich danke Euch!«

Der Heermeister nickte Milafine freundlich zu und das war zunächst alles. Latzek machte keinerlei Anstalten weiterzusprechen, sondern stand nur da und sah ihn unverwandt an. Karek verstand – er gab den beiden Wachen ein Zeichen, sodass diese den Raum verließen und die Tür hinter sich schlossen.

Karek bot Latzek einen Stuhl an und setzte sich dann selbst. Mit einem Blick auf Milafine, die immer noch am Tisch saß, sagte er: »Sie bleibt.«

»Wie Ihr wünscht.« Latzek nahm Platz. »Ich komme direkt aus Stern und war überrascht, als ich König Tedore nicht in Burg Felsbach antraf.«

»Es gibt tatsächlich Dinge, die Euch überraschen, Heermeister?«

»Ja, jeden Tag aufs Neue, mein Prinz. Jedenfalls reiste ich Euch so schnell wie möglich nach. Wenn Ihr auf meine Dienste ebenso viel Wert legt, wie Euer Vater es getan hat, stehe ich Euch zur Verfügung.«

Karek lehnte sich vor. »Heermeister Latzek, seid versichert, das tue ich. Nehmt mich als Euren zukünftigen König und Lehnsherren so an, wie Ihr es bei meinem Vater getan habt.«

Der Auskundschafter nickte. »Nach allem, was ich in letzter Zeit über Euch hörte, werdet Ihr die Fußstapfen Eures Vaters gebührend ausfüllen. Es gibt einige Geschehnisse, über die ich Euch unterrichten muss.« Er machte eine Pause.

Karek stand auf, stellte drei Gläser auf den Tisch und deutete auf zwei große Karaffen, eine mit klarer, die andere mit dunkelroter Flüssigkeit. »Wasser oder Wein?«

»Wasser ist für Pferde …«, wählte Latzek und störte sich

keineswegs daran, dass Milafine sich für den Pferdetrunk entschied. Immerhin ergänzte er lapidar, ohne Milafine anzusehen: »… und schöne Frauen natürlich.«

Karek schenkte seinem Besucher und sich Wein ein.

Der Heermeister hob sein Glas und prostete Karek zu, danach drehte er sich zu Milafine: »Holde Dame!« Latzek stellte sein Glas auf den Tisch und fuhr fort: »König Schohtar hat eine Kriegsgaleone bauen lassen. Ein mächtiges Schiff für fünfhundert Soldaten, bestückt mit neuartigen Schießkonstruktionen. Mittels dieser sogenannten Kanonen können Schiffe aus der Ferne versenkt werden. Es verdichtet sich das Gerücht, dass Schohtar damit Akkadesh angreifen wird – es kann sein, dass er es bereits getan hat.«

Der Heermeister wurde seinem guten Ruf gerecht. Er überbrachte stets nur verdammt schlechte Nachrichten.

»Wie soll das gehen? Aus der Ferne? Mit neuen Katapulten?«, fragte Karek nach.

»Nein, mit deutlich gefährlicheren Waffen. Sie benutzen dieses Donnerkraut, mit dessen Hilfe Schohtar bereits die Strandsitzfeste in den Abgrund gestürzt hat.«

Ja, ich erinnere mich …

Karek verjagte diese schlimme Erinnerung aus seinem Kopf. Er brauchte all seine Konzentration für dieses Gespräch.

»Was wisst Ihr noch?«

»In Stern und in Tanderheim reden die Menschen von einem geheimnisvollen neuen Admiral. Er ist der Kapitän der mächtigen Kriegsgaleone und Befehlshaber der Flotte.«

»So ein Mann muss doch bekannt sein!«, wunderte sich Karek.

»Ist er aber nicht. Niemand weiß, woher er kommt, niemand kennt seinen Namen. Er trägt stets einen Helm, so wie eine Maske.«

»Und dieser Mann greift nach Akkadesh? Schohtar pflegt doch ein Bündnis mit König Drullom. Wieso sollte er ihn angreifen?« Kareks Ton signalisierte dem Heermeister, dass er genau wusste, dass Bündnisse für Schohtar nichts als flüchtige Nebenabsprachen waren, die bei der erstbesten Gelegenheit einseitig außer Kraft gesetzt wurden.

»Weil der Zeitpunkt günstig zu sein scheint. König Drullom ist mit seiner Armada anderweitig unterwegs.«

»Armada? Seit wann ist Soradar wieder im Besitz einer Armada? Ich dachte, die meisten Schiffe hätten wir bei der Schlacht um Tanderheim erobert.«

»Schohtar hat Drullom etliche zurückgegeben.«

»Großzügig von ihm.« Karek gefielen diese Neuigkeiten immer weniger.

Milafine hatte bisher etwas verschüchtert danebengesessen, doch nun fragte sie leise: »Wohin ist 'anderweitig unterwegs'?«

Latzek zuckte die Schultern. »Das habe ich bisher nicht in Erfahrung bringen können. Einer meiner wichtigsten Informanten, ein Weibel in Schohtars Diensten, ist aufgeflogen. Der geheimnisvolle Maskenmann hat ihn getötet.« Er nahm einen weiteren Schluck Wein, das war Trauer genug um den Weibel. »Da gibt es noch etwas. Ich habe die frühere Krähe gesehen, diese dunkle Frau, die Ihr gut kennt.«

Karek hob den Kopf. »Nennt sie Nika. Sie ist meine Freundin – eine gute Freundin. Was ist mit ihr?«

»Sie ist in der Sternfeste gefangen. Schohtar hat sie in den Kerker werfen lassen. Und es heißt, Karnifex kümmere sich liebevoll um sie.«

Milafine zuckte zusammen, Karek widerstand dem

Reflex. Wer wusste nicht um den Ruf von Karnifex als Schlächter und unbarmherzigen Folterknecht?

»Schohtar hat sie? Verdammt noch eins!«

»Es sind verflucht harte Zeiten, mein Prinz.«

»Ja, wohl wahr. Latzek, habt Ihr auch gute Nachrichten für mich?«

Der Heermeister zuckte mit den Schultern, als könnte er sich überhaupt nicht vorstellen, die beiden Worte 'gut' und 'Nachricht' jemals in Zusammenhang bringen zu können.

Passend dazu meinte er trocken: »Gibt es so etwas? Ab dem Tag, an dem ich Euch … gute Nachrichten überbringe, trinke ich nur noch Wasser.«

»Ihr pflegt keine großen Risiken einzugehen. Ich stelle den Wein kühl«, seufzte Karek.

Der Heermeister lächelte, indem er seine Mundwinkel fast unmerklich nach oben bewegte. Er stand auf und sagte: »Danke für Eure Zeit und Geduld. Mich rufen ein Bad, eine Rasur und die Pflicht, mein Prinz.«

»Verständlich. Und haltet Euch an diese Reihenfolge. Habt Dank, Heermeister.«

Damit war die Unterredung beendet.

Als Latzek die Schreibstube verlassen hatte, meinte Milafine: »Ein merkwürdiger Zeitgenosse.«

Karek seufzte.

Wieso habe ich gewusst, dass sie dies jetzt sagt?

Ohne Hoffnung

Ohne jede Erwartung schlug Nika die Augen auf. Und ihre Erwartung wurde erfüllt, denn sie blickte ins Nichts. Ein dunkles Nichts, dummerweise nicht die gleiche Dunkelheit, die sie noch vor nicht allzu langer Zeit bei der Ausübung ihrer Profession stets begrüßt hatte. Nicht der schützende Mantel der blickverbergenden, vermummenden Schwärze, den die Göttin Dothora in der Nacht um sie geschlagen hatte - besonders förderlich bei der Erfüllung von Aufträgen. Nein, diese Dunkelheit hier fühlte sich eklig an, sie spendete weder Schutz noch Trost. Sie kroch in den Körper und knabberte an den Eingeweiden, verdickte das Blut und ließ ungefragt Zweifel in ihr Gemüt schwappen.

Sie schloss die Augen wieder, letztlich machte es keinen Unterschied. Sie hatte in der Stätte lange Zeit unter einer Maske im Dunkeln leben müssen, wodurch alle ihre Sinne geschärft worden waren. Folglich sagte sie sich, nutze diese Sinne, und kräuselte zunächst die Nase, doch es gab keinen Grund dazu. Sie befand sich nicht mehr in dem stinkenden Loch mit dem vergammelten Stroh. Hier roch es lediglich dezent nach Eisen, Holz und Wasser. Wasser! Ihre ausgetrocknete Kehle beschwerte sich mit einem drückenden Kratzen in ihrem Hals. Wann hatte sie das letzte Mal etwas getrunken? Klebrige Hitze umhüllte ihren Körper und machte den Durst noch schlimmer.

Jetzt horchte sie in die Leere. Tiefe Stille, nur ab und an unterbrochen vom leisen Tippeln und Rascheln der unvermeidbaren Ratten und Mäuse, die vor allem menschliche Unterwelten liebend gerne beheimaten.

Sie tastete auf allen Vieren den Boden um sich herum ab. Harte, poröse Steine, die erstaunlich sauber waren. Bei jeder

Regung klirrten Ketten. Sie spürte stabile Handschellen und Fußeisen auf ihrer Haut, die ihr jedoch Bewegungen in einem begrenzten Radius erlaubten. Auch an ihrem Hals drückte ein Metallring, an dem eine Kette befestigt war. Ihre Finger erforschten flink die Fesseln. Die Kettenglieder fühlten sich glatt und unendlich stabil an, genau wie die Stahlschellen an Händen, Füßen und Hals. Alles in bester Ordnung, keine Schwachstelle zu entdecken. Sie tastete die Wand ab. Hier gab es nur den gleichen rauen Stein wie der auf dem Boden - große Quader mit stabilem Mörtel in den wenigen Ritzen.

Weiter erforschten ihre Fingerkuppen die Umgebung. Sie stieß an ein Gefäß, einen Tonkrug. Behutsam nahm sie ihn in beide Hände, so als trüge sie die wertvollste Schale der Welt vor sich her und roch daran. Wasser! Vorsichtig nippte sie. Recht frisches Wasser sogar. Es kam ihr äußerst unwahrscheinlich vor, dass es vergiftet sein könnte, also nahm sie weitere kleine Schlucke.

Sie wusste nicht mehr, wie sie hierhergekommen war. Das Letzte, an das sie sich erinnerte, war das Gespräch mit Schohtar, und dass sie danach aus dem Saal geführt worden war. Als wollte ihr jemand auf die Sprünge helfen, spürte sie eine Beule am Hinterkopf. Vermutlich hatten die Wachen sie ohnmächtig geschlagen.

Sie tastete nach ihrem Armband. Nicht nach dem unnützen Acerium-Teil von Karek, sondern nach dem Schmuckstück mit den aufklappbaren, vergifteten Dornen. Erleichtert stellte sie fest, dass sie es ihr gelassen hatten. Erstaunlicherweise trug sie auch noch ihre anderen Schmuckstücke sowie Hemd, Schnürweste und Hose. Gleichwohl waren ihre Füße nackt – sie wusste nicht, was mit ihren Stiefeln passiert war.

Und sie stellte fest, es fehlte noch mehr: auch den Gürtel samt Gürteltasche hatten sie ihr abgenommen, was wenig verwunderlich war.

Nun lag sie vermutlich irgendwo tief unten in einem der Verliese der Sternfeste. Und warum befand sie sich hier? Weil sie den selbst ernannten König unterschätzt hatte. Verdammt hinterhältig von ihm, ihr solch eine perfide Falle zu stellen. Eine schlechte Welt! Dass dies keine ganz neue Erkenntnis war, steigerte ihren Ärger umso mehr. Schohtar hatte schlicht und einfach wissen wollen, was mit Woguran und seinen Grauen Söldnern geschehen war und daher Nachforschungen anstellen lassen. Die Spur hatte ihn zwangsläufig zu Opa und Hanne geführt sowie zum Schwarzackerhof mit der Plaudertasche Slim. Den Rest hätte selbst Krall sich zusammenreimen können. Und spätestens als Schohtar dann noch von ihrem Techtelmechtel mit Admiral 'Balkon' erfahren hatte, beschloss er offensichtlich, sie persönlich kennenzulernen und legte einen Köder aus. Und sie war seiner Einladung brav gefolgt.

Katerron! Seit wann fühlte sie sich so verletzlich? Seit wann fluchte sie auf bolkisch? Jetzt auch noch die Erinnerung an den sturen, stoppeligen Stinker. Sie beruhigte sich etwas. Es war doch gar nicht so schlecht, dass niemand in der einsamen Dunkelheit ihren Schwächeanfall mitbekommen hatte. Die Auftragsmörderin, die Krähe, die Leopardin und schwach? Niemals!

Sein Name pendelte in ihrem Kopf. Bolk hin, Bolk her. Sie vermisste ihn ausgerechnet jetzt, was auch nicht weiterhalf.

Ihr Herz schien zu bersten. Es drückte heftig in ihrer Brust und schrie nach Freiheit. Klopf, klopf. Lass mich raus! Es klopfte mal links, mal rechts. Moment – wieso rechts?

Genau wie Bolk in ihrem Hirn, pendelte ihr Herz in ihrer Brust.

Nika! Diesen Namen hast du dir selbst gegeben. Nika, bleib ruhig, lass den Gedanken zu, dass du Bolk gerne wiedersehen möchtest. Die Dunkelheit lichtete sich etwas. Sie sah Bolks Gesicht, sein unverschämtes Jungengrinsen, immer so, als würde er gerade jemandem einen Streich spielen. Nika stand auf, ging zu ihm und küsste sein Lächeln. Es tat gut. Licht breitete sich über Bolk und Nika aus. Ihre Schmerzen verschwanden, das Klopfen und Pendeln hörte auf.

Das Klirren ihrer Ketten brachte sie zurück in die Finsternis des Augenblicks. Nichts hatte sich geändert. Sie lag weiterhin in der Dunkelheit, doch ihr ging es besser als zuvor. Inmitten der Schwärze schwirrte ein zartes Leuchten vorbei. Nika, das wird doch nicht etwa diese Leuchte Bolkan Katerron in deiner Einbildung sein, schalt sie sich selbst mit unerwarteter Halbherzigkeit. Dabei sagte sie keinen Ton, schließlich gab es hier niemanden, mit dem sie reden konnte. Doch ihre Gedanken schwiegen nicht – diese blöden Gedanken konnten einfach ihr Maul nicht halten. Hier inmitten der bodenlosen Schwärze gestehe es dir ein, Nika.

Haltet das Maul!

Sie stöhnte, ihre Glieder schmerzten wieder, doch nicht die Ketten waren der Grund. Warum hatte sie Bolk denn überhaupt verlassen? Ja, wieso?

Ruhe jetzt im Kopf!

Wenn sie hier jemals wieder herauskommen sollte, würde sie sich an die Erfindung eines Gedankenknebels machen.

Ein anderes Glimmen kroch durch die Dunkelheit auf sie zu. Ein sanftes Strahlen kreiste über ihrem Gesicht. Sie sah sich selbst als kleines Mädchen. Nein, das war nicht sie.

Hanne hieß das Kind und es lächelte - ähnlich trunken vor Güte und Zuneigung, wie Bolk es manchmal tat, nur mit viel mehr kindlicher Unschuld.

Nikas Verwirrung nahm zu.

Das eine hat doch mit dem anderen nichts zu tun. Sie verlor langsam den Verstand, das durfte nicht sein. Sie würde Bolk mal vorsichtig als ihren Liebhaber bezeichnen, schließlich konnte er sie mal lieb haben. Und Hanne? Ein kleines Mädchen, das sie zufällig auf einem ihrer zahlreichen Wege getroffen hatte. Was hatten Bolk und Hanne schon gemeinsam? Wie sollten die beiden in Zusammenhang zu bringen sein? Lächerlich! Sie hatten nichts gemein. Ein soradischer Rüpel und ein kleines toladarisches Mädchen, die sich nicht einmal kannten. Also wirklich! Die beiden verband nichts.

Sie würde jetzt so gerne die Arme vor der Brust verschränken, doch dies ließen die Ketten nicht zu. Somit blickte sie trotzig ins schwarze Leere.

Bolk und Hanne verband rein gar nichts!

Der Widerspruch schlich sich langsam und sanft an. Wie ein weicher Mantel legte er sich um ihre Schultern, bedeckte ihren Körper, der hochgestellte Kragen streichelte ihre Wangen. Ihr Atem hat sich wieder beruhigt, ihre Konzentration erreichte den Höhepunkt.

Doch! Die beiden hatten sehr wohl etwas gemeinsam, und zwar etwas ganz Entscheidendes. Gänsehaut kroch ihren Rücken hoch, dabei war es heiß und stickig in diesem Loch. Simpel und doch gewichtiger als alle Lasten dieser vermurksten Welt. Sie hatte offenbar vorher nicht darauf kommen wollen und daher nur bei Hanne und Bolk gesucht. Menschen waren meisterhaft darin, Ursache und Wirkung zu verdrehen. Daher musste sie sich nur umdrehen und sich selbst betrachten. Hanne und Bolk hatten etwas gemeinsam. Und zwar … Nikas … äh, … Wohlgefallen.

Sie hat nichts gesagt, doch jetzt war es raus.

Ja, sie mochte beide ganz gerne.

Vielleicht könnte sie sogar das 'ganz' streichen. Die Gänsehaut verursachte ein Schütteln. Dass ihr so etwas passieren konnte! Natürlich unterschied sich die Zuneigung für Bolk und Hanne, doch was sich nicht unterschied, war das Verantwortungsgefühl – sie sorgte sich um beide. Das war auch der Grund gewesen, warum sie aufgebrochen war. Sie hatte sich einen Auftrag auferlegt, nämlich Hanne zu suchen. Diesmal ging es nicht darum, einen Menschen zu beseitigen, sondern sein Leben zu schützen. So viel dazu – so ein albernes Vorhaben konnte ja nur schiefgehen. Handele nicht aus hehren Motiven, das führt zu überhaupt nichts. So viele Jahre hat sie sich erfolgreich daran gehalten – und nun?

Ihre widersprüchlichen Gedanken kippten erneut hin und her wie ein Segelboot im Sturm. Sie erkannte, dass sie sich seit langer Zeit ehrlich mit sich selbst beschäftigte. Woher kam dieser Drang, Hanne finden zu wollen? Konnte sie, indem sie Hanne rettete, nicht auch ein Stück von sich selbst retten? Gab es da überhaupt noch etwas zu retten, was vor Jahren verloren gegangen war? Andere Menschen schwirrten durch ihren Kopf, Karek, dieser ideenentbrannte Prinz. Ein merkwürdiger Junge, doch auch diesem Menschen brachte sie wider Willen etwas entgegen. Nicht die Zuneigung, welche sie für Hanne und Bolk hegte, sondern … ja was eigentlich? Respekt? Oder war Respekt nicht auch eine Form von Zuneigung? Hm, nach ihren Erfahrungen hatten nur Trottel und Versager Respekt. Nur mal gesetzt den Fall, sie respektierte ihn, was schon erstaunlich genug wäre, was sollte der Grund hierfür sein? Was hatte Karek denn in der Vergangenheit schon für sie getan? Bisher war es doch eher so gewesen, dass sie ihm seinen dicken Hintern nicht nur einmal gerettet hatte. Wobei hatte er ihr im Gegenzug geholfen? Viel gab es da nicht. Und zum Dank hatte sein Vater sie vom Hof gejagt wie einen Hund mit Flöhen. Nika spürte, wie sie wütend wurde. Mit Wut ließ sich Respekt wunderbar vertreiben. Das gelang ihr bestens. Karek – dieser Prinzennichtsnutz.

Sie tastete nach dem Ring an ihrem Finger. Der war so hässlich, dass die Wärter ihr diesen nicht einmal abgenommen hatten – genau wie das Armband. Wie hatte Karek gemeint: 'Nimm sie bitte an und trage die Schmuckstücke. Sie werden dich beschützen.'

Na, das hat ja prima hingehauen. Verächtlich schnaubte sie in die Finsternis.

Sie hörte Schritte, federnd und weich. Wie konnte so ein riesiger Mensch nur so leise herumschleichen? Ein Schlüssel rastete ins Schloss, ein Riegel schabte auf dem Holz der Tür entlang und Licht fiel in ihr Verlies.

Nika kniff zunächst die Augen zusammen, um dann Karnifex entgegenzublinzeln, der sich beim Eintreten ob der niedrigen Tür bücken musste.

Der Henker und Folterknecht hatte etwa die Körpergröße von Bolk, sein Oberkörper und seine Arme glänzten sogar noch muskulöser im Licht des Feuers. In einer Hand hielt er eine Fackel, mit der er eine weitere an der Wand links neben der niedrigen Tür anzündete. Die Fackel in der Hand steckte er in die Halterung in der Mauer ihr gegenüber. Er schloss die Tür und schob von innen einen breiten Riegel vor. Schön, dass er mit ihr ungestört sein wollte.

Nika hat sich an das Licht gewöhnt und nutzte die Gelegenheit, um sich in ihrem Gefängnis umzusehen. Das Verlies war etwa zwei mal zwei Meter groß. Grobe Steinquader bildeten die Wände. Ihr gegenüber hing ein grauer Vorhang, der sich über Gegenstände an der Wand wölbte. Was sich wohl dahinter verbarg? Die Umgebung kam ihr ungewöhnlich gepflegt vor, nicht zu vergleichen mit dem Drecksloch, in dem sie auf die Audienz mit Schohtar hatte warten müssen.

In der Mitte auf dem Boden entdeckte sie ein kleines Gitter mit einem Abfluss. Unter den Fackeln an der Tür standen zahlreiche Holzeimer, einige ineinander gestapelt, andere mit Wasser gefüllt.

Sie betrachtete ihre Arm- und Fußeisen. Nun konnte sie endlich sehen, was sie viele Stunden zuvor gespürt hatte. Im Grunde bestand ihre Fessel aus mehreren Ketten, welche die beiden Fußeisen sowie die Handgelenke verbanden, und durch den Eisenring an ihrem Hals vor ihrer Brust zu einer führenden Kette zusammenliefen. Dort hielt ein Vorhängeschloss die Glieder der verschiedenen Stränge zusammen. Zudem lief die Kette durch vier in der Mauer festverankerte Eisenringe, weshalb sie sich von dort nur ein kleines Stück fortbewegen konnte. Der Spielraum der führenden Kette erlaubte ihr immerhin ein halbwegs entspanntes Liegen, wodurch sie ein wenig Schlaf hatte finden können. Das Kettenkonstrukt lief über eine Rolle dicht unter der Decke zu einem Dreieck zusammen. Der Henker zog daran und Nika wurde durch das Zusammenspiel der Ketten hochgezogen und stramm an das Mauerwerk gedrückt. Karnifex zog die führende Kette noch ein Glied enger, bevor er sie mittels eines Hakens arretierte.

Jetzt konnte sie sich nicht mehr bewegen, weder Arme

noch Beine, nicht einmal mit dem Kopf wackeln. Solch ein geniales Konstrukt hätte sie Karni gar nicht zugetraut.

Erst jetzt näherte der Henker sich ihr – vorher hatte er sich tunlichst außer Reichweite gehalten. Er stand nun ·in beachtlicher Lebensgröße vor ihr. Sie roch das Öl auf seinem nackten Oberkörper, während Karnifex sie regungslos ansah.

Eine Weile blieb es ruhig, dann hörte sie ihn zum allerersten Mal sprechen: »Der Schmerrrrrz, seelenreine Erquickung und Erlabung.«

Seine Stimme klang weibisch, unerwartet hoch für einen solchen Hünen. Er gurgelte das 'R' wie die Papageien auf den Südlichen Inseln. Fast hätte sie angefangen zu lachen.

Der Henker wandte sich ab und zog die Decke von der Wand gegenüber. Vorhang frei! Darunter kamen fein säuberlich aneinandergereiht eine Menge Werkzeuge zum Vorschein. Im Grunde genommen herkömmliche Werkzeuge, wie Hammer, Zangen, Dorne und Sägen. Bei genauer Betrachtung offenbarte sich jedoch, dass es sich durchaus um Spezialzangen und Spezialsägen handelte.

Karnifex ging zur Wand und streichelte einige dieser Utensilien.

»Der Schmerrrrrz, seelenreine Erquickung und Erlabung«, fistelte er erneut.

Er nahm ein Messer von einem Haken und kam ganz nah heran. Genüsslich hob er den Arm mit der Klinge und setzte die Spitze auf ihren Oberarm. Während das Messer in ihre Haut eindrang, schaute er ohne jede Regung in ihre Augen. Dann senkte er den Arm, zurück blieb ein daumenbreiter Schnitt. Eine an sich harmlose Wunde, aus der einige Tropfen Blut liefen. Nika zuckte weder mit dem Arm noch mit der Wimper. Wozu auch, es hätte nichts geändert.

Karnifex beugte sich herunter, sein Kopf näherte sich der

Wunde, er öffnete den Mund und leckte mit seiner rauen, grauen Zunge das Blut von ihrer Haut. Er richtete sich auf und bewegte schmatzend die Lippen wie ein Weinkenner. »Bitter und salzig. Das ist guuut. Das ist guuut. Wir werden gemeinsam die Besten sein.«

Hm!? Nika fühlte sich mächtig stolz, dass sie eine beste Gemeinschaft mit Karni bildete. Sie befürchtete jedoch, die Rollenverteilung würde unvorteilhaft für sie ausfallen.

»Spürst du bereits die Vorboten des Schmerrrzes?« Das R rollte wieder wie ein Kutschrad.

»Karni, wie oft hast du vergessen, beim Betreten deines niedlichen Folterkellers den Kopf einzuziehen?«, fragte sie und sah ihn dabei lieb an.

Der tat so, als habe er sie gar nicht gehört. Vielleicht war dem auch so, zumindest schienen ihre Worte nicht in sein Bewusstsein gedrungen zu sein. Gemütlich reinigte er das Messer und hängte es wieder dort auf, wo es hingehörte. Dann legte er den Kopf schräg und betrachtete sie wie ein Fleischer ein Stück Rindernacken. Sachlich und kalt.

»Du wirst leben, du wirst atmen…«

Das hörte sich doch gar nicht mal so schlecht an.

»Du wirst leben, du wirst atmen, nachdem ich zweihundert Teile von dir zu Schohtar gebracht habe. Du schaffst das!«

Mit dieser tröstlichen Aussage hat Karni die Chance auf einen weiteren guten Eindruck gehörig verpatzt, dabei hatte sie sich schon gedacht, dass ein Haken an der Sache war.

»Was willst du von mir?«, fragte sie.

Karnifex tat so, als hätte er sie nicht gehört. Seine leblosen Augen wanderten erneut zur Wand mit den zahlreichen Gerätschaften. Er nahm eine kleine Zange von einem Nagel und klackte diese einige Male auf und zu. Seine sonst so emotionslosen Gesichtszüge glänzten vor Vorfreude im Licht der Fackeln. Er deutete auf das Werkzeug. »Mein Liebling. Zehenzange.« Er hielt sie sich an sein rechtes Ohr. Klack! Klack! Seine Lippen bebten wie ein Wackelpudding. Danach präsentierte er ihr die Zange direkt vor ihrer Nase und machte voller Stolz erneut klack-klack, mit einem Gesicht, als hätte er gerade das Rad erfunden.

Geschäftstüchtig konzentrierte er sich wieder auf seine Profession. »Schohtar will dich singen hören. Der Schmerrrz ist der beste Gesangslehrer.« Er schaute so gleichgültig drein wie eine Wache mitten in der Nachtschicht.

Klack! Klack!

Nika spürte, dass es jetzt ernst werden würde, sie bereitete sich auf das Schlimmste vor. Des Königs Scharfrichter bückte sich, packte mit stählernem Griff ihren rechten Fuß. Nika spürte Wut in sich aufsteigen. Die gewohnte Hitze loderte in ihr – doch sie konnte nichts gegen die straffen Ketten ausrichten. Hilflos musste sie sich ihrem Los ergeben. Die Demütigung, diesem verrückten Drecksack derart hilflos ausgeliefert zu sein, nährte ihren Hass und fraß ihren Stolz gleichermaßen.

Schon wieder dieses Klack-Klack! Die einzige Sprache dieser verdammten Zange. Und Karnifex fühlte sich nun bewogen, ihr mit seiner Fistelstimme zu erklären: »Ich bringe Schohtar jeden Tag einen Körperteil von dir, bis zu dem Zeitpunkt, an dem er beschließt, mit dir zu sprechen. Das kann Wochen dauern, manchmal auch Monate.« Der beschwörende Ton machte seine Stimme noch höher. »Du darfst nicht vorher sterben. Hörst du – nicht sterben.« Er hob den Zeigefinger, als wollte er sie warnen und ausschimpfen zugleich.

»Schohtar sagte doch, dass beim nächsten Mal eine sehr

junge Frau dabei sein werde. Ihr Name ist Hanne. Ich glaube nicht, dass er sie in Gewahrsam hat. Ich denke, sie ist auf dem Weg zu den Südlichen Inseln. Nach Gonus, um dort auf dem Sklavenmarkt verkauft zu werden, richtig?« Nika bemühte sich, ihre Stimme möglichst unbeteiligt klingen zu lassen.

Der Henker nickte. »Wenn du schon alles weißt, warum fragst du dann?«

Nika verspürte trotz ihrer schlimmen Lage Erleichterung. »Gut! Wo waren wir stehen geblieben?«

Schon gurrte er wieder begeistert: »Der Schmerrrrrz, seelenreine Erquickung und Erlabung.«

»Ach ja!«

Karni bückte sich, sie spürte seinen harten Griff an ihrem Unterschenkel, sehen konnte sie nicht, was er tat, da sein Rücken den Blick auf die Füße versperrte. Ein Rucken und ein einsames Klack gepaart mit einem stechenden Schmerz folgten. Nika biss die Zähne zusammen, sie wollte es nicht wahrhaben. Karnifex erhob sich und präsentierte ihr einen blutigen Stummel. Sie starrte zuerst darauf und dann hinunter auf ihren rechten Fuß. Mitten darin ein blutiges Loch - dieses Schwein hatte doch tatsächlich ihren mittleren Zeh abgeknipst.

Nikas Augen füllten sich vor Wut und Schmerz mit Tränen. Was hatte sie in einem Folterkeller anderes erwartet?

»Oh, oh. Es tut mir so leid. Ich werde helfen. Verzeih!«, piepste Karnifex heulend, als hätte *er* gerade einen Zeh verloren. Durch einen Schleier sah Nika, wie er einen Beutel an seinem Gürtel öffnete und diesem eine kleine Schachtel und einen Tiegel entnahm. Behutsam legte er den Zeh in das Schächtelchen und öffnete danach den Tiegel. Verzweifelt rüttelte Nika an ihren Fesseln, natürlich ohne Erfolg. Die

Ketten waren stärker als jeder Stolz, jede Raserei, jede Verzweiflung. Die Hitze im Verlies ließ sie fast ohnmächtig werden.

Mit sanften Fingern verteilte Karnifex eine grünliche Salbe großzügig auf ihrer Wunde am Fuß. Die Blutung hörte langsam auf und der Schmerz ließ etwas nach.

»Dafür töte ich dich, Karni«, ächzte Nika. »Du bist so gut wie tot.«

»Das ist gut. Das ist sehr gut. Rache gibt Kraft. Denk an deine Rache und du wirst länger durchhalten«, lobte der Henker und versorgte dabei seelenruhig ihren Fuß. Ansonsten ließ ihn ihre Drohung so kalt wie ein Schneeball – vermutlich hat er solch leere Drohungen schon tausend Mal gehört und lebte immer noch.

Karnifex richtete sich auf, hielt ihr erneut die Zange vor die Nase und, als ob er ihr eine Erklärung schuldete, verkündete er mit heftigster Ernsthaftigkeit: »Du musst wissen, meine Werkzeuge sind meine Lieblinge. Alle rufen mich und wollen zum Einsatz kommen - die Bohrer, die Messerchen und auch die Knochensägen.« Sein Blick verdüsterte sich, seine Lippen wurden fest. Er stellte sich mit den Armen in die Hüften gestemmt vor seine Werkzeugwand und schaute mit verdrossener Miene auf eine gebogene Zange ganz rechts unten an der Wand. »Oh, nein. Mein Liebling, nicht traurig sein, du wirst nicht gebraucht.«

»Schade!«, knirschte Nika voller Mitleid. »Und warum nicht?«

»Hodenzange!«, sagte Karni – schnell hatte er seine Enttäuschung verarbeitet und auch der Liebling ganz rechts unten machte ihm keine weiteren Vorwürfe.

Karnifex wischte sich mit dem Handrücken über seine glänzende Stirn. »Hier ist es warm. Bist du der Grund für diese Hitze?«

Nika glühte ihn stumm an.

Er legte ihr verwundert die flache Hand auf die Stirn: »Warum brennt ein Feuer in dir? Ich bringe morgen ein Fiebermittel mit.« Er tippte sich mit dem Finger an die Schläfe. »Nein, nein. Ich mache mir keine Sorgen, du bist stark.«

Das beruhigte Nika außerordentlich. Sie fletschte die Zähne, war sie sich in ihrem bisherigen Leben jemals derart hilflos vorgekommen?

Der Henker säuberte die Zehenzange in einem der Wassereimer und hielt sie zum Trocknen über die Fackel an der Tür. Erst dann hängte er seinen Liebling fein säuberlich zurück an die Wand zu den anderen Lieblingen.

Endlich mal ein ordentlicher Mann.

Dann schob er den Riegel der Tür beiseite, bückte sich und kam mit einem Wasserbeutel sowie einer Schüssel mit dickem Brei zu ihr zurück. Mit dem Wasser füllte er den Tonkrug auf, die Schüssel stellte er daneben auf den Boden. Er ließ ihr noch einen leeren Eimer da. Sozusagen in Kackweite – alles bestens, sie konnte sich häuslich einrichten und hatte es nicht weit zum Abort.

Erst jetzt nahm er die Kette vom Haken und lockerte diese um etliche Glieder, wodurch Nika zurück auf den Boden sank und sich wieder innerhalb eines kleinen Radius bewegen konnte. Doch was nutzte ihr das? Karni befand sich außer Reichweite. Sie atmete heftig. Es waren nicht die Schmerzen, die sie rasend machten, sondern die Erniedrigung und die Gedanken an die nächsten Tage. Zudem musste die Hitze aus ihrem Körper heraus – nur wie? Sie kam sich vor wie ein pfeifender Wasserkessel, den nur sie hörte. Karni schien zwar zu merken, dass etwas Ungewöhnliches vorging, doch sonderlich beunruhigt war er nicht.

Nika spürte den Ring und das Armband aus Acerium auf ihrer Haut brennen wie glühende Hufeisen. Sie stieß einen lang gezogenen Schrei aus wie noch niemals zuvor. Angsterfüllt starrte sie auf den Ring und das Armband. Beide schimmerten in einem dunklen Rot.

Karnifex stutzte, denn auch ihm fielen nun die leuchtenden Schmuckstücke auf.

Nika bebte. Sie erholte sich.

Ja, komm näher Karni, mein Bester.

Zu gerne würde sie ihm das Stachelarmband ins Gesicht schlagen, doch dazu müsste er noch einen Schritt näher kommen. Leider sah Karni dämlicher aus, als er war. Abermals löste er die Kette vom Haken, zog diese straff und arretierte sie. Fest an die Wand gedrückt, konnte Nika nur noch mit den Augen wackeln.

Erst jetzt trat Karni auf sie zu und entfernte als Erstes das Armband mit den Giftstacheln. Er hat dessen Geheimnis durchschaut – kopfschüttelnd klappte er vorsichtig die Dornen hoch und sah sie mitleidig an. »Mit Gift? Hinterhältiges Werkzeug für hinterhältige Weiber.«

Nun zog er ihr den Ring vom Finger und das andere Armband vom Handgelenk. Das Brennen auf ihrer Haut und in ihrer Brust ließ etwas nach, was eigentlich gut tat, dennoch spürte Nika, dass etwas in ihr verlustig gegangen war. Sie wusste nur nicht genau was und konnte sich die Vorgänge nicht erklären.

Der Henker betrachtete abschätzig den Schmuck in seiner Hand und legte diesen dann in die Ecke neben seiner Werkzeugwand auf den Boden.

Nika atmete schwer ein und aus, sie hechelte nach Kühlung wie ein Hund in der Sommerhitze.

Zufrieden lockerte Karnifex die Kette. Ohne ein weiteres Wort ging er hinaus und überließ sie ihren Gedanken. Die Tür krachte zu – der Riegel wurde von außen vorgeschoben. Die Fackeln hatte der Drecksack brennen lassen und auch den Vorhang nicht vorgezogen, vermutlich, um ihr Gelegenheit zu geben, seine Lieblinge an der Wand in Ruhe zu studieren. Ein paar Stunden würde sie noch Licht haben, bevor die klebrige Dunkelheit kommen würde.

Nika starrte auf ihren Fuß. Dort, wo sie eben noch mit dem Zeh wackeln konnte, war nur ein schmerzhaftes Pochen verblieben. Was konnte sie tun, um nicht in den nächsten Tagen und Wochen von diesem Verrückten Stück für Stück zerstückelt zu werden? Es musste doch noch einen anderen Weg geben, vielleicht vor Wut explodieren? Nika schielte in die Ecke zu ihren Schmuckstücken auf dem Boden. Inwieweit konnten Ring und Armband aus Acerium helfen? Warum hatten sie so sehr auf ihrer Haut gebrannt? Sie war doch Feuerschmerz gewöhnt, sie war das Mädchen, welches damals in der Stätte ihre Hand immer am längsten über die Kerze halten konnte. Sinnlose Überlegungen, schalt sie sich selbst. Diese Gegenstände waren für sie aufgrund der Ketten unerreichbar. Sie griff nach dem Krug und leerte ihn zur Hälfte. Das tat gut. Dann begann sie, den dicken Brei mit den Fingern in sich hineinzustopfen. Sie musste essen, trinken, sich ausruhen, stark bleiben und darauf hoffen, dass Karni einen Fehler machte. Mehr Möglichkeiten boten sich hier nicht. Das schmerzende Feuer in ihr war erloschen, sie lehnte sich an die Wand und schloss die Augen.

Etwas strich Nika durchs Gesicht. Es fühlte sich an, als würde sie jemand mit Grashalmen an der Wange kitzeln.

Hatte sie geschlafen? Nika öffnete ihre Lider und blickte geradewegs in zwei dunkelbraune Augen inmitten von grauem Fell mit einer spitzen Schnauze darunter. Lange Tasthaare fuhren ihre Haut entlang, während Nika neugierig beschnüffelt wurde. Nun öffnete die Ratte das Maul und wollte scheinbar gerade zubeißen.

»Hau ab, noch bin ich nicht tot.« Mit einer schnellen Bewegung verpasste sie der Ratte einen Hieb mit dem Handrücken, wodurch diese sich überschlug und auf dem Boden gegen die Wand schlidderte. Sie quietschte empört und raste mit ihren rosa Beinchen in ein Loch in der Wand gegenüber der Tür.

Nicht dass Nika sich vor Ratten ekeln würde, ganz im Gegenteil, diese Überlebenskünstler verdienten Respekt. Gleichwohl, immer, wenn sie eine Ratte sah, musste sie an ein dunkles Erlebnis in der Stätte denken, als sie etwa zwölf Jahre alt gewesen war. Der Schwarze Kanzler hatte ein Goldversteck aus einem Gefangenen herausprügeln wollen, doch der Mann hatte hartnäckig geschwiegen. Da es um eine Menge Gold ging, hatte der Kanzler wenig Verständnis für diese Diskretion. Er rief daher seine Schäflein zum Zuschauen zusammen – Lehrstunde zur Verhörtechnik hatte es geheißen. Dazu ließ er den Mann mit nacktem Oberkörper auf dem Rücken auf einen Tisch binden. Dann wurde ihm eine Ratte auf den Bauch gesetzt und ein Käfig über das Tier gestülpt. Auf dem Käfig wurde ein Feuer entfacht, wodurch die Ratte sich in Todesangst ihren Weg nach unten suchte. Nika hätte es nie für möglich gehalten, wie schnell eine Ratte sich durch die Bauchdecke mit den Zähnen nagen und mit den Krallen kratzen konnte. Das Tier verkroch sich vor dem Feuer in den Eingeweiden des armen Kerls, der vor lauter Schmerzensschreien ganz vergaß zu erwähnen, wo denn nun das Gold versteckt war. So viel zur Verhörtechnik.

Der Junge neben Nika kotzte sich auf die Schuhe, ein anderer fiel mit schneeweißem Gesicht einfach um. Beide ließ der Kanzler hinterher ins Loch schmeißen.

Kurz danach war der Mann verstorben und die Ratte war in einem Wahnsinnstempo als roter Klumpen mit langem Schwanz in die Freiheit entfleucht. Nur eine blutige Fußspur hatte sie zurückgelassen. Die Erkenntnis dieser Geschichte konnte für Nika nur sein: Nicht die Ratte ist ekelig, sondern der Mensch. Ekel ist eine Erfindung des Menschen, denn in der Natur kam er nicht vor.

Ein Rascheln ließ sie aufhorchen. Beide Fackeln brannten noch und warfen ein unruhiges Licht an die Wände. Jetzt hörte sie die kleinen rosa Füße nicht nur, sondern sah diese auch über den Boden tippeln. Tatsächlich hatte sich das Rattenvieh erneut durch das Loch in Nikas feine Folterkammer gequetscht. Das Tier kam näher, Nika rasselte mit den Ketten und versuchte nach ihm zu treten, doch es ließ sich nicht vertreiben. Es trug etwas quer im Maul; Nika sah genauer hin. Was war das? Die Ratte senkte den Kopf und ließ den Gegenstand fallen. Unwillkürlich kniff Nika die Augen zu, nur um sie dann wieder aufzureißen. Vor ihr lag eine Krähenfeder. Genau solch eine Feder, wie Nika sie immer benutzt hatte, um nach Erledigung ihrer Aufträge ein Zeichen zu hinterlassen.

Eine Ratte brachte ihr eine Krähenfeder!? Was sollte das denn? Hielt sie sich für einen Vogel und wollte ein Nest bauen? Bevor sie sich weiter wundern konnte, rannte das verrückte Tier in die Ecke des Verlieses, um dann mit dem Ring aus Acerium im Maul wieder zu ihr zurück zu sausen. Sie legte den Ring in Nikas Nähe ab, drehte sich um und holte das erste Armband und danach das zweite. Die drei

Schmuckstücke lagen jetzt vor Nika.

Sie schüttelte den Kopf. Sollte etwa? Nein! Könnte etwa? Nein! Blödsinn!

Nika schloss die Augen. Heiser flüsterte sie im Vertrauen, dass niemand sie hören konnte: »Karek?«

Gegen ihren Willen öffneten sich ihre Augen wieder und betrachteten ungläubig die hässliche, dicke Ratte. Ja, eine gewisse Ähnlichkeit mit Karek war durchaus gegeben, dennoch befürchtete sie, bereits vollends durchgedreht zu sein. Und als das Tier dann mit der spitzen Schnauze auf und ab wippte als würde es nicken, stöhnte sie gequält. Was für ein Opiat oder Nachtschattengewächs war im Wasser gewesen? Oder im Brei? Oder in beidem?

Noch einmal von vorn: Nika verabscheute Zufälle und verleugnete diese vehement. Demnach hat die Ratte nicht zufällig mit dem Kopf gewackelt. Logisch.

»Karek, wenn du es bist, dann stell dich auf die Hinterbeine.«

Die Ratte stellte sich auf die Hinterbeine. Niemals hätte Nika geglaubt, dass eine Ratte so vorwurfsvoll gucken konnte.

»Er ist es«, hörte sie sich flüstern und dies in einem für ihre Verhältnisse ziemlich fassungslosen Ton. Sie erinnerte sich an die Begegnung mit der Myrnengöttin, als Karek im Körper einer Ratte schon einmal durch Schohtars Burg gelaufen war. Nika schluckte. Karek hatte sie gesucht und gefunden – er war gekommen, um ihr zu helfen. Irgendwie sah die Ratte jedoch recht ratlos aus – der Prinz wusste offensichtlich nicht, wie er ihr beistehen konnte, doch er war da.

Und schon wieder bestand er darauf, dass sie diese Schmuckstücke anlegte. Bei so einem Aufwand, den er betrieb, sollte sie ihm diesen Gefallen tun. Sie steckte sich den Ring an den Finger und schob die beiden Armbänder unter den Handeisen durch auf ihre Handgelenke. Die Schmuckstücke aus dem Metall der Myrnen erfüllten sie erneut mit einer wohligen Wärme. Zum ersten Mal nahm sie diese Kraft deutlich wahr, nur wusste sie nicht, ob sie ihr auf irgendeine Weise helfen konnte.

Die Ratte schnüffelte an ihrem lädierten Fuß.

»Dieser Henker hat mir den Zeh abgeschnitten – dafür probiere ich seinen Liebling ganz rechts unten an ihm persönlich aus.«

Die Ratte blickte verständnislos.

Nika fing fast an zu lachen. Fast. Wann hatte sie überhaupt das letzte Mal in ihrem Leben gelacht? Sie rollte mit den Augen wie Karni das 'R'. Sie hat ihre Laufbahn als ordentliche, anständige Auftragsmörderin aufgegeben, nur um als die Zweihundert-Teile-Nika in einem Folterkeller zu enden und dabei mit einer prinzlichen Ratte zu plauschen.

Sie beruhigte sich und begann von den Geschehnissen auf dem Schwarzackerhof, ihrer Gefangennahme sowie dem Gespräch mit Schohtar zu erzählen. Nach einer Weile kam es ihr nicht mehr ganz so merkwürdig vor, sich mit einer Ratte zu unterhalten, zumal diese ab und an verständig mit dem Kopf wackelte. Neben der Wärme durchfloss Nika eine Form von Stärke. Eine bisher nicht gekannte Rührigkeit und Tatkraft, allein aus der Tatsache geboren, dass sie nicht alleine war. Der Rattenkarek konnte zwar Karnifex nicht überwinden, doch er war da und stand ihr bei.

Gegen Morgen bemerkte Nika, dass sich das Verhalten der Ratte mit einem Mal änderte. Sie schnupperte nervös in alle Richtungen, lief dann voller Schreck von ihr weg und stürzte sich an das kleine Loch. Nika war wieder allein.

»KAREK!« Milafine beugte sich über ihn und schlug ihm mit der flachen Hand links dann rechts ins Gesicht. Schön, wenn Frauen so zärtlich sein konnten. Der Prinz ächzte wie ein morscher Balken.

»KAREK!« Sie klang verzweifelt – es musste etwas vorgefallen sein.

Langsam kam er zu sich, seine Augen flackerten, der Seelenspeer zitterte in seiner rechten Hand. Mit viel Willenskraft öffnete Karek die Faust, woraufhin das Artefakt klappernd auf den Boden fiel.

»Oh, du dummer Prinz!«, schimpfte Milafine in einer grandiosen Mischung aus Vorwurf und Erleichterung.

Der dumme Prinz richtete stöhnend seinen Oberkörper auf. Alle Muskeln klagten ihm ausführlich ihr Leid und dies gleichzeitig. »Autsch!«, fluchte er.

»Ja, das ist auch richtig so, dass dir alles wehtut. Ich habe dir vorher gesagt, dass es gefährlich ist.«

»Was denn?«, fragte Karek scheinheilig, um Zeit zu gewinnen.

»Das weißt du genau. Du warst ganz weit weg und hast nur noch gezuckt und unverständliches Zeug von dir gegeben.« Sie holte tief Luft. »Hat der Seelenspeer funktioniert? Was ist passiert? Sag schon, hast du Nika gefunden?«

»Drei Fragen auf einmal«, grummelte Krall, dessen Visage nun auch in Kareks Gesichtsfeld erschien.

Und wo ein Krall grummelte, konnte ein Wichtel mit einem Kommentar nicht weit sein. »Der Prinz wacht auf und schmeißt als Erstes den wertvollen Seelenspeer weg, für den ich meine letzte Hose gegeben habe.«

»Du meinst deine einzige Hose«, brachte es Blinn auf den

Punkt.

Karek schaute sich um. Da standen natürlich alle Finger des Schwertmeisters und glotzten auf ihn herunter wie auf einen rosa Frosch. Der Prinz saß auf den harten Holzdielen im Kaminzimmer von Fürst Ransorg und stützte sich mit den Händen nach hinten ab. »Richtig gemütlich hier!«, beschwerte er sich.

Blinn meinte trocken: »Lass mich das klarifizieren: Nächstes Mal, wenn der Herr sich entscheidet, diesen merkwürdigen Speer auszuprobieren, sollte er sich vorher in ein Himmelbett legen.«

Karek fuhr sich mit beiden Händen durchs Gesicht, leider wurden hierdurch seine Kopfschmerzen auch nicht besser. »Schon gut. Was ist passiert?«

Milafine erklärte: »Du hast hier vor dem Fenster gestanden und den Speer geschwungen wie einen Zauberstab. Ständig hast du die Posen der Person auf der Zeichnung imitiert. Mal hoch den Seelenspeer, mal runter. Und dann, ganz plötzlich, bist du in die Knie gegangen und auf allen Vieren zum Kamin gekrabbelt.«

»Kamin gekrabbelt.« Na klar - auch Eduk musste seinen Echosenf dazugeben. »Danach hast du unentwegt wirres Zeug gebrabbelt.«

»Und Schleim lief dir aus dem Mund«, ließ Wichtel es sich nicht nehmen, die Schilderung zu vervollständigen.

»Also eigentlich alles wie immer«, versuchte Blinn die Gemüter zu beruhigen.

Anstatt ihn zu verteidigen, grinsten Krall und Wichtel nur unverschämt.

»Jetzt erzähl schon. Was ist passiert?«, fragte Milafine mit einem tadelnden Seitenblick auf die Kameraden, deren gegenseitige Frotzeleien ihr schon immer suspekt waren.

Karek versuchte mühsam auf die Beine zu kommen. Er setzte sich auf einen der gepolsterten Stühle am Kamin. »Es ist unglaublich. Ich lief tatsächlich wieder im Körper einer Ratte durch Schohtars Sternfeste.«

Zehn runde Augen starrten ihn an. Von Skepsis über Sorge bis hin zu Bewunderung war alles dabei.

»Wie jetzt? Ohne Hilfe der Myrnengöttin in einer Ratte? Wie soll das denn gehen?«

Karek schaute Krall an. »Sogar in derselben Ratte, in die mich damals Arelia auf der Insel versetzt hatte – das spürte ich sofort.«

»Und, hast du Nika gefunden?« Wichtel tapste aufgeregt von einem Bein auf das andere.

»Habe ich. Ihre Myrnenmagie hat mich zu ihr geführt. Ich konnte regelrecht riechen, wo sie war. Ratten können alles riechen – es ist unglaublich.«

Milafine runzelte die Stirn. »Nein, es ist nur unglaublich gefährlich. Wenn das Tier stirbt, in dessen Körper du dich in diesem Moment mit Hilfe dieses verflixten Seelenspeers befindest, dann bedeutet dies auch deinen Tod. So steht es in aller Deutlichkeit im Folianten.«

»Ich lebe ja noch.« Der Prinz rieb seine blaurote Schwellung an der Hüfte. »Nika hat mich nur an die Wand gepfeffert.«

Der letzte Satz diente nicht unbedingt dazu, Milafine zu beruhigen. Noch aufgewühlter fragte sie: »Du hast sie gefunden und zum Dank verletzt sie dich?«

»Ja, ich war bei ihr. Die Informationen von Heermeister Latzek stimmen - Nika ist tatsächlich in der Sternfeste gefangen und zwar in einem Folterkeller von Schohtars Henker Karnifex. Ich habe ihr helfen können, doch ich weiß nicht, ob es zur Flucht reicht. Ich fürchte, Karnifex foltert sie zu Tode.«

Alle schauten nun ernst drein. Blinn hob die Hand: »Bitte, es geht alles durcheinander. Was ist genau geschehen?«

»Richtig Blinn, ich sollte vorne anfangen.« Der Prinz seufzte und begann mit seiner Erzählung: »Zunächst befand ich mich in einem dunklen Gewölbe tief in einem Haufen Stroh vergraben. Es war schön warm und gemütlich, zumal auch noch eine Handvoll andere Ratten dort schliefen. Aber ich war ja nicht zum Ausruhen dort, also krabbelte ich los. Ihr könnt euch nicht vorstellen, wie die Empfindungen als Ratte sind – es ist mehr riechen und tasten als sehen, da Ratten fast nur im Dunkeln unterwegs sind. Überall gibt es Löcher, Rinnen, Kanäle, Gänge, die sich tausendfach durch die Burg ziehen. Und natürlich jede Menge andere Ratten, Mäuse, Spinnen und Käfer.«

»Na toll!« Milafine klang mächtig begeistert.

»Ich erkundete zunächst die Umgebung, wobei ich mich mitten in der Nacht im Burghof wiederfand. Dort stand ein Schafott, grässlich nach Blut, Tod und Verwesung stinkend. Darunter lagen die Reste einer Krähe, von der meine Artgenossen nur noch die Federn übriggelassen hatten. Weiter ging es in die Kellergewölbe – Nikas Myrnenmagie wies mir hierbei den Weg. Ich roch die grobe Richtung, die ich einschlagen musste, doch das Labyrinth an Gängen war verwirrend. Zufällig entdeckte ich diesen Henker Karnifex und beschloss, ihm zu folgen. Zunächst führte er mich zu einer Zelle mit einem Gefangenen, der schon so gut wie tot war. Ich erspare euch die Einzelheiten. Sein nächster Besuch galt einer Kerkerzelle noch tiefer in den Gewölben. Es war nicht einfach, ihm bis dahin zu folgen, ohne entdeckt zu werden. Ich konnte ja schlecht zwischen Karnifex' Beinen herumlaufen wie ein Hund. Doch es lohnte sich, denn tatsächlich befand sich Nika dort. Sie war in schwere Ketten gefesselt und völlig hilflos. Nachdem der Henker mit ihr fertig war, quetschte ich mich durch ein enges Loch in ihren Kerker hinein. Sie erkannte mich natürlich nicht, sondern hielt mich für eine normale Ratte.«

»Und pfefferte dich an die Wand.«

»Genau. Ich musste ihr also klarmachen, wer ich war. Dazu lief ich in den Burghof zurück und holte eine Krähenfeder.«

»Und half das?«, fragte Wichtel ungeduldig.

»Ja, Nika verstand recht schnell, dass eine herkömmliche Ratte keine Krähenfedern verteilt. Und spätestens als ich ihr dann auch noch ihren Schmuck brachte, den Karnifex ihr ausgezogen und in die Ecke der Kammer gelegt hatte, verstand sie, dass ich es war.«

Blinn pfiff durch die Zähne. »Verdammte Geschwister! Dieser Seelenspeer versetzt dich tatsächlich in ein Tier, selbst wenn es so weit entfernt ist.«

Milafine schlug den Folianten mit der Zeichnung der drei Menschen auf. »Schaut hier, dann wird es klarer.« Milafine hob den Speer vom Boden auf, hielt ihn hoch und deutete auf die Zeichnung. »Es scheint nur bei Kabos, Delfinen und Ratten zu klappen.«

»So ist es«, sagte Karek. »Und ich wusste bis gestern Abend nur nicht, wie es genau funktioniert. Ich musste ziemlich lange herumprobieren, dabei ist es ganz einfach – so wie auf der Kohlezeichnung. Je nachdem, wie der Seelenspeer gehalten wird, ändert sich das Ziel. Dies sind alles recht intelligente Tiere. Um in den Körper eines Delfins zu schlüpfen, muss der Speer mit der Spitze nach unten gehalten werden. Vermutlich sogar ins Wasser, wenn ich diese Wellenlinie auf der Zeichnung richtig deute. Dagegen muss er in die Luft gehalten werden, um in einen Kabo zu gelangen.«

»Das will ich auch probieren.« Wichtel war Feuer und Flamme.

»Aus dir wird höchstens ein Mäuschen, ein Hühnchen oder ein Hering«, mutmaßte Krall.

»Haha! Dann versuch du doch dein Glück mit dem Speer. Ist bestimmt eine neue Erfahrung für dich, in ein intelligentes Wesen zu schlüpfen«, entgegnete Wichtel säuerlich.

Blinn und Eduk kicherten zurückhaltend.

Nun schien Milafine mit ihrer Geduld am Ende: »Ihr seid eine alberne Bande. Was glaubt ihr eigentlich, was das hier ist? Dieser Speer kann euch Kindsköpfe töten, davor wird in dem Folianten genügend gewarnt.« Sie überlegte. »Ihr könnt den Speer ohnehin nicht benutzen - ohne Myrnenblut funktioniert er nicht. Seid einfach froh und seht euch doch nur Karek an.« Eindringlich wandte sie sich dem Prinzen zu. »Du bist der größte Kindskopf und siehst aus, als hättest du eine Woche nicht geschlafen. Schwarze Augenhöhlen in einem grauen Gesicht. Wer weiß, was dieses Myrnenartefakt mit den Menschen anstellt.«

Karek seufzte. »Ich fürchte, Milafine hat recht. Ich fühle mich noch schlechter als ich aussehe.«

Der Prinz stand auf und taumelte zur Tür. »Milafine, bitte versuche noch mehr über die Myrnenmagie herauszubekommen. Ich … ich muss dringend schlafen. Ich ... « Karek sackte in sich zusammen – Krall konnte ihn gerade noch auffangen, bevor er auf dem Boden aufschlug.

»Bringen wir ihn in sein Schlafgemach«, hörte der Prinz ihn noch sagen. Dann kam die Dunkelheit.

Kein Entkommen

Das Birkenpech der beiden Fackeln glühte mit letzter Kraft in einem schwachen Orange. Gleich würde Nika erneut von Dunkelheit umklammert werden – der fiesen Dunkelheit. Sie saß mit dem Rücken an der Wand und dachte angestrengt über eine Verbesserung ihrer Situation nach. Ihr Repertoire an Handlungsmöglichkeiten war übersichtlich: Schlafen, verdauen, in den Eimer pinkeln, mit den Ketten rasseln wie ein Schlossgespenst und sich ganz nebenbei ärgern. All diese wunderbaren Optionen brachten sie nicht weiter. Ob Karek noch einmal auftauchen würde? Er war gekommen, um ihr zu helfen. In einer ihrer schlimmsten Stunden war er als Prinz der Ratten zu ihr in den Kerker gekrochen und hatte sogar Männchen gemacht, um ihr beizustehen. Sie musste fast lachen. Aber nur fast. Wie bescheuert konnte so ein Prinz sein? Doch Nika gestand sich ein, dass es ihr gutgetan hat. Es gab einen versteckten, tief vergrabenen Teil in ihr, den es berührte, dass Karek gekommen war. Somit hatte sie ihm zuvor unrecht getan.

Unglaublich – und für irgendetwas musste dies doch gut sein. Karek hatte ihr abermals diesen dusseligen Schmuck gebracht, dabei musste sie sich für Karni nun wirklich nicht hübsch machen. Es stellte sich demnach die Frage, was es mit Ring und Armband sonst auf sich hatte. Sie schienen tatsächlich wie ein Schmiermittel zu wirken, welches etwas in ihr in Bewegung brachte. Nika wusste nur nicht was. Bei Lichte betrachtet, hatte sich im Vergleich zum ersten Tag, als Karnifex ihr den Zeh abgeschnitten hatte, nichts geändert. Sie wackelte unwillkürlich mit den vier Verbliebenen, die Wunde brannte. Wenn es einen Unterschied zu gestern gab, dann, dass Nika die Schmuckstücke aus Acerium auf ihrer

Haut bewusster wahrnahm. Das Metall schien zu pulsieren, als wollte es sagen: He, ich bin hier – nimm mich zur Kenntnis.

Der Schmerz in ihrem Fuß ließ nach, doch die Erinnerung an ihren Zeh ließ ihre Gedanken zu Karnifex schwenken. Es dürfte nicht allzu lange dauern, bis er wiederauftauchen würde. Wie konnte sie diesen widerwärtigen Sadisten bloß bezwingen? Wenn sie nur an ihn herankommen könnte. Sie schloss die Augen.

Das Klackern des Schlüssels im Schloss und das Schaben des Riegels weckte Nika. Gebückt kam der Henker herein. In einer Hand hielt er eine Fackel, mit der er eine weitere an der Wand links neben der niedrigen Tür anzündete. Die Fackel in der Hand steckte er in die Halterung an der Mauer ihr gegenüber. Er schloss die Tür und schob von innen den breiten Riegel vor. Jede Bewegung wie am Tag zuvor und doch war etwas anders. Mit gebührendem Abstand stellte er sich vor sie hin und begaffte sie. So sah gute Laune jedenfalls nicht aus, unzufrieden kaute ihr Folterknecht auf seiner Unterlippe herum. Dann drehte er sich zur Wand mit seinen Lieblingen um. Er nahm ein wie eine Sichel gebogenes Messer mit einem dicken Griff vom Haken und drehte sich wieder zu ihr zurück.

Dann piepste er los: »Der Schmerrrrrz, seelenreine Erquickung und Erlabung.«

»Das hatten wir gestern schon. Probt ihr dies gerade im Knabenchor?«

Karnifex hob den Zeigefinger der linken und das Messer in der rechten Hand. »Dir werden die Frechheiten gleich vergehen. Der König will deine Nase. Heute noch. Ich habe ihm gesagt, dass es für die Nase noch zu früh ist. Ich habe ihm gesagt, dass das Gesetz der Symmetrie den mittleren Zeh des anderen Fußes verlangt. Er hat mit mir geschimpft. Ich sei ein Narr, hat er gemeint. Dabei ist er der Narr, er kennt das Gesetz der Symmetrie nicht. Das Gesetz der Symmetrie zu brechen, bringt Unglück.«

»Ich finde auch, Symmetrie ist ein ganz, ganz wichtiges Gut, Karni.« Nika spürte ihre Nase jucken und ein drückendes Gefühl in der Brust. Fühlte sich so Angst an? Hatte sie wirklich Angst? Die Angst vor der Angst machte ihr Angst. Das Schwein würde ihr gleich die Nase abschneiden, und wie sie dann aussehen würde, hat ihr Schohtars liebliches Antlitz bereits einschneidend demonstriert.

Karnifex fuchtelte wütend mit dem Messer herum. Es hämmerte in Nikas Kopf. Karni, komm nur noch einen großen Schritt näher und ich kann mich auf dich stürzen. Vielleicht konnte sie ihre Ketten um seinen Hals schlingen und ihn erdrosseln.

Doch der Henker blieb in gebührendem Abstand stehen. Mit schweren Mundwinkeln steigerte er sich weiter in seine Jammerei hinein. »Ich habe ihm gesagt, dass ich morgen höchstens ein Ohr anbieten kann. Und übermorgen das andere. Das Gesetz der Symmetrie.«

Er sah schrecklich unglücklich aus, wobei Nikas Mitleid sich in engen Grenzen hielt.

»Ich habe ihm gesagt, dass die Wunde beim Naseabschneiden heftig blutet und dich zu sehr schwächt. Überhaupt bluten die Kopfwunden am meisten, ich muss es doch wissen. Ich habe ihm gesagt, dass nach dem Entfernen der Nase eine neue Bestleistung schwer werden würde.«

Seine Stimme wurde mit jedem 'ich habe ihm gesagt' höher.

»Sag mal Karni … hast du mit deinem Liebling ganz

rechts unten an der Wand zweimal zu viel an dir selbst herumgespielt?«

Jetzt glotzte er ungläubig und fragte. »Auf welcher Seite bist du eigentlich? Ich habe Schohtar gesagt, dass du mit mir unbedingt eine neue Bestleistung erreichen willst.«

»Unbedingt«, versicherte Nika.

Der Folterknecht verschränkte die muskulösen Arme vor seinem breiten Brustkorb. »Doch der König besteht auf deiner Nase. Dann würden dir deine naseweisen Späße schon vergehen, hat er gesagt. Und wenn ich so darüber nachdenke, liegt er richtig.«

»Ja, antworte ihm, dass er da einen guten Riecher gehabt hat.«

Nika war dabei, den letzten *Freund*, den sie hier unten hatte, zu vergraulen, mal abgesehen von irgendwelchen Prinzenratten. Sie tat alles, um Stärke zu zeigen, sie wollte dieses unbekannte Gefühl vertreiben, das unaufhörlich in ihr hochstieg wie der Pegel bei Flut. Dieses beengende Gefühl könnte tatsächlich Angst sein, Furcht in Form von Schmerz, ausgehend von ihrem verletzten Fuß, in Form von Zweifel, hervorgerufen durch ihre Hilflosigkeit in dieser Umgebung. All dies drückte zentnerschwer auf ihr Gemüt. Wenn er sie doch einfach nur schnell töten könnte, wäre alles vorbei. Die Haut an ihrem Finger und ihrem Handgelenk unter dem Aceriumschmuck brannte.

»Ich habe ihm gesagt, dass ich noch nie eine so starke Gefangene wie dich hatte.«

»Karni, fang an zu foltern, aber halts Maul.«

Der Scharfrichter reagierte nicht. Er schien sie nicht mehr wahrzunehmen.

»Ich habe ihm gesagt, dass er stolz auf mich sein wird, wenn du im Thronsaal singst.« Er schluckte bewegt. »Ich habe ihm gesagt, dass …« Karnifex hörte mitten im Satz auf zu greinen und stierte wie ein Karpfen auf ihre Hände. Ruckartig drehte er sich um und suchte den Boden in der Ecke ab. Langsam wandte er sich wieder Nika zu, seine Augen stotterten.

Er krauste Nase und Stirn gleichermaßen. »Wie bist du an den Schmuck herangekommen?«, stieß er mit aggressiver und blutrünstiger Stimme hervor und hörte sich fast wie ein normaler Mensch an. Seine Augen verengten sich und er legte in einem unangenehm sachlichen Tonfall nach: »Wie geht das, du Hexe?«

Was sollte sie darauf antworten?

Der Henker gab offensichtlich seine Ambitionen auf eine neue gemeinschaftliche Bestleistung auf, denn er zischte: »Die Nase! Heute ist die Nase dran. Du wirst mich nicht überlisten, Hexe.«

Die Situation spitzte sich zu. Sie war Karnifex unheimlich geworden und das hieß, er hielt sie für gefährlich.

»Denk an das Gesetz der Symmetrie und die Wunden, die am Kopf immer so stark bluten.« Sie versuchte ihn hinzuhalten, das Unvermeidliche hinauszuzögern.

Ein Paar Augen, nicht von dieser Welt, starrten sie mit erbarmungsloser Kälte an. »Du wirst bluuuten. Der Schmerrrrrz, seelenreine Erquickung und Erlabung.«

Der Henker hatte sich wieder gefangen und fiel in seine bekannten Sprachmuster zurück.

Nika fühlte blanke Wut über sich schwappen wie eine Flutwelle. Der Kälte des Scharfrichters setzte sie Hitze entgegen. Eine Hitze in ihr und um sie herum, die immer unerträglicher wurde.

Entschlossen steckte Karnifex das Nasenmesser in den Gürtel, griff mit beiden Händen nach der Kette und löste sie vom Haken. Er packte fest zu und zog daran wie an einem Glockenseil. Dies tat er mit deutlich mehr Kraft als gestern, sodass Nika regelrecht an das Mauerwerk katapultiert wurde. Sie spürte einen Stich im Rücken, ihre Wirbelsäule knackte laut. Die Fesseln saßen jetzt so stramm, dass sie kaum noch atmen konnte. Ihre Wut steigerte sich in Raserei. Raserei und Stillhalten passten unmöglich zusammen. Nika schrie, hatte das Gefühl, von Flammen verzehrt zu werden. Glühender Hass! Diese verdammten Ketten waren das Problem. Die Ketten!

Karnifex betrachtete sie, ohne mit der Wimper zu zucken. Gegen menschliches Schreien schien er vollends immun zu sein oder es war wie Musik in seinen Ohren. Er zog die Kette noch ein Glied enger – nun nur noch arretieren, und Nika war verloren. Der Körper des Henkers fing an zu beben, als er das Kettenglied wie eine Schlaufe an den Haken hängen wollte. Seine Hand zitterte heftig, Metall stieß an Metall, doch er schaffte es nicht.

Voller Wut starrte er auf die Kette in seiner Hand. »HEISSSSSS!«, zischte er wie ein glühendes Hufeisen im Wasserbad. Nika musste zweimal hinsehen. Das Kettenende in Karnifex' Fingern glimmte glutrot. Flammen züngelten daran entlang. Sie roch die verbrannte Haut der Hände, während der Scharfrichter mit seiner gesamten Willenskraft die Kette festhielt und erneut versuchte, sie an den Haken zu hängen. Seine Arme wackelten, der Schmerz entstellte sein Gesicht – es blieb nur eine schwitzende, rote Fratze, die unmöglich einem Menschen gehören konnte.

Nika schmetterte dem Feind ihre Stinkwut entgegen, ihren Rachedurst, ihre Abscheu. Sie starrte die glühende Kette an, als wollte sie diese hinaus aus dieser Welt verbannen.

Das war zu viel für die zarten Pranken des Henkers. Mit lautem Brüllen ließ Karnifex die Kette durch seine Finger gleiten, wodurch Nika ein Stück Bewegungsfreiheit wiedererlangte. Mit einem grässlichen Schrei ließ der Folterknecht die Kette los und stürzte zu einem der mit Wasser gefüllten Eimer an der Tür. Er tauchte beide Hände ins kühlende Nass. Genau jetzt könnte Nika an ihn herankommen, genau jetzt musste sie den Angriff versuchen - eine solche Chance würde sie nie wieder bekommen. Sie arbeitete gegen den Halt ihrer Fesseln an. Träge ratterten die Kettenglieder durch die Ringe im Mauerwerk – glücklicherweise, ohne sich zu verhaken, ohne Widerstand.

Karnifex zog die Hände aus dem Eimer. Seine Daumen sahen aus wie Hummerzangen. Doch die Abkühlung schien geholfen zu haben, denn er fletschte kampfbereit die Zähne. »Was glaubst du, wer du bist, Hexe? Ich zermalme dich«, sagte Karnifex und baute sich vor ihr auf, seine beeindruckenden Muskeln spannten sich. Er ignorierte die verbrannten Hände, zog das Nasenmesser aus dem Gürtel und richtete es auf sie.

Nika grollte unbeeindruckt leise und doch deutlich: »Du wirst bluten. Ich bin dein Schmerrrrz und dein Tod.«

Sie rammte ihm, bevor er überhaupt reagieren konnte, mit einer Bewegung, dem Prankenschlag einer Leopardin gleich, die aufgeklappten Dornen ihres alten Armbandes an die Schläfe. Als nächstes landete ihre Handkante unter seiner Gurgel. Röchelnd fiel der Mann nach hinten und krachte dabei mit den Schulterblättern gegen die Tür. Sein völlig fassungsloser Blick war nahezu rührend. Langsam rutschte Karnifex mit dem Rücken die Tür herunter. Seine vielen Muskeln und sein Nasenmesser halfen ihm nicht mehr. Er gurgelte mühsam: »Nein, Hexe … wie geht das … Hexe.«

Stimmen von außen machten sich bemerkbar. »Scharfrichter Karnifex. Alles in Ordnung bei Euch da drin?«

Nika lehnte sich über ihren Peiniger, die Finger ihrer rechten Hand formten sich zu einer Kralle und sie war kurz davor, dem Folterschwein mit der bloßen Hand das Herz aus der Brust zu reißen. Der Hass, die Wut, die Angst, ja Angst, der letzten Tage strömten aus ihr heraus wie Lava aus einem Vulkan. Sie blickte auf diesen miesen Sadisten hinunter. Karnifex schnaufte, sein Gesicht wurde rot und roter, die Haut schien Blasen zu schlagen.

Das sichelartige Nasenmesser lag neben Nika auf dem Boden. Mit einer schnellen Bewegung nahm sie es auf und hakte die Spitze in Karnifex' rechtes Auge.

»Das Gesetz der Symmetrie!«, postulierte sie gewissenhaft und stach dem Henker auch das andere Auge aus.

Sie starrte auf den Brei in Karnis Augenhöhlen, auf seinen weit aufgerissenen Mund, aus dem schwarzes Blut strömte. Er schrie so laut, dass Nikas Ohren schmerzten. Der Gestank von Blut und verbranntem Fleisch drehte Nika fast den Magen um - sie hielt den Atem an.

»AUFMACHEN!«

Jetzt hatte auch der dämlichste Soldat gemerkt, dass in Karnis Folterkeller der Mörderspaß nicht zu kurz kam.

Nika durchsuchte Karnis Gürteltasche. Mit einem schnellen Griff fand sie den Schlüssel zu dem Vorhängeschloss an ihrer Brust und öffnete es.

Langsam richtete Nika sich auf. Sie streifte die Ketten ab, indem sie diese durch die geschmiedeten Arm- und Fußeisen zog. Letztere konnte sie nicht lösen, doch ansonsten war sie frei. Soweit sie von Freiheit sprechen konnte in einem Kerker tief unten in der Sternfeste, vor dem sich in diesem Augenblick eine Armee schwerbewaffneter Wachen versammelte, um sie in Empfang zu nehmen. Schade, dass sie nicht einfach wie Karek als Ratte durch das Loch im Boden schlüpfen konnte.

Karnis Beine zuckten noch einmal, dann hatte das Schwein seinen letzten Atemzug getan. Schade, es war viel zu schnell zuende gegangen mit ihm. Gerne hätte sie ihm den Gefallen getan, und all seine Lieblinge an ihm zum Einsatz gebracht. Stattdessen zog sie ihm lediglich den Riemen samt Gürteltasche aus dem Hosenbund, den benötigte er nicht mehr.

Etwas krachte laut an die Tür. Nika ging zur Werkzeugwand, band sich den Gürtel um und steckte einige Messer hinein. Kurze Zeit später polterte es erneut.

»Aufmachen, sonst schlagen wir die Tür ein«, befahl eine Stimme. »Sofort aufmachen!«

Die Idee fand Nika grundsätzlich in Ordnung, auch um mal ordentlich durchzulüften. Karnis verbrannte Haut und der Rest seiner Leiche stanken erbärmlich. Die Luft zum Atmen schien generell knapp zu werden, zumal die Hitze in der kleinen Kammer die eines Schmiedeofens erreicht zu haben schien. Also beschloss sie, nicht länger zu warten, bis womöglich noch mehr Verstärkung vor ihrem Kerker eingetroffen war. Sie nahm einige von Karnis Lieblingen von der Wand und betrachtete die Beile, Messer und Schneiden. Dann zog sie den Riegel zurück.

Die Tür flog auf und drei Wachsoldaten mit einem Balken als Rammbock unter den Armen standen vor der Schwelle, hielten mitten im Schwungnehmen ein und glotzten wie ein Uhu. Dieser Augenblick reichte Nika. Hier unten trug kein Wächter einen Helm, warum auch?

Darum! Die edlen Werkzeuge des Henkers flogen eins nach dem anderen den Männern entgegen. Präzise und tödlich verteilten sie sich in deren Gesichtern, drangen tief in ihre Schädel ein. Ein Beil steckte genau senkrecht zwischen den Augen eines Wächters. Die Auftragsmörderin war zurück. Die Schreie der Männer - vor Überraschung und Schmerz - erinnerte sie an alte Zeiten. Doch wehmütig konnte sie später noch werden.

Richtige Reihenfolge, Nika: zuerst brutal, dann sentimental.

Sie stürzte vor und schlitzte ihre Gegner mit dem Nasenmesser wie mit einer Kralle auf. Die Klinge schnitt durch Brust und Hals. Das Gebrüll der Männer hallte durch das Gewölbe. Doch, so wie niemand die Schreie der Gefolterten vernahm, so schien auch niemand das Gejammer der Sterbenden zu hören. Es blieb zunächst ruhig.

Nika hatte für den blutenden Abschaum keinen Blick mehr übrig, folglich schloss sie die Augen und schärfte ihre Sinne. Von rechts waren schwere Schritte zu hören. Also schlug sie genau diese Richtung ein und lief den Geräuschen entgegen. Sie wollte nicht wegrennen, sich nicht verstecken. Ganz im Gegenteil, sie würde es ihrer Angst schon zeigen. Furcht, fürchte dich vor meinem Hass. Zwei Männer tauchten im Gang auf, sie hielten Waffen in den Händen. Welche genau, konnte Nika im Halbdunkel nicht erkennen. Sie schleuderte dem Vorderen einen von Karnis Lieblingen in den Hals. Er ging schreiend in die Knie, wodurch der andere über ihn stolperte. Die Spitze seines Schwertes erwischte Nikas Oberarm, bevor der Mann auf dem Lehmboden aufschlug. Schon war Nika über ihnen und schnitt beiden die Kehle durch. Erst als sie das Kurzschwert der ersten Wache an sich nehmen wollte, bemerkte sie ihre blutüberströmten Hände. Nika wischte sich die Finger am Hemd des Toten trocken und umfasste das Heft der Waffe.

Der Oberarm zwickte, sie untersuchte ihn, indem sie mit den Fingern das Fleisch auseinanderzog. Der Schnitt war daumenbreit tief, beeinträchtigte sie jedoch nicht weiter. Bisher ging alles fast zu leicht. Sie folgte dem Gang und erreichte ein Wachzimmer. Hier brannten vier Fackeln und warfen Licht auf einen einfachen Holztisch mit vier Stühlen. Auf der Tischplatte lagen ein umgefallener Würfelbecher und, welch freudiger Anblick, einige ihrer Dolche und Messer. Auf einem Regalbrett in der Ecke entdeckte Nika auch noch ihre Stiefel und ihre Gürteltasche. Schnell zog sie sich die Schuhe an; wo zehn Zehen hineingegangen waren, passen auch neun hinein, dachte sie bitter. Immerhin war ihre Nase noch dran. Ihre eigene Gürteltasche schnallte sie neben die von Karnifex, zwei ihrer Dolche verstaute sie in den Stiefeln, eins der Wurfmesser in der Schlaufe im Ärmel. Ordnung musste sein. Das ging alles fast zu einfach.

Beschreie es nicht, Nika. Noch befindest du dich in großer Gefahr, zumal du keine Ahnung hast, wo es hinausgeht.

Vom Wachzimmer aus führten vier Gänge in verschiedene Richtungen, gekommen war sie von links. Nika schaute, ob einer der Wege in Treppen nach oben mündete oder zumindest berghoch führte, doch alle Gänge sahen gleich aus. So entschied sie sich für den nächsten rechts. Auf beiden Seiten tauchten fortwährend massive Eichentüren auf. Nika war sicher, dass es sich um Kerkerzellen handelte, die eine Schaurigkeit nach der anderen beherbergten. Sie beschleunigte ihre Schritte, wer weiß, wie lange es noch dauerte, bis Schohtar eine ganze Armee hier herunterschickte. Sie erreichte eine weitere Kreuzung. Von links rief eine Stimme: »Da! Stehenbleiben!« Ein ganzer Pulk Wachen setzte sich in Bewegung. Auch vom Gang geradeaus erschienen vier Soldaten und zogen ihre Waffen. Schlimmer als in einem Ameisenhaufen – Nika blieb nur der Weg nach rechts oder zurück. Zurück ist niemals gut, dachte sie und rannte um die Ecke. Dieser Gang führte zu einer Treppe, die steil nach unten führte. Wollte sie nicht eigentlich nach oben in Richtung Tageslicht? War überhaupt Tag? Sie hatte jedes Zeitgefühl verloren. Das spielte zum jetzigen Zeitpunkt auch eine untergeordnete Rolle, da sie von immer mehr Wachen verfolgt wurde. Schritte, Schnaufer, Schreie hallten durch den Gang hinter ihr her. Nika stürzte die Treppe hinunter. Sie hörte aufgeregte Stimmen über sich.

»Jetzt haben wir sie. Dort führt es nirgendwohin.«

»Die wird sich wundern!«

»Hihi. In die Sackgasse. Jeder andere Weg wäre besser gewesen. Mann, ist die blöd.«

Nika presste ihre Lippen zusammen. Auch mit reichlich optimistischem Interpretationsspielraum klang dies nicht gut. Sie lief weiter, ständig nach einer Abzweigung Ausschau haltend. Doch die Männer kannten sich nun mal hier aus und behielten recht – kurze Zeit später stand sie vor einer massiven Wand. Nur links davon gab es eine kleine Kammer, in der gerade mal zwei Menschen stehen konnten. So ein Mist, warum führte denn solch ein langer Gang zu so einer beknackten Stehecke? Nikas Blick fiel nach unten. Aufwendig gestaltete Fünfecke aus Mosaiksteinchen zierten den staubfreien Boden. Dicke Bluttropfen platschten von der Wunde an ihrem Oberarm auf die schneeweißen Steinchen neben den Fünfecken und zerstörten die Ästhetik des kunstvoll gestalteten Bodens. Oh, nein - das Gesetz der Symmetrie, schallte es ihr durch den Kopf. Scheiß drauf, das Gesetz des Blutverlustes nach einem tiefen Schnitt war stärker.

Jetzt erst klickte es in ihrem Kopf. Sie rief sich die Karte mit den Ortschmieden ins Gedächtnis. Richtig, ein Punkt in der Sternfeste. Die Stimmen der Wachen kamen näher. Siegessicher beeilten sie sich schon gar nicht mehr.

»Wo ist das Täubchen?«, flötete einer der Männer.

»Wir tun dir nichts. Fast nichts«, scherzte ein anderer.

Nika konzentrierte sich. Achtecke gab es in der Kammer auf dem Friedhof, Sechsecke auf der Insel der Myrnengöttin. Vor ihr auf dem Boden wies das Mosaik Fünfecke auf. Sie dachte an die Karte aus dem Folianten in der Bibliothek. Welche Nummer hatte der Punkt auf den Südlichen Inseln noch gleich? Ihr kamen Vierecke in den Sinn. Vier! Nika, nichts geht über weibliche Intuition. Logisch.

Schlichte einfache Quadrate drehten sich in ihrem Kopf. Sie musste schon einmal dort gewesen sein. Das Blut aus der Wunde an ihrem Oberarm tropfte weiter und verschmierte, als sie sich auf das Mosaik stellte. Nika konzentrierte sich auf Vierecke.

Die Männer hatten sie fast erreicht.

Vierecke! Nicht Achtecke wie auf dem Friedhof in der Kapelle der Umkehr. Vierecke bargen ein Risiko. War sie wirklich schon einmal dort gewesen? Vermutlich – wieso kam sie sonst auf Quadrate? Und wo war 'dort' genau? Vierecke!

»Schlagt sie nieder, aber nicht töten!«, rief eine raue Stimme.

Nika dachte nicht daran, sich zu wehren – oh nein, sie dachte an geometrische Formen mit Blutflecken dazwischen und hielt den Atem an. Ihr wurde schwindelig.

Ein Stück Hoffnung

Bolk öffnete die Augen. Ein an und für sich geräuschloser Vorgang – normalerweise. Er zuckte zusammen, denn seine Lider krachten gegen seine Augenhöhlen wie eine Tür, die zu weit aufgerissen wurde. Sein erbärmliches Befinden wurde noch erbärmlicher, als er merkte, dass er alles doppelt sah, wie nach zwei durchzechten Nächten. Und Tagen. Er schloss die Augen lieber wieder. Was war passiert? Er spürte Stiche im Herzen. Es waren entsetzliche Dinge geschehen. Musste er sich daran erinnern? Er hatte Schweif, Mähne und Sara sterben sehen. Sara und Mähne auf dem Deck seiner geliebten 'Ostwind'. Und dann hatte ihn auch noch Bart wie ein Stück Müll über Bord geworfen. Dunkle Wellen und ein stundenlanges Treiben im Meer schwappten ihm in den Sinn. Das viele Salz in seinem Mund, die Strömung, die den Weg zum rettenden Ufer dreimal so lang werden ließ, die Sorge um seine restlichen Kameraden. Seine Mannschaft. Bolk stöhnte und öffnete erneut die Lider, diesmal knackte es nur in seinem Kopf. Warum tat er das und starb nicht einfach? Vor Trauer, vor Gram, vor Selbstvorwürfen … vor Feigheit.

Er zuckte zusammen.

»Vater – er wird wach«, riefen zwei Stimmen.

Oh, nein. Er sah nicht nur alles doppelt – er hörte auch doppelt. Zwei Gesichter beugten sich über ihn. Zwei Augenpaare, zwei Nasen, zwei Münder, zwei runde Köpfe, alles sah exakt gleich aus. Langsam hob er die Arme und rieb sich mit Mittel- und Zeigefingern die Augen. Vorsichtig öffnete er die Lider erneut und erblickte einen Mann mit einem weißen Backenbart. Wenigstens nur einer.

»Wie sieht er aus, Jungs? Beschreibt mir seine Haut.« Im

selben Moment spürte Bolk die Fingerkuppen des Mannes über seine Wangen wandern.

»Er sieht nicht mehr aus wie eine Qualle, Vater. Und seine Nase ist rot.«

Bolk gab sich redlich Mühe zu verstehen, was um ihn herum geschah. Erschwerend hinzu kam ein Hustenanfall, der ihn heftig durchschüttelte. Er richtete sich auf und röchelte mit schmerzenden Lungen: »Wo bin ich? Was ist geschehen?«

»Ihr lebt. Doch nur noch ein bisschen. Ja, die Unterkühlung. Ihr müsst fast einen ganzen Tag im Meer getrieben haben.«

Bolks Augen hatten sich durch das Husten und Würgen mit Tränen gefüllt – der Mann war verschwunden, durch einen Schleier sah er erneut den Jungen. Und den wieder doppelt. Was war nur mit seinem Kopf los?

»Sagt wer ihr seid, Jungs«, sagte die Stimme des Mannes.

»Ich bin Jocke.«

»Ich bin Jocke«, sagte das Spiegelbild mit der gleichen Stimme.

»Katerron!«, entfuhr es Bolk.

Jetzt erst wurde ihm bewusst, dass er sich gleichermaßen vorstellte wie auch fluchte. Sehr praktisch.

»Katerron? Ihr habt doch nicht etwa mit unserem ehemaligen Admiral zu tun, oder?«, fragte die Männerstimme.

Doch nicht so praktisch. Bolk drehte den Kopf – vorsichtig und langsam. Jetzt sah er die weißen Augen des Fragenden – der Mann hatte keine Pupillen, er musste stockblind sein.

»Ich weiß nicht, wen Ihr meint«, stöhnte Bolk. Er beschloss, seine Identität erst preiszugeben, wenn er wieder klar denken konnte und wusste, wo und bei wem er war.

»Meine beiden Söhne haben Euch am Strand gefunden. Wie ein Stück Treibholz habt Ihr bei Ebbe auf der Sandbank gelegen. Meinen tüchtigen Zwillingen verdankt Ihr Euer Leben.«

Zwillinge! Das erklärte einiges. Bolk wollte antworten, doch es kam nur ein erneuter Hustenanfall heraus.

»Jocke, bring unserem Gast einen Becher Wasser.«

Der Rechte der beiden spurtete los und kam mit dem Gewünschten wieder.

Bolk flüsterte: »Danke!«

»Jocke, bring unserem Gast eine Schüssel Suppe.«

Diesmal sprang der andere Bursche auf und hielt Bolk wenig später eine Schüssel dampfende Fischsuppe und einen Holzlöffel unter die Nase.

»Ich danke euch allen. Sagt bitte – wo bin ich?«

»Ihr seid bei Murck und seinen Söhnen an einem unbedeutenden Ort. An der Südküste, einen halben Tagesmarsch vom Fischerdorf Harrung entfernt.«

Erstmals fähig, wieder klare Gedanken zu fassen, fragte Bolk: »Habt Ihr noch weitere Schiffbrüchige am Strand gefunden oder gesehen?«

Murck schüttelte betrübt den Kopf. »Tut mir leid. Ihr wart der Einzige.«

Es konnten doch nicht alle tot sein. Wieso lebte ausgerechnet er noch – der Verantwortliche für diese Katastrophe?

»Ich höre keine Schlürfgeräusche. Ihr solltet essen.« Dann setzte er hinzu. »Egal was mit Euren Kameraden geschehen ist. Es ändert nichts, wenn Ihr esst.«

Bolk setzte sich in den Schneidersitz und löffelte langsam seine Suppe. Er spürte, wie jeder Tropfen in seinem Magen ankam.

»Wie lange bin ich schon bei Euch?«, fragte er.

»Seit zwei Tagen. Ihr habt nur geschlafen und zwischendurch gestöhnt. Oder umgekehrt. Ihr müsst ruhen, noch reichen Eure Kräfte nicht, um aufzustehen und sich in die Welt da draußen zu stürzen.«

Der Tonfall des Blinden kam Bolk sonderlich vor. Murck schien zu ahnen, in was für einer Welt Bolk sich bewegte. Eine Welt im Umsturz, eine Welt, die selbst dieses einfache Dasein in dieser einfachen Hütte in den Abgrund reißen konnte. Und somit auch einen blinden Mann mit seinen beiden Söhnen, die einfach nur leben, lachen und lieben wollten.

Bolk legte sich wieder hin. Oder drückte ihn die Last der Trauer hinunter? Oder ein schwerer Klumpen Selbstmitleid? Er hatte keine Ahnung. Jedenfalls lockte die Strohmatte in der Fischerkate mehr als das blumigste Himmelbett in irgendeinem prachtvollen Schloss. Bolk hatte die Schnauze voll von Königen und Fürsten, die sich mit allen Mitteln bekriegten und letztlich gar nicht wussten warum.

Er horchte auf. Die Stimme der See! Das Meeresrauschen machte seinen Schlafplatz noch wertvoller. Die Wellen flüsterten ihm gut zu und beruhigten ihn. Er fühlte sich hier für den Moment sicher, und dafür war er unendlich dankbar.

Am Abend wachte Bolk auf und prüfte Schritt für Schritt seine Körperfunktionen. Einmal hoch, einmal runter – er stellte fest, dass es ihm besser ging. Doch am meisten sorgte er sich um sein Gemüt, dieses schien schwer angeknackst zu sein.

Nur nicht melancholisch werden. Bolk, du bist ein verdammt harter Bursche. Richtig – härter als soradischer Stahl. Nur nicht melancholisch werden.

Zu spät! Bolk, du bist ein verdammtes Weichei. Sara, Mähne, Schweif.

Er beschloss zu hoffen und an die Lebenden zu denken. Er dachte an Nika – er vermisste sie. Er dachte an Karek und Kind – er vermisste sie. Er dachte an Bart – er verfluchte ihn. Wie hatte dieser hinterhältige Verräter ihm das antun können?

»Ihr seid wach?«, es klang mehr nach Feststellung als nach Frage.

»Ja, Murck.« Bolk erhob sich.

Der Mann sprach leise. »Jocke und Jocke schlafen schon, wir sollten sie nicht wecken.«

Bolk nickte, mehr für sich, denn Murck konnte es nicht sehen. Der Schlafraum der Kinder war nur durch einen Vorhang aus Muscheln vom Rest der Hütte getrennt.

»Hadert Ihr mit Eurem Schicksal?«

Katerron! Was für eine Frage? JAAAAA!

»Es gab schon glücklichere Zeiten in meinem Leben«, antwortete Bolk.

»Hm! Das dachte ich mir.« Der Fischer klang nicht sonderlich mitfühlend, nicht die Spur.

»Alle, die ich liebte sind vermutlich tot!« Bolk probte Selbstmitleid.

Dann winkte ihm eine begehrenswerte Dame in schwarzem Leder gedanklich zu, die hoffentlich noch lebte. Aber das konnte Murck ja nicht wissen.

»Wollt Ihr mir von Euch erzählen?«

»Da gibt es nicht viel Erwähnenswertes«, log er schlecht.

»Hm. Ihr seht aus wie ein Mann, der schon viel in seinem Leben verloren hat.«

»Mag sein, doch gerade hatte ich mich entschlossen zu hoffen.«

»Das klingt naiv in den Ohren eines alten, blinden Mannes.«

»Ihr seid nicht alt. Und Ihr habt zwar kein Augenlicht, doch Ihr seid ein solches Stück Hoffnung.«

Bolk merkte, dass er beinahe wie Karek klang, was ihn jedoch nicht weiter störte. Ganz im Gegenteil, letztlich war der Prinz von Toladar in Bolks Augen ein bedeutender Hoffnungsträger für die Zukunft Krosanns.

Das Rauschen der Wellen zerlegte die Stille in kleine Abschnitte. Der Blinde stand auf und trat vor ihn. In der kleinen Hütte bewegte er sich wie ein Sehender. Murck hob die Hände und tastete Bolks Gesicht ab. Er fuhr die Wangenknochen entlang, glitt mit dem Daumen über den Schwung der Nase und ertastete dann mit Daumen und Zeigefinger das Kinn.

»Ihr seid Bolkan Katerron«, flüsterte er so fasziniert wie erschrocken.

»Ja, das bin ich. Habt Ihr es nur mit Euren Fingerkuppen gespürt? Oder habt Ihr mich auch an meiner Stimme erkannt?«

»Eure Stimme kannte ich nicht. Ich habe Euch in Akkadesh aus der Ferne gesehen, als Ihr auf Eurer stolzen Galeone in den Krieg nach Tanderheim aufgebrochen seid. Damals hatte ich mein Augenlicht noch.« Murck setzte sich auf einen Schemel. »Zudem tragt Ihr ein edles Schwert und feine Kleidung. So fällt kein einfacher Matrose ins Meer.«

»Wohl wahr.«

»Und nur ein Vollidiot oder ein Admiral lässt das Schwert am Gürtel und die Stiefel an, während er fast im Meer ersäuft.«

»Wohl wahr.« Mit bitterer Stimme ergänzte Bolk: »Und ich bin der verantwortliche Kapitän gewesen.«

Die Flut kam, vier Wellen lang schwiegen die ungleichen Männer.

Bolk empfand die Stille als unerträglich, er kniff sich ins Kinn. »Wo Ihr gerade davon sprecht … wo sind meine Sachen?«

Murck ging vor die Hütte und kam mit Bolks Schwert zurück. Er hielt es, als handelte es sich um einen vergammelten Fisch. »Eure Stiefel stehen vor dem Haus. Ich denke, die braucht Ihr jetzt noch nicht.«

Langsam zog Bolk sein Schwert aus der Scheide. Vollidiot hin, Vollidiot her - seine alte Klinge lag jetzt nicht auf dem Meeresgrund, sondern befand sich immer noch in seinem Besitz. Hat sie im Salzwasser gelitten?

»Seid Ihr stolz auf Eure Waffe?«

Der Ton in der Stimme des blinden Mannes ließ Bolk aufblicken. Die Frage klang wie ein kruder Tadel, nein … sie *war* ein kruder Tadel. Kaum dem Tode entronnen, hatte Bolk nichts Besseres zu tun, als sich Sorgen um sein Scheißschwert zu machen. Ja – Vollidiot.

»Stolz?« Bolk legte seine Waffe weg.

»Wahrlich stolz kann der sein, der keinen Stolz hat«, sagte der blinde Mann ernst. »Ich will ehrlich zu Euch sein. Männer wie Ihr sind Pfuhle von Veränderung, von Unruhe, von Gewalt. Ich kann so etwas hier nicht gebrauchen. Ich kann mich nicht mehr wehren und meine Zwillinge sind noch hilfloser.«

»Ich fürchte, ich verstehe, was Ihr meint.«

»Ihr müsst uns verlassen. Spätestens in zwei Tagen habt Ihr wieder genügend Kraft und könnt aufbrechen. Wohin auch immer.«

»Das hatte ich ohnehin vor. Ich werde Euch nicht länger zur Last fallen.«

Langsam nickte Murck ihm zu. Ganz so, als könnten seine weißen blinden Augen ihn sehen. Katerron - er konnte ihn tatsächlich sehen, denn Bolk spürte es – so tief hatte noch niemand in ihn hineingeschaut. Er senkte den Blick.

»Beantwortet mir eine Frage, Bolkan Katerron: Wie kommt es, dass Ihr scheinbar als einziger das Schiffsunglück überlebt habt?«

»Wie meint Ihr das?«, hellwach sah Bolk auf.

»Sonst haben wir niemanden gefunden, weder tot noch lebendig. Und Ihr sagtet, ihr wart der Kapitän.«

»Ja und?« Bolk spürte den Ärger in ihm hochkriechen.

»Der verlässt bekanntlich als Letzter das sinkende Schiff.«

Der Fischer trampelte auf ihm herum – schüttete Salz in seine wunde Seele. »Mein Steuermann hat mich einfach hinterrücks über Bord geworfen. Mein bester Freund seit dreißig Jahren hat mich schändlich verraten. Ich verstehe es nicht«, platzte es aus ihm heraus.

Wieder drei Wellen Ruhe.

Dann fragte Murck: »Ihr habt ihm vertraut, Eurem Steuermann?«

»Unbedingt!«, es klang kläglich.

»Er hat Euch ins Meer gestoßen?«

»Ja!« Er wollte es nicht wiederholen.

»Wie hättet Ihr Euch verhalten, wenn euer Steuermann dies nicht getan hätte?«

Voller Anspannung und im Brustton der Überzeugung antwortete Bolk: »Ich wäre natürlich an Bord geblieben. Ich hätte gekämpft, bis zum letzten Atemzug. Ich hätte … «

Ihm blieben die Worte im Hals stecken. Was war er doch für ein Idiot? Wer war hier der Blinde? Wie hatte er nur an Bart zweifeln können? Verzeih mir, Bart. Sein bester Freund hatte genau gewusst, dass sein Kapitän entweder auf der

'Ostwind' sterben oder mit ihr untergehen würde. Die einzige Möglichkeit dies zu verhindern …

»Er warf Euch über Bord und rettete damit Euer Leben«, sprang Murck an der richtigen Stelle in seine Gedankengänge.

Erst ein Blinder hatte ihm die Augen öffnen müssen. Der Kerl begann Bolk unheimlich zu werden.

»Euer Steuermann wusste, Ihr seid ein stolzer Mann, Bolkan Katerron.«

»Wahrlich stolz kann der sein, der keinen Stolz hat.« Es klang etwas bemüht, doch Bolk meinte es ehrlich. Er schämte sich.

Acht, neun, zehn Wellen dauerte es, bis Bolk sich gefangen hatte. Er stand auf, legte dem blinden Mann die Hand auf die Schulter und murmelte: »Danke. Für so vieles, Murck.« Er atmete tief durch. »In spätestens zwei Tagen mache ich mich auf den Weg. Wohin auch immer.«

Bolk verließ die Kate und begab sich zum Strand. Das Meer begrüßte ihn mit gefälligem Schnaufen und dem geliebten Geruch nach Tang, Fisch und Salz. Die Wellen kamen mit Zuversicht an Land.

Was für ein herrlicher Ort. Er setzte sich in den Sand und konzentrierte sich auf das Jetzt. Die Vergangenheit war scheiße, die Zukunft sah nicht besser aus. Das Jetzt war in Ordnung. Und genau für diesen Moment sollte das genügen.

Am nächsten Morgen weckten ihn die beiden Knaben mit ihren hellen Stimmen. Sie sangen ein altes Fischerlied von einem verlorenen Schatz in einer Truhe auf dem Meeresgrund. Wie lange sie wohl brauchten, um zu verstehen, dass in diesem Lied das Meer der Schatz war?

Murck stand vor dem Haus und hörte ihnen lächelnd zu.

Dieser Mann beeindruckte Bolk. Das gelang nicht vielen Männern. Und die beiden Jockes gefielen ihm auch. Die Zwillinge waren bereits am frühen Morgen den Strand entlanggelaufen und hatten Krebse, Krabben und alles Brauchbare, was das Meer so anspülte, gesammelt. Ausgebreitet lag die Beute auf den Holzdielen vor der Hütte.

»Wollen wir Knobeln spielen?«, schlug Jocke vor.

»Au, ja«, antwortete Jocke.

Jeder bekam drei Muscheln und nahm eine, zwei oder alle drei in die geschlossene Hand. Auch gar keine Muschel in der Faust zu halten, war erlaubt. Abwechselnd fingen sie nun an zu raten, wie viele Muscheln sie beide zusammen in den Fäusten hielten – von null bis sechs konnten sich alle Kombinationen ergeben.

Für Bolk war es eine Wonne, den leuchtenden Gesichtern zuzusehen, wie sie überlegten, wie sie sich freuten oder ärgerten, um dann mit der nächsten Runde zu starten.

Murck trat neben Bolk und meinte: »Als ich ihnen dieses Spiel beigebacht habe, hielten beide ständig die gleiche Anzahl Muscheln in den Händen.« Er lachte leise.

»Drei zu drei!«, rief Jocke. »Unentschieden!«

»Das ist gerecht – dann hören wir jetzt auf«, schlug Jocke vor.

Unentschieden?! Vielleicht wäre es wahrlich das Beste, wenn alle Kämpfe und Streitigkeiten unentschieden ausgingen, dann würden sie irgendwann überflüssig werden. Bolk verzog das Gesicht - ein vages Stück Hoffnung.

Die Knaben legten die Muscheln zur Seite. Bolk setzte sich vor der Hütte auf einen Hocker. »Wie alt bist du, Jocke?«

»Neun!«

Er drehte sich dem anderen Jungen zu. »Und du, Jocke?«

Bolk zwinkerte grinsend, so dass ihm fast wieder schwindelig wurde.

»Hihi! Vater – dem Mann geht es besser. Er macht Späße.«

Jocke war mindestens so aufgeweckt wie Jocke.

»Murck, wie konntet Ihr den beiden die gleichen Namen geben?«

»Wenn meine Emmi mir zwei Jungen auf einmal schenkt, die sich gleichen wie ein Stiefel dem anderen, warum sollte ich ihnen dann unterschiedliche Namen geben?«

Bolk nickte. Irgendwie einleuchtend. Außerdem wussten die beiden Burschen immer genau, wer gemeint war, wenn ihr Vater Jocke rief. Stets hob nur einer den Kopf und reagierte entsprechend.

»Ich habe nachgedacht.« Murck rieb die Hände aneinander. »Wenn es so etwas wie Fügung war, dass ein Mann wie Ihr in meinem bescheidenen Leben gestrandet ist, dann will ich dieser Fügung nicht im Wege stehen.«

»Sind wir nicht beide zu alt, um an Fügung zu glauben?«

»Das sind wir, doch ich kann und will es nicht anders ausdrücken. Ich werde Euch einen Ort verraten, an den Ihr Euch begeben solltet.« Seine Augen blinzelten trotz aller Blindheit freundlich. »Dort wird sich alles … fügen.«

»Es fällt Euch sichtlich schwer, mich dorthin zu schicken.«

»Sehr richtig, Bolkan. Ihr seid ein gewalttätiger Mensch, ausgebildet, um zu töten. Nicht nur einen Menschen zu töten, nein – Ihr habt gelernt, ganze Armeen, ganze Völker zu beseitigen. Und Ihr seid einer der Besten darin.«

»Ich *war* einer der Besten. Denn Ihr habt sicherlich auch gehört, dass ich dem Militär den Rücken gekehrt habe. Den verlängerten Rücken, würde ich sogar behaupten.«

»Genau dies stimmt mich hoffnungsfroh. Da sind wir wieder bei der Hoffnung. Sie ist, was unser Land braucht. Ich halte Pares Drullom für einen schlechten König. Er wird uns keinen Frieden bringen.«

Mit der Hacke seines Stiefels zog Bolk Kreise im Sand. »Ich sehe dies genauso.«

»Beantwortet mir eine Frage, Bolkan Katerron.«

»Fragt.«

»Würdet Ihr König von Soradar werden, wenn Ihr die Gelegenheit dazu bekämt?«

Nicht einen Wimpernschlag lang musste Bolk überlegen. »Nein, ganz sicher nicht.«

»Dann habe ich die richtige Entscheidung getroffen.« Murck stand auf und hielt ihm eine alte Karte aus Leinen hin. »Dort solltet Ihr hingehen.«

Bolk faltete die Karte auseinander. Er erkannte den alten Leuchtturm. Nordwestlich davon, mitten im Wald, war ein Kreuz eingezeichnet.

»Was erwartet mich dort?«

»Das, was Männer wie Ihr brauchen. Vertraut mir und seht es Euch an.«

Bolk betrachtete erneut das Kreuz auf der Karte. Er wusste nicht warum, doch er hatte ein neues Ziel. Immerhin – wieder ein Stück Hoffnung.

Die alte Welt

»Da steht sie!«

»Nicht töten – nur festnehmen!«

»Wo steht sie?«

»Äh! Eben war sie noch da.« Der Soldat klang verwirrter als Krall, wenn ihm drei Fragen auf einmal gestellt wurden.

»Was ist hier los?«

Die Stimmen wurden immer leiser. In Nikas Kopf drehten sich Quadrate wie Windräder, wodurch sie zu Kreisen wurden. Sie schüttelte sich und fiel auf die Knie. Jetzt erst spürte sie ihre entsetzliche Erschöpfung. Die Wände wackelten und die Kammer verschwamm vor ihren Augen, der Boden bewegte sich unter ihren Füßen. Ihr Schwindelgefühl verstärkte sich. Der Grund tat sich auf und es kam ihr vor, als fiele sie in eine tiefe Felsspalte.

Nika lag zusammengekrümmt mit den Knien an der Brust auf dem Boden. Sie war allein. Unter sich spürte sie die kühlen Mosaiksteine. Stimmen gab es keine mehr, genauso wenig wie angreifende Soldaten. Mit viel Willenskraft schaffte sie es in den Vierfüßlerstand. Ihr Brustkorb hob und senkte sich heftig, ihre Lungen schmerzten. Schon wieder so ein Schwächeanfall – vergleichbar mit dem, als Blutspurs Männer sie geschnappt hatten. Einerseits hatte diese mistige Hitzemagie im Kerker die Kette zum Glühen gebracht und dafür gesorgt, dass Karnifex loslassen musste, wodurch ihre Flucht erst möglich wurde. Andererseits schienen die Auswirkungen dieses Phänomens sie völlig zu verausgaben, sie krank zu machen, dabei war sie doch bisher nie kränklich gewesen. Die Handflächen an die Wand gedrückt, stemmte sie sich langsam hoch auf ihre Beine. Alles drehte sich, als säße sie auf einem Windmühlenflügel, und zwar ganz außen.

Es rauschte in ihren Ohren, es klang wie eine stetige Brandung. War sie in der Nähe des Meeres? Nun versuchte sie die Wand loszulassen – vorsichtig tat sie einen Schritt vor den anderen, wankte dabei jedoch mit dem Oberkörper wie ein Seemann an Land.

So lernt ein Kleinkind gehen, Nika. Oder so bewegt sich ein altersschwacher Mann.

Sie verzichtete darauf, die Augen zu verdrehen, dies war zu riskant, könnte es ihr Schwindelgefühl noch zusätzlich verstärken.

Die Kammer selbst sah bis auf den Mosaikboden aus wie jede andere Ortschmiede auch. Wobei hier ein gebündelter Strahl Tageslicht auf den Boden fiel und einen Kegel aus funkelnden Farben erzeugte. Langsam legte Nika den Kopf in den Nacken und schaute nach oben. Das Dach der Kammer befand sich bestimmt fünfzig Meter über ihr. Es bestand aus bunten Glassteinen, die das eindrucksvolle Farbspiel auf dem Mosaikboden erzeugten. Doch Nika hatte für diese Ästhetik im Moment wenig Sinn. Sie verließ die Kammer und gelangte in einen Gang mit niedriger Decke. Hier sah es fast so aus wie im Kerker unterhalb der Sternfeste. Fast, denn als Nika genauer hinsah, bemerkte sie, dass die Wände aus schwarzem, glattpoliertem Granit bestanden, der den bunten Lichteinfall aus der Ortschmiede absorbierte. Der Druck in ihren Ohren nahm etwas ab. Sie widerstand dem Bedürfnis, auf den Boden zu sinken und ins Koma zu fallen.

Die Wunde am Oberarm blutete immer noch. Sie fingerte an Karnis Gürteltasche herum, bis sie den Tiegel mit der Salbe fand. Mit der Hand des anderen Arms verteilte sie das grüne Zeug großzügig auf der Wunde. Das sollte helfen – so pervers, wie der Scharfrichter auch war, in seine Kenntnisse der Heilkunst hatte sie großes Vertrauen. Verrückt!

Weiter Nika. Immer wieder stützte sie sich an der Wand ab, während sie dem Gang nach rechts folgte. Die Luft roch abgestanden, sie sehnte sich nach Wind und dem salzigen Geruch des Meeres. Sicherlich würde dies ihrem Kopf guttun.

Oh, nein. Jetzt ging der Gang in Stufen über. Die Treppe glänzte im Licht, links und rechts an der Wand begleiteten polierte Handläufe den Weg nach oben. Sie war offensichtlich in einem echten Prunkkeller gelandet.

Beide Hände an den Handlauf der rechten Wand gekrallt, schaffte es Nika Stufe für Stufe nach oben. Wohin führte die Treppe?

Die Hände auf die Oberschenkel gestützt wie ein Greis auf seinen Stock, schnaufte Nika durch. Wasser, sie musste etwas trinken, unbedingt. Ihre Zunge war viel zu groß für ihren Mund geworden – sie glaubte, zu ersticken.

Sie hob den Kopf. Hatte sie eine Stimme gehört?

Nein, reine Stille, die nicht zu überhören war.

Noch eine Stufe. Nika fröstelte. Ihre Schwächeanfälle waren immer einige Stunden nach ihren weißglutartigen Wutanfällen gekommen. Sowohl nach dem Kampf auf dem Schwarzackerhof gegen Blutspurs Männer als auch bei Karnifex im Kerker. Bei Letzterem war sogar deutlich weniger Zeit dazwischen vergangen. Hatte ihr Myrnenblut etwas damit zu tun? Verstärkten Kareks Schmuckstücke diesen Effekt? Schließlich hatte sie deutlich gespürt, dass diese etwas in ihr befeuerten, im wahrsten Sinne des Wortes.

Zu erschöpft, um sich weitere Gedanken zu machen, trat Nika auf die nächste Stufe. Wo wollte sie eigentlich in diesem Zustand hin? Sie schaute auf ihre Füße. Ihre alten

Stiefel sahen auf den prunkvollen Stufen besonders schäbig aus. Symbole der Alten Sprache schwebten ihr in die Augen – jetzt erst nahm sie sie wahr. In das Schwarz der Stufen waren kunstvolle Schriftzeichen in einem hellen Grau eingearbeitet. Auf jeder Stufe glänzte matt ein dorniger Zweig in Form eines Ypsilons. Ein Funke wanderte durch ihr Gemüt wie ein Glühwürmchen im Nebel. Sie löschte ihn sofort – nein, alles, nur keine Hitze. Eine einzige Erkenntnis ließ sie zu: Ja, hier war sie schon einmal gewesen. Nicht nur, dass die Ortschmiede sie ansonsten gar nicht hätte herbringen können, nein, sie spürte es in ihrem tief vergrabenen Seelenleben. Sie war diese Treppe schon öfter gegangen, als kleines Mädchen. Verdammt noch mal – sie war ein kleines Mädchen gewesen.

Noch eine Stufe höher. Woher kam eigentlich das ganze Licht? Fackeln brannten nirgendwo. Noch eine Stufe höher und sie erreichte ein Podest mit einer geschlossenen Tür. Wozu sind geschlossene Türen da? Zum Aufmachen. Logisch.

Ein Drehknauf aus Silber zierte diese Pforte. Nika packte zu, ein Kribbeln fuhr ihr in die Finger, als sie die Tür öffnete. Dann stand sie auf einem sonnendurchfluteten Platz. Das grelle Licht fuhr ihr in den Schädel wie eine glühende Eisenstange. Sie kniff die Augen zu. Sie presste beide Hände an ihre Schläfen, um zu verhindern, dass ihr Kopf platzte. Die Kniescheiben spürte sie nicht, als sie darauf fiel. Durch die Wimpern sah sie, dass sie sich in einem gigantischen ellipsenförmigen Kessel befand. Rundherum führten unkrautüberwucherte Gänge sternförmig nach oben. Dazwischen gab es unzählige Reihen Sitzplätze – alle leer, die Steine zerklüftet und mit Moos überwachsen.

Stimmen ertönten – tiefe Stimmen, hohe Stimmen, überraschte Stimmen. Stimmen von Menschen jedenfalls. Und in der Regel bedeuteten Menschen Feindseligkeit.

Langsam begriff Nika, während sie angestrengt Luft in ihre Lungen pumpte. Sie befand sich mitten in einem Amphitheatrum, genau genommen, in der Ruine eines Amphitheatrums.

Na, prima. Genau der richtige Ort für jemanden, der Ruhe und Einsamkeit zur Erholung sucht.

Nika verließen die Kräfte, um die Handflächen weiterhin an ihre Schläfen zu pressen. Sollte ihr Kopf doch zerplatzen. Ihr Oberkörper klappte nach vorne - sie schaffte es gerade noch, sich mit den Ellenbogen abzufangen.

Es versammelten sich Menschen um sie herum. Grollende Stimmen voller Erstaunen prasselten auf sie ein wie Raubtiergebrüll. Der Sinn einiger Wörter drang in ihr Bewusstsein.

»Wo kommt sie her?«

»Das darf nicht sein. Wir müssen sie töten!«

»Sie ist verletzt – Arme und Hände voller Blut.«

»Sie kommt aus dem Sanktum!«

»Sie kann nicht aus dem Heiligsten kommen. Das ist unmöglich, die Tür des Sanktums lässt sich nur von innen öffnen.«

»Ja, und noch dazu braucht es Myrnenblut.«

»Seit achtzehn Jahren hat sich die Pforte nicht mehr geöffnet.«

»Sie muss eine Betrügerin sein. Wir müssen sie töten!«

Langsam drehte sich Nika auf den Rücken und zwang sich, die Augen wenigstens zu kleinen Sehschlitzen zu öffnen. Drei oder vier Männer waren sofort über ihr, stellten die Füße auf ihre Handgelenke und hielten ihr schlanke Klingen vors Gesicht. Sie reimte sich träge die vorherigen Worte zusammen. Die Ortschmiede hatte sie ins Innere einer ansonsten schwer zugänglichen heiligen Kammer gebracht und dies sorgte bei diesem Volk für allgemeine Verwunderung. Und sie redeten von Myrnenblut!?

»Sie muss sterben, denn sie hat das Sanktum entweiht.«

Nikas Erschöpfung ließ sie nun nicht mehr klar denken. Die Last der ständigen Kämpfe der letzten Tage fiel von ihr ab, ihre Todessehnsucht gewann Überhand.

Jetzt wurde es ihr egal – sie wollte rufen: »Macht ein Ende. Lasst mich gehen – jede andere Welt ist wertvoller als diese. Und selbst wenn es keine andere Welt geben sollte, wäre es besser für mich. Hanne und Bolk - es tut mir leid.«

Nur fehlte Nika die Kraft zum Schreien. So blieb sie still und schloss die Augen, als wollte sie damit zeigen, dass dieses Leben nun beendet war.

»Ja, sie muss sterben! Wir müssen verraten worden sein, denn nur ein Dieb kann aus dem Sanktum kommen«, sagte die Stimme eines Mannes, die zwar alt, doch zugleich kraftvoll und befehlsgewohnt klang.

»Sollten wir nicht vorher klären, wer sie ist und wie sie hergekommen ist?«, fragte eine Frauenstimme.

»Du neigst dazu, zu viele Fragen zu stellen, Zodana. Es gibt Zeiten des Handelns und Zeiten des Redens. Bei allem, was unsere wahre Existenz gefährdet, bevorzuge ich das Handeln – und zwar mit letzter Konsequenz. Das letzte Mal ist das Sanktum vor achtzehn Jahren geöffnet worden. Und das nächste Mal sollte dies erst durch meine Hand in fünf Jahren geschehen – am Tage des Celebrare. Wer sich nicht daran hält, muss sterben. So will es unser Gesetz.«

Genau! Feines Gesetz – macht schon! Nika hielt die

Augen geschlossen. Nie wieder wollte sie diese öffnen.

Die weibliche Stimme erwiderte: »Unsere wahre Existenz? Du meinst, die Wahrheit über unseren erbärmlichen kleinen Haufen?« Ein Schnauben, dann fuhr die Frau fort: »Dann töten wir sie also. Die einfachen Lösungen sind meistens die besten.«

Dem Besitzer der alten Stimme entging die Ironie nicht. »Gut!«, knurrte er. »Wir sind für das heutige Plenum vollständig versammelt. Wir stimmen gemeinschaftlich ab.«

Nika hörte Schritte – und wieder blinzelte sie durch ihre Wimpern, ohne es zu wollen. Eine Menge Gesichter starrten auf sie hinunter.

Der alte Mann breitete die Arme aus, die beeindruckende Akustik des Amphitheatrums ließ seine Stimme überall im Rund ertönen: »Ihr kennt alle unsere Gesetze. Der heiligste Grund ist heute beschmutzt worden. Wer dafür ist, den Eindringling dennoch am Leben zu lassen, möge die Hand erheben.«

Nika besaß zu wenig Kraft, um sich zu wundern. Standen doch tatsächlich zwei Dutzend Männer und Frauen in heruntergekommener Kleidung um sie herum und taten so, als würden sie eine Volksabstimmung mit Tausenden Bürgern durchführen.

Trotz dieser zu ihren Ungunsten formulierten Frage, gab es einige, die den Arm hoben und als Antwort ein 'Certe' riefen.

»Und wer ist dafür, den Beschmutzer unseres Sanktums seiner gerechten Strafe zuzuführen?«

Weitere Arme schnellten in die Luft. Die Befürworter dieser Option lagen eindeutig vorn.

Die Frau sagte leise: »Wie gut, dass unnötige Rhetorik bei der Urteilsfindung außen vor bleibt, Maseus.«

Diese Stimme … Nika kannte sie, die Betonung der Silben, die Melodie der Sprache. Ihr Name … eben hatte jemand sie Zodana genannt.

Nika öffnete die Augen ganz. Sie sah eine Frau in ihrem Alter auf sich herabblicken. Ihre Gesichtszüge waren glatt, ihre braunen Augen glänzten samtig, das lange schwarze Haar fiel ihr über den Gürtel, der ein einfaches Gewand aus grauem Leinen zusammenhielt. Sie schaute Nika mit routinierter Gleichgültigkeit an. Doch dann kam Bewegung in ihre Gesichtszüge. Ihre Augen verengten sich, die Nasenflügel bebten, ihre Lippen pressten sich aufeinander. Langsam kam sie mit ihrem Gesicht näher und öffnete den Mund. Sie sagte ein kurzes Wort in normaler Lautstärke, mit einer Mimik, die gleichzeitig Zweifeln und Hoffen ausdrückte. Ein Wort als Frage formuliert: »Regia?«

Die fabelhafte Akustik im Amphitheatrum verstärkte dieses Wort im Rund.

Nika lag nach wie vor auf dem Rücken, die Füße der bewaffneten Männer auf ihren Hand- und Fußgelenken und schaute diese Dame an. Die Stimme hatte 'Regia' gesagt. Nika erinnerte sich an ihren Fiebertraum in Opas Hütte. Sie spürte eine wahre Sturmflut an Erinnerungen auf sich zu rasen. Dennoch sagte sie keinen Ton – sie wollte und konnte es einfach nicht mehr.

Die Frauenstimme befahl den Männern in einem harten Ton: »Dreht sie um!«

Die Krieger traten nach ihr und rollten sie unsanft auf den Bauch. Nika schloss die Augen wieder, sie hätte jetzt ohnehin nur den Lehmboden unter sich sehen können.

Eine kalte Klinge fuhr ihr am Hals entlang. Doch die Schneide schnitt ihr nicht die Kehle durch, sondern den Kragen des Hemdes. Ein fester Ruck und der Stoff riss, wodurch sie die Sonne auf ihrem nackten Rücken spürte.

Ihre Nase lag im Dreck, die Augen hielt sie fest geschlossen. Nur das Hören blieb übrig und selbst das war Leiden. Sie hörte hektisches Flüstern mit einem gewaltigen Echo. Wie ging das? Nika verstand es nicht.

Ein Mann brüllte auf einmal: »SIE IST GEZEICHNET!«

»DAS SYMBOL!«

Zwei Frauen kreischten. Einige Stimmen blieben ruhig und sachlich, der Inhalt der Worte erreichte Nika nicht mehr. Jeder Teil ihres Schädels ertrug den Lärm und das Licht um sie herum nicht mehr. Sie verdurstete. Ihre ausgetrockneten Sinne schwanden, endlich wurde es schwarz und still um sie herum.

Nika wachte auf, hielt die Augen jedoch noch geschlossen. Sie spürte, dass der Eisenring an ihrem Hals sowie die Arm- und Fußeisen fehlten – nicht dass sie diese vermisst hätte. Ihre Augen öffneten sich – das Erste, was sie erblickte, waren einfache raue Wände und eine Strohmatte, auf der sie lag. Das Zweite, was sie sah, war ein Krug mit Wasser neben sich auf einem niedrigen Tisch. Sie richtete sich auf, griff nach dem Krug und machte sich nicht die Mühe, nach einem Becher zu suchen, sondern kippte das Wasser so in sich hinein. Jetzt erst bemerkte Nika den Verband an ihrem Oberarm, die Wunde schmerzte nicht mehr.

»Ich habe dir in den letzten beiden Tagen bereits zwei volle Krüge eingeflößt.« Die Stimme klang freundlich.

Nika drehte den Kopf und sah die Frau, die im Amphitheatrum Partei für sie ergriffen hatte.

»Ich bin Zodana. Erinnerst du dich, Regia?«

»Dumpf«, stöhnte Nika. Sie stellte den Krug ab. »Ich weiß, wir kennen uns aus der Kindheit. Doch ich habe meine

Erinnerungen daran verloren.«

»Wir haben früher oft zusammen gespielt.«

Intensiv betrachtete Nika die Frau und nickte langsam. Unvorstellbar! Dort saß jemand aus ihrer verlorenen Kindheit. Unzählige Fragen prasselten in ihren Kopf. Nika wollte zunächst ihre augenblickliche Situation verstehen. Erst überleben, dann an die Vergangenheit denken – die umgekehrte Priorisierung erschien ihr unzweckmäßig.

»Warum wolltet ihr mich töten, Zodana?«

»Weil du aus dem Sanktum gekommen bist. Nur mittels Ortschmieden ist es überhaupt möglich, dieses Heiligtum zu betreten. Und um die Ortschmiede im Sanktum zu benutzen, braucht es zum einen Myrnenblut und zum anderen muss derjenige schon einmal in seinem Leben dort gewesen sein. Zwei äußerst seltene Voraussetzungen und in Kombination nahezu unmöglich. Nur unser Clanführer kann das Sanktum öffnen, denn unseres Wissens erfüllt nur er diese Voraussetzungen. Daher hielten wir dich für eine Betrügerin, die irgendeinen anderen Weg in das Sanktum gefunden hat.«

»Und du hast mich erkannt?«

»Wir haben uns zwanzig Jahre nicht gesehen, daher war ich mir nicht sicher, doch dann … stellte ich mir das Mädchen von früher als erwachsene Frau vor. Letztlich gerettet hat dich das Zeichen.«

»Meine Tätowierung auf dem Schulterblatt? Ich habe mir schon gedacht, dass es kein Zufall sein kann, dass im Sanktum jede Stufe mit einem dornigen Zweig verziert ist.«

Eine laute Stimme unterbrach Nika.

»Ah, du bist wach! Ich bin Maseus. Der Anführer dieses Clans.«

Ein alter Mann in einem fleckigen Gewand, das früher einmal weiß gewesen sein musste, hatte die Hütte betreten.

Graues halblanges Haar verdeckte einen Teil seines runzligen Gesichts.

»Unsere erste Begegnung verlief etwas unglücklich. Du wolltest mich töten.«

»Weil ich nicht ahnte, wen ich vor mir habe. Willkommen zuhause, Regia.«

Sie sah Maseus ins Gesicht: »Hier bin ich geboren?«

»Ja, wir befinden uns auf einer kleinen Insel nicht weit von Gonus. Dies ist dein Clan. Oder was davon übriggeblieben ist.« Der Alte verzog den Mund. »Ganze achtundzwanzig Männer und Frauen. Mehr nicht.« Maseus breitete die Arme aus: »Früher hätte unser Volk das Amphitheatrum zehnmal füllen können. Wir waren mächtiger als jeder König auf dem Festland.« Er schwelgte in Erinnerungen.

»Was ist mit meinen Eltern?«, holte Nika den Alten wieder zurück.

»Dein Vater ist vor neunzehn Jahren gestorben, seitdem führe ich den Clan an. Deine Mutter ist kurz danach eines Nachts verschwunden und nicht mehr aufgetaucht.«

Zodana erklärte: »Beide haben sich mit Selbstvorwürfen zerfleischt, wie es nur passieren konnte, dass du auf dem Sklavenmarkt verkauft wurdest wie ein Stück Vieh. Hier, ganz in ihrer Nähe, auf Gonus.«

Nika konnte es nicht fassen. Da rannte sie ihr Leben lang mehr oder weniger ihrer Vergangenheit hinterher und landete nun mitten in diesem armseligen Haufen, um zu erfahren, dass ihre Eltern, ihre Herkunft und ihre Vergangenheit tot waren.

Die Vergangenheit wiederholt sich, dachte Nika. »Dieser Sklavenmarkt auf Gonus – ich muss dahin und ein Mädchen finden, das dort verkauft werden soll.«

»Der Markt findet jede Woche statt. Die Sklavenauktion

jedoch nur einmal im Monat, da es nicht mehr so viele Sklaven gibt wie früher. Daher sind auch die Preise hoch. Hast du Gold? Viel Gold?«

Täuschte Nika sich oder funkelten die Augen des Alten gierig?

Ihre Großen Goldstücke hatte allesamt Blutspur eingesteckt. Daher schüttelte sie den Kopf. »Nein, ich habe nichts mehr.«

Betrübt schüttelte Zodana den Kopf. »Schau uns an. Wir besitzen auch nur das, was wir am Körper tragen. Doch ohne Reichtümer ist es unmöglich, jemanden aus der Sklavenauktion zu befreien. Der Markt wird von Hundertschaften bewacht.«

Dieser Clan war noch erbärmlicher als Nika befürchtet hat.

Sie sagte entschlossen: »Ich muss dieses Mädchen finden und befreien. Alles andere ist mir egal, und wenn ich dafür sterbe.«

»In drei Tagen ist Monatsende, dann ist die nächste Sklavenauktion«, stellte Zodana fest.

»Wie lange dauert die Reise dorthin?«

»Mit dem Boot nur einen halben Tag in südlicher Richtung. Ich werde dich begleiten.«

»Selbst wenn ich es hätte, für dieses sinnlose Unterfangen würde ich dir kein Gold geben«, meckerte der Alte.

»Wieso wusste ich das nur vorher, Maseus? Ich besitze noch einen Kamm aus Elfenbein, der wird für die Bezahlung der Bootsfahrt reichen.«

Nika fasste sich an den Kopf. Ihr Heimatclan besaß nicht einmal ein eigenes Boot? Hier sollte sie aufgewachsen sein? Später musste sie noch viel mehr herausbekommen. Wo lag ihr Vater begraben? Lebte ihre Mutter noch, wenn ja, wo könnte sie jetzt sein? Was hat es mit dem Myrnenblut genau auf sich?

Irgendetwas stimmte hier nicht, obwohl Zodana durchaus Erinnerungen in ihr wachrief. Sie sah dankbar in ihre Richtung, spürte jedoch den Zwiespalt in sich wühlen. Egal, was die ihr erzählten, sie fühlte sich diesen Hungerleidern nicht zugehörig. Sie musste nach Gonus auf den Sklavenmarkt – nur das war im Moment für Nika von essenzieller Bedeutung.

Die Muscheln im Sack

»Ich muss es tun, Milafine.«

»Was für ein abgehalfterter Spruch. Nichts *musst* du!«

»Wir brauchen Gewissheit.«

»Und wenn schon – was nutzt dir Gewissheit, Karek?«

»Um die richtige Entscheidung zu fällen.«

»Gibt es das überhaupt? Die richtige Entscheidung? Ich habe das Gefühl, wir jagen von einer Katastrophe zur nächsten, egal was wir entscheiden.«

»Zumindest sollten wir alles daransetzen, um genau dies zu verbessern.«

»Ich habe dir doch erklärt, wie gefährlich es ist, diesen blöden Seelenspeer zu verwenden. Alles, was dem Tier zustößt, passiert auch mit dir, während du dich in ihm befindest.«

»Weiß ich, das habe ich erfolgreich als Ratte bei Nika ausprobiert.«

»Dennoch, willst du dich jetzt wahrhaftig in Fata … zaubern?«

»Ich muss es tun, Milafine.«

»Uah! Respekt, mein Prinz, schon wieder dieses Bonmot.« Milafine stampfte mit dem Fuß auf.

Sie nur wütend zu nennen, würde ihrer augenblicklichen Verfassung nicht ansatzweise gerecht. Fuchsteufelswild ballte sie die Fäuste und presste die Lippen aufeinander. Letzteres störte Karek nicht wirklich, konnte sie so wenigstens nicht weiterschimpfen.

Beide saßen sich am Tisch im Kaminzimmer gegenüber. Nur Fata leistete ihnen Gesellschaft. Die Kabokönigin pickte sich einige Körner aus einer Schüssel und dachte nicht daran, sich in das Streitgespräch einzumischen, geschweige denn

Partei zu ergreifen. Ein weiterer Beweis, wie schlau das Tier war.

Milafine beruhigte sich nicht: »Wenn Fata beim Fliegen abstürzt, bist du tot.«

»Wieso sollte Fata denn abstürzen?«

»Du weißt doch selbst, dass sie fliegt wie ein Sack Muscheln.«

Karek sah überrascht auf.

Fata sah überrascht auf.

»Wie ein Sack Muscheln? Du hörst dich ja fast an wie meine … kindsköpfigen Kameraden. Fata fliegt ganz fantastisch.«

Urrks! Ich konnte noch nie mit Überzeugung lügen. Und ohne Überzeugung schon gar nicht.

Fata trottete in die Ecke und drehte den Kopf demonstrativ zur Wand. Das hatten sie nun davon – eine zutiefst beleidigte Kabokönigin.

Aber selbst dies hält mich nicht davon ab, es zu probieren. Wie es wohl in einem schmollenden Vogel aussieht?

Karek verkniff sich ein Grinsen, sehr besänftigend würde dies nicht auf Milafine wirken. Er wusste genau, dass sie sich einfach nur große Sorgen um ihn machte. Dabei hat er sich alles gut überlegt. Ganz oben, wenn er den Seelenspeer wie eine Kerze hielt, befand sich eine Kabozeichnung. Genau dort musste er den Seelenspeer greifen, während er … ja, was eigentlich? Wie hatte er es nur angestellt, über eine Entfernung von mindestens zehn Tagesreisen in die Ratte zu schlüpfen? Karek wusste es nicht mehr genau. All dies kam ihm unwirklich und albern vor, doch es war passiert. Und zwar jemandem, der vorher niemals an Magie glauben konnte und wollte.

Karek klatschte mit der flachen Hand auf die Tischplatte.

Mit der Kabokönigin sollte es doch einfacher als mit der Ratte funktionieren, Fata befand sich schließlich direkt neben ihm. Dass sie zurzeit noch schmollte, sollte der Sache keinen Abbruch tun.

»Ich stelle mich so auf, wie die Person auf der Zeichnung, also halte ich den Stab nach oben und greife ihn in der Mitte.«

»Du hörst mir nicht zu!« Milafines Stimme ließ sich irgendwo zwischen frostiger Verschnupfung und pikierter Resignation einordnen.

»Doch! Ich höre dir ganz genau zu. Nur höre ich nicht auf dich. Das ist der Unterschied.«

»Für mich ist das das Gleiche.«

Diskutiere nie mit Frauen, wenn sie trotzig werden.

Karek unterdrückte ein Schmunzeln. Die besten Weisheiten sind jene, die einem bei passender Gelegenheit selbst einfallen.

Milafine kannte seine genialen Gedankengänge nicht, sondern war sich sicher: »Jawohl. Das ist genau das Gleiche. Logisch.«

Das kam ihm nun aber äußerst bekannt vor – nur nicht von Milafine.

Diskutiere nie mit Frauen, wenn sie logisch werden.

Noch eine spontane Weisheit von Karek Marein.

»Ich habe eine Idee. Wir fragen einfach Fata.«

Karek stand auf, ging zu Fata hinüber und sagte: »Sei nicht sauer, Fata. Milafine meint es nicht so.« Er setzte sich neben den Vogel auf den Boden.

»Die Myrnengöttin Arelia hat sich damals in Felsbach auf dem Hafendock auch in deinen Körper begeben, um mich vor Karson zu retten. Darf ich das auch tun?«

Die Kabokönigin sah erst Karek, dann Milafine, dann

wieder Karek an. Sie pickte ihm mehrfach auf die Füße.

»Sie nickt, sie sagt klar, mach es.«

»Das ist doch kein Nicken. Sie pocht nur mit dem Schnabel auf deine Schuhe.«

Karek stand auf und nahm Milafine sanft in die Arme. »Pass auf mich auf, oder besser auf meinen Körper, denn wenn es klappt, werde ich länger unterwegs sein.«

Milafine sagte so leise, dass Karek es gerade noch hören konnte: »Ich bleibe solange bei dir, Sturkopf. Du hast es nicht verdient, aber ich bin stolz auf dich.« Sie gab ihm einen zärtlichen Kuss auf die Stirn.

Bevor er es sich anders überlegte, löste sich Karek von seiner Freundin, umklammerte den Seelenspeer in der Mitte und stellte sich in Position zwischen Fata und den Kamin. Nichts geschah. Milafine stand mit ernstem Gesicht daneben, dabei musste er eine äußerst alberne Figur abgegeben haben. Erneut probierte der Prinz es mit Speerwedeln, Speerdrehen und Speerschlagen.

Nichts!

Fata sah ihn mit ihren kleinen Vogelaugen ziemlich mitleidig an, vielleicht auch ein wenig schadenfroh. Karek stand vor dem Kamin und dachte angestrengt nach, was er beim ersten Mal anders gemacht hatte, als er in den Körper der Ratte gewandert war, um Nika zu helfen.

Der Ort ist der gleiche, nur das Tier ist ein anderes. Vielleicht wehrt sich Fata dagegen. Oder halte ich den Speer falsch?

Milafine wusste scheinbar nicht, ob sie lachen, sich ärgern oder weinen sollte.

Karek kam sich fast so vor wie Krall bei einem seiner Luft-Schwertkämpfe. Trotz Zappelei wollte es einfach nicht klappen. Er blickte wieder verzweifelt zu Milafine hinüber. Sie stand neben dem Tisch und starrte mürrisch zurück.

Irgendwie sah sie verändert aus. Das dunkle Braun ihrer Augen sog Karek auf wie ein Strudel. Die einzelnen Schattierungen der Iris rund um ihre Pupillen bemerkte er zum ersten Mal – sie sahen aus wie ein geheimnisvoller Nebel aus den schönsten braunen Farben gemischt mit allen Grüntönen des Frühlings. Er sah das Licht in ihren Augapfel fallen, ihm fiel eine Wimper auf, die sich störrisch nach oben klappte, er sah die Feuchtigkeit auf ihren Lippen, er sah jede Pore und jedes Härchen auf ihrer Haut.

Das muss Liebe sein!

Er sah jede Holzfaser in der Maserung des Holzbodens. Auf Selbigem lag ein junger Mann mit braunen Haaren auf dem Rücken und schaute mit merkwürdigem Gesichtsausdruck an die Decke. Ohne Wimpernschlag mit weit aufgerissenen Augen und leicht geöffnetem Mund – ein wenig Speichel tropfte von einem Mundwinkel auf das Holz.

Karek musste unwillkürlich schlucken. Dort lag … er. Er sah sich.

Lithor hilf! Es hat geklappt. Was nun?

Milafine streichelte ihm über den Vogelkopf und öffnete das Fenster. Ohne zu überlegen tippelte Karek dorthin, hüpfte mit seinen langen Beinen auf die Fensterbank, drehte den Kopf, nur um noch einmal ungläubig einen letzten Blick auf den sonderbaren Prinzen zu werfen, der vor dem Kamin lag und mit glasigen Augen einen komischen Miniaturspeer in der rechten Hand hielt.

Er stieß einen hohen Schrei aus, es klang wie der eines Raubvogels.

Milafine sagte etwas, doch ihre Worte konnte er nicht richtig verstehen, ein schrilles Gebrabbel, so als würde sie ihm ins Ohr schreien.

Es könnte 'pass gut auf dich auf' heißen.

Karek schaute vom Fenster nach unten. Er bekam Angst. Und kalte Füße. Drei lange Zehen nach vorne, eine kürzere nach hinten. Wieso konnte er nicht ein einfacher, junger Mann sein, der sich in irgendeinem Dorf langweilte und nichts von diesem ganzen Myrnenmist wusste? Hoffentlich ging das hier gut.

Ein letzter Blick auf Milafine, dann nahm er all seinen Mut zusammen, breitete die Flügel aus und ließ sich von der Fensterbank fallen. Zunächst sackte er in die Tiefe wie … tja … ein Sack Muscheln. Im nächsten Augenblick fühlte er Widerstand unter seinen ausgebreiteten Armen, äh Flügeln. Er spürte den Wind, er bemerkte die Luftwirbel um ihn herum. Strömungen mit unterschiedlichen Temperaturen erfassten ihn. Nach unten zu sehen, traute er sich nicht. Im Grunde versuchte Karek nichts aktiv zu tun, sondern er ließ alles instinktiv zu. Er spürte, dass sich ein wenig Fata in ihm befand. Hoffentlich war nicht zu viel Karek in Fata.

Die Kabokönigin schlug gleichmäßig mit den Flügeln, das Fallen ging in einen Flug über und der Flug stabilisierte sich. Schwindelgefühl erfasste ihn, nicht wirklich hilfreich bei einem Vogel.

Dieses mehrdimensionale durch die Luft wirbeln verwirrte Karek. Er suchte Halt und blickte mit der Sehnsucht nach festem Boden nach unten.

Sein Erstaunen war so groß, dass der Vogel die Flügelschläge einstellte. Ein Aufwind trug ihn noch einige Meter weiter, dann fing der runde Körper an zu trudeln. Oh nein. Hektisch schlug Karek mit den Flügelchen wie ein Kolibri. Das führte zu einem wilden Purzelbaum in der Luft. Erneut stürzte er Richtung Boden.

Nimm dich zurück!

Er besann sich und verwendete seine gesamte Willenskraft darauf, den Instinkten das Kommando zu übergeben. Flügel ausbreiten, die Strömungen der Luft einfangen. Sein Flug stabilisierte sich, er gewann wieder an Höhe. Nur ganz allmählich verschwand das Gefühl der Angst. Erst nach einer weiten Flugstrecke traute sich der Prinz erneut, nach unten zu sehen.

So muss es Wanda dem Glücklosen als Adler ergangen sein. Die Welt von oben in allen Einzelheiten. Karek sah ein wunderschönes Land voller Grün, mit spitzen Bergen und sanften Hügeln, der Winter leuchtete mit seinem tiefen Blau inmitten dieser Pracht, weit im Osten konnte er das Meer sehen. Selbst die Bauten der Menschen standen von hier oben im Einklang mit der Natur. Toladar sah glücklich und friedlich aus.

Die Sehkraft des Vogels oder *seine* Sehkraft berauschte Karek. Auf den Wiesen erkannte er einzelne Grashalme, er sah Schmetterlinge flattern, eine Feldmaus krabbeln – ihr Glück, dass er kein Raubvogel war – einen Pferdewagen mit einem vollbärtigen Mann auf dem Bock, der Säcke mit Mehl nach Winterbrück brachte. Die Begeisterung über dieses Panorama, über dieses Erlebnis, als Vogel durch die Lüfte zu schweben, ließ ihn fast vergessen, in welche Richtung er eigentlich wollte. Er schaute zur Sonne, dann zur Küste und drehte schließlich nach Südosten ab. Er hatte doch unbedingt auskundschaften wollen, wie es um seine Heimat Burg Felsbach bestellt war.

Der Kaboprinz flog und flog. Ab und an bekam Karek einen Schreck, wenn er nämlich in eine Art Loch in der Luft geriet und abrupt einige Meter nach unten sackte. Doch schnell gewöhnte er sich daran, dass ihn die Flügel mit leichten Bewegungen wieder auffingen. Rechts von sich sah er die ersten Ausläufer des Blutwaldes. Nika hatte einmal erwähnt, dass sie diesen dunklen und wilden Wald als ihr Zuhause betrachtete. Das passte zu ihr.

Karek flog nun etwas mehr nach Osten. Nach einer guten Weile schwanden langsam seine Kräfte. Nicht mehr lange und er würde sich ausruhen müssen. Unter ihm leuchtete eine saftige Wiese – ein idealer Ort, um sich eine Verschnaufpause zu gönnen. Er kreiste nach unten und suchte sich einen Platz zur Landung. Oh, Landung? Wie ging das?

Fata, hilf mir!

Langsam kam der Boden näher, Karek schwebte in schnellem Tempo über die Wiese, spürte schon, wie ihn die Grashalme an den Füßen kitzelten, überlegte noch, wie er jetzt bremsen sollte, doch schon blieb er an einem Maulwurfshügel hängen und überschlug sich. Die eigenen Daunenfedern umschwirrten ihn wie Schneeflocken. Zerknirscht lag er im Gras. Gelänge die nächste Landung nur noch ein wenig schlechter, dann konnte Milafine einen toten Prinzen aus dem Kaminzimmer räumen lassen.

Es musste für den neutralen Beobachter durchaus lustig ausgesehen haben, wie so ein dicker Vogel im Landeflug in einen Maulwurfshügel krachte und Purzelbäume schlug.

Mühsam rappelte er sich hoch. Weiter hinten entdeckte er ein Gebüsch. Dort angekommen kroch er ins Unterholz und schloss die Augen.

Kann das eben Erlebte wirklich sein oder schlafe ich nur und träume wie noch nie zuvor? Wenn es ein Traum ist, dann wache genau jetzt auf!

Der Kaboprinz erwachte nicht, im Gegenteil, er knickte seine Gelenke zwischen Unterschenkel und Lauf ein und setzte sich. Ein kurzer, traumloser Schlaf stellte seine Kräfte zu einem Gutteil wieder her. Er kroch aus dem Gebüsch und schaffte es irgendwie, sich zu entspannen, während er zu einem problemlosen Start ansetzte. Der Rausch des Fliegens erfasste ihn erneut – ein unbeschreibliches Gefühl, jedes Risiko wert. Das Meer kam immer näher, die Dämmerung auch.

Erneut spürte Karek, wie erschöpft er war. Die Nacht brach herein, er konnte ohnehin nichts mehr sehen, so beschloss er, einen Schlafplatz zu suchen. In immer kleiner werdenden Kreisen näherte er sich dem Boden und schaffte diesmal eine wunderbare Landung mit nur einem Überschlag. Der Kabo flatterte auf einen Felsen, suchte sich dort eine kleine Nische und steckte den Kopf unter die Flügel.

Regen weckte Karek am frühen Morgen. Er erhob sich in die Lüfte, als hätte er nie etwas anderes getan. Die Feuchtigkeit und Kälte machten ihm nichts aus, so reiste er unbeirrt weiter gen Osten. Instinktiv flog er tiefer, so konnte er besser durch den strömenden Regen auf die Erde blicken. Und dann sah er sie: die fünf Türme der Burg Felsbach. Wie ein gigantischer Kerzenleuchter erschienen sie aus der Ferne, ein Anblick, der dem Kabo eine Gänsehaut verpasste. Der Wind blies ihm nun kräftig entgegen, was sich auf seine Fluggeschwindigkeit auswirkte. Stolz erfüllte ihn, als er näherkam und aus dieser Perspektive die einzigartige Architektur der Burg bewundern konnte. Ein Prinz flog über sein zukünftiges Königsschloss, dieses unglaubliche Kuriosum gab tollen Stoff für Mähnes Geschichtensammlung ab.

Trotz der immer noch großen Entfernung konnte Karek die Fahne am Bergfried wehen sehen. Schwarze und weiße Kreise auf grünem Grund … müssten es sein. Doch dort flatterte soradisches Rot.

Mit den schlimmsten Befürchtungen schraubte sich

Karek in die Höhe und konnte nun sehen, was sich hinter der Burg abspielte.

Was er dort sah, verschlug ihm den Atem. Er vergaß, die Flügel zu bewegen, doch der Gegenwind hob ihn weiter empor. Im Hafen von Felsbach wimmelte es von Kriegsgaleonen. Wie Ameisen liefen Soldaten überall herum. Schlachten tobten im Hafen, in der Stadt und in der Burg. Es war noch schlimmer als befürchtet. Überall soradische Schiffe, wie er an den Wappen der Soldaten sowie den Wimpeln und Fahnen erkennen konnte. Eine solch große soradische Flotte hätte er nie für möglich gehalten. Wo kamen die vielen Schiffe her? Das Erschreckendste war jedoch, dass sie genau im richtigen Moment angriffen, um das schutzlose Felsbach zu erobern.

Die Zugbrücke war unten, das mächtige Burgtor zerstört.

Karek kreiste nun direkt über der Burg. Im Inneren tobte der Kampf, die restlichen Soldaten wehrten sich tapfer.

Oben auf dem Plateau des Bergfrieds kämpften vier Männer. Bei einem davon handelte es sich um Madrich, Kareks alten Lehrmeister in Waffenkunde. Offensichtlich hatte Madrich versucht, die soradische Fahne wieder einzuholen und das Wappen der Mareins zu hissen, um die Moral der Verteidiger zu stärken. Der alte Mann hatte drei Gegner gegen sich, was selbst in seinen besten Zeiten einer zu viel gewesen wäre.

Der Waffenmeister erwischte einen der Männer mit seinem Schwert an der Schulter, doch ein anderer nutzte diese Bewegung aus, um seine Klinge tief in Madrichs Seite zu stoßen. Er strauchelte und fiel auf die Knie, zwei Schwerter hackten wieder und wieder auf ihn ein.

Trauer gemischt mit Entsetzen schüttelte Karek. Wie oft hatte er Madrich verflucht, wenn dieser ihm im Burghof das

Holzschwert um die Ohren gehauen hatte. Und wie sehr hatte er den stets treuen Kämpfer für die Familie Marein bewundert.

Glücklicherweise schien Fata größtenteils die Steuerung über ihren Körper zu übernehmen. Die Quälerei, diese Niederlage hilflos mit ansehen zu müssen, lähmte Karek. Die Verteidiger hatten keine Chance – Schloss Felsbach war verloren. Jetzt sah er, dass die soradische Flagge auch den Fahnenmast in der Mitte der Kaserne im Hafen schmückte.

Der Prinz hat zuerst seinen Vater verloren und kurz darauf den größten Teil seines Reiches. Alles, was ihm nun noch blieb, war der äußerste Norden rund um Winterbrück. Können Kabos weinen? Egal, Karek tat es jedenfalls. Und dann schrie er. Und schrie.

»KAREK!« Durch ein Labyrinth drang eine Stimme zu ihm durch. Rechts, rechts, links, geradeaus, rechts.

»Karek! Komm zu dir!«

Die Stimme klang weich und melodisch - und doch verzweifelt. Milafine! Weg war sie! Sackgasse im Labyrinth!

Links, geradeaus, links.

Da erneut – ein 'KAREK' in höchster Stimmlage.

Fata, ich muss zurück.

Karek fiel wie ein Apfel vom Baum. Und fiel. Er riss die Augen auf und fand sich vor einem Kamin liegend wieder. Milafine schmiss sich ihm in die Arme. Sie weinte. Und er weinte.

»Du bist wieder da«, schluchzte sie. »Was ist nur passiert? Du hast dich wie ein Verrückter hin- und hergeworfen, hast geröchelt und gestöhnt – ich dachte du stirbst.«

Der Prinz kam langsam zu sich. Seit zwei Tagen hat er nichts gegessen und verspürte dennoch keinen Hunger.

Milafine hatte so recht – diese Reisen in fremden Körpern waren definitiv lebensgefährlich. Und das, was er zu sehen bekam, war noch schrecklicher.

»Milafine, ich liebe dich.«

Die Tür krachte, vier Kameraden stürzten herein.

»Wir haben vor der Tür gewartet und deine Stimme gehört«, sagte Krall. »Was hast du gesagt?«

»Ja, euch liebe ich auch«, stöhnte Karek.

Wie erzähle ich nur von den schrecklichen Neuigkeiten? Und Fata, verzeih, dass ich auf einmal hinfort war. Kehr bitte schnell zu uns zurück.

Das Prügelmädchen

Auf dem großen Markt von Gonus gab es alles zu hören, alles zu sehen und vor allem, alles zu kaufen. Alles hieß alles. Die Waren wurden in drei Kategorien eingeteilt. In der ersten fanden sich die Dinge des täglichen Lebens. Die Auswahl übertraf jeden anderen Markt in Krosann um ein Vielfaches.

Nika folgte Zodana auf dem Fuße. Ganz einfach war dies nicht, da riesige Menschentrauben zusammengepresst durch enge Gassen drängelten. Nur bei Massenschlachten gab es so viele Menschen auf einem Haufen zu sehen, wobei sich diese hier weitgehend miteinander vertrugen.

Die Nase genügte als Ortungsinstrument, jeder Teil des Marktes verströmte seinen eigenen Geruch. Nikas empfindliche Nase schlug Wellen – die Stände der Fleischhändler reihten sich aneinander wie die Zelte eines Feldlagers der toladarischen Armee. Fleisch von Ziegen, Schafen, Schweinen, Kamelen, Kälbern und Pferden wurde zwar von einigen Marktbesuchern gekauft, von den meisten jedoch nur müde belächelt.

Weitaus interessanter war zweifelsohne das Angebot der zweiten Kategorie: seltene, exotische und illegale Waren. Bei den Fleischhändlern hieß dies: Auslagen mit rosaroten Körperteilen von Raubtieren wie Löwen und Leoparden, von Giraffen und Affen, von Riesenschlangen und Riesenvögeln, erregten gesteigertes Interesse. Prunkstück eines Händlers war die Keule eines Kabos, für dessen Preis auch zehn ausgewachsene Kamele zu kaufen gewesen wären. Die Vielfalt dieses Angebotes ließ jeden Neuankömmling erblassen.

Ein Marktschreier versperrte den Weg mit seinem Bauchladen, während er seine undefinierbaren Häppchen besonders lautstark feilbot. Nika warf einen Blick auf die braunen Fleischklümpchen, an manchen waren noch Fellreste, wahrscheinlich stammten sie von Ratten – wieso musste sie nur an Karek denken?

An und für sich gab es auf diesem Teil des Marktes kein totes Tier, das es hier nicht gab – oder zumindest irgendein Stück davon, ebenfalls tot an einem Haken hängend. Es wurde auch Fleisch von Tieren feilgeboten, die es gar nicht gab, Fleisch, nach dessen Herkunft besser nicht geforscht werden sollte. Nika zuckte gedanklich die Achseln. Wer sagt denn, dass die Großmutter am Stück verkauft werden muss?

In derlei Menschenmassen fühlte sie sich stets alles andere als wohl. Immerhin ließ der Gestank nach, als sie das Areal der Fleischhändler verließen und die Waffensektion erreichten. Auch hier erstreckte sich der Markt über eine beträchtliche Anzahl an Ständen. Waffen in jeder Länge, Schärfe, Haltbarkeit und Tödlichkeit, wohin das Auge reichte.

Für die Menschen auf Gonus bedeutete dies langweiliger Alltag. Leicht erkannte sie an den runden Augen und staunenden Mündern, wer sich zum ersten Mal durch die engen Gassen drängte und dabei mit der Geschäftstüchtigkeit der Händler überschüttet wurde. Die Fassungslosigkeit, mit der die Auslagen betrachtet wurden, hatte etwas Rührendes.

Die Gewürzhändler besaßen ihren eigenen festen Standort, groß wie ein Schlachtfeld, für ihre Geschäfte. Auch hier galt das Alles-Gesetz. Kaum eine Substanz schien ungeeignet zu sein, um nicht zerhackt, zerstampft, zermahlen zu werden, um als Pulver allen möglichen und unmöglichen Speisen Geschmack zu verleihen oder anderweitig zu wirken.

Gerade diese anderweitigen Wirkungsbereiche, wie Potenz, Rausch und Tod erregten gesteigertes Interesse, daher wurde billigend in Kauf genommen, dass dieses Zeug alles andere als billig war.

Die gleichen Regeln galten auch für die Stände der Textilhändler. Kaum ein Kleidungsstück schien zu groß oder zu klein, zu bunt oder zu ausgefallen, um nicht verkauft und getragen zu werden.

Trotz der Größe und Vielfalt des Marktes war der Ablauf bei jeder Art von Geschäften gut geregelt. In Toladar herrschten zurzeit zwei Könige. Hier, auf den Südlichen Inseln, gab es gemäß der ersten Prämisse der Marktgesetze unzählige, denn jeder zahlungskräftige Kunde war einer. Die zweite Prämisse lautete: Für die reibungslose Abwicklung der Geschäfte waren einzig und allein die Marktaufseher zuständig. Diese wurden aus bestens ausgebildeten Kriegern, meistens gefürchtete Söldner, rekrutiert, da sich deren Loyalität kaufen ließ. Angeführt wurde die Marktaufsicht von einem kernigen, alten Sack mit mehr Blut an den Händen als jeder Metzger.

Drittens: Wer beim Stehlen erwischt wurde, verlor die rechte Hand.

Viertens: Wer beim Stehlen erwischt wurde und keine rechte Hand mehr hatte, verlor den Kopf.

Fünftens war nicht mehr notwendig.

Zu guter Letzt konnte der werte Kunde auch Waren kaufen, die schwer zu fassen oder anzufassen waren. Großer Beliebtheit erfreuten sich Mordaufträge, Bestechungen, Intrigen und Zeugen, die alles bezeugten, was es zu bezeugen gab. Jede Schlechtigkeit fand ihren Preis – das beruhigte doch.

Der eindeutige Höhepunkt des Marktes in Gonus war

traditionell die Sklavenauktion im Hafen, die ausschließlich am letzten Tag eines jeden Monats stattfand. Am frühen Morgen ging es los. In den vier Königreichen Alandar, Toladar, Winslorien und Soradar war der Sklavenhandel offiziell verboten, was nicht hieß, dass Sklaverei nicht dennoch ab und an betrieben wurde. Auf den *freien* Südlichen Inseln hingegen gehörte es zum guten Ton, möglichst viele und besondere Leibeigene zu besitzen. Als Sklave eignete sich jedes menschliche Wesen, das sich nicht wehren konnte und niemanden hatte, der sich für es einsetzte. Zwei einfache Bedingungen, die auf viele Menschen zutrafen, und wenn nicht, konnte mit einer gesunden Portion Skrupellosigkeit nachgeholfen werden, indem die Angehörigen beseitigt oder noch besser, gleich mitverkauft wurden.

Der Hafen ächzte unter dem Gedränge vieler Hundert Menschen, die sich hauptsächlich für die Sklavenauktion interessierten. Ein mannshohes Podest, auf dem sonst nur Hinrichtungen stattfanden, wurde zur Versteigerungsbühne. Nur der Auktionator und die feilgebotene Ware sowie drei grimmig dreinschauende Marktaufseher durften diese betreten. Die Händler und potenziellen Käufer verteilten sich auf zwei steile Holztribünen links und rechts mit bester Sicht auf das Geschehen. Die eine besaß sogar ein Schatten spendendes Dach und zahlreiche Holzbänke – reserviert für einflussreiche Großhändler und vermögende Stammkunden.

Der Auktionator, eine alte Kröte von einem Mann, holte tief Luft. »Meine Herren…«, er schaute auf die Sitzplätze der Kaufwilligen, »ich sehe, es gibt auch Frauen, die Interesse an unserer heutigen … Auslage haben.« Kokettierend rollte er mit den wulstigen Augenbrauen. »Meine Damen. Heute haben wir absolut außergewöhnliche Angebote. Noch nie da gewesene Gelegenheiten, ich verspreche es.«

»Das sagst du immer. Leg los, Zwergenbastard!«, rief ein offensichtlich betrunkener Seemann. Es dauerte nur einen Augenblick, bis er von den Marktaufsehern entfernt worden war. Auf Gonus verstanden die Händler viel Spaß, doch nur, wenn dieser dem Umsatz dienlich war. Allem, was dem reibungslosen Geschäftemachen schaden konnte, wurde umgehend beseitigt.

Die Kröte fuhr fort: »Fangen wir an mit den Arbeitern, den Helfern auf Feld und Hof und für alle Belange.«

Fußketten klirrten, als ein groß gewachsener Mann auf das Podest geführt wurde. Er trug nur einen Lendenschurz. Seine nackten Füße patschten über die Holzbretter, die Hände waren auf den Rücken gebunden.

»Verehrte Kundschaft: ein Sklave, im besten Alter, stark und treu. Ein Kerl, der kräftig zupacken kann. Liebe Leute, schaut euch die Muskeln an, die sehnen sich nach Arbeit.«

Der Sich-nach-Arbeit-Sehnende selbst schien weniger stolz auf seine vermeintlichen Vorzüge zu sein, er schaute zwar ergeben, doch gute Laune sah anders aus. Sein Alter war schwer zu bestimmen, was auch die verehrte Kundschaft eher skeptisch stimmte. Es gefiel ihnen nicht, dass der Schädel des Mannes rasiert war, denn oftmals geschah dies nur, um graue Haare zu entfernen, damit der Sklave jünger aussah. Auch auf die mit Palmöl eingeriebene Haut, die gesund in der Sonne glänzte, fiel hier kaum einer herein.

Ein auffallend kleiner und auffallend dicker Mann mit einem Strohhut rief: »Der könnte mein Opa sein.«

Sein Nebenmann antwortete: »Vom Alter her schon, doch da stimmt was mit der Körpergröße nicht.«

Gelächter erfüllte das gut gelaunte Publikum.

Zwar mochte der Auktionator gut gelaunte Kunden, doch er konnte es nicht durchgehen lassen, wenn seine Ware bekrittelt wurde. »Die Herren können sich gerne ein genaueres Bild von der Qualität machen.«

Mürrisch und voller Desinteresse betraten die beiden tatsächlich das Podium und begafften den Sklaven aus nächster Nähe. Der mit dem Strohhut riss ihm die Oberlippe hoch wie beim Kauf eines Pferdes. Unwillig schüttelte der Mann den Kopf.

»Alle Zähne sind noch vorhanden, er ist gesund und wird seinem Besitzer lange Freude bereiten«, frohlockte die Kröte.

Der Dicke öffnete den Lendenschurz, nun stand die Ware nackt auf dem Podest.

»Auch unter der Verpackung beste Qualität. Gesund – wie versprochen, keine Geschlechtskrankheit. Von der Natur geschaffen, um zu dienen und zu arbeiten.«

»Na gut!«, grunzte der Knubbel. »Fangen wir an.«

Zufrieden nickte der Auktionator und rief das Mindestgebot auf: »Fünf Große Goldstücke.«

Die Kundschaft war sich einig – alle setzten wie auf Kommando ihr 'das-ist-ja-Wucher-Gesicht' auf.

Es dauerte eine Weile, bis jemand die Hand hob und bestätigte: »Fünf Große Goldstücke.«

»Sechs Große Goldstücke«, der Dicke hatte offensichtlich beschlossen, dass der Sklave doch etwas jünger war als sein Großvater.

Einige Gebote später wurde der Sklave für achtzehn Goldstücke an einen Geschäftsmann aus dem Süden Soradars verkauft. Es hieß, dass der dortige König Drullom bezüglich Sklavenhaltung ein Auge zudrückte.

Die nächste Auktion lief ebenso unspektakulär ab. Ein junger Spund, der sich beim Kartenspielen selbst als Einsatz aufgeboten hatte und nun vom Besitzer, der offensichtlich noch besser bescheißen konnte, verkauft wurde. Der Spieler ging an den Knubbel mit dem Strohhut – der Preis betrug ganze zweiundzwanzig Große Goldstücke.

Spätestens jetzt musste auch dem Begriffsstutzigsten klar geworden sein, dass auf Gonus nichts herrschte, außer die Großen Goldstücke.

Mit noch lauterer Stimme rief der Auktionator nun: »Hier haben wir einen besonderen Leckerbissen.« Ein kleines Mädchen wurde auf die Bretter gehoben. Auch ohne Ketten an den Füßen hätte sie die Stufen mit ihren kurzen Beinen vermutlich kaum nehmen können.

Ein Raunen ging durch die Kaufinteressenten. Die Kleine war hübscher als jedes Püppchen mit ihren großen Augen und runden Wangen. Ihr langes Haar wurde von einer roten Nadel gehalten. Das Gesicht gleichgültig, die Lippen kraftlos, die Augen zwar offen, doch der Blick leer, so stand die Kleine einsam auf der Bühne. Es war nicht ersichtlich, ob sie in ihrer Lethargie überhaupt etwas von der Situation mitbekam.

Hanne! Tatsächlich und wahrhaftig! Nika zuckte vor Wut und wollte schon losstürzen, doch Zodana legte ihr die Hand auf die Schulter. »Das ist sie offenbar. Nicht jetzt! Warte, sonst töten die Marktaufseher dich oder sogar das Mädchen.«

Noch bevor der Auktionator seinen Aufruf für das Mindestgebot machen konnte, rief ein Geschäftsmann mit einem Hut aus Straußenfedern: »Fünfundzwanzig Große Goldstücke.«

Die grauen Lippen der Kröte grinsten. Es handelte sich schließlich um das bisher höchste Gebot, und dies bereits zum Einstieg.

Zunächst blieb es ganz ruhig. Doch dann forderte eine

helle Jungenstimme unter der überdachten Tribüne: »Vater, ich will die da.« Er zeigte auf Hanne.

Der Mann neben ihm, ein dürrer Kerl mit einer dicken Goldkette um den Hals fragte erstaunt: »Ein Mädchen? Wir sind doch hier, um einen Prügelknaben für dich zu finden, mein Sohn.«

Ein Prügelknabe hielt in reichen Familien traditionell immer dann her, wenn das eigene Kind bestraft werden sollte. Durch die emotionale Bindung des Kindes zum Prügelknaben diente diese körperliche Züchtigung somit als indirekte Strafe.

»Dann nehmen wir eben ein Prügelmädchen. Ich will sie.«

»Das geht doch nicht, mein Sohn.« Mit Stolz und Wohlwollen schaute er auf seinen Sprössling hinunter.

»Uaaahhh!« Der Junge fing an zu kreischen. Sein Gesicht wurde rot und unglücklich.

»Achtundzwanzig Goldstücke«, beruhigte ihn der Vater laut

Der Auktionator wiederholte das Gebot äußerst bereitwillig.

»Vierzig Große Goldstücke«, ein anderer Geschäftsmann in der ersten Reihe hob die Hand.

Ein großer Mann mit einem roten Kettenhemd und einem roten Helm unter dem Arm - kein Wunder bei der Hitze - geiferte: »Ich hab's gewusst. Passt auf. Sie bringt noch mehr.« Seine weißen Zähne blitzten begeistert in der Sonne.

»Fünfzig!«

»Siebzig!«

Der Auktionator machte seine Kleinwüchsigkeit durch permanente Freudensprünge wett. »Wir sind bei siebzig!«

Ein heulendes Jungenkreischen erscholl: »Ich will sie

aber. Sie soll meine Puppe sein! Und mein Prügelmädchen. Ich will sie auch schlagen dürfen.«

Der Papa daneben schaute auf einmal nicht mehr ganz so stolz. Machte er sich tatsächlich Gedanken darüber, ob sein Sohn die Sinnhaftigkeit eines Prügeljungen richtig verstanden hat?

Einige Hafenarbeiter lachten und wurden sofort von den Aufsehern zur Ruhe gerufen. Alles, was die zahlungskräftigen Herren der Splitterinseln rund um Gonus erzürnen könnte, war zu unterlassen.

Die Kröte nahm den Faden wieder auf. »Ein Prügelmädchen! Genau, sie eignet sich fürwahr als Prügelmädchen für den Filius. Und in einigen Jahren ist sie vielleicht auch etwas für den Herrn Papa.«

Das war mutig, denn es könnte Letzteren wütend machen. Doch die Rechnung des Auktionators ging auf. Kollektives Grinsen, schmieriger als Öl, auf beiden Tribünen.

Weitere Gebote prasselten herein. »Fünfundsiebzig!«

»Achtzig!«

»Hundert!«, bot der Vater des Jungen mit hochrotem Kopf.

Ein Raunen ging durch die Menge – hundert Große Goldstücke waren noch nie für einen Sklaven bezahlt worden. Und schon gar nicht für so einen kleinen.

Einer flüsterte: »Für hundert Große Goldstücke gibt es fünf Elefanten.«

»Oder hundertfünfzig Pferde.«

»Oder dreihundert Huren für eine Nacht«, argumentierte ein Dritter.

»Du meinst eine Hure für dreihundert Nächte«, flüsterte sein Nebenmann pragmatisch.

Die Kröte hüpfte immer noch: »Wenn kein weiteres Gebot folgt, kommen wir zum Ende. Wir stehen bei glatten hundert Großen Goldstücken. Bietet jemand mehr?«

Der Auktionator ging zu einer großen Glocke. Der Zuschlag wurde unwiderruflich erteilt, wenn diese bimmelte und er vorher laut gerufen hat: »Ich schlage die Glocke!«

Er hielt das Glockenseil bereits in der Hand: »Ich schlage …«

»EIN KLEINES Goldstück!«

Gelächter allerorts. Sofort sprangen die Aufseher auf. Destruktives Verhalten duldeten die Gesetze zum geregelten Marktverkehr nicht.

Der Auktionator lächelte schief und suchte das Gesicht zu diesem lächerlichen Gebot. Da er es nicht entdecken konnte, beschloss er, das Gebot zu ignorieren und die Auktion für hundert Große Goldstücke zu beenden. Er drehte sich erneut zur Glocke.

»Ich sagte, ein Kleines Goldstück!« Die Ansage kam klar und deutlich. Ärger machte sich im Gesicht des kleinen Mannes breit. »Dies ist kein gültiges Gebot. Wir waren bereits bei einhundert Großen Goldstücken.«

»Zum dritten und letzten Mal. Ein Kleines Goldstück, nicht für das Mädchen, sondern für ihre Haarnadel. Ich bezahle nicht für Menschen – das Mädchen nehme ich so mit.« Unruhe entstand auf der Tribüne. Alle Blicke richteten sich nun auf eine Gestalt, die dort aufgestanden war, ihren Arm ausstreckte und gebietend auf das kleine Mädchen zeigte. Verhüllt wurde sie von einem braunen Kapuzenumhang. Der Hauptmann der Marktwache höchstpersönlich machte sich wütend schnaufend auf den Weg zu dem Störenfried. Ruhig und unbeeindruckt öffnete dieser den Umhang und ließ ihn langsam nach unten gleiten. Zum

Vorschein kam eine bildhübsche, zierliche Frau. Ein weißes Seidentuch umhüllte ihr Haar, wodurch ihr liebreizendes Antlitz noch besser zu Geltung kam. Sie trug eine mit Symbolen verzierte beige Tunika mit einem großzügigen Rückenausschnitt. Sie leuchtete in der Sonne wie Wüstensand.

Der Anführer der Wache hat sie nun erreicht. Er schaute in die Augen der Dame, trat erstaunt einen Schritt zurück, betrachtete dann die Stickereien auf ihrer Brust. Der Hauptmann schnaufte mit ungläubigem Erschrecken, sein faltiges Gesicht flatterte. Er schubste einen Kerl zur Seite, der ihm im Weg stand und ging einmal um die geheimnisvolle Dame herum.

Mit einem Gesicht bleich wie Ziegenmilch stöhnte er fassungslos: »Sie ist echt! Sie ist es! Die Semirissa!«

Der Auktionator bekam Glubschaugen, was ihn noch krötenähnlicher machte. Dann wurde sein Gesicht länger und länger, wobei die Gesichtsfarbe von rot nach weiß wechselte. Die Kröte wurde zum Chamäleon.

Er stotterte: »Ja … natürlich … sehr wohl, verehrte Semirissa. Sehr wohl!«

Diese unglaubliche Stille konnte niemand kaufen – allen Krötenrufen zum Trotz, gab es sie für alle Anwesenden kostenlos. Die Menschen starrten die Frau an, glotzten abwechselnd in ihr Gesicht und auf das Symbol auf ihrem Gewand. Wie auf ein Kommando senkten sie dann die Köpfe, betrachteten ihre Füße und trauten sich nicht mehr aufzublicken.

Nur der Mann in der roten Rüstung blieb völlig unbeeindruckt stehen und brüllte. »Heh – wir waren bei hundert Goldstücken, ihr Spinner. Bekommt euch die viele Sonne etwa nicht, ich will mein Gold.«

Die Semirissa winkte mit einer leichten Handbewegung. Sofort stürzten sich vier Marktaufseher auf den Kerl, woraufhin ihm sein Helm aus der Hand fiel und auf die Bretter schepperte. Er wehrte sich mit allen Kräften und stieß dabei wüste Beschimpfungen aus, bis ihn ein schwerer Schlag auf den Kopf ruhigstellte.

Ein junger Kaufmann flüsterte zu seinem Nebenmann: »Bei Lithor, wer ist denn diese Frau?«

»Eine Magici. Einer Semirissa wird gedient, ohne nachzufragen. Die machen sonst ganz Gonus dem Erdboden gleich – so wie vor zwanzig Jahren. Und die Semirissa sah damals fast genauso aus.«

»Wer sind *die*?«

»Die Ramisi.«

Der junge Händler fragte ungehalten: »Warum habt ihr alle so viel Ehrfurcht vor einer einzelnen Frau?«

»Leise! Bete, dass du es nie erfahren musst«, lautete die Antwort.

Die Semirissa ging zu der Kleinen und nahm sie an die Hand. Das Mädchen schien dies kaum zu bemerken – sein Gesicht starrte weiterhin ins Leere, während es mechanisch neben ihr herging. Augenblicklich bildeten die Menschen eine Gasse, um ihnen den Weg freizumachen. Die Semirissa warf dem Auktionator ein Kleines Goldstück zu, ging die Holzstufen hinunter und schlug den Weg in Richtung Hafen ein. Sie kamen an der Stelle vorbei, wo die Marktaufseher den Kerl mit der roten Rüstung mittlerweile in einen Käfig gesteckt hatten. Der Mann lag ohnmächtig auf dem Boden.

Die Semirissa schnippte mit den Fingern. »Mitnehmen!«

Augenblicklich zerrten sie den Kerl aus dem Käfig und schleiften ihn hinter der geheimnisvollen Dame her, seine

Kettenrüstung klimperte rhythmisch über die Pflastersteine.

Die riesige Barke glich mehr einem Segelschiff als einem einfachen Boot. Mit einem großen Schritt betrat die Dame das Gefährt und setzte sich auf eine Bank.

Die Dame nahm das kleine Mädchen auf den Schoß.

»Hanne, was ist mit dir? Du bist in Sicherheit. Schau mich an.«

Dass Gleichgültigkeit so gefühllos sein konnte.

Die Semirissa riss sich das weiße Seidentuch vom Kopf und strich sich über das kurze, rabenschwarze Haar.

»Erkennst du mich nicht – ich bin es, Nika.«

Wo früher unbändige Fröhlichkeit gefunkelt hatte, herrschte nun Inhaltslosigkeit.

Dass Leere so furchtbar wehtun konnte. Was hatte die Kleine alles erleben müssen? Vorsichtig drehte sie das Mädchen zu sich hin und schaute ihr in die Augen. »Du heißt Hanne. Hanne Violetta Goldinchen Marianna Kleines. Sieh mich an.«

Kein Erkennen, kein Erinnern, kein Aufleben – nur die Gleichgültigkeit eines abgestorbenen Geistes.

»Hanne, Kleines, hörst du mich? Sag etwas.«

Doch das Mädchen schaute nur teilnahmslos durch sie hindurch oder an ihr vorbei, was aufs Gleiche herauskam. Auch ihr Körper hatte keinerlei Spannung, ihre Arme hingen herunter wie zwei leere Ärmel. Es grenzte an ein Wunder, dass Hanne überhaupt stehen und gehen konnte.

»Ihr Geist ist geflohen – wir wissen nicht, wohin«, sagte Zodana neben ihr.

»Kein Wunder, bei dem, was sie erleben musste«, stellte Nika klar.

Der Kapitän erschien neben ihr und fragte Zodana:

»Sollen wir ablegen? Ihr könntet am frühen Abend daheim sein.«

»Ja, Herr Kapitän. Ihr bekommt Euren Lohn, wenn wir zuhause sind.«

»LEINEN LOS!« Das Schiff nahm Fahrt auf. Der Mann grinste: »Ich verstehe nicht genau, was ihr beide heute für einen Spuk abgezogen habt, doch er muss gut gewesen sein.«

Nika blickte auf den Hafen von Gonus. Dort standen viele Hundert Menschen und glotzten ihnen hinterher.

»Wo sollen wir …«, die Augen des Kapitäns deuteten auf den immer noch ohnmächtigen Mann mit der roten Kettenrüstung, »…mit dem da hin?«

»Einsperren – ich kümmere mich später um Blutspur.«

Zahn um Zahn

Das Boot legte am frühen Abend im Zielhafen an. Zodana bedankte sich beim Kapitän und bezahlte ihn mit einem Kamm aus Elfenbein.

Nika nahm Hanne auf den Arm und trug sie an Land. Behutsam setzte sie das Mädchen ab und ging mit ihr Hand in Hand einen schmalen Pfad bis zum alten Amphitheatrum entlang. Oberhalb der Arena beheimateten einige windschiefe Hütten die achtundzwanzig Menschen, die vom einst so stolzen Clan der Ramisi noch übrig waren.

»Hanne braucht etwas zu essen. Wer kann ihr etwas geben?«

»Ich kümmere mich darum.«

Kurze Zeit später kam Zodana mit einigen Früchten wieder, doch Hanne war inzwischen eingeschlafen. Vorsichtig legte Nika das Mädchen auf die Strohmatte in der ihr zugewiesenen Hütte.

Sie trat hinaus und setzte sich mit Zodana auf eine Steinbank neben dem Eingang. Wie hatte ein solches Blendwerk auf dem Markt von Gonus funktionieren können?

»Ich bin nicht gut im Bedanken, doch glaube mir, ich schätze deine Hilfe. Es ist tatsächlich genau so geschehen, wie du vorausgesagt hast, Zodana.«

»So sind die Menschen. Der Ruf eines Menschen kann stärker als hundert Schwerter sein.«

»Unglaublich, wieso habe ich so einen prima Ruf?«

Zodana lächelte. »Du weißt es nicht mehr, doch die Menschen auf Gonus wissen es. Du bist die Semirissa, die erste der Magici, die Tochter des Clanführers, die Quelle der Kraft.«

Toll! Das waren ja mal Neuigkeiten. Nika verstand gar nichts mehr. »Tochter des Clanführers?« Sie kam sich vor wie Eduk. »Dieser verkniffene Maseus ist doch nicht mein Vater.«

»Nein, das ist er nicht. Maseus hat keine Tochter, daher gibt es bisher auch keine Semirissa. Das wissen die Menschen da draußen aber nicht. Und Menschen glauben am liebsten das, was sie sehen und was sie glauben zu wissen. Vor zwanzig Jahren waren wir noch zweitausend. Die Händler auf Gonus ahnen nicht, dass nur noch ein armseliger Haufen übrig geblieben ist.« Zodana machte eine Pause, bevor sie fortfuhr: »Und sie haben heute schließlich die wahre Semirissa erlebt, vergiss das nicht. Ihre schwarzen Augen, ihr Gesicht, die Tätowierung mit dem Dornenzweig – dem alten Symbol der Ramisi. Die Kaufleute haben Respekt vor den letzten Überresten der Myrnenmagie. Und zu diesem Respekt kam in den vielen Jahren auch noch Angst dazu. Schließlich hat unser Clan dein Verschwinden vor zwanzig Jahren unerbittlich gerächt.«

»Was ist genau passiert?«, fragte Nika.

»Als klar wurde, dass du nicht mehr auftauchen würdest, suchten hunderte von Spionen in ganz Krosann nach dir. Erfolglos natürlich – deshalb hielten sie dich auch für tot.«

Nika dachte an die Stätte und den Schwarzen Kanzler. Dort hatte niemand gesucht.

Zodana erzählte weiter: »Die Ergebnisse der Nachforschungen führten zum Sklavenmarkt auf Gonus, wo du verkauft worden warst. Die Rache hierfür haben alle dortigen Händler zu spüren bekommen. Die Ramisi haben die Marktstadt komplett niedergebrannt; es gab keine Überlebenden, nicht einmal die Kinder wurden verschont.«

»Wenn unser Clan so mächtig war, wieso ist jetzt nur

noch …« Nika schwenkte einen Arm, »… das hier übrig?«

»Einige sind während des Rachefeldzuges auf Gonus gefallen. In den Jahren danach verschwanden etwa tausend Ramisi, darunter auch deine Mutter. Niemand weiß, was aus ihnen geworden ist – wahrscheinlich sind sie inzwischen auch tot, denn unser schlimmster Schicksalsschlag war das große Sterben. Alle zurückgebliebenen Ramisi, die Myrnenblut in sich trugen, wurden vor etwa zehn Jahren durch ein unbekanntes Fieber dahingerafft.« Zodana hob den Kopf: »Bis auf Maseus.«

»Daher ist er der Einzige, der in der Lage ist, das Sanktum zu öffnen?«

»Ja!«, und dann fügte sie hinzu: »Das behauptet Maseus zumindest.«

»Was behaupte ich?« Der Anführer des Clans stand auf einmal vor der Steinbank.

Zodana tat nicht überrascht, sondern sagte unbeschwert: »Hallo Maseus. Es geht um deine Heilkünste. Ich habe Nika gerade erzählt, dass du unser San-Priester bist.«

»Fürwahr. Geht es um das kleine Mädchen?« Sein Blick wurde skeptisch. »Die Verletzungen des Geistes sind auch für die Besten vom Fach schwer zu kurieren.«

Diesen alten Blödsack lasse ich sicherlich nicht an Hanne heran, dachte Nika.

Dazu sollte es auch nicht kommen, denn lautes Gebrüll ertönte aus der Ferne. »LASST MICH SOFORT FREI!«

Zodana fragte: »Ach ja, was passiert denn mit dem Gefangenen?«

Nika erhob sich. »Blutspur? Was soll schon mit ihm passieren? Ich töte ihn.«

Maseus versperrte ihr stirnrunzelnd den Weg: »So geht das nicht. Er hat das Recht auf eine Volksabstimmung.«

»Nichts hat er. Er ist ein Schwein und wird sterben.«

»Er ist der Gefangene der Ramisi. Er stirbt, wenn die Ramisi ihn verurteilen, wobei hierfür ein Plenarentscheid mit einfacher Mehrheit ausreicht. Und den müssen wir erst einberufen. So lauten die Regeln.«

»Ich bezweifele, dass ich diese Regeln lernen möchte. Eine Volksabstimmung mit ganzen achtundzwanzig Leuten. Als ihr damals alles was atmete auf Gonus niedergebrannt habt, wurde da vorher auch eine Abstimmung durchgeführt?«

Der Alte blieb stur. »Selbst die Worte einer Semirissa ändern die Statuten nicht. Wenn *du* ihn richten willst, musst du ihn zu einem Zweikampf auf Leben und Tod herausfordern. Nur so kommst du um den Plenarentscheid herum. Das sind die Regeln.«

Nikas Lippen wurden schmal. »Aha! Wie sieht ein solcher Zweikampf aus?«

»Der Herausgeforderte bestimmt die Waffe. Dann geht es los.«

»Augenblick!« Nika betrat ihre Hütte und warf einen Blick auf Hanne, die immer noch schlief. So sah sie unsagbar friedlich aus. Dann ging sie wieder nach draußen.

»Einverstanden. Machen wir es sofort«, sagte sie.

Maseus hob überrascht die Augenbrauen. »Du willst jetzt sofort gegen den Mann mit der roten Rüstung kämpfen?«

»So ist es. Und da ich mich gleich wieder um Hanne kümmern muss, werde ich mich beeilen.«

Entschlossen schob Nika den Clananführer zur Seite. Schnellen Schrittes ging sie zur Mauer aus schweren Quadern, an welche Blutspur angekettet war. In der Nähe saß ein als Wächter eingeteilter Ramisi gelangweilt auf einem Stein. Noch hatte der Söldner Nika in ihrem hellen Gewand nicht erkannt. Kein Wunder, Nika erkannte sich ja selbst kaum, sie hätte vorher wieder ihre schwarze Lederkleidung anziehen sollen.

Blutspur pöbelte sofort los, als er sie kommen sah. »LASST MICH SOFORT GEHEN! Ich bin ein Günstling von König Schohtar!«

Zodana und Maseus waren ihr gefolgt und blieben nun in respektvollem Abstand stehen.

»Lasst mich frei. Für die Göre schuldet ihr mir die hundert fetten Goldstücke, die der Bekloppte mit dem Sohn geboten hat. Die gehören mir«, krakeelte der Gefangene.

Nika stellte sich unmittelbar vor ihn. »Dir gehört gar nichts. Nicht einmal mehr dein Leben. Du bist ein Arschloch und wirst nun sterben.«

Zodana zuckte leicht zusammen.

Maseus schüttelte den Kopf.

Blutspur dämmerte langsam, wen er vor sich stehen hatte. Voller Erstaunen stammelte er: »Duuu? Wie … wie bist du hierhergekommen? Du solltest bei Schohtar im Kerker sein. Wie … bist du entkommen?«

»Unwichtig! Du bist Abschaum, Blutspur. Ich habe von deinen Taten gehört und ich habe selbst gesehen, was du Opa, Ponni und Hanne angetan hast. Auch deine Taten auf dem Schwarzackerhof und in deinem Lager sprechen für deinen Tod. Leider habe ich zu wenig Zeit, um erst deine Beine langsam zu verbrennen oder dich zu häuten, daher sei dankbar, dass du schneller sterben wirst.«

Der Söldner tat gänzlich unbeeindruckt. »Du spuckst nur große Worte, da ich hier angekettet bin. Mit diesen sonnenverbrannten Tuchgestalten im Rücken ist es einfach, die Klappe aufzureißen.« Er spuckte ihr seinen Naseninhalt geräuschvoll vor die Füße. »Weißt du was, du Miststück?

Egal was mir passiert. Schohtar hat inzwischen Burg Felsbach eingenommen und deinen Prinzenfreund an den Eiern aufgehängt.«

Nika verzog keine Miene. Mal sehen, ob dieser Drecksack weitere Informationen verriet.

Tatsächlich fiel Blutspur noch etwas ein. »Ach ja, dein Liebesdiener – dieser ehemalige Admiral Katerron wurde samt Schiff und Mannschaft versenkt.« Blutspur lachte und bleckte die weißen Zähne. »Alle tot - wie traurig.«

Nach wie vor ließ Nika keine Reaktion erkennen. Konnte das wirklich wahr sein? Sie schluckte die ansteigende Wut hinunter wie ein zähes Stück Fleisch und konzentrierte sich auf Blutspur. »Wie will Schohtar das denn geschafft haben? Bolkan Katerron ist ein erfahrener Kapitän und nicht so einfach zu fangen oder zu erledigen wie du.«

»Hehe, dein feiner Liebhaber kennt die neusten Kriegsgeräte nicht und ist naiv darauf hereingefallen.« Blutspurs Stimme wurde lauter: »Nun mach' mich endlich los!«

Einen kurzen Moment überlegte Nika, ob sie sich an diese beknackten Regeln der Ramisi halten sollte. Seit wann hielt sie sich überhaupt an Regeln? Auf der anderen Seite schien sie tatsächlich zu diesem Volk zu gehören und sie war Zodana etwas schuldig.

»Du wirst losgebunden – dann kämpfen wir auf Leben und Tod. Da ich dich herausfordere, darfst du die Waffe wählen.«

Der Söldner lachte kehlig. »Hehe! Was für ein Einfall, das glaubt mir keiner. Ich weiß, dass du gut bist, Krähe, doch ich bin besser, vor allem mit meinem Einhänder. Ich wähle das Schwert.«

Mit besorgter Stimme griff Zodana ein: »Regia, das geht alles zu schnell. Der Mann ist gefährlich. Überlege dir doch noch einmal, ob es jetzt und hier sein muss. Ich bin sicher, er würde im Plenum zum Tode verurteilt werden.«

Nika spitzte die Lippen. »Verzeih, Zodana. Es wird jetzt und hier passieren. Neben seinen zahlreichen anderen Verbrechen hat dieser Mann Hanne entführt und sie nach Gonus bringen lassen. Dort wollte er sie wie ein Stück Vieh auf dem Markt verkaufen. An einen goldstinkenden Vollidioten mit seinem verzogenen Sohn. Ich hatte schon immer ein Problem mit Männern, die kleine Mädchen rauben.«

Nika wandte sich an den Wächter. »Kette ihn los und gib ihm sein Schwert.«

Der Wächter schaute auf Maseus, der sich nicht rührte. Dann kehrte sein Blick zu Nika zurück.

Sie zischte: »Sofort.«

Die Wache entfernte sich und kam mit einem Langschwert zurück.

Blutspur grinste erwartungsfroh und wandte sich an Maseus: »Wenn ich das Miststück töte, bin ich dann frei? Lasst ihr mich gehen?«

Der Angesprochene nickte. »Ja, das tun wir. So lauten unsere Gesetze.«

»Feine Leute. Ich liebe solche Gesetzestreue«, lobte Blutspur begeistert.

»Losmachen!« Nika zeigte auf die Ketten.

Der Wächter kratzte sich am Hinterkopf, dann holte er zwei weitere Wachen dazu, bevor er Blutspur die Ketten abnahm.

Dieser rieb sich die Handgelenke, rollte die Schultern und bewegte seinen Kopf hin und her. »Ich mache mich nur hübsch für dich«, grinste er Nika an. Er deutete auf seinen Brustpanzer und die Kettenhandschuhe, die in der Nähe auf dem Boden lagen. »Darf ich die auch anziehen? Die gehören genau genommen zum Schwert.«

»Na klar. Aber beeile dich. Ich habe wenig Zeit.«

Blutspur legte die rote Rüstung an, nahm dann sein Schwert in die Hand und ging in Habachtstellung. »Wer gibt jetzt das Startzeichen für deinen Tod?«

Der anstehende Zweikampf hat sich schnell herumgesprochen. Immer mehr Ramisi fanden sich ein um zuzusehen.

Mit großen Augen und zusammengepressten Lippen glotzte Zodana Nika an. »Warte! Du bist unbewaffnet. Du hast kein Schwert.«

Blutspur schien diese Tatsache nicht sonderlich zu stören. »Los jetzt«, gab er selbst das Startzeichen. Er hob seine Klinge und griff an. Mit ausgestrecktem Arm führte er einen Hieb aus, der Nikas Oberkörper von der Schulter bis zur Hüfte gespaltet hätte, wenn sie sich nicht vorher weggedreht hätte. Zodana stieß einen spitzen Schreckensschrei aus und trat ein paar Schritte zurück. Auch einige andere Zuschauer wurden blass um die Nase.

Seelenruhig wartete Nika den nächsten Angriff ab. Doch sie sah nur nach außen hin seelenruhig aus. Innerlich tobte ihre Wut auf dieses Schwein. Die Bilder der verrenkten Ponni, die verkohlten Beine von Opa, die gehäuteten Menschen und vor allem das Leid in Hannes leerem Blick flatterten ihr nacheinander durch den Kopf.

Auch Blutspur überlegte konzentriert, wie er am besten den tödlichen Streich anbringen konnte. Es schien lächerlich, lächerlich einfach. Schließlich stand er einer unbewaffneten Frau gegenüber, nur geschützt durch einen dünnen Leinenlappen. Im nächsten Moment machte er einen Ausfallschritt und hieb mit einer schnellen Bewegung seitwärts nach Nikas Knien. Ein Treffer hätte mit Leichtigkeit beide Beine amputiert. Nika jedoch sprang hoch, so hoch, dass der Schlag unter ihren Füßen entlang ins Leere sauste.

Worauf wartest du Nika?

Sie warf Blutspur ihren glühenden Hass entgegen. Der grinste nur und hob erneut sein Schwert: »Jetzt aber«, machte er sich Mut.

Er verzog das Gesicht. Sein Oberkörper fing an zu dampfen, als würde er nach einem heißen Bad im Winter in den Schnee treten. Blutspur schüttelte sich, dann brüllte er, ließ das Schwert fallen, zog die Kettenhandschuhe aus, riss sich das Kettenhemd vom Leib.

Er schrie wie am Spieß, kein Wunder, er musste sich wie am Spieß fühlen, und so roch er auch. Die Kettenringe seiner Rüstung hatten durch das Leinenhemd seine Haut verkohlt und überall kleine Brandringe hinterlassen. Der penetrante Gestank nach verbranntem Fleisch breitete sich aus. Inzwischen hatten sich, durch den Kampflärm angelockt, die restlichen Ramisi eingefunden. So schnell rief die Semirissa eine Vollversammlung ein und führte sie durch. Wobei dem Plenum nur übrig blieb, mit offenem Mund zu glotzen.

Der Söldner wälzte sich auf der Erde. Nika hatte Blutspur in seiner roten Rüstung gegrillt. Wie genau, wusste sie selbst nicht.

Sie nahm einen dampfenden Plattenhandschuh vom Boden auf. Ihr kam dieser gerade mal lauwarm vor. Nika schlüpfte hinein. Natürlich war ihr der Handschuh viel zu groß, drei Finger von ihr passten allein in den Daumen. Doch das machte nichts.

Nika legte ihr Bein auf Blutspurs Hals – mit ihrem Knie

an seinem Kehlkopf drückte sie zu. Als ihr Gegner kurz davor war, das Bewusstsein zu verlieren, ließ sie ihm ein wenig Luft. Blutspur blinzelte dankbar mit den Augen.

Nika erklärte ihm: »Wir spielen jetzt Zähneraten. Was meinst du, wie viele Zähne ich dir jetzt ausschlage? Ich tippe auf vier.«

Mit diesen Worten hämmerte sie den Plattenhandschuh mit Kraft und Geschwindigkeit auf den Oberkiefer ihres Feindes. Seine Lippen platzen wie Tomaten und verspritzten sofort Blut. Es knirschte und krachte in Blutspurs Mund. Nika, sei nicht immer so voreilig, tadelte sie sich, als ihr eingefallen war, dass sie vergessen hatte, vorher seine Wettmeinung einzuholen.

Einige Menschen um sie herum schrien entsetzt auf, Nika war es egal. Zartbesaitete sollten Harfe spielen und die Klappe halten.

Nika betrachtete ihr Werk. »Jetzt verstehe ich, warum die Leute dich den Blutigen nennen. Jetzt wollen wir mal zählen.« Mit Daumen und Zeigefinger zog sie ihm die Oberlippe hoch. »Och nein, eins, zwei, drei Zähne sind zu Bruch gegangen. Knapp verloren. Nochmal?«

Mit Blut besprenkelt bekam ihre helle Tunika ein ganz neues Flair. Blutspur konnte mit dem Brei aus Blut, Speichel und Zähnen im Mund nur noch gurgeln – das hörte sich zwar lustig an, doch Nika verzichtete darauf, jemals wieder einen Ton von ihm zu hören. Sie umschlang Blutspurs Hals mit ihrem rechten Bein und mit einem kräftigen Ruck ihrer Kniekehle drehte sie seinen Kopf schräg nach hinten. Es knackte wie ein morscher Ast, als sein Genick brach.

Sie stand auf, glättete ihr blutverschmiertes Gewand und sagte zu Maseus: »Ich muss zu Hanne zurück. Habe ich mich an alle Regeln gehalten?« Ihre Stimme klang nicht so, als würde die Antwort sie interessieren.

Der Clanführer sagte keinen Ton. Mit versteinertem Gesicht sah er auf die immer noch dampfende Leiche. Einige andere Ramisi wandten sich ab, während sie ihre Nasen zuhielten.

Zodana flüsterte: »Du bist wahrlich die Semirissa. Die Marktleute haben recht daran getan, solche Angst vor dir zu haben.«

»Sie wird bald genauso sterben, wie die anderen Myrnenblütler«, sagte Maseus und konnte ein Stück Gehässigkeit in seiner Stimme nicht unterdrücken.

Mag sein, irgendwann, überlegte Nika – aber nicht jetzt. Sie ließ die Meute stehen und ging zurück in ihre Hütte. Hanne wachte gerade auf. So wie das kleine Mädchen müssen Geister sich bewegen, dachte Nika, als Hanne langsam aufstand und zum Tisch ging. Sie setzte sich auf einen Schemel und griff wie in Hypnose nach dem Obst. Jede ihrer Bewegungen vollführte sie langsam und gleichgültig. Sie schien Nika überhaupt nicht wahrzunehmen.

»Augenblick Hanne, ich komme gleich zu dir.«

Sie zog das fleckige Gewand aus und ging zu einer Truhe. Ah, die geliebten schwarzen Ledersachen, auf denen nicht jeder Blutstropfen sofort zu sehen war. Vielleicht erkannte Hanne sie damit eher.

Dann holte Nika ihre abgewetzte Gürteltasche heraus. Sie öffnete diese, entnahm eine große Spiegelscherbe und setzte sich vor Hanne an den Tisch. Sie schaute ihr in die Augen. Hanne erwiderte den Blick nicht.

»Schau in die Scherbe, Hanne. Das bist du!«

Das Mädchen atmete nur, sie hörte nichts, sie sah nichts.

»Erkennst du mich? Ich bin Nika und du hast mir das Leben gerettet.«

Keine Reaktion. Nika seufzte.

Sie stand auf und ging erneut zur Truhe, auf der ihre Gürteltasche lag. Nun nahm sie die selbstgeschnitzte Flöte in die Hand. Langsam führte Nika sie an die Lippen und fing an, ein einfaches Kinderlied zu spielen. Währenddessen ging sie wieder zu Hanne an den Tisch und setzte sich. Nur einen einzigen Ton traf sie nicht richtig, bis sie die Flöte absetzte. Der Blick des Mädchens blieb leer.

Sie spielte das Lied erneut. Es handelte sich um eine sehr einfache Flöte mit nur vier Löchern und heraus kamen ganz erstaunliche Töne mit einer feinen Melodie. Und wieder verspielte sie sich nur einmal.

Eine Stimme, zart und leise, erklang von weit entfernt, wie aus einem anderen Raum: »Das… das ist meine Flöte.«

Nika hielt inne. »Natürlich ist sie das.« Sie begann, das Lied von vorne zu spielen und beobachtete dabei das Mädchen. Hannes Blick schwirrte immer noch umher, sie war irgendwo, nur nicht hier. Die Unterlippe hing kraftlos herunter, ihre Arme bewegten sich nicht.

Aber Hanne hatte geredet. Und nun stand sie auf, kam Schritt für Schritt auf sie zu und streckte ihre kleine Hand aus, ganz behutsam, als wollte sie, dass ein Schmetterling darauf landete.

Hanne hauchte: »Das ist meine Flöte.«

»Richtig, sie gehört dir allein – möchtest du es probieren?« Sie drückte der Kleinen das Instrument in die Hand. »Hier.«

Hanne erinnerte sich scheinbar an ihren zweiten Arm. Langsam kam die Hand an diesem Arm zu Hilfe. Das kleine Mädchen hielt sich das Mundstück vor die Lippen. Sie holte Luft und spielte. Ihre Finger huschten auf den vier Löchern auf und ab. Nicht ein einziger Ton klang schief. Sie musste tagelang geübt haben, es klang wie die schönste Musik, die Nika jemals gehört hat. Das Lied endete und es tat weh, als die Harmonie plötzlich verklang.

Hanne schaute auf die Flöte direkt unter ihrer Nase, dazu musste sie ein wenig schielen. Dann hob sie die Augen und schaute Nika ins Gesicht. Nichts passierte, obwohl Nika zum ersten Mal seit ihrem Wiedersehen das Gefühl hatte, dass Hannes Gemüt erreichte, was ihre Augen mitzuteilen versuchten.

Hannes Mund veränderte sich als erstes. Die Unterlippe nahm Spannung auf, die Mundwinkel zitterten. Danach kräuselte sich die Stubsnase und schließlich kam etwas von diesem Leben auch in ihren Augen an.

Ihre Lippen formten es, zwar leise, aber deutlich: »Ni…, Nihi… « Ein Schlucken. »...ka, bist du es?«

»Ich bin es, Hanne. Ich habe doch gesagt, ich komme wieder.« Nika stand auf und breitete die Arme aus. Das Mädchen flog mit einem Schrei auf sie zu. Ein kurzer Schrei eines kleinen Mädchens, in dem unfassbar viel Leid der letzten Monate sowie unfassbar viel Hoffnung des Moments sich offenbarten. Sie schluchzte und schluchzte und Tränen sprangen aus ihren Augen. Nika spürte, wie damals vor Opas Haus, diesen kleinen, zerbrechlichen Körper an ihrer Brust, sie spürte Hannes Herz rasen. Und sie spürte etwas noch Zerbrechlicheres als Hannes Körper, das schweren Schaden genommen hat. Etwas tief in ihr drin. Alles zusammen zuckte vor lauter Schmerz über das Vergangene und vor lauter Freude, Nika wiederzusehen, in ihren Armen.

»Die Männer haben Opa… und Ponni… sie sind weg.« Die zarte Kinderstimme brach.

»Ich bin da!« Sie drückte Hanne an sich. Nika sagte es erneut: »Ich bin da.« Sie sagte es nur, doch in diesen drei

Worten lag mehr Versprechen und Gelöbnis als in allen feierlich geschworenen Eiden zusammen.

Hanne zitterte immer noch. Doch mit gefasster Stimme fragte sie: »Habe ich dein Lied gut gespielt?«

»Ja, du kannst es viel besser als ich.«

»Ich habe jeden Tag geübt, damit du wiederkommst.«

Nika schaute nach oben. Regnete es auf einmal? Wäre ja kein Wunder, wenn das Dach dieser schäbigen Hütte ein Loch hätte. Ein Tropfen lief ihr kitzelnd die Wange herunter. Merkwürdig – auf der anderen Seite auch. Schnell wischte sie das Nass mit ihrem Ärmel weg.

Hanne löste sich von ihr, nur so viel, dass sie ihr ins Gesicht schauen konnte. Sie schob ihre kleinen Finger in Nikas schwarzes Haar und betrachtete sie. »Du siehst schön aus, Nika. Aber deine Haare sind komisch.«

»Und du Hanne, bist wunderschön, komm ich zeige es dir.«

Sie behielt Hanne auf dem Arm und nahm die Spiegelscherbe vom Tisch. Eine ehemalige Auftragsmörderin in schwarzem Leder mit einem kleinen blonden Mädchen auf dem Arm schauten heraus.

Hanne versuchte ein Lächeln – für Nika ein wunderbarer Augenblick in einer kranken Welt. Bolk kam ihr in den Sinn, dann Karek. Stimmte das, was Blutspur gesagt hatte? Bolk tot und Kareks Königreich in Trümmern?

Nika wusste es – hier konnte sie nicht bleiben.

Sie sprach zu dem Spiegelbild des kleinen Mädchens. »Wir bleiben noch ein paar Tage hier und dann gehen wir auf Reisen.« Dann sah sie Hanne direkt in die großen runden Augen. »Du und ich – zusammen.«

Sie spürte, wie Hanne sie drückte.

ENDE

Außerdem erschienen in Zusammenarbeit mit Thariot:

EchtzeiT – Leid kennt keinen Sonntag

Der Kommissar, die Putzfrau und der Hacker,
drei Leben und keine Wahrheit.
Stirb live - eine fatale Begegnung vor 100 Millionen Zuschauern.

Düsseldorf kurz vor Pfingsten. In einer Luxussuite liegt ein totes Mädchen. Ein einfacher Fall. Am selben Tag steht der Mörder fest.
Noch 53 Stunden

Die Berichterstattung in den Medien lässt dem Hacker keine Wahl. Die Indizien, zu offensichtlich, die Presse, zu laut. Und die Polizei, zu dämlich. Er hat etwas geschaffen, das bisher für unmöglich gehalten wurde. Nun wird ihm seine Gabe zum Verhängnis. Er trifft eine Entscheidung.
Noch 39 Stunden

13197087R00226

Printed in Poland
by Amazon Fulfillment
Poland Sp. z o.o., Wrocław